AF235150

Darker –

Hör auf mich

Mir wurde eiskalt und vor Schreck ließ ich meine Tasche fallen. Er drehte sich um und sah mich, in seinem Gesicht machte sich der gleiche Schock breit, der wahrscheinlich auf meinem zu sehen war.

Claire ist wieder Single und überwindet ihre Trennung mithilfe ihrer Freunde Em, Sonja und Sam. Außerdem lässt sie sich auf eine intensive Beziehung mit dem dominanten Nick ein.

Da trifft sie Ben wieder, was sie in ein Gefühlschaos stürzt, denn die Anziehungskraft zwischen ihnen ist ungebrochen. Obwohl sich alles in ihr sträubt, muss Claire zugeben, dass sie ihm kaum widerstehen kann. Nur eines weiß sie: auf keinen Fall darf sie sich erneut auf eine Beziehung einlassen. Doch kann sie diesem Vorsatz treu bleiben? Und auch Nick lässt sie nicht einfach so gehen.

Die prickelnde Fortsetzung von „Deeper – Nach meinen Regeln", noch erotischer, noch fesselnder – im doppelten Sinne.

KIM SOMMAR

Darker

Hör auf mich

Erotischer Roman

Bibliografische Information der Deutschen Nationalbibliothek: Die Deutsche Nationalbibliothek verzeichnet diese Publikation in der Deutschen Nationalbibliografie; detaillierte bibliografische Daten sind im Internet über dnb.dnb.de abrufbar.

© 2020 K.I.M. SOMMAR

Umschlagsgestaltung: SOMMAR, K.I.M.

Umschlagsmotiv: © Andrey Guryanov, Lizenz über *shutterstock*

*© Songtitel und -text by Jason Gill GRADES, Mike Riley, veröffentlicht 2017 bei Adcdca, perfor-
med von Tove Lo*

1. Auflage, Taschenbuch- und Ebook-Ausgabe Mai 2020

Herstellung und Verlag: BoD – Books on Demand, Norderstedt

ISBN: 9783751920803

People talk, but people don't know
You can't make plans, just live as I go
People talk, they don't understand
Love and pain go hand in hand
Oh, say what they want, I'm still thinking it's worth it
Oh, little bit drunk, tell my heart you won't hurt it

"Lies in the dark" – Tove Lo

Für meine drei Freundinnen M, J und M.
Nur dank euch ist dieses Buch entstanden.

1. Kapitel

Mein Atem klang laut in meinen Ohren und jeder Nerv meines Körpers war zum Zerreißen gespannt. Ich lag mit verbundenen Augen kopfüber auf einer geneigten Pritsche, an die ich gefesselt war. Die Lederriemen, die um meine Oberschenkel und Brust geschlungen waren, wärmten sich langsam auf meiner Haut auf, doch die Metallschnallen verursachten mir eine Gänsehaut.

Ich hörte seine Schritte, seine Atemzüge und das Rascheln der ledernen Riemen, die das Ende der Peitsche bildeten, mit der er hantierte. Gleich würde es beginnen. Es war unvermeidlich.

Unter meiner Augenbinde schloss ich die Augen und atmete tief ein, versetzte mich in einen tranceähnlichen Zustand und ließ mich fallen.

Er machte einen Schritt und das Leder traf meine Haut mit einem Klatschen. Ich stöhnte auf, obwohl sich der Schmerz in Grenzen hielt, und ließ komplett los. Erregung breitete sich in mir aus und mein Puls beschleunigte sich vor Lust.

Atemlos wartete ich darauf, dass er weitermachte. Die Sekunden dehnten sich köstlich aus und mein Verlangen stieg mit jeder, die verstrich. Dieser kurze Moment vor dem nächsten Schlag war der beste, in dem sich Vorfreude und das absolute Vertrauen, das ich ihm schenkte, vermischten und ich einen tiefen Frieden trotz der Aufregung empfand.

Erneut traf mich der Hieb, dieses Mal auf der Innenseite des anderen Oberschenkels, die gespreizt an die Pritsche gefesselt waren, und ich genoss das Kribbeln, das er auslöste und auf den Schmerz des Peitschenknalls folgte.

Seine Hand fuhr über die angewärmte Stelle, betastete sie und meine Scham, die entblößt vor ihm lag. „Möchtest du noch einen?", fragte er und ich nickte. Er ließ die Riemen auf meine

Brüste knallen, das Geräusch lauter als der Hieb fest war, und meine Nippel richteten sich auf.

Er platzierte drei weitere Schläge auf Oberschenkeln und Brüsten und ich biss mir auf die Lippe, um mein Stöhnen zu dämpfen. Es fühlte sich wahnsinnig gut an.

Sein Mund legte sich auf meinen. Ich hieß seine Zunge willkommen und zeigte ihm durch mein Seufzen deutlich, wie sehr mir gefiel, was er mit mir machte.

„Ich habe dich wirklich vermisst, Claire", sagte er und ich stellte mir vor, wie er bei diesen Worten lächelte. Mit seinen von der Arbeit rauen Handflächen strich er über meine Brüste und zog den Lederriemen darunter enger.

Er wechselte das Werkzeug und ließ die lederne Schlaufe der Reitgerte kreisenden Bewegungen über meine linke Brust streifen. Anschließend versetzte er mir drei kurze schnelle Schläge gegen meinen Nippel. Ich stieß Luft durch meine zusammengepressten Lippen aus und bäumte mich ihm entgegen, doch ich war fixiert und mein Bewegungsraum limitiert. Er wiederholte das ganze bei der rechten Brust und arbeitete sich zu meinen Oberschenkeln vor.

Das Klatschen des Leders ließ mich zusammenzucken, obwohl er den Knall des Effektes wegen erzeugte. Es ging nicht um den Schmerz, sondern das Vertrauen, das ich ihm schenkte, und darum, die Kontrolle an ihn abzugeben und mich ganz in unserem Spiel zu verlieren.

Sonst nahm mir niemand die Verantwortung für mein Denken und Handeln ab, mein Job forderte Konzentration und Souveränität. Aber hier, bei ihm, gab ich, zumindest für kurze Zeit, diese Last ab, empfing von ihm Geborgenheit und Schutz, während ich mich schamlos meiner Lust hingab. Die dosierten Schläge, die er auf mein Lustempfinden abstimmte, halfen mir, den Stress und den Druck zu kanalisieren und abzulassen. Sch

Genauso wie der Sex, den wir gleich im Anschluss haben würden und nach dem es mich sehr verlangte. Langsam strich er mit der Schlaufe über meine Klit und versetzte ihr winzige Schläge, die mich laut aufkeuchen ließen. Niemand machte das so sicher und gezielt wie er und ein paar Hiebe mehr würden mich unweigerlich kommen lassen.

„Gefällt dir das?", fragte er unverhofft direkt neben meinem Ohr. Seine Zunge fuhr über meine Ohrmuschel und er lachte leise, als ich nickte. Erneut legten sich seine Lippen auf meine und ich ließ mich in den Kuss fallen. Die Lederschlaufe glitt zwischen meine Beine und er richtete sich auf.

Etwas streifte mein Gesicht, das ich als seine Erektion identifizierte, und ich öffnete den Mund und streckte meine Zunge aus. Er hielt kurz inne, dann spürte ich einen Gegendruck und leckte langsam über seine Eichel. Zufrieden hörte ich ihn stöhnen und erhöhte den Druck. Mit etwas Konzentration gelang es mir, ihn in meinen Mund zu bekommen und meine Lippen um ihn zu schließen. Ich saugte sacht, erfreute mich daran, wie hart er war und dass es ihm so gefiel.

Etwas Feuchtes strich über meine Klit und Schamlippen und ich stöhnte, als er die Gerte fallen ließ, um sich mir mit seinem Mund zu widmen. Am liebsten hätte ich meine Beine weiter gespreizt, doch ich war bewegungsunfähig und blind, vollkommen hilflos. Trotzdem zwang ich diesen Mann nur mithilfe meiner Kiefermuskulatur in die Knie.

Er bewegte sein Becken, stieß seinen Schwanz tiefer in meinen Mund und erhöhte dabei mit seiner Zunge das Tempo. Trotz der Augenbinde tanzten kleine Sterne vor meinen Augen, als sich ein Orgasmus in mir aufbaute und entlud. Ich gab ihn frei und schrie meine Ekstase heraus, was ihn dazu antrieb, weiterzumachen und den Höhepunkt auszudehnen.

Er ließ von mir ab und atmete so schwer, wie ich selbst zittrig Luft holte. Ich öffnete erneut den Mund und schloss meine Lippen um seinen Schwanz. Seine Fingerspitzen glitten über meine erhitzte Haut, dort, wo die Muskeln köstlich zuckten. Das Blasen brachte ihn zum Knurren und ich ließ ihn das Tempo und die Tiefe bestimmen, erhöhte nur den Druck, bis er mit einem Mal stillhielt und über meinen Kiefer strich.

Sofort gab ich ihn frei und lauschte, wie er um die Pritsche herumging. Der Zug der Lederriemen um meine Oberschenkel verringerte sich, dann waren sie gelöst, ebenso verfuhr er mit dem Brustriemen. Nur meine Hände waren weiterhin gefesselt und weit von meinem Körper weggestreckt.

„Ein wunderschöner Anblick, den du mir hier bietest", sagte er und seine tiefe Stimme versetzte meine Nerven in Schwingung.

„Danke", erwiderte ich artig. Er fuhr mit dem Daumen über meine Lippen. Ein köstlicher Schmerz durchzuckte mich, als er mir einen Schlag auf die Brust versetzte und anschließend eine Klemme an meinem Nippel anbrachte, auf der anderen Seite verfuhr er genauso. Als Ausgleich strich er mit dem rauen Ballen seines Daumens über meine Klit und entlockte mir ein Stöhnen.

„So schön und so scharf...", sagte er bedächtig, während er zwei Finger in mich schob. „Zieh die Beine an." Ich gehorchte sofort und wand mich unter seinen Fingern, die mich immer intensiver bearbeiteten.

„Bitte", sagte ich leise und wimmerte. „Bitte, mach weiter."

„Mach weiter?", fragte er lauernd und ich wusste, was er von mir erwartete.

„Bitte mach weiter, Herr", gab ich es ihm, ohne zu zögern. Wenn er mich nur kommen ließe, würde ich ihn nennen, wie immer er wollte, es war mir völlig egal.

„Braves Mädchen", lobte er und bewegte seine Finger auf diese Art, die mich sofort zum Orgasmus brachte. Keine Ahnung, wie er es anstellte, aber dies war seine spezielle Gabe, denn nur bei ihm kam ich so hart, dass es mir fast den Atem raubte. Ich schrie auf und warf meinen Kopf gegen die Polsterung, als ich die Kontrolle über meinen Körper verlor. Für einen Moment war mir, als würde ich über mir selbst schweben, dann riss es mich zurück und ich krampfte unter seiner Berührung.

Ohne eine Sekunde aufzuhören, stellte er sich vor mich und löste seine Finger mit seinem Schwanz ab. Die Muskeln, die sich eben in meinem Höhepunkt zusammengezogen hatten, fügten sich dem neuen Eindringling und umschlossen ihn gierig, während er mich mit tiefen Stößen vögelte.

„Dieses Mal musst du um Erlaubnis bitten, bevor du kommst", befahl er, seine Anstrengung und Erregung waren deutlich zu hören, doch ich kannte niemanden sonst mit einer solchen Disziplin und Selbstbeherrschung.

„Ja, Herr", keuchte ich und kam seinen Stößen entgegen, schon kündigte sich der nächste Höhepunkt an. „Bitte, ich bin gleich soweit, darf ich kommen?"

„Nein", erwiderte er zu meinem Entsetzen und es kostete mich immense Kraft, den Orgasmus zurückzuhalten, was mich noch schärfer machte. Ich biss mir auf die Lippe und hielt einige Stöße aus, da kanalisierte sich der Druck in Tränen und durchnässte meine Augenbinde.

„Bitte, Herr, bitte!" Meine Stimme brach. Er machte unbarmherzig weiter, zögerte es heraus und trieb mich an den Rand der Belastbarkeit. Ich musste kommen, sonst würde ich durchdrehen. „Bitte!"

„Erlaubnis erteilt!", stieß er endlich aus und ich kam mit einem Schrei, dem kurz darauf sein eigener folgte. Seine Lippen legten sich auf meine verschwitzte Stirn und seine Finger strichen über meine tränennassen Wangen, dann löste er die Augenbinde.

Ich blinzelte, war in den köstlichen Nachwehen meines Orgasmus' gefangen und es dauerte einen Moment, bis ich klar sah. Er lehnte über mir und lächelte. Lachfältchen bildeten sich um seine braunen Augen und sein dunkles Haar mit den silbernen Strähnen an den Schläfen fiel ihm in die Stirn.

Vorsichtig öffnete er die Fesseln an meinen Handgelenken und entfernte die Nippelklemmen, danach verschränkte er meine Beine um seine Taille, legte meine Arme um seinen Nacken und hob mich hoch.

„Die Handtücher liegen drüben", sagte er mit rauer Stimme an meinem Hals und trug mich in den gefliesten Duschbereich im hinteren Ende des Raumes, ohne den Kontakt zu verlieren. Seine starken Arme hielten mich fest und ich schmiegte mich an seinen muskulösen Körper. Ja, bei ihm fühlte ich mich vollkommen geborgen.

Vorsichtig glitt er aus mir und stellte mich auf den Boden. Meine Arme ließ ich um seinen Hals liegen, während sein Sperma warm an meinen Beinen herunterfloss. Er küsste mich und drehte den Wasserhahn auf und die Regendusche ließ warmes Wasser auf uns prasseln. Ich legte den Kopf zurück und empfing den Strahl auf meinem verschwitzten Gesicht. Viel zu schnell war ich fertig, in meine Kleider geschlüpft und frottierte mir ein letztes Mal die Haare.

„Ich habe keinen Föhn", sagte er entschuldigend, doch ich zuckte mit den Schultern.

„Das macht doch nichts. Draußen ist es warm genug." Er lächelte und streifte seine Jeans über. Ich ließ meinen Blick gefällig über seine trainierten Arme und seine breite Brust wandern, bis er sein Shirt anzog und diese Aussicht verdeckte. „Du siehst wirklich gut aus, Nick. Deine Scheidung bekommt dir."

„Das sieht Marie sicher anders, aber das bin ich ja gewöhnt." Er seufzte. „Es wurde Zeit, dass es zu einem Ende kommt, die letzten anderthalb Jahre haben uns beiden nicht gutgetan. Aber mit der Trennung geht es mir besser."

„Das freut mich für dich", sagte ich und nahm das Glas entgegen, das er mir reichte. Ein Gin-Tonic war genau das richtige. Ich setzte mich auf einen der Barhocker vor dem kurzen Tresen, hinter den er getreten war, um mir den Drink zu mixen, und sah mich um.

Wir befanden uns im Keller von Nicks Haus, in dem er einen Raum nach seinen persönlichen Vorlieben eingerichtet hatte: Die Wände waren dunkelrot gestrichen und teilweise verspiegelt, an der linken hinteren Ecke die kleine Bar, an der wir saßen, und in der vorderen rechten die Dusche. Der Rest des Raumes war mit einem Andreaskreuz, der Pritsche, auf der ich eben gelegen hatte, und einem Möbelstück ausgestattet, das entfernt an ein Pferd beim Geräteturnen erinnerte. An den Wänden hingen

außerdem verschiedene Stücke, von denen er einige an mir ausprobiert hatte und in den beiden Schränken war viel mehr ver-
staut.

Leider spiegelte dieser Raum nicht die Vorlieben seiner zukünftigen Exfrau wider, was ein Grund für die anstehende Scheidung war.

Ich kannte Nick bereits über sieben Jahre. Wir hatten uns nach
der Trennung von meinem damaligen Freund Robert kennengelernt und er entführte mich, nachdem ich mich fast ein dreiviertel
Jahr geziert hatte, in die Welt des BDSM. Wir verbrachten eine
intensive Zeit zusammen, in der ich viel über mich selbst und
meine Sexualität lernte, doch für eine Beziehung war es zu wenig. Er suchte eine devotere Frau und ich keinen ausschließlich
dominanten Mann. Ich war ihm zu soft, er mir zu hart, aber das
hielt uns nicht davon ab, uns trotzdem in unregelmäßigen Abständen zu sehen und immer ausschweifenderen und ausgefalle-
neren Sex zu haben.

Zumindest solange, bis er Marie kennenlernte und ich mich zurückzog, denn einer Beziehung wollte ich nicht im Weg stehen.
Nick verliebte sich Hals über Kopf in sie und drosselte seine Dominanz, während versuchte sie, sich auf seine Welt einzulassen.
Leider scheiterten sie nach fünf Jahren Beziehung, von denen sie
drei verheiratet waren, endgültig an diesem Kompromiss.

Ich war seit einem knappen halben Jahr nach einer kurzen, aber
intensiven Beziehung wieder Single und als ich von einer gemeinsamen Freundin von der anstehenden Scheidung hörte,
nutzte ich die Gelegenheit und rief Nick an. Wir erneuerten unseren Kontakt und trafen uns seit ein paar Wochen. An der Güte
unserer Treffen hatte sich nichts geändert, ich hatte eher den Eindruck, dass der Sex noch besser geworden war.

Außerhalb seines „Hobbyraumes", wie Marie den Keller verächtlich nannte, besaß Nick eine eigene Firma und war Landschaftsbauer, daher kamen seine rauen Hände und sein breites
Kreuz. Er war einer der wenigen Männer in meinem Alter, mit
denen ich guten Sex hatte, ansonsten bevorzugte ich jüngere.

Zwischen uns bestand definitiv eine Anziehungskraft, aber meine Neigung zum BDSM war zu wenig ausgeprägt, um seine zu befriedigen. Ich nutzte es zur Ergänzung meines Liebeslebens, bei ihm war es der Hauptbestandteil. Ein Unterschied, der sich nicht überbrücken ließ, wie er ja gerade gelernt hatte.

„Was hast du heute Abend vor?", fragte ich beiläufig. Er erwartete nicht von mir, dass wir noch viel Zeit miteinander verbrachten, aber wenn er Lust hatte, konnte er mich zum Treffen begleiten. Nick kannte meinen Freund Sam und dessen Mann Tim ebenfalls einige Jahre, über Sam war der Kontakt damals zustande gekommen.

Sonja war er bisher nicht begegnet und ich war unsicher, wie sie mit der Natur unserer Beziehung umgehen würde. Seitdem ihr Mann sie aus heiterem Himmel verlassen und sie diesen Schock überwunden hatte, war sie lockerer, erfreulicherweise auch, was ihr eigenes Liebesleben anging. Trotzdem wusste ich, wie suspekt ihr dieses Thema war.

Ganz im Gegensatz zu Aiko, Sonjas Schwägerin, bei der damit zu rechnen war, dass sie Nick Löcher in den Bauch fragte, weil sie alles, was mit Sex zusammenhing, brennend interessierte. Ich erinnerte mich lebhaft an den Abend, an dem sie Sam nach seinem ersten Mal ausgequetscht hatte und es sich in allen Einzelheiten beschreiben ließ.

Mit dieser Art musste man umgehen können und zumindest Sonja stellte sie manchmal damit auf eine harte Probe.

Nick sah mich lauernd an. „Willst du einen Nachschlag?"

Nachschlag im wahrsten Sinne des Wortes.

Ich winkte lachend ab. „Nicht heute. Ich muss es Montag irgendwie zur Arbeit schaffen und das wird ein Ding der Unmöglichkeit, wenn wir eine zweite Runde drehen."

Meine Oberschenkel waren gerötet, ebenso mein Bauch und meine Brüste, und ich war froh, dass mein knielanges Sommerkleid diese Stellen bedeckte. Holte ich mir ein paar Schläge mehr, wären diese bis Montag sichtbar und das wollte ich vermeiden, egal wie sehr ich den Sex mit ihm liebte.

Nick war, wegen unserer Vorgeschichte und weil wir beide einen frischen Bluttest hatten, der einzige Mann, mit dem ich es zurzeit ohne Kondom machte. Alle anderen Komplikationen verhinderte ich mit einer Hormonspritze.

„Ich bin gleich mit Sam, Tim und zwei Freundinnen zu ein paar Drinks verabredet. Begleite mich, wenn du Lust und Zeit hast."

„Normalerweise gern, aber ich muss ein paar Projektentwürfe fertigstellen", sagte er bedauernd. „Grüß Sam und Tim von mir, ich werde versuchen, es das nächste Mal einzurichten." Ich nickte und trank aus.

Gemeinsam stiegen wir die Treppe hinauf ins Erdgeschoss. Sobald man in den Flur trat, gab es keine Hinweise mehr auf Nicks speziellen Raum, der hinter einer unauffälligen Tür verborgen lag. Das Haus war hell und geschmackvoll eingerichtet, an manchen Stellen fehlten ein paar Teile von Marie, aber von Nicks besonderer Vorliebe ließ sich sonst nichts erahnen, was ich schätzte. Ich war zwar offen, was meine Sexualität und mein Liebesleben anging, walzte solche Themen in der Öffentlichkeit aber nicht breit.

Vor allem wenn man wie Nick und ich gezwungen war, wegen seines Jobs ein gewisses Image zu pflegen, war es besser, solche Neigungen für sich zu behalten. Und meine Kollegen und Mitarbeiter ging es nichts an, was ich mit wem trieb.

Er küsste mich im Hausflur ein weiteres Mal und die Hitze kehrte in meine Wangen und zwischen meine Schenkel zurück. Ohne die Bedenken wegen der Spuren, die der Sex hinterlassen würde, wäre ich einer weiteren Runde gegenüber nicht abgeneigt.

„Ich hoffe, du rufst bald an", flüsterte er an meinen Lippen. Ich versprach es und lief durch den Vorgarten und die Straße hinunter zur Bahnstation. Dabei erfreute ich mich daran, gerade gut durchgevögelt worden zu sein. Meine Muskeln waren entspannt und aufgewärmt wie nach einer intensiven Sportstunde.

Ich fuhr mit der Bahn in die Innenstadt und ging zu Fuß vom Jungfernstieg zum Restaurant. Auf dem Weg blieb ich stehen und ließ den Blick über die Binnenalster und die Fontäne in ihrer Mitte schweifen, deren Gischt in der Sonne wie ein zarter Schleier schimmerte. Die Barkassen drehten ihre Runden auf dem Wasser und einige Segler hatten sich hinausgewagt, schließlich war nie abzusehen, wie lange das gute Wetter in Hamburg anhalten würde.

Einmal mehr war ich froh, dass ich damals, vor fast zwanzig Jahren, hierhergekommen war, um zu studieren. Zwar hatte ich bis heute nicht die große Liebe, dafür aber die besten Freunde der Welt gefunden, von denen zwei bereits auf mich warteten.

Und es dauerte nur noch ein paar Wochen, bis Em, die vierte in unserem Bunde, von ihrer Weltreise zurückkam. Ich vermisste sie sehr, sie war nun seit fünf Monaten mit ihrem Partner Curt unterwegs und bereiste die Paradiese der Welt, aber ich wusste, dass sie sich darauf freute, wieder bei uns zu sein.

Ich kam im Restaurant an und sah Sam winken. Er sah umwerfend aus, sonnengebräunt und durchtrainiert, seine blauen Augen blitzten, als er sich ein paar schwarze Haarsträhnen aus der Stirn strich. Neben ihm saß sein Mann Tim, ebenfalls gutaussehend, knapp eins neunzig, blond und mit dieser skandinavisch anmutenden Attraktivität, die Sam damals ins Auge gefallen war.

Zwischen ihnen saß ihre zweijährige Tochter Dionne, die sie aus Sierra Leone adoptiert hatten. Mein Patenkind reckte mir erwartungsvoll die kleinen Arme entgegen, als sie mich entdeckte. Ihre weißen Zähne strahlten in ihrem dunklen Gesicht und ihr krauses Haar war zu niedlichen Zöpfen frisiert. Sie lachte auf diese unnachahmliche Kleinkinderart, als ich sie knuddelte und auf die Wange küsste.

In Ems Abwesenheit war ich die einzige Kinderlose in unserer Clique, Sonja hatte einen siebenjährigen Sohn und Aiko zwei Töchter von vier und sechs. Bei mir hatte es sich nie ergeben und ich war zufrieden damit, wenn ich mir die zahlreichen Problemchen so anhörte, von denen die Eltern berichteten. Da war ich doch lieber nur für mich selbst verantwortlich.

Aiko und Sonja kamen kurz nach mir an, glücklicherweise ohne ihre Kinder, und wir genossen den Sonnenschein auf der Haut und das Schwappen des Wassers gegen die stillgelegte Barkasse, auf der sich das Restaurant befand.

„Liebste, was ist bloß mit deinen Haaren passiert?", fragte Sam unvermittelt und fummelte an einer verirrten Strähne herum.

„Ich komme gerade von Nick und habe dort geduscht", gab ich zurück und seine Augen funkelten.

„Das erklärt natürlich die strahlenden Augen und den rosigen Teint." Ohne mich zu fragen, griff er nach dem Saum meines Kleides und schob ihn ein Stück den Oberschenkel hinauf, um mit dem Finger über die geröteten Stellen zu fahren. Ich wischte seine Hand weg, bevor die Leute vom Nachbartisch etwas mitbekamen.

„Nick?" Sonjas Augenbrauen zogen sich zusammen, als sie ebenfalls einen Blick auf meine Schenkel warf. „Der mit dem Keller?"

„In dem Claire offenbar eine gute Zeit hatte", sagte Sam gutgelaunt und schnipste gegen meinen Busen. Ich schlug nach ihm.

„Hör auf damit!" Die anderen amüsierten sich prächtig, außer Sonja, die mich sorgenvoll ansah.

„Und was ist das für eine Sache mit euch beiden? Seid ihr zusammen? Habt ihr ein Arrangement oder wie das heißt?" Sie beugte sich vor und brachte ihr Gesicht vor meines. Jetzt im Sommer zierten ein paar Sommersprossen ihre Nase und mit ihren lockigen brünetten Haaren, die sie zum Pferdeschwanz gebunden hatte, sah sie aus wie eine erwachsene Version der Hanni und Nanni-Cover meiner Bücher aus den Achtzigern: Süß, ein bisschen frech und sehr unschuldig. Ihr weißblaues Ringelshirt, die Highwaist-Shorts und die weißen Baumwollturnschuhe unterstrichen diesen Eindruck, sie könnte direkt zum Tennisunterricht gehen.

„Weder das eine noch das andere", wehrte ich ab. „Wir treffen uns einfach und haben unseren Spaß, ganz ohne Verpflichtungen und Absprachen." Sie sah mich zweifelnd an.

„Ich stelle mir das ja wahnsinnig interessant vor", mischte Aiko sich ein. Ihr Vater war Japaner, ihre Mutter Deutsche und sie besaß die asiatischen Gesichtszüge und den zierlichen Körperbau, dafür blaue Augen und eine unglaublich lose Klappe. Sie war die Schwester von Sonjas Mann Kenichi, der im Winter einfach abgehauen war, nachdem es bei den beiden eine Weile kriselte. Seitdem hielt er sich bei seinen Eltern in Japan auf und ließ kaum von sich hören.

Inzwischen hatte meine Freundin die Scheidung eingereicht, das gemeinsame Haus verkauft und das große teure Auto zurückgegeben, da alle Verträge auf ihren Namen liefen. Sie lebte mittlerweile mit ihrem Sohn in einer Eigentumswohnung in der Nähe ihrer Eltern in Nienstedten, die gern bei der Betreuung von JP einsprangen.

Aiko selbst war geschieden und wohnte mit ihren Töchtern um die Ecke, sie nahm ihrem Bruder sein Verhalten übel und schlug sich auf Sonjas Seite. Seitdem war sie ein fester Bestandteil unserer Clique und oft bei unseren Treffen dabei.

„Soll ich euch bekannt machen?", fragte ich zu schnell für mein Gehirn. Erst hinterher überlegte ich mir, ob es okay war, wenn Aiko mit dem gleichen Mann vögelte wie ich.

Gut, wenn sie wartete, bis es sich zwischen uns beiden erledigt hatte, wäre es in Ordnung für mich. Aikos Augen aber leuchteten vor Begeisterung.

„Oh Mann, ja. Claire, das ist eine tolle Idee. Ich glaube, ich begleite dich mal zu einem Treffen." Sam sah mein Gesicht und prustete los, während ich die richtigen Worte suchte.

„Auf gar keinen Fall", war das einzige, was mir dazu einfiel. Allein der Gedanke… ich bremste mich, bevor ich die Contenance verlor. Aiko grinste betreten.

„Sorry, ich merke es selbst. Grenzen und so", sagte sie und zarte Röte überzog ihre Wangen. Tim biss sich amüsiert auf die Lippe, doch Sonja schüttelte langsam den Kopf.

„Aber wenn du von vornherein weißt, dass es nirgendwo hinführt…", setzte sie an, doch ich fiel ihr ins Wort.

„Lass gut sein. Ich genieße einfach den Sex mit ihm und wir schauen einfach mal, wie lange es funktioniert. Außerdem sind wir Freunde und das Ganze ist komplett ungefährlich."

„Außer für deinen Arsch", warf Sam ein und ich sah ihn strafend an. Ich hasste es, wenn man von meinem Arsch sprach, das klang, als wäre er breit und fett. Er grinste und prostete mir mit seinem Hugo zu.

„Wahrscheinlich findet er eh bald eine, die sich besser auf ihn einlassen kann, dann ziehe ich mich zurück. Bis dahin lass mir doch meinen Spaß." Sonja nickte bedächtig, damit konnte sie offenbar leben. Fürs erste.

Wir verbrachten einen entspannten Spätnachmittag und Abend, feierten den heißen Sommer und ließen es uns gutgehen.

Dionne schlief schließlich erschöpft auf Tims Schoß ein und fabrizierte einen kleinen Sabberfleck auf seinem weißen Oberhemd. Wieder einmal fand ich es faszinierend, dass die beiden, die es lange sehr wild getrieben hatten, mittlerweile solche Vorzeigeväter waren.

„Was steht morgen an?", fragte Aiko und lehnte sich gelassen zurück. Ihr Exmann hatte die Mädchen an diesem Wochenende.

Ich zuckte mit den Schultern. „Wie jeden Sonntag: vormittags Sport und nachmittags erholen, bevor es am Montagmorgen in die Druckkammer geht." Immer montags um halb neun stand das Bereichsleitermeeting in der Firma an, bei dem wir uns einen obligatorischen Anschiss von unserer Vorgesetzten abholten.

Sam, Sonja und ich arbeiteten in einer Anwaltssozietät, die auf die Beratung von Immobilienkonsortien bei ihren Bauvorhaben und allem, was damit zusammenhing, spezialisiert war.

Sonja leitete die Personalabteilung, Sam die Buchhaltung und ich die Rechnungsabteilung inklusive Mahnwesen. Em war ebenfalls in dieser Kanzlei beschäftigt und für das Mandantenmanagement zuständig, wenn sie nicht gerade durch die Welt gondelte. Aiko, die bei einer Firma für Sexspielzeug angestellt war und Dildos und Vibratoren designte, nickte, obwohl sie wenig Verständnis für unsere Situation hatte. Sie arbeitete kreativ, warf mit Entwürfen um sich und kannte keinen Zahlendruck, wie wir ihm dank unserer Vorgesetzten, Sabine Stechmann-Selzner, alias die Drachenfrau, unterworfen waren.

Sam und Sonja allerdings zogen finstere Gesichter, keiner von uns freute sich auf die Montage, es sei denn, die Drachenfrau war im Urlaub.

„Einhundertzweiundfünfzig Tage noch", beschwor Sonja unser Mantra herauf. Sie führte eine Strichliste, die herunterzählte, wie viele Tage es bis zur Rente unserer Vorgesetzten waren. Einhundertzweiundfünfzig waren nur noch knapp fünf Monate, ein überschaubarer Zeitraum, den wir alle durchhalten würden.

„Und, gehst du morgen wieder zu Nick?", fragte Sam, dem das Büro-Thema offenbar zuwider war. Ich schüttelte den Kopf.

„Leider keine gute Idee. Ich brauche die Regenerationszeit, um ohne Striemen ins Büro zu kommen." Er nickte verständnisvoll

Die Buschtrommeln in der Sozietät waren penetrant und einige Kollegen interessierten sich zu sehr für die Angelegenheiten der anderen. So hielt sich seit Jahren hartnäckig das Gerücht, Sam und ich hätten ein Verhältnis, obwohl seine Homosexualität allgemein bekannt war und Tim schon diverse Male bei uns im Büro war. Er war Architekt und sein Büro hing auch mit der Kanzlei zusammen, so hatten die beiden sich kennengelernt.

Doch anscheinend war es für manche schwer vorstellbar, dass wir eng befreundet waren, ohne miteinander ins Bett zu gehen. Gut, solche Sachen wie der Busenstupser und das Saumlüften waren wenig hilfreich, um die Gerüchte zu zerstreuen.

„Na gut, wenn ihr so langweilig seid, muss ich den Tag als Produkttesterin verbringen", meinte Aiko schulterzuckend.

„Nett von deinem Arbeitgeber dir die Produkte zur Verfügung zu stellen", sagte Tim ohne mit der Wimper zu zucken. Sie grinste ihn kess an.

„Wenn sich jemand auskennt, sind wir das." Sie sah Sonja und mich an. „Gratisprobe gefällig?" Ihr Job brachte wirklich Vorteile mit sich und sogar Sonja ließ sich inzwischen beschenken, nachdem wir gemeinsam ein Versteck für die „Trageproben", wie Aiko sie liebevoll nannte, gefunden hatten, das außerhalb von Jan-Philipps Reichweite war.

Was mich anging: Ich verfügte längst über eine große Auswahl an Sexspielzeug und war jederzeit zu einer Erweiterung bereit.

Mittlerweile war es halb zehn und Dionne musste ins Bett gebracht werden, bevor es mit der Nachtruhe vorbei war. Sam und Tim verabschiedeten sich und brachen auf, wir Frauen bestellten noch eine Runde.

„Gibt es etwas neues wegen der Scheidung? Du hattest doch heute einen Termin mit deiner Anwältin, oder?", fragte Aiko Sonja, die an ihrem Bellini nippte.

Bei jedem anderen hätte es seltsam gewirkt, dass die Schwester des Ehemannes die Trennung unterstützte, aber Aiko fuhr da strikt ihre Linie und war auf Sonjas Seite. Sie hatte ihrem Bruder sein Verhalten genauso wenig verziehen wie wir anderen.

Diese wiegte nachdenklich den Kopf. „Nein, noch nicht. Dank des Ehevertrages ist alles geregelt und wenn Kenichi persönlich hier wäre, um zu unterschreiben, könnten wir es durchziehen. Aber so werde ich abwarten müssen."

Die Lippmanns hatten damals auf die vertragliche Regelung bestanden. Ihnen gehörte eine Möbelfirma, die Sonja, beziehungsweise Jan-Philipp eines Tages erbte und da Linda und Ralf nie besonders begeistert von ihrem Schwiegersohn gewesen waren, sicherten sie sie auf diese Weise ab. Sie hielt sich großartig und ich war froh, dass sie sich seit der Trennung ein paar lockere Romanzen gönnte. Die Zeit um Kenichis Abgang war schwer für sie gewesen, sowohl die Streitereien davor als auch aus heiterem Himmel alleinerziehend zu sein, doch nun war sie deutlich lebenslustiger.

Von diesen Geschichten brauchten ihre konservativen Eltern nichts wissen und bevor Sonja ihre Eigentumswohnung bezogen hatte, war sie zu diesem Zweck zu Em gegangen, deren Wohnung ja leer stand. Dafür hatte unsere Freundin ihr extra den Schlüssel dagelassen. Und ein paar wenige Male nutzte sie dieses Angebot sogar. Viel zu selten für meinen Geschmack, aber sie war da einfach anders als ich und hielt es anscheinend wesentlich länger ohne Sex aus.

„Wir könnten tanzen gehen", schlug Aiko unvermittelt vor. „Uns noch ein bisschen bewegen."

„Lass mal", winkte ich ab. „Ich hatte meine Dosis bereits." Nachdenklich strich ich über meine Oberschenkel und erfreute mich an dem Prickeln, das die Striemen auslösten. Sonja bemerkte es und schüttelte den Kopf.

„Weißt du, es ist wenig sinnvoll, etwas zu verurteilen, was du noch nie ausprobiert hast", sagte ich zu ihr. Womöglich sollte *sie* sich mal mit Nick treffen. Ihr Mund wurde ein schmaler Strich.

„Bei aller Liebe, Claire, aber wenn man von vornherein weiß, dass eine Sache gar nichts für einen ist, kann man sich die unangenehme Erfahrung ersparen."

Ich zuckte mit den Schultern. Trotz ihrer mittlerweile fast vierzig Jahre hatte sie Manschetten, ihre Sexualität auszuleben und Neues auszuprobieren, aber das war etwas, das sie mit sich allein ausmachen musste.

Wenn ihr Liebesleben in seinem Zustand für sie okay war (was ich mir nicht vorstellen konnte), sollte sie damit zufrieden sein. Ich würde andererseits alles auskosten, solange es ging. Und Treffen mit Nick gehörten definitiv dazu.

Ich verstaute die Idee dennoch hinten in meinem Kopf und verabschiedete mich von den beiden, die sich ebenfalls auf den Heimweg machten.

2. Kapitel

Den Sonntag verbrachte ich wie geplant und fand mich am Montagmorgen um kurz nach acht in der Sozietät ein, um die letzten Vorkehrungen fürs Meeting zu treffen. Mein DIN A4-Blatt mit den Notizen lag seit Freitag bereit, trotzdem hielt sich meine Vorfreude auf das Gespräch in engen Grenzen.

Sam kam aus seinem Büro nebenan zu mir und brachte einen Kaffee mit. Wir beide gingen meistens gelassen in die Besprechung, unsere Abteilungen liefen tadellos, aber wenn die Drachenfrau einen schlechten Tag erwischte, war ihr das egal. Sonja hatte es deutlich schwerer, im Personalwesen fielen öfter Themen an, die sie sich gern vornahm und endlos diskutierte.

An meiner offenen Bürotür lief unsere Kollegin Jennifer vorbei und winkte scheu. Sie war für das Recruiting verantwortlich und mied mich, seitdem sie das von Julian und mir erfahren hatte. Im Frühjahr, während meiner Trennung von Ben, hatte ich eine kurze Affäre mit Julian Falkner, einem der Rechtsanwälte, die abrupt vorbeiging, als Sam uns bei einem Blowjob in meinem Büro unterbrach. Danach bandelte Julian mit der Recruiterin an und die beiden wurden sogar für kurze Zeit ein Paar, bis er das Angebot bekam, im New Yorker Büro Partner zu werden.

Und im Laufe der anschließenden Trennung musste er ihr von unserer kurzen Geschichte erzählt haben. Tatsächlich beinhaltete sie nur zweieinhalb Mal Sex und ich bereute sie im Nachhinein sehr, denn der Anwalt war alles andere als ein Held im Bett und ich hatte ihn benutzt, um mit Ben Schluss zu machen. Ein Fehlschlag auf ganzer Linie.

Sam zog die Augenbrauen hoch und schnalzte mit der Zunge. „Die kann ich nicht leiden", brummte er in seine Kaffeetasse, doch ich winkte ab.

„Lass gut sein. Sie hat den Fehler gemacht, sich wirklich in Julian zu verlieben. Ich habe sie nach zwei Wochen vom Zusammenziehen reden hören. Damit ist sie gestraft genug."

„Dieser kleine Wichser", stimmte Sam zu und ich zwinkerte lächelnd. Er fand stets die passenden Worte. „Und wie geht es mit dir weiter, Liebste?"

„Wie schon? Ich lebe in den Tag hinein und bin mir selbst genug", erwiderte ich entspannt und sammelte meine Papiere ein.

„Du solltest Nick eine Chance geben. Er ist ein toller Mann", riet er mir und stand ebenfalls auf. Mich rührte, wie sehr er mich glücklich sehen wollte.

„Es würde genauso schiefgehen wie zwischen ihm und Marie", erklärte ich auf dem Flur hinunter zum Konferenzraum. „Ich mag ihn zu sehr, um den gleichen Fehler zu machen."

Sam nickte unzufrieden. In seinen Augen waren wir ein *perfect match*, aber ich konnte ja ebenso wenig aus meiner Haut wie Nick. Zuhause dauerhaft seine devote Dienerin zu spielen würde mich unglücklich machen, dazu war ich selbst zu dominant.

Wir erreichten den Meetingraum und nahmen an dem langen Konferenztisch Platz, an dessen Kopfende sich bereits die Drachenfrau mit ihrem Schatten, der Office-Managerin Anne, eingefunden hatte. Sie betrachtete uns finster über ihre randlose Brille und nickte knapp.

Nach und nach trudelten die anderen Bereichsleiter ein, Sonja war ebenfalls schon da und winkte uns matt zu. Wahrscheinlich musste sie Smalltalk betreiben oder die Drachenfrau wollte mal wieder irgendwen aus purer Lust feuern.

Ich schlug die Beine übereinander und zog schnell den hochgerutschten Rocksaum über meine Oberschenkel. Es war doch noch etwas zu sehen, anscheinend waren die Schläge härter gewesen, als ich sie wahrgenommen hatte. Ich würde mit Nick sprechen oder unsere Treffen auf Freitagabend vorverlegen müssen. Sam bemerkte es und zwinkerte mir zu. Er hatte selbst eine Zeitlang BDSM praktiziert, irgendwann jedoch die Lust verloren, da Tim kein Interesse daran hatte.

Dennoch liebte er es, wenn ich darüber berichtete, und fühlte sich in seine wilde Zeit zurückversetzt. Ich wusste, dass er es hin und wieder vermisste, aber seine Zufriedenheit mit Tim und Dionne war größer als diese Sehnsucht.

Manchmal fragte ich mich, ob ich jemals an diesen Punkt kommen würde oder ob dieser Zug bei mir abgefahren war.

Die Drachenfrau räusperte sich, endlich waren alle eingetrudelt, und klopfte mit den Fingerknöcheln auf den Tisch. Seit ihrem Schlaganfall kurz nach Weihnachten waren ihr ihre dreiundsechzig Jahre deutlicher anzumerken als zuvor und sie hatte einiges an Gewicht verloren, was sie nun hager wirken ließ. Das täuschte darüber hinweg, dass sie nach wie vor ein gemeines Miststück war, dessen perverse Freude darin lag, uns eine beschissene Zeit zu bereiten. Ich vermutete aber, dass sie bis zu ihrer Rente nicht mehr durchhielt, ihre Krankheitstage nahmen zu und sie wirkte manchmal schlapp und unkonzentriert.

So oder so musste bald eine Regelung für ihre Nachfolge gefunden werden und ich rechnete mir gute Chancen aus, befördert zu werden, da ich sie während ihrer Krankheit vertreten hatte.

„Ich wünsche Ihnen einen schönen guten Morgen", sagte die Drachenfrau mit ihrer nasalen, eiskalten Stimme, die ihre Worte verspottete. Ihre kinnlangen feinen Haare trug sie zum Bob frisiert, dem die schwarze Tönung deutlich anzusehen war, dazu einen Hosenanzug von einem teuren italienischen Designer.

Beides stand ihr nicht.

„Diese Woche steht einiges an, wir haben am Mittwoch und Donnerstag jeweils Mandantenevents und ich erwarte von Ihnen, die Partner bestmöglich zu unterstützen. Herr Mraß, Sie fangen an." Steffen Mraß war der Marketingleiter der Kanzlei, ein nervöser Mann Mitte vierzig mit hoher Stirn und unstetem Blick, der Em während ihres Sabbaticals vertrat. Er war sympathisch, aber komplett unselbständig und ohne seine Assistentin Janina würde er vergessen zu essen, geschweige denn seinen Aufgabenbereich im Griff haben. Jetzt haspelte er sich durch die Beschreibung der anstehenden Events für diese Woche.

Ich wusste, dass jeder im Raum, einschließlich Steffen selbst, drei Kreuze machte, wenn meine Freundin in ein paar Wochen zurück war.

Die Drachenfrau bombardierte ihn mit Fragen, auf die ihm irgendwann nichts mehr einfiel und schließlich gab er auf, sich rechtfertigen zu wollen, und notierte sie nur noch, damit Janina sie hinterher beantwortete.

Danach nahm sie sich Stephanie vor, die den Sekretariaten vorstand. Die beiden waren sich spinnefeind, weil Stephanie eine große Klappe hatte, die sie nie im richtigen Moment hielt. Momentan ging es zwischen ihnen besonders hoch her, denn die Sekretariatsleiterin war schwanger, ging in wenigen Wochen in den Mutterschutz und wusste, dass die Drachenfrau weg sein würde, wenn sie aus ihrer Elternzeit zurückkam, was sie noch frecher werden ließ.

Der Schlagabtausch war unterhaltsam, da sie sich um die Besetzung des Sekretariats in der Kaufvertragsabteilung von Dr. Schönfeldt stritten und ich wagte es, mich ein wenig zurückzulehnen. Die Meetingzeit war fast rum und es war unwahrscheinlich, dass die Drachenfrau sich ein neues Opfer suchte.

Irgendwann hatte sie Stephanie verbal niedergemacht, aber man sah ihr die Erschöpfung deutlich an, als sie das Meeting für beendet erklärte und uns an unsere Plätze schickte. Auf dem Flur sah ich unsere Kollegin Larissa der Schwangeren auf die Schulter klopfen. Sie verdiente unser aller Respekt für ihren Mut.

„Wenn wir Glück haben, sie sieht bald ein, dass sie es nicht mehr schafft", sagte Sam, als wir unsere Büros erreichten.

Sonja nickte düster. „Das wäre gut, ich finde, es wird schlimmer in letzter Zeit und sie sieht wirklich schlecht aus."

„Gibt es mittlerweile eine Vertretung für Steph?", fragte ich, denn es waren nur noch sechs Wochen bis zu ihrem Mutterschutz und sie konnte jederzeit ins Beschäftigungsverbot gehen, wenn es ihr zu bunt wurde. Sonja nickte. „Ja, sie fängt am ersten September an. Glücklicherweise. Die Suche hat lang genug gedauert, bis Jennifer jemanden gefunden hatte, der Bitter und die

Drachenfrau überzeugt hat." Dr. Jens Bitter war unser Managing Partner, der den Partneranwälten vorstand und die Kontakte zu den anderen Büros in Hong Kong, New York und Katar aufrechterhielt. Normalerweise hätte die Drachenfrau die Einstellung allein vorgenommen, doch da die Koordination der Sekretariate die Anwälte betraf, behielt er sich das letzte Wort vor.

„Allmählich verliere ich noch den letzten Spaß an diesem Job", sagte Sam und betrat mit mir zusammen Sonjas Büro. Ich winkte meinem Team schnell im Vorbeigehen, dann sah ich Sam vorsichtig an. Jeder von uns hielt es unter der Drachenfrau nur aus, weil wir einander hatten.

Ems Abwesenheit machte das ganze schwer genug, aber ein Arbeitsalltag ohne Sam war für mich, nach sieben Jahren Zusammenarbeit, unvorstellbar. Ähnlich war es bei Sonja und Em kam bald zurück. Sonja warf einen Blick auf ihre Strichliste mit den Resttagen der Drachenfrau und nickte bedächtig.

„Auch fünf Monate können lang werden." Damit hatte sie unbestritten recht und diese Aussage spukte mir noch im Kopf herum, als ich zu meinen vier Mitarbeitern herüberging und mit ihnen den Wochenplan besprach.

Ich hatte mit ihnen großes Glück, sie alle waren fleißig und zuverlässig, außerdem hielten sie zusammen und dachten mit, was die Arbeit unglaublich erleichterte. Franzi, meine Stellvertreterin, hatte alle Konten im Griff und wenn ich zur Head of Office befördert wurde, wäre sie eine gute Nachfolgerin.

Der Status bei Rechnungen und Mahnungen sah zufriedenstellend aus, unsere Außenstände waren in Ordnung und neben zwei Meetings mit Partnern hatte ich am Nachmittag keine Termine. Ich saß regelmäßig mit den dreizehn Partneranwälten des Hamburger Büros zusammen und sprach mit ihnen über ihre offenen Fälle, um das Vorgehen abzusichern, denn manche der Mandanten waren speziell und benötigten Fingerspitzengefühl. Im Zweifel wussten die Partnersekretärinnen darüber Bescheid, bei wem es Zahlungsengpässe oder andere Schwierigkeiten gab.

Meine Mittagspause verbrachte ich mit Sam und Sonja bei unserem Stammitaliener, überstand den Nachmittag und fuhr abends zu meinem Kardiokurs. Heute war es ausgesprochen heiß und ich schwitzte innerhalb kürzester Zeit.

Danach war ich komplett erschossen und ließ mich nach der Dusche auf die Couch fallen. Ich war versucht, Nick anzurufen und mit ihm eine Verabredung auszumachen, verwarf die Idee aber. Es wäre vermessen zu erwarten, dass er sich immer Zeit für mich nahm, egal wie gut ihm unsere Sessions gefielen.

Am Freitag war Ems Geburtstag und ich war traurig, weil wir ihn nicht zusammen verbringen konnten. Wegen ihrer Weltreise hatte sie Sams und meine Geburtstage verpasst und die Skype-Anrufe waren kein Ersatz, zumal ich dieses Jahr vierzig geworden war und sie wirklich an meiner Seite gebraucht hätte.

Sonja wurde im November ebenfalls vierzig und wir hatten beschlossen, gemeinsam zu feiern, denn bis dahin war Em zurück.

Dienstag und Mittwoch vergingen ereignislos und ich setzte mich am Donnerstagmorgen gerade mit einer Tasse Kaffee an meinen Schreibtisch, als mein Handy klingelte und Em anrief. Stirnrunzelnd nahm ich das Gespräch an, sonst rief sie nie an, weil die Roaminggebühren astronomisch hoch waren.

„Welche Ehre, von dir zu hören", sagte ich scherzhaft und schlug die Beine übereinander, überlegte es mir aber anders, weil es so heiß war, dass meine Haut zusammenklebte.

„Du kannst dich glücklich schätzen, du bist die erste, die ich anrufe", erwiderte sie und ich hörte laute Geräusche im Hintergrund. „Ich bin gerade in Fuhlsbüttel gelandet. Können wir uns heute Abend sehen?" Mir fiel fast das Handy aus der Hand.

„J-ja, natürlich! Du bist wirklich zurück?", fragte ich vorsichtshalber nach und stand auf, um Sam zu holen. Er saß mit aufgerollten Hemdsärmeln an seinem Schreibtisch und ließ sich von einem Mini-Ventilator anpusten.

„Ja, allerdings. Curt und ich haben Schluss gemacht, deswegen bin ich früher zurück", berichtete sie und ich hörte, wie sie über einen Steinboden lief. Ihre Absätze machten laute Geräusche, es war typisch für Em, mit Highheels ins Flugzeug zu steigen. Stil vor Bequemlichkeit.

„Oh, das tut mir leid", sagte ich. Sam zog die Augenbrauen zusammen und wedelte mit der Hand, er wollte endlich wissen, worum es ging. „Em, ich sage Sonja und Sam Bescheid. Um sechs im *Rosenbergs?*", fragte ich und ihm fielen fast die Augen aus dem Kopf.

„Machen wir, jetzt versuche ich, ein Taxi zu bekommen. Bis später. Ich hab euch vermisst", trällerte Em und legte auf, bevor ich reagieren konnte.

„Sonja!", rief Sam über den Flur. Sonjas Büro lag unseren direkt gegenüber und ihre Tür war offen. Ihr Kopf ruckte hoch und sie stand schnell auf. „Sortier deinen Sohn weg, Em ist zurück. Heute Abend, sechs Uhr im *Rosenbergs.*"

„Sie ist zurück?" Sonjas Augen wurden kreisrund. „Ernsthaft? Wieso?"

„Sie und Curt haben Schluss gemacht. Mehr weiß ich nicht." Ich hob die Hand, als sie zu weiteren Fragen ansetzte, die ich eh nicht beantworten konnte. Sie nickte und Sam zückte sein Handy, um Tim Bescheid zu geben.

„Ich bitte Aiko, JP zu hüten", sagte Sonja und lief zurück in ihr Büro. Damit erinnerte sie mich daran, dass ihre Schwägerin kurz nach Ems Abreise zu uns gestoßen war und die beiden noch nicht warm miteinander waren. Das würde interessant werden, wie mir Sams Kopfnicken bestätigte, denn beide waren in ihrer Art sehr eigen. Wir konnten nur hoffen, dass sie die gleiche Sympathie füreinander aufbrachten wie wir.

Ich verbrachte den Tag in wachsender Unruhe und konnte kaum abwarten, bis es endlich fünf Uhr wurde, Zeit für den Feierabend. Mit dem Auto fuhr ich nach Hause, parkte in der Tiefgarage und stieg bei Sam ein, der an der Straße auf mich wartete. Sonja war schon vorgefahren und kümmerte sich um ihren Sohn, den sie doch zu ihren Eltern brachte. Ihre Mutter würde sich am nächsten Morgen um den Schulweg kümmern.

„Ich bin gespannt, was Em gleich erzählt", sagte ich, schnallte mich an und kontrollierte meinen Lidstrich im Spiegel.

„Ich auch", meinte Sam und trat aufs Gas. „Die ganze Zeit haben wir nur gehört, wie toll und phantastisch Curt ist und auf einmal machen sie Schluss. Die Geschichte muss ich hören." Er seufzte. „Schade, dass morgen erst Freitag ist, sonst hätten wir in ihren Geburtstag reinfeiern können."

„Sie wird uns sicher dazu verdonnern, am Samstag mit ihr loszugehen", prophezeite ich und freute mich darauf. Zu unserem Stammrestaurant *Rosenbergs* war es ein kurzer Weg. Es lag in der Mitte zwischen unseren Wohnungen und bot sich deswegen für jedwedes Treffen an, da es auch eine hervorragende Bar und eine gute Auswahl an Singles hatte, die mir oft zugutekam. Em wohnte bei mir um die Ecke und war somit endlich wieder in Reichweite für spontane Abende mit Wein auf der Couch oder Partys, die sie in ihrem Netzwerk auftat.

Sam erwischte einen Parkplatz in unmittelbarer Nähe des Restaurants und mein Herz klopfte vor Vorfreude schneller. Sonja und Em waren bereits da und meine Freundin sprang auf, als sie uns hereinkommen sah. Ich drückte sie an mich und hielt sie eine gefühlte Ewigkeit fest, bevor Sam sich räusperte und ich meine Umarmung langsam lockerte.

Sie sah phantastisch aus, gebräunt und strahlend. Ihr platinblondes Haar, das sie sonst als Pixie trug, war länger geworden, was ihr gut stand. Ihre braunen Augen funkelten vergnügt, keine Anzeichen für eine schmerzhafte Trennung waren zu sehen. Heute trug sie winzige Jeansshorts und ein bauchfreies Top, das ihre fast einundvierzig Jahre verspottete, außerdem hatte sie offensichtlich während ihrer Reise viel Sport getrieben und sah besser aus denn je.

Sam ließ sie schließlich los und wir setzten uns. Auf dem Tisch stand ein Pitcher Margarita, aus dem sie uns einschenkte.

„Wir müssen morgen arbeiten", wandte Sonja ein, doch Em zuckte mit den Schultern.

„Dafür wurde Aspirin erfunden. Nehmt euch ein Taxi und gut ist. Hier kommt heute keiner nüchtern raus", prophezeite sie und schob uns die Gläser zu. Wir prosteten uns zu und es kam mir beinahe unwirklich vor, dass wir vier wieder zusammen waren.

„Okay, Mad-Eye, was ist passiert mit dir und dem Mann in den besten Jahren?", fragte Sam nach dem ersten Schluck und lehnte sich entspannt zurück.

„Das kann ich dir sagen: Curt hat mir einen Heiratsantrag gemacht. Am Montag auf Aruba. Ich konnte nur ablehnen." Wir starrten sie schockiert an, keiner brachte einen Ton heraus.

„Ist nicht dein Ernst!", entfuhr es Sonja schließlich und sie schlug die Hand vor den Mund. Em nickte mit finsterer Miene.

„Leider doch. Ich habe ihn gefragt, warum er das macht. Wir sind erst ein halbes Jahr offiziell zusammen, glücklich und zufrieden auf Weltreise und er kommt mit sowas. Er meinte, ich wäre diejenige, mit der er alt werden will…"

„Noch älter", warf Sam korrigierend ein. Em zuckte mit den Schultern.

„Geschenkt. Jedenfalls will er unbedingt den Sack zu- und mich zu seiner dritten Ehefrau machen. Für ihn ist es völlig unverständlich, dass das überhaupt nichts für mich ist. Er faselte irgendwas davon, die Reise zu verlängern und ich könnte endgültig bei Lichtenstein & Partner kündigen. Er hat null verstanden, wie wichtig es mir ist, einen Job zu haben und unabhängig zu sein. Wahrscheinlich bin ich die erste, die er kennenlernt, die solche Wünsche hat, wenn ich mir seine beiden Exfrauen angucke." Em holte tief Luft. „Jedenfalls war es für ihn unbegreiflich, dass ich ihn weder heiraten noch meinen Job aufgeben will und diese beiden Entscheidungen unumstößlich sind. Stellt euch das mal vor: ich, das Stiefmonster von Clementine und Fernandine, das ist doch lächerlich!" Die beiden mit den unsäglichen Namen waren Curts erwachsene Töchter.

Wir nickten und ich nahm einen Schluck, um mir Zeit zu verschaffen, die ganzen Informationen zu verarbeiten. Sam fing sich als erster. „Und danach habt ihr euch getrennt?"

„Jupp, mehr oder weniger. Er hat mich gebeten, darüber nach-zudenken, was ich abgelehnt habe. Ihm ist aber sehr wichtig, die Frau, die er liebt, zu heiraten, möglichst, ohne noch viel arbeiten zu müssen. Aber Leute, dafür bin ich echt zu jung."

„So ist das mit den alten Knackern", sagte Sam weise. Curt war siebenundfünfzig und der Altersunterschied von sechzehn Jahren machte sich anscheinend doch bemerkbar.

„Wir konnten also keinen Konsens finden und ich habe ange-boten, nach Hause zu fliegen, was er angenommen hat, nachdem er verstanden hat, dass ich es ernst meine. Also haben wir mir einen Flug gebucht, die Nächte durchgevögelt und ich habe mich verabschiedet." Em wirkte mit dem Ausgang zufrieden und ich erinnerte mich daran, wie schwer es ihr gefallen war, ihre Bezie-hung zu Curt offiziell zu machen.

„Mein Gott, ich bin umgeben von Singlefrauen", stöhnte Sam und rieb sich die Stirn.

„Und mit keiner willst du schlafen", erwiderte Em und schüt-telte gespielt betrübt den Kopf. „Wie dumm von dir, dabei sind wir eine schöner als die andere."

„Süße, wenn ich auf Frauen stünde, würde ich euch alle drei vögeln, aber leider seid ihr außerhalb meines Interessengebiets", entgegnete Sam freundlich und küsste Em auf die Wange.

„Dieses Bild muss ich erstmal aus dem Kopf bekommen", sagte Sonja leise und wandte an Em. „Es tut mir leid für dich."

„Danke, ist aber unnötig", meinte Em entspannt und schenkte uns nach. „Ich bin froh, zurück zu sein, euch um mich zu haben und ab Montag komme ich sogar zur Arbeit. Ich kann es kaum erwarten, die alte Kackbratze zu sehen."

„Sie freut sich sicherlich auf dich." Em und die Drachenfrau hassten einander inbrünstig und nur, weil sie Bitter und die meis-ten der anderen Partner im Rücken hatte, arbeitete Em überhaupt noch für die Kanzlei.

Zum Bedauern unserer Vorgesetzten war sie sehr gut in ihrem Job und ihr Sabbatical war mit großer Bestürzung aufgenommen worden. Einer Rückkehr stand also nichts im Wege.

„Ich bin mal gespannt, was Steffen während meiner Reise alles verkackt hat", fügte Em hinzu und ihre Augen funkelten boshaft. „Soweit ich weiß, lief es dank deiner beiden Mädels und Janina einigermaßen rund." Sie nickte erleichtert und prostete Sam zu.

„Tja, wie ich sicher wisst und schon rot in euren Kalendern eingetragen habt, ist morgen mein Geburtstag. Ich möchte keine Geschenke, habe aber einen Tisch in diesem neuen Restaurant in der Innenstadt reserviert. Ich lade euch ein, was sagt ihr dazu? Tim ist selbstverständlich miteingeladen", erklärte sie und kam Sam zuvor, der den Mund bereits geöffnet hatte. „Und am Samstag müssen wir tanzen gehen."

Ich nickte und freute mich darauf. Vorher würde ich ein Treffen mit Nick organisieren, um vollkommen entspannt in den sicher großartigen Abend zu starten.

„Wie geht es euch?", fragte Em. Sonja brachte sie schnell auf den neuesten Stand ihrer Scheidung und ich tat das Thema mit einem Schulterzucken ab.

„Sie trifft sich mit Nick", verkündete Sonni, als wären das die Breaking News aus der Klatschpresse. Ich sah Em an, dass sie einen Moment brauchte, den Namen zuzuordnen, dann verzog sie anerkennend das Gesicht.

„Der hübsche Gärtner mit der Folterkammer im Keller?"

„Es ist keine Folterkammer", sagte ich genervt. „Er hat einfach nur ein paar Möbelstücke dort, die man für BDSM nutzt." Sam brach in Gelächter aus.

„Als würde er dir nicht jedes Mal den Hintern versohlen, bevor er es dir besorgt!" Ich warf ihm einen strafenden Blick zu, musste aber lachen.

„Es ist nur Sex", erklärte ich Em, bevor sie die gleiche Leier abspulte wie Sonja, doch diese Freundin zuckte nur mit den Schultern. Bekannte, die ausschließlich für Sex herhielten, hatte sie selbst genug.

„Solange es guter Sex ist, weiter so, Claire."

Wir verbrachten einen lustigen und unterhaltsamen Abend. Em erzählte von den Orten, die sie und Curt besucht hatten und wir beschlossen, im nächsten Jahr zusammen nach Aruba zu reisen, damit ich mir ein eigenes Bild von diesem Stück Paradies auf Erden machen konnte.

Zurück teilten wir uns ein Taxi mit Sam und stiegen zuerst aus, er fuhr bis zur HafenCity weiter.

„Ist bei dir wirklich alles in Ordnung?" Sie beobachtete mich, während sie eine Zigarette vor meiner Haustür rauchte.

„Bei mir ist alles bestens", gab ich zurück.

Sie sah mich skeptisch an. Em war kaum zwei Wochen nach meiner Trennung abgereist, als ich kurz vor einem Nervenzusammenbruch stand.

„Hast du Ben nochmal gesehen?" Sie nahm einen Zug und atmete den Rauch aus. Ich beobachtete, wie er aufstieg und sich auflöste. Es war immer noch warm, doch jetzt fröstelte ich.

„Nein, kein einziges Mal. Aber das wäre sicher nicht gut für uns gewesen." Sie sah mich nachdenklich an und umarmte mich.

„Ich bin froh, wieder bei euch zu sein. Du glaubst gar nicht, wie sehr ich euch vermisst habe, Traumreise hin oder her."

„Wahrscheinlich so sehr wie wir dich." Ich winkte und sah ihr nach, als sie gemächlich losschlenderte und ihre Kippe in einen Mülleimer schnipste.

Tränen stiegen in meine Augen, einfach, weil ich so glücklich war, sie zurückzuhaben. Em war diejenige, die sich am besten in mich hineinversetzen konnte: Wir waren beide unverheiratet und kinderlos, Umstände, die die Sicht aufs Leben stark veränderten und auch bei Sam hatte ich gemerkt, dass sich die Prioritäten bei solch großen Veränderungen verlagerten.

Jetzt hatte ich jemanden mit ähnlichen Problemen und Ansichten bei mir und das war beruhigend.

Während ich auf den Aufzug wartete, schrieb ich Nick eine Nachricht und fragte nach Samstagnachmittag. Trotz der späten Stunde sagte er sofort zu.

Ich lächelte, als ich meine Tür aufschloss.

3. Kapitel

Am Samstagmittag fand ich mich bei Nick ein, nachdem ich ausgiebig geschlafen hatte. Das Abendessen anlässlich Ems Geburtstag am Vorabend dauerte bis nach Mitternacht und als ich endlich pappsatt und gut mit Wein abgefüllt zuhause ankam, schlief ich sofort ein.

Nun war ich zu allem bereit. Seit Donnerstagnacht freute ich mich auf dieses Treffen und trug unter meinem leichten Sommerkleid nur einen winzigen String, der Nick sicher gefiel.

Ich parkte vor seinem Haus und klingelte kurz darauf an seiner Tür. Er öffnete mir nach wenigen Sekunden und begrüßte mich mit einem Kuss auf den Mund. Heute trug er Jeans und ein schwarzes Tanktop, an seinen verschwitzten Oberarmen klebte Erde, er war anscheinend bis eben im Garten gewesen. Bei seinem Anblick und als ich seinen Geruch in die Nase bekam, lief mir buchstäblich das Wasser im Mund zusammen. Nick roch immer leicht holzig, ein schwerer, maskuliner Duft, den ich noch nie bei einem anderen Mann festgestellt hatte und mich sehr erregte. Ich konnte es kaum erwarten, dass wir loslegten.

Hinter mir schloss er die Tür und strich mit dem Daumen über meine Brust, die sich deutlich durch den dünnen Baumwollstoff abzeichnete. Sofort zog sich mein Nippel zusammen und ich mein Unterleib pochte.

„Danke, dass du dir Zeit für mich nimmst", sagte ich leise. Er strich mir die Träger von den Schultern und einen köstlichen Moment glaubte ich, wir würden es gleich hier im Flur treiben, doch er trat einen Schritt zurück und betrachtete mich mit einem Lächeln im Gesicht. Mein Kleid war zu Boden gerutscht und ich stand nur in meinem Mikro-Slip und meinen hochhackigen Sandaletten vor ihm.

„Für dich nehme ich mir alle Zeit der Welt."

„Das will ich hoffen." Ich ergriff seine ausgestreckte Hand. Quickies im Stehen gab es bei Nick nicht, er zelebrierte den Sex und dehnte ihn lieber über Stunden aus, als sich selbst zu erlauben, nach wenigen Minuten zu kommen. Für diese Disziplin und Geduld schätzte ich ihn, denn mir ging sie teilweise ab. Ich mochte kurzen, heftigen Sex und eine Runde mit dem Vibrator vor dem Einschlafen, aber sowas kam für ihn nicht infrage.

Nick begleitete mich wie ein Gentleman die Treppe zum Keller hinunter. Mein Herzschlag beschleunigte sich, als ich mich fragte, was er sich heute einfallen ließ. Hier unten war es angenehm kühl und meine Nippel wurden noch härter, als er mir den Vortritt ließ. Er küsste mich erneut und trat an einen der Schränke, dem er eine Art ledernes Geschirr entnahm.

Ich betrachtete es und zeigte ihm durch ein Nicken, dass ich einverstanden war, es zu tragen. Er stellte sich hinter mich und legte den ersten Riemen um meinen Hals, bat mich, die Hände nach hinten zu nehmen. Er beugte sie jeweils etwa im rechten Winkel und führte sie durch zwei Schlaufen, die er wiederum festzog. Ein leichter Zug auf meine Kehle entstand, den ich aber selbst durch die Haltung meiner Arme regulierte.

Sanft fasste er mich am Ellenbogen und geleitete mich zu dem Möbelstück, das an das Pferd aus dem Turnunterricht erinnerte. Er half mir hinauf, dabei hielt er mich sicher und fest. Abgesehen von dem Mittelteil, auf dem ich saß, verfügte es auf beiden Seiten über eine gepolsterte Kante, auf die ich mich kniete.

„Sitzt du gut?" Als ich nickte, trat er einen Schritt zurück und betrachtete sein Werk. Ich streckte den Rücken durch, präsentierte mich ihm und legte lächelnd den Kopf zur Seite.

„Gefällt dir, was du siehst?"

„Sehr. Bitte lehn dich nach vorn, wir können anfangen." Ich folgte seinen Anweisungen und lehnte mich so weit vor, wie ich mich mit den Oberschenkeln stabil halten konnte, hier half mir mein wöchentlicher Yoga-Kurs, den ich gelegentlich mit Pilates ergänzte.

Nick trat erneut an den Schrank und ich beobachtete, wie er ein Paddle, die Reitgerte und einen Rohrstock herausholte. Bei Letzterem schüttelte ich den Kopf. Das war eine Nummer zu viel. Er lächelte bedauernd und stellte ihn zurück.

„Du verpasst was."

„Mag sein, aber ich verzichte. Ich muss heute Abend tanzen können." Er lachte und rieb das Paddle zwischen seinen Handflächen, bevor er hinter mich trat. Er versetzte mir ein paar schnelle Hiebe mit der flachen Hand auf den Hintern, deren Klatschen mich aufstöhnen ließ. Es war wichtig, die Haut anzuwärmen, um blaue Flecken und andere Verletzungen zu verhindern, doch bei Nick war ich in erfahrenen Händen.

Mit den Fingerspitzen betastete er die Stelle und schob zwei schnelle Schläge hinterher. Ich spannte meine Oberschenkelmuskulatur an und reckte ihm meinen Po entgegen. Ein Kribbeln breitete sich aus, der Schmerz erweiterte meine Sinne, schärfte sie und mein eigener Atem hörte sich lauter an als zuvor. Schon spürte ich, wie sich die Anspannung, die scheinbar immer in mir war, langsam auflöste und ich mich entspannte, trotz des Schmerzes und der Aufregung.

„Lass dich fallen", raunte er in mein Ohr und ich lächelte erneut. Genau das hatte ich vor und er würde mir dabei helfen.

Nick nahm das Paddle zur Hand und versetzte mir einen Hieb auf die linke Pobacke. Abermals führte er ihn so aus, dass das Geräusch heftiger klang, als es der anschließende Schmerz wirklich war. Auch das war Teil des Spiels, denn schlug er zu stark zu, verlor ich die Erregung, diesen Fehler hatte er nur ein einziges Mal begangen. Mittlerweile waren wir ein eingespieltes Team und er wusste genau, wie er mich berühren musste. Sanft strich er mit der Handfläche über meine heiße Haut und liebkoste sie, machte den Schmerz vergessen und steigerte meine Empfindsamkeit. Gleichzeitig zog er vorsichtig an meinen Händen, sodass sich der Druck auf meine Kehle erhöhte, doch ich hielt gegen. Was das anging, dosierte ich lieber selbst, denn dies war eine heikle Angelegenheit, die ich ihm nicht überlassen wollte.

Er verstand, ließ sofort los, holte erneut aus und traf dieses Mal die andere Seite. Ich blies Luft zwischen meinen Lippen aus und rieb mich an meiner Sitzfläche. Mir wurde immer heißer und ich wollte mehr von dem, was er mir gab.

Mehr Hiebe, aber vor allem mehr Zuwendung. Ihm waren seine Erregung und seine Zufriedenheit anzusehen.

„Ziehst du dein Shirt für mich aus?", bat ich. Er wartete einen Moment, ließ mich zappeln, als wäge er ab, ob ich es verdiente, dass er mir diese Bitte erfüllte. Dann zog er sich den schwarzen Stoff über den Kopf und zeigte mir seinen vor Schweiß glänzenden Oberkörper.

Ich betrachtete ihn und leckte mir die Lippen, am liebsten sähe ich ihn nackt, doch das ginge ihm zu schnell. Ich musste mich ihm fügen und abwarten, das war der Deal. Und dafür würde ich belohnt werden. Seine Finger zwickten mich in die Brustwarze, kneteten sie fest.

Ich stöhnte, als der Stoff meines Slips noch feuchter wurde.

„Bitte mach weiter." Ohne von meiner Brust abzulassen, versetzte er mir einen Schlag auf den Po und mir entwich ein kleiner Schrei der Lust. Seine Zunge glitt über meinen anderen Nippel und er holte erneut aus. Endlich waren wir bei dem Teil, den ich am liebsten mochte: Schläge allein hatten nur einen geringen Reiz, doch in Kombination mit erotischer Stimulation entfalteten sie ihre ganze Wirkung auf mich.

Nick wusste das und liebte es, mich warten zu lassen. Nicht gerade sanft knetete er meinen Nippel und ließ das Paddle drei Mal auf meine linke Pobacke klatschen, dann kontrollierte er den Stoff meines Slips. Ich wand mich und versuchte, mich an ihnen zu reiben, doch er zog sie weg. Zufrieden lächelnd fuhr er mit der Zungenspitze über seine Fingerkuppen und schob sie mir in den Mund, wo ich gierig saugte. Mein Mund war eine erogene Zone, das wusste er und schob seine Finger tief in meinen Rachen, sodass sich meine Speichelproduktion erhöhte.

„Für dich wäre es am besten, wenn du blasen könntest, während du die Schläge einsteckst", sagte er sanft und streichelte meine Wange mit der anderen Hand. Das Paddle baumelte an einer Schlaufe an seinem Handgelenk.

„Leider ist das für uns zwei allein nur schwer umzusetzen." Ich warf ihm einen scharfen Blick zu. Mit Dreiern hatte ich keine Erfahrung und bisher selten das Bedürfnis verspürt, aber das Bild, das er mir in den Kopf setzte, erregte mich. Lachfältchen bildeten sich um seinen Mund, als er mir beim Denken zusah.

„Wer hätte das gedacht?"

„Wer hätte gedacht, dass du daran Freude hast?", gab ich zurück, doch er machte ein geheimnisvolles Gesicht und strich mit der Daumenkuppe über meine Zunge. Erneut knallte das Paddle auf meinen Hintern und ich sackte vornüber. Der Druck auf meine Kehle erhöhte sich und ich beeilte mich, ihn zu verringern, indem ich mich aufrichtete.

Nick ließ von meinem Gesicht ab und schob meinen Slip beiseite. Er schloss genießerisch die Augen, während er mich betastete, neckte und seine Finger in der Feuchtigkeit versenkte. Ich biss mir auf die Unterlippe und hielt still. Er nahm meine Klit zwischen Zeige- und Mittelfinger und lächelte, als ich einen kleinen Schrei ausstieß. Er gab mir ein paar Sekunden, bevor er mit der anderen Hand erneut ausholte und mir zwei Schläge auf jede Pobacke gab. Ein Summen entstand in meinem Kopf und ich wand mich an seinen Fingern, während der Druck zwischen meinen Beinen heftiger wurde. Ich biss mir auf die Unterlippe, um ihn durch den Schmerz zu verteilen, doch ich war chancenlos. Er küsste mich auf den Mund und mein Orgasmus kündigte sich bereits an.

„Wie lange hältst du noch durch?", fragte er lauernd.

„Zehn Sekunden?", schluchzte ich und lehnte meine Stirn gegen seine Schulter. Mit der Zunge fing ich einen seiner Schweißtropfen auf, was ihn veranlasste, in mein Haar zu greifen und meinen Kopf langsam nach unten zu ziehen. Mein Körper neigte sich gefährlich weit nach vorn und der Druck auf meine Kehle erhöhte sich, aber ich war mittlerweile so dabei, dass es mich kaum störte. Ich wollte seinen Schwanz in meinem Mund und zwar sofort. Er ließ von mir ab und hinterließ ein heißes Pochen zwischen meinen Beinen, als er in meine Haare griff. Mit der zweiten Hand öffnete er seine Jeans und schob sie ein Stück hinunter, gerade weit genug, um seine Erektion zu befreien.

Um mich zu stabilisieren packte er mich mit beiden Händen an den Schultern und sog zischend Luft ein, als ich ihn in den Mund nahm und zu blasen begann. Schläge hin oder her, das war der absolut beste Teil unseres Treffens und ich genoss es, wie fest er mich hielt und ein Blick in sein Gesicht zeigte mir, dass es ihm genauso ging.

„Ja, Claire… oh ja…", machte er und ich verdoppelte meine Anstrengungen, während ich fieberhaft überlegte, wie weit ich gehen sollte. Andererseits ließ er mir kaum eine Wahl, denn ich war beinahe bewegungsunfähig. Seine Erektion in meinem Mund wurde härter und ich spürte, wie seine Muskeln sich anspannten. Ich machte mich für den kommenden Samenerguss bereit, da strich er mir über den Kiefer, ein klares Zeichen für mich, aufzuhören.

Nick war aus irgendeinem Grund noch nie in meinem Mund gekommen und anscheinend war dies eine der wenigen Sachen, die ihm unangenehm waren. Ich hatte ihm zwar klar gesagt, dass ich darauf stand, aber das war seine Entscheidung.

Ich richtete mich auf und wartete ab, was er als Nächstes tat. Kurze Zeit stand er einfach vor mir, mit schweißüberströmtem Körper und heftig atmend, dann beugte er sich vor und küsste mich. Gleichzeitig stahlen sich seine Finger unter das Bündchen meines Slips und er führte mir zwei von ihnen ein. Ich schob meine Hüfte nach vorn, um so viel wie möglich von ihm zu bekommen, während er das Tempo steigerte.

„Komm!", befahl er mir und ich gehorchte. Meine Muskeln kontrahierten und er hielt mich fest, damit ich nicht vornüberkippte. Verschwommen bekam ich mit, wie er die Fesseln auf meinem Rücken löste und meine Hände freigab. Er ging um mich herum, drückte meinen Oberkörper nach unten und zog mich ans untere Ende des Bocks, packte meine Hüfte und drang in mich ein. Ich fiel auf meinen Oberkörper und stützte mich mit den Händen ab, während er mich hart von hinten nahm, begleitete jeden Stoß mit einem Stöhnen, feuerte ihn an, weiter zu machen. Ich war wie von Sinnen als sich ein zweiter Orgasmus ankündigte, und kam abrupt, nachdem er mir mit der flachen Hand einen Schlag auf den Hintern verpasste.

Ich schrie schrill auf und krallte mich an dem schwarzen Lederbezug des Bocks fest. Nick stieß noch ein paar Mal zu, bevor er mit einem Brüllen kam. Sein Atem strich über meinen schweißnassen Rücken. Ich hielt still und genoss die Zuckungen meines Unterleibs, meine Muskeln, die sich um seinen Schwanz schlossen, und seine Hände auf meiner Haut. Wenn mein ganzes Leben so einfach wäre wie Sex, hätte ich keine Probleme.

Nick presste etwas Weiches gegen meinen Schritt und zog sich langsam aus mir zurück. Ich nahm ihm das Festhalten des Taschentuchs ab und stieg mit zittrigen Beinen von meiner Bahre herunter. Er griff meinen Ellenbogen und stabilisierte mich auf dem Weg zur Dusche, wo ich mich gegen die kalten Fliesen lehnte und tief Atem schöpfte. Seine Lippen legten sich sanft auf meine, seine Finger fuhren durch mein Haar und verursachten eine Gänsehaut. Es bestand unbestreitbar eine Anziehungskraft zwischen uns beiden. Ich sah in seine glänzenden Augen und spürte, wie mein Herz sich hob.

Was für ein Glück, dass wir uns wiedergetroffen hatten!

Seine Hände wanderten über die erhitzte Haut meines Hinterns und kneteten sie, während er sich an mir rieb. Nein, einer zweiten Runde gegenüber war ich sicher nicht abgeneigt. „Wieviel Zeit hast du?", fragte er mit heiserer Stimme.

„Ein paar Stunden", flüsterte ich und schlang meine Arme um seinen Nacken. Er nickte und drehte den Wasserhahn auf.

„Also habe ich genug Zeit, dir den Rest des Hauses zu zeigen."

„Herrgott, Claire, wie siehst du denn aus?", fragte Em mich am Abend, als sie vor meiner Haustür stand. Sie war zum Ausgehen fertig, heute offenbar beim Friseur gewesen und hatte sich einen

Pixie schneiden lassen. Dazu trug sie ein trägerloses Minikleid aus schwarzem Satin mit einem kimonoartigen Gürtel, der wie eine breite Schleife aus schwarzrot getigertem Glitzerstoff gebunden war. Abgerundet wurde ihr Outfit durch rote Satinpumps mit Schleifen an den Fersen.

Ich war gerade von Nick nach Hause gekommen und sah einfach nur durchgevögelt aus. Das sie bemerkte natürlich sofort und deutete meinen Aufzug richtig. Mein Haar war zerzaust und ich hatte beim Aufbruch in der Eile meinen Slip vergessen, sodass mein weißes Baumwollkleid wenig der Phantasie überließ. Ems Blick wanderte von meinem Gesicht hinunter und hinauf und sie schüttelte belustigt den Kopf, als ich die Tür hinter uns schloss und ihr zur Entschuldigung ein Glas Sekt anbot.

„Ich muss mich nur anziehen, schminken und frisieren", sagte ich und befüllte zwei Gläser.

„Alles gut, ich wünschte, ich hätte deinen Tag gehabt", winkte Em ab und prostete mir zu. Sie kicherte. „Meine Güte, so habe ich dich ja noch nie gesehen. War das Nick? Unter Umständen muss ich meine Einstellung zum BDSM doch ändern."

„Sicher?", fragte ich und zeigte ihr meinen lädierten Hintern, der im Laufe des Tages einiges abbekommen hatte. Sie sog zischend Luft zwischen den Zähnen ein und betastete meine gerötete Haut.

„Oh Mann, ich nehme alles zurück und frage mich wieder einmal, wie man darauf stehen kann."

„Es geht weniger um SM an sich, als den parallelen Sex", sagte ich und lief ins Schlafzimmer, wo ich das Kleid in meinen Schmutzwäschesack warf und nach frischer Wäsche angelte. Em blieb im Türrahmen stehen, ihr Blick glitt über meinen Körper. Außer meinem Hintern hatte er sich auch anderen Stellen ausführlich gewidmet.

„Aber Süße, Schmerz ist doch nichts Positives."

„Allein nicht", gab ich ihr recht. „Aber das ist schwer zu erklären, wenn man gar keine Neigung hat. Für mich ist es luststeigernd, wenn er mir dabei einen Klaps auf den Hintern gibt."

„Sieht nach mehr als einem Klaps aus", meinte Em gedankenverloren und mit gerunzelter Stirn. Ich drehte ihr entschieden die Vorderseite zu, schlüpfte in einen schwarzen Panty und einen dazu passenden BH und zog mein neues Partykleid über. Es war aus dunkelgrauem Stretch mit einem Überkleid aus pinkem Tüll, perfekt für das heiße Wetter draußen. Ich stellte nudefarbene Pumps heraus, schminkte mich in Windeseile und band meine Haare zu einem hochangesetzten Pferdeschwanz zusammen.

„Natürlich ist es mehr als ein Klaps auf den Po, aber das ist, als wollte man einer Frau, die nicht blasen will, die Vorzüge eines Blowjobs erklären."

„Hmm." Em war wenig überzeugt. Sie trank ihr Glas leer und schenkte sich selbst in der Küche nach. „Gut, aber du hast recht, zu diskutieren hat wenig Sinn. Ich freue mich jedenfalls darauf, endlich wieder mit anderen Männern als Curt zu vögeln. Monogamie ist furchtbar eintönig."

Das war ein Punkt, in dem wir uns unterschieden: Ich hatte kein Problem, monogam zu sein, wenn die Beziehung (und der Sex) stimmte, aber Em langweilte sich schnell.

„Auf Mauritius hatte ich ihn fast so weit, mir beim Sex mit dem Surflehrer zuzusehen", fuhr sie fort. „Der Typ hat mich keine Sekunde aus den Augen belassen und schon während der Stunde wäre es fast passiert, also musste ich einen anderen Ausweg suchen. Du ahnst gar nicht, was ich alles an Überzeugungsarbeit geleistet habe, aber im letzten Moment hat er es sich doch anders überlegt und ich konnte sehen, wo ich bleibe. ,Solche neumodischen Sachen sind nichts für mich', hat er gesagt. Also musste ich meine Hand gedanklich wieder aus der prallen Hose des Jungen ziehen." Em trank einen Schluck Sekt und grinste mich schief an. „Da hätte ich wissen müssen, dass es zu Ende geht."

„Meinst du, er hat dir den Heiratsantrag gemacht, um solche Aktionen zu unterbinden?", fragte ich und trug pinken Lippenstift auf.

„Gut möglich. Ich sage dir, ich war ein paar Mal echt in Versuchung, nicht nur bei dem Surferboy. Diese durchtrainierten

Typen, die sich einem quasi anbieten in ihren engen Höschen…"
Sie nippte an ihrem Glas und zupfte an ihren Ponysträhnen. „Es
gibt viele Arten von Folter. Naja, ich bin zurück und erneuere
ein paar alte Kontakte."

Em war sehr gut vernetzt, auch mit unseren Konkurrenzkanz-
leien, und hatte überall ihre speziellen Bekannten, die sich zweifellos freuten, dass sie keine Körbe mehr verteilte. „Fürs Erste
suche ich mir jemanden, der die Erinnerung an Curt vertreibt."

Ich nickte und schlüpfte in meine Pumps. Innerhalb einer Viertelstunde hatte ich mich komplett fertiggemacht, nicht schlecht.

Em rief über ihre App ein Taxi und wir leerten die Sektflasche,
anschließend fuhren wir zu der Bar, in der wir mit den anderen
verabredet waren. Wir waren die letzten und sie berichtete in allen Einzelheiten, warum wir spät dran waren. Ich war nur froh,
dass ich nicht meinen Hintern als Beweis zeigen musste.

Sonja warf mir diesen besorgten Blick zu, während Aikos Augen leuchteten und Sam mich stolz auf die Wange küsste, als
hätte ich irgendeine Prüfung bestanden. Tim begrüßte mich
ebenfalls mit einem Kuss auf die Wange, da kam die nächste
Runde Drinks und wir stimmten uns auf den Abend ein.

„Ihr werdet doch zusammenkommen", sagte Sam und schlang
seinen Arm um mich. Ich lehnte mich an seine Schulter und
schwieg, denn ich würde einfach abwarten, was die Zeit mit sich
brachte, ohne falsche Erwartungen oder Hoffnungen zu schüren.

Wir verließen die Bar gegen Mitternacht in Richtung des neuen
Clubs, den Em ausgesucht hatte. Mein Körper protestierte anfangs gegen das Tanzen, vor allem, als Sam mir einen Klaps auf
den Hintern gab, doch dann war ich aufgewärmt und ließ mich
von ihm über die Tanzfläche wirbeln.

Ich bekam mit, wie Em einen ihrer speziellen Freunde traf und
entdeckte Aiko, die mit einer Frau knutschte. Sie hatte einmal
erwähnt, dass sie Frauen attraktiv fand, aber bisher in meinem
Beisein nur Männer abgeschleppt. Tim, mit dem ich gerade
tanzte, sah es ebenfalls und mich überrascht an. Zu ihm war
diese Information anscheinend noch nicht durchgedrungen. Ich

zuckte mit den Schultern und grinste. „Wozu sich unnötig festlegen?"

Er nickte bedächtig und schien seinen Blick nicht von den beiden zu lösen, dabei war seine Miene schwer zu deuten. Es wirkte beinahe, als ob es ihn anmachte, sie zu beobachten. Er schüttelte den Kopf, griff meine Hand und führte mich in die nächste Drehung, bevor er mich heranholte und enger an sich drückte als sonst. Ich meinte, seine Erektion an der Hüfte zu spüren, aber ich hatte bereits einige Cocktails gekippt und war angeheitert.

Sam kam herüber und klatschte mich ab, kurz darauf küssten sich die beiden wild mitten auf der Tanzfläche. Ich lief hinüber zu Sonja, die bei Em und ihrem speziellen Freund stand.

„Claire, das ist Mark", brüllte Em über die Musik und den Tisch hinweg und Mark reichte mir seine Hand und stellte sich als Maik vor. Ich beschloss, den Namen sofort zu vergessen.

„Wie ist es bei dir?", fragte ich Sonja, die direkt neben mir stand und ich deswegen nicht anschreien musste. „Kein Fang für dich heute dabei?" Sie schüttelte den Kopf.

„Nein, ich bin es leid. Immer das Gleiche, diese Unverbindlichkeit gefällt mir einfach nicht. Ich bin für One-Night-Stands nicht gemacht."

Ich legte tröstend den Arm um sie und erinnerte mich an die erste Zeit nach meiner Trennung von Robert. Fast sieben Jahre waren wir zusammen gewesen, als plötzlich ich verzweifelt nach einem Ersatz für ihn suchen musste. Vergeblich. Irgendwann hatte ich die Nase voll von belanglosen und dennoch verkrampften Dates und wagte meinen ersten One-Night-Stand seit meiner Studienzeit. Es gefiel mir mit Anfang zwanzig nicht und zunächst schien es so, als wäre das zehn Jahre später unverändert, bis ich parallel Nick kennenlernte und mir die lockeren Bettgeschichten als Ausgleich holte.

So lernte ich letztes Jahr Ben kennen, die kurze Beziehung, die im Frühjahr in einem Desaster geendet war. Ich gab es ungern zu, aber ich vermisste ihn immer noch und wünschte mir oft, wir hätten es hinbekommen.

Ich schüttelte die Erinnerung ab und nippte an Sonjas Gin-Tonic. Neben uns knutschten Em und Mark-Maik wild herum und ich sah Aiko mit ihrer Flamme auf uns zukommen.

„Hey ihr Süßen, ich verabschiede mich für heute", sagte sie vergnügt und nahm die Hand ihrer neuen Bekanntschaft. Sie war groß und dunkelhaarig und hatte ein markantes Gesicht mit ausdrucksstarken dunklen Augen und hohen Wangenknochen. Für mich war Sex mit Frauen keine Option, ich musste aber zugeben, dass sie attraktiv war.

Wir winkten Aiko zu und beobachteten, wie sie den Club verließ. Sam und Tim kamen zurück an unseren Tisch und Em stellte sie vor. Mark-Maik war anzusehen, dass er von Schwulen alles andere als begeistert war und er flüsterte Em etwas ins Ohr, zweifellos wollte er gehen und ihr sein persönliches Geburtstagsgeschenk machen. Sie verabschiedeten sich kurz darauf und wir übrigen gingen für eine letzte Runde auf die Tanzfläche, dieses Mal tanzte ich mit Sam.

„Tim war wegen Aiko völlig von der Rolle", berichtete ich. „Ich glaube, damit hat er nicht gerechnet."

„Ich auch nicht, wenn ich ehrlich bin", antwortete er und drückte mich an sich. „Eigentlich dachte ich, sie hätte nur ein bisschen dick aufgetragen. Gut, habe ich mich geirrt. Aber was war das für ein Vollidiot, mit dem Em abgehauen ist?"

„Irgendein Anwalt von KLP." Ich schlang meine Arme um ihn und wiegte mich im Takt, während er seine Hände auf meinen Po legte. „Sam, reiß dich zusammen!" Er lachte.

„Lass mich doch wenigstens ein kleines Bisschen an deinen Sessions mit Nick teilhaben!"

„Veranstalte doch deine eigenen Sessions!", hielt ich dagegen.

„Mit Nick? Sofort und jederzeit. Der Kerl ist einfach heiß."

Da fiel mir etwas ein. „Er hat angedeutet, einen Dreier mit mir machen zu wollen, mit einem zweiten Mann." Er hielt mitten in der Bewegung inne und zerrte mich von der Tanzfläche in einen ruhigeren Bereich.

„Was? Oh Gott, Claire, heirate den Typen!"

„Ganz ruhig, Brauner, hier gibt's keine Hochzeit. Und ich weiß nicht, ob ich das überhaupt will", wehrte ich ab. Sam schüttelte den Kopf.

„Das steht nicht zur Diskussion. Wenn du die Chance bekommst, machst du es. Wenn Tim das vorschlagen würde, wäre ich sofort dabei." Erneut sah ich Tims merkwürdigen Gesichtsausdruck vor meinem geistigen Auge, konnte aber nichts mehr sagen, weil er und Sonja zu uns kamen.

„Ich bin durch für heute und meine Füße auch", stöhnte sie und sah hinunter auf ihre Riemchensandaletten, die sie zu ihrem schwarzen Etuikleid mit Blumenprint trug.

Wie wir alle war Sonja schweißgebadet von der stickigen Luft und ich war froh aufzubrechen. Es war nach drei und die Anstrengung des Tages forderte ihren Tribut.

Wir riefen uns zwei Taxen und ich verabschiedete mich von Sonja, die westwärts fuhr. Ich teilte meins mit Sam und Tim, meine Wohnung lag auf halber Strecke zu ihrer in der Hafen-City.

Wir alle waren erschöpft von der Hitze und der Lautstärke im Club und schwiegen die meiste Zeit der Fahrt, bis ich die beiden küsste und ausstieg. Kurz blieb ich vor meiner Haustür stehen und genoss die frische Brise, die vom Wasser bis hierher wehte.

Alles in allem war heute der perfekte Tag gewesen, egal wie erschöpft ich jetzt war. Mit einem Lächeln schloss ich die Haustür auf und fuhr nach oben.

Dort schälte ich mich aus meinen verschwitzten Sachen und schrubbte mir das Make-up vom Gesicht. Nach dem Zähneputzen fiel ich erschöpft ins Bett und schlief augenblicklich und sehr zufrieden ein.

4. Kapitel

Am Montagmorgen wartete Em pünktlich vor dem Eingangsportal auf mich und rauchte, als wäre sie nie fünf Monate weggewesen. Sie winkte und trat die Kippe aus.

„Na, wie war dein restliches Wochenende?", fragte ich und richtete das Schößchen meines pinken Etuikleides. Em trug eine glänzende hautenge Highwaist-Hose in schwarz zu einem weißen Trägertop und schwarzen Lackpumps mit Gitterstulpen. Über ihrer Schulter trug sie eine Bikerjacke. Sie grinste.

„Sagen wir es mal so: Ich bin zwar ohne Pavianhintern aus der Sache rausgekommen, sah aber ansonsten am Sonntagmittag ähnlich derangiert aus wie du. Mark darf mich gern anrufen, er ist sehr standfest."

„Danke für den Pavianhintern", brummte ich. „Aber schön für dich. Ich glaube nur, dass er Maik heißt." Em lachte und fragte, wen das interessierte. Gutes Argument.

Wir riefen den Fahrstuhl und traten ein.

„Bitte warten Sie!", kam von draußen eine Stimme und ich drückte schnell den Knopf, der die Türen offenhielt. Eine große schwarzhaarige Frau Mitte dreißig kam herein und lächelte uns dankbar an. „Das ist nett, danke."

Ich lächelte zurück und wir fuhren gemeinsam nach oben. Als sie im gleichen Stockwerk wie wir ausstieg, sah ich sie im Profil und mir blieb der Mund offenstehen. Ich hielt Em am Arm fest und ließ die andere vorbeigehen, die sich bei der Kollegin am Empfang anmeldete.

„Guten Morgen. Mein Name ist Katharina Stich, ich fange als Anwältin im Team von Frau Vasquez-Perlman an." Marina begrüßte sie freundlich und griff zum Hörer, während ich Em durch die Tür in unseren Flur zerrte.

„Herrgott, Claire, was ist denn los?", stöhnte sie und entriss mir ihren Arm. Sam trat auf den Flur und kam zu uns herübergeschlendert. Unmöglich, so lange zu warten.

„Das ist die Frau, die Aiko am Samstagabend abgeschleppt hat!", stieß ich hervor. Er überbrückte die letzten zwei Meter.

„Was? Wer?"

„Die neue Anwältin aus Perlmans Team." Ich riss mich zusammen, um meine Lautstärke zu drosseln, und deutete durch die Glasscheibe in der Tür, an die Sam und Em sich pressten.

„Jesus, du hast recht!" Er sah mich mit weitaufgerissenen Augen an. „Das ist ja der Hammer. Wie heißt sie?"

„Katharina Stich."

„Was macht ihr da?", fragte Sonja, die gerade mit Canan, ihrer Stellvertreterin, aus dem Perso-Büro kam. Falls Canan vorher schon dachte, etwas würde mit uns nicht stimmen, fühlte sie sich jetzt, da wir durch das Türglas starrten, sicher darin bestätigt. Wir winkten Sonja heran und brachten sie auf den neuesten Stand. Im Gegensatz zu uns war sie alles andere als begeistert.

„Oh Mann, das darf doch nicht wahr sein", stöhnte sie und rieb sich die Stirn.

„Warum? Es war doch keiner von uns mit ihr im Bett", hielt Em dagegen und rückte ihren Hosenbund zurecht. „Entschuldigt mich bitte, ich muss meine Runde drehen, bevor es heißt, ich hätte mich einfach reingeschlichen." Sie stieß die Tür auf und begrüßte Marina, bevor sie in Richtung von Bitters Büro ging.

„Würdet ihr wollen, dass die Kollegen auf der Arbeit schon am ersten Tag wissen, mit wem ihr am Wochenende im Bett wart?", fragte Sonja und das schien sie wirklich zu wurmen, denn Aiko hatte uns gestern einen sehr ausführlichen Bericht ihrer Nacht mit Katharina zukommen lassen, als Sam sich danach erkundigte. Ich hatte inzwischen das Gefühl, dabei gewesen zu sein.

„Ich gebe zu, ich könnte darauf verzichten, dass alle wissen, wie ich zwei Nächte vorher mit einem Strap-on durchgenommen wurde, aber das ist doch purer Zufall", erwiderte er und wir rissen uns endlich los, um zu unseren Büros zu gehen.

„Das meine ich!", sagte Sonja und ihre Wangen färbten sich rosa. „Es ist doch schrecklich, dass wir an ihrem ersten Tag solche Dinge über sie wissen!"

„Wir müssen sie ihr ja nicht auf die Nase binden und außerdem hat sie keinen von uns erkannt. Also ist doch alles in Ordnung", hielt ich dagegen. Sonja schüttelte ihren Kopf.

„Das wäre wirklich das schlimmste, was mir passieren könnte", murmelte sie. „Deswegen tut sie mir leid."

„Wenn keiner von uns etwas sagt, wird es niemals die Runde machen", sagte ich sanft, um sie zu beruhigen.

„Sonni, du regst dich zu sehr auf", meinte Sam bekräftigend und schob sie in ihr Büro. „Hol deine Sachen, die Besprechung geht gleich los." Er warf mir einen langen Blick zu, trat an seinen eigenen Schreibtisch und fischte nach seinem Notizzettel.

Ich stellte meine Handtasche auf meinen Besucherstuhl und suchte ebenfalls meine Unterlagen zusammen. Auf keinen Fall wollte ich zu spät zur Besprechung kommen, denn dann nähme mich die Drachenfrau unweigerlich aufs Korn. Wir gingen gemeinsam zum Besprechungsraum, wo Em entspannt auf ihrem Stammplatz saß und zufrieden lächelte. Anscheinend war sie euphorisch von den Anwälten begrüßt worden.

Die Drachenfrau sah heute besonders eisig aus, ihre Freude über Ems Rückkehr hielt sich in engen Grenzen, was kaum überraschte. Ihre Mundwinkel waren hinuntergezogen, ihre Augenbraue missbilligend gehoben.

„Wie Sie sehen, ist Frau Rotdorn wohlbehalten aus ihrem Urlaub zurückgekommen", sagte sie mit vor Verachtung triefender Stimme und Em grinste sie frech an. „Herr Maß wird sich sicherlich freuen, dass das Marketing nicht mehr allein auf seinen Schultern lastet. Außerdem fängt heute eine neue Kollegin im Team von Inez Vazquez-Perlman an, Katharina Stich als Senior Associate. Sie werden sie sicher heute sehen, wenn Frau Vazquez-Perlman mit ihr die Runde macht. Frau Lippmann, Sie fangen an", trug sie Sonja auf, die pflichtschuldigst ihren Bericht herunterratterte.

Als die Drachenfrau Katharina erwähnte, tauschten wir vier einen schnellen Blick. Sonja war die bange Erwartung anzusehen, jemand könne aufstehen und die Geschichte, dass die Neue am Wochenende mit ihrer Schwägerin im Bett war, zum Besten geben. Natürlich geschah nichts dergleichen und ich fragte mich, wo ihr Problem lag. Keiner von uns wäre so widerlich, sowas im Büro zu verbreiten, schließlich hatten wir selbst genug Leichen im Keller, die besser nicht breit diskutiert wurden.

„Was ist das Drama, Sonni?", fragte Em später beim Mittagessen und rührte Wasabi in ihre Sojasauce. Wir saßen in unserem favorisierten Sushi-Restaurant und feierten Ems Rückkehr. Das würden wir noch so oft tun, wie es ging. „Von uns erfährt keiner was, also besteht doch keine Gefahr."

„Nicht mal die Sache mit Claire und Julian hat damals die Runde gemacht und die war wesentlich interessanter", klinkte sich Sam ein. Ich nickte und erinnerte mich daran, dass ich mir darüber kurz Sorgen gemacht hatte, doch Julian und Jennifer hatten den Mund gehalten. Deren Beziehung machte zwar die Runde, weil sie selbst es kaum erwarten konnte, allen davon zu erzählen, aber die pikante Vorgeschichte blieb geheim. Mittlerweile war er vier Monate weg und ich der Meinung, mir wegen Jennifer keine Sorgen machen zu müssen.

„Das hat mich damals auch einige Nächte den Schlaf gekostet", gab Sonja zurück. Ich tätschelte ihre Hand.

„Lieb von dir."

„Das ehrt dich, aber in der Kanzlei gibt es so viele Geschichten, die man erzählen könnte, dass der Buschfunk das nicht bewältigen würde. Allein was man über mich alles erzählen könnte...", sagte Em entspannt und schob sich ihr Nigiri in den Mund.

„Es war einiges los, als rauskam, dass du mit Curt von Wittgenstein zusammen bist", sagte Sam. „Keine großen Gemeinheiten, aber einige haben sich das Maul vor Neid darüber zerrissen." Em zuckte mit den Schultern.

„Mit Neid kann ich wunderbar leben. Und sicher wären ein paar Kollegen auch neidisch, wenn die Sache mit der Stich und

Aiko rauskäme. Der Hälfte der Männer ginge beim bloßen Gedanken daran einer ab."

„Und der anderen Hälfte mit der Hand unterm Schreibtisch", führte Sam bildhaft aus. Sonja biss sich auf die Lippe, sie hatte offenbar immer noch Zweifel. Ich hielt es für besser, das Thema zu wechseln.

„Wie sieht es denn diese Woche aus, Em?", fragte ich. „Ich habe zu viele freie Abende."

„Am Donnerstagabend ist eine Party vom IVD", sagte sie mit einem Blick auf ihr Handy. „Die meisten unserer Mandanten werden dort vertreten sein, also komme ich kaum drum herum. Begleitest du mich?"

„Gerne", antwortete ich nach kurzer Überlegung. „Ich nehme an, die Getränke sind kostenlos?"

„Davon kannst du ausgehen", meinte sie zwinkernd. „Wenn wir Glück haben, gibt es sogar Schnittchen." Sie wandte sich Sonja und Sam zu, doch die beiden schüttelten die Köpfe.

„Ich kann nicht erwarten, dass meine Eltern ständig auf JP aufpassen, damit ich auf Partys gehen kann", wehrte Sonja ab. „Die Wochenenden machen sie ja gern, aber unter der Woche ist es schwieriger. Und Aiko kann ich nicht dauernd bitten."

„Same, same", sagte Sam, der deutlich unglücklicher wirkte. „Tim soll schließlich nicht denken, er wäre alleinerziehend."

„Kein Problem, ihr Elterntiere", meinte Em gelassen. „Solange ihr euch die Wochenenden freihaltet. Du bist mein Joker, Claire." Ich zwinkerte und machte mir eine Notiz im Handy. Endlich kehrte die Normalität ein, die ich während ihrer Abwesenheit schmerzlich vermisst hatte. Wie sehr, wurde mir erst jetzt klar, wo sie zurück war.

Am Donnerstag war es unerträglich heiß und ich entschied mich als Partyoutfit für ein weißes knielanges Stretchkleid mit Beinschlitz, V-Ausschnitt und goldfarbenen Applikationen in Ösen-Optik an Dekolleté und Taille. Meine schulterlangen blonden Haare steckte ich hoch, um meinen Nacken zu kühlen, und schlüpfte in rote Lackpumps. Kurz darauf stand ich mit Em auf der Straße vor meinem Wohnhaus und wartete auf das Taxi. Sie trug ein indigoblaues Seidenkleid, das wie ein Negligé geschnitten war, samt asymmetrischem Saum und Volants. Silberfarbene Riemchensandalen rundeten das Outfit ab.

„Falls ich mich hinlegen muss", feixte sie. „Außerdem ist es schön bequem."

„Hast du überhaupt was drunter?", fragte ich zweifelnd.

„Claire, bei meinen Brüsten brauche ich keinen BH und der Schlüpfer ist kaum der Rede wert", sagte sie gutgelaunt und sah an sich hinunter. Ihre kleinen Brüste störten sie nicht und es hätte mich nicht überrascht, wenn sie auf den Slip verzichtete. Nun, da sie ihren Ballast namens Curt losgeworden war, war bei ihr mit allem zu rechnen.

„Bist du schon für heute Abend verabredet?" Ich winkte dem Taxi, das soeben um die Ecke bog und vor uns hielt. Em, die gerade ihr Handy checkte, zog eine Schnute.

„Nein, ich lasse mich einfach überraschen, wer mir über den Weg läuft." Wir stiegen ein und fuhren in Richtung Altonaer Hafen, wo der IVD eine Location gemietet hatte. Ich freute mich auf einen entspannten Abend, außerdem waren die Immobilien-Typen witziger als Anwälte, wenn auch genauso von sich selbst eingenommen.

Dort angekommen eroberten wir erstmal die Bar und orderten einen Drink, da kamen die ersten Mandanten auf uns zu und verwickelten uns in ein Gespräch. Da sie alle Firmenevents ausrichtete, war meine Freundin bei den Kunden besser bekannt als manche unserer Anwälte und während ihrer Abwesenheit schmerzlich vermisst worden.

Em stellte mich ebenfalls vor und ich ließ die obligatorischen Witzchen über das Mahnwesen lächelnd über mich ergehen.

Es war immer dasselbe: Inkassowitze, Geldeintreiber-Bemerkungen, „Sie sind das also, die unsere Buchhaltung in Angst und Schrecken versetzt". Ha ha, den hatte ich ja noch nie gehört. Irgendwann entschuldigte ich mich und suchte nach der Toilette, als ich jemanden bemerkte. Mir wurde eiskalt, vor Schreck ließ ich meine Tasche fallen, als meine Hände unvermittelt taub wurden.

Er drehte sich um und sah mich ebenfalls, in seinem Gesicht machte sich der gleiche Schock breit, der vermutlich auf meinem zu sehen war. Alle meine Sinne schrien danach, schnell zu verschwinden, doch ich rührte mich keinen Zentimeter von der Stelle.

Er zögerte, dann kam er langsam herüber. Mein Herz schlug mir bis zum Hals, doch mein Blick saugte sich an seinem vertrauten Gesicht fest. Er hatte sich kaum verändert, seine intensivblauen Augen strahlten und seine Wangen waren so stoppelig wie in meiner Erinnerung. Nur sein rötlichbraunes Haar trug er mittlerweile kürzer. Er erreichte mich.

„Hallo Claire."

„Hallo Ben", hauchte ich und kämpfte gegen die Verzweiflung an, die sich in mir breitmachte. Es gab so viel Unausgesprochenes zwischen uns und der Schmerz, den ich ihm zugefügt hatte, lastete zentnerschwer auf mir. Irgendwie rang ich mir ein Lächeln ab, doch meine Kehle war staubtrocken. Ben fing einen Kellner ab, der mit einem Tablett vorbeikam, und drückte mir einen Sektkelch in die Hand.

„Ob die hier das gute Zeug haben?" Seine Stimme vibrierte in meinem Körper und Tränen stiegen in meine Augen, als ich über unseren alten Insider lächelte. Das waren meine Worte gewesen, als wir uns kennenlernten. Damals war er der Kellner. Er prostete mir zu. „Auf unser Wiedersehen."

Ich nickte und trank das Glas in einem Zug leer. „Ich freue mich, dich zu sehen", sagte ich, meine Stimme klang hohl und gekünstelt, wahrscheinlich so, wie mein Lächeln aussah.

„Gleichfalls", erwiderte er mit einer Wärme in der Stimme, die ich nicht verstand. „Du siehst toll aus."

„Danke." Ich suchte fieberhaft nach einem unverfänglichen Gesprächsthema, während ich meine Tasche aufhob, doch mir fiel keins ein. Stattdessen glitt mein Blick auf seine Hände, die mich an seine Berührungen erinnerten, über seinen Körper, der mich an unseren wundervollen Sex erinnerte und zu seinem Gesicht, das mich daran erinnerte, wie schlecht ich ihn behandelt hatte. „Ich weiß gar nicht, was ich sagen soll", gab ich zu. „Dich hier zu treffen... damit habe ich wirklich nicht gerechnet." Er nickte. Seit unserer Trennung und seinem Auszug im März waren wir uns kein einziges Mal mehr begegnet.

„Wie geht es deinem Freund?", fragte er beiläufig. Ich zuckte zusammen, meine Wangen pochten.

„Ich habe keinen Freund."

„Wirklich? Ich dachte, du wärst vielleicht mit dem Typen von damals zusammen." Seine Stimme war fast unbeteiligt und doch seine Worte trafen mein Herz wie vergiftete Pfeile.

„Ben, ich war nie mit ihm zusammen. Es war nur Sex und ich..." Ich musste kurz innehalten und Kraft schöpfen. „Was ich dir angetan habe, tut mir unendlich leid. Ich habe mich wie das letzte Arschloch verhalten und ich bereue es unglaublich, wie es mit uns zu Ende gegangen ist. Mein Verhalten ist unentschuldbar und das hattest du nicht verdient. Das wollte ich dir sagen." Sein Blick wurde weicher.

„Danke, das bedeutet mir viel." Ehe ich mich versah, beugte er sich vor und küsste mich. In meinem Inneren brach irgendein Damm und spülte Gefühle nach oben, die ich für erloschen gehalten hatte. Meine Hände zitterten so stark, fast hätte ich mein Glas fallengelassen. Er trat zurück und mir war, als hätte ich einen Teil meines Selbst verloren.

‚Geh einfach!', schrie mein Verstand. ‚Lass dich nicht darauf ein, das wird in einer Katastrophe enden!'

„Ich vermisse dich so sehr", flüsterte ich stattdessen und kämpfte mit dem dicken Kloß in meinem Hals. Überraschung flackerte in seinen Augen. Er nickte langsam.

„Ich dich auch."

„Scheiße", machte ich matt und ein Lächeln kräuselte seine Lippen. Er trat vor und küsste mich erneut, seine Hand legte sich um meine Taille und zog mich heran.

„Wir sollten gehen", sagte er an meinen Lippen und ich wusste, dass es unvermeidlich war. Wenn ich in dieser Nacht nicht mit ihm schlief, würde ich es für immer bereuen.

Ich sah mich nach Em um, doch sie war in einem Pulk Menschen gefangen und schien zehn Leute gleichzeitig zu unterhalten. Es war aussichtslos, sie dabei zu unterbrechen, genauso gut könnten Ben und ich durch den Raum schreien, dass wir zu mir fuhren, um es miteinander zu treiben. Also zückte ich mein Handy und schrieb ihr eine Nachricht, dass ich jetzt ginge und sie morgen anriefe. Das war kein Problem für sie, wahrscheinlich wählte sie gerade aus, mit welchem der ganzen Typen sie heute vögeln würde.

Ben und ich verließen die Location und nahmen eines der Taxis, die vor dem Eingang standen. „Zu dir?" Auf mein Nicken nannte er die Adresse. Ich fühlte mich befangen und unwohl, gleichzeitig spürte ich einen Drang in mir, der immer heftiger wurde, je mehr Zeit wir zusammen verbrachten.

„Hast du eine Freundin?", fragte ich leise, aber der Fahrer hatte es sicher trotzdem gehört. Er schüttelte den Kopf

„Nein. Ich habe niemanden gefunden, mit dem ich wenigstens einen Kaffee trinken würde." Ich lächelte schwach. Diese Aussage kam mir bekannt vor. Warum hätte Ben auch im letzten halben Jahr enthaltsam sein sollen? Mit seinen siebenundzwanzig sollte er sich austoben und ich erhöhte schließlich ebenfalls stetig die Anzahl der imaginären Kerben in meinem Bettpfosten.

„Siehst du jemanden?", fragte er, ohne mich anzusehen.

Ich zögerte. Wie ich sollte ihm von Nick erzählen, ohne dass er es missverstand? Mir zuliebe hatte er sich mit BDSM auseinandergesetzt und einen gewissen Gefallen daran gefunden, aber ich war mir ziemlich sicher, dass er es nach uns aufgegeben hatte. Die Sache mit Nick wäre sicher schwer für ihn nachzuvollziehen.

„Nichts Festes", erwiderte ich deswegen und sagte mir, dass das schließlich stimmte. Ben nickte und wir erreichten meine Straße. Er bestand darauf, die Rechnung zu begleichen, und wir fuhren mit dem Fahrstuhl hinauf zu meiner Wohnung. Meine Anspannung stieg und das Warten wurde unerträglich. Ich schlang meine Arme um seine schlanke Taille, presste mich an ihn und küsste ihn mit wilder Verzweiflung. Wenn dies unsere letzte gemeinsame Nacht war, würde ich sie nutzen, egal, wie es mir morgen damit ging. Ben ließ seine Hände über meinen Körper wandern, fuhr mit den Fingern über mein Bein und unter den Schlitz meines Kleides, bis er den Saum meines Slips erreichte.

„Ich hatte immer auf den Sommer gehofft, wenn du so wenig wie möglich anhast", flüsterte er in mein Ohr und schob seine Fingerspitzen unter das Bündchen.

Die Fahrstuhltüren öffneten sich und ich beeilte mich, die Wohnungstür aufzuschließen. Ben stand direkt hinter mir und ließ mich spüren, wie heiß er bereits war. Langsam zog er den Stoff nach oben und ich machte einen schnellen Schritt in die Wohnung, damit meine Nachbarn keine Show zu sehen bekamen. Er zog die Tür ins Schloss und küsste mich erneut, seine Hände fuhren durch mein Haar und öffneten es, dann machte er sich am Reißverschluss meines Kleides zu schaffen, zog ihn auf und strich das Oberteil über meine Schultern. Lächelnd betrachtete er den zarten weißen BH, den ich darunter trug.

„So unschuldig habe ich dich ja noch nie gesehen."

„Das täuscht", erwiderte ich und ließ ihn das Kleid hinunterschieben. Er sah wohlgefällig auf den weißen Spitzenstring, der zum Vorschein gekommen war, und strich mit dem Daumen über meine Unterlippe. Ich lehnte mich gegen ihn, parallel wanderte seine andere Hand über meine Brüste und nahm meinen Nippel zwischen Daumen und Zeigefinger. Wir küssten uns und es fühlte sich so richtig und vertraut an, als hätte es die sechs Monate Trennung nie gegeben. Er lehnte mich gegen die Wand und ließ seine Lippen über meine Kehle wandern.

Ich öffnete die Knöpfe seines Oberhemdes und machte mich daran, die Schnalle seines Gürtels zu lösen. Durch den Stoff seiner Chino spürte ich seine Erektion und das Ziehen in meinem Unterleib wurde immer stärker, je länger wir uns küssten und er mich streichelte. Benommen zog ich ihn in mein Schlafzimmer, das er, wie den Rest der Wohnung, bestens kannte. Er ging an meine Kommode, in deren oberster Schublade ich sämtliches Spielzeug aufbewahrte und kam mit den seidenen Kordeln zurück, die wir gern benutzt hatten.

„Ich hätte gewettet, dass du damit aufgehört hast", sagte ich mit belegter Stimme.

„Wollte ich, aber mittlerweile…" Er trat hinter mich und verband mir die Augen, nahm sanft meine Handgelenke und band sie vor meinem Bauch zusammen. Ich stieg vorsichtig aus meinen Pumps, um keinen gebrochenen Knöchel zu riskieren, und wartete mit angehaltenem Atem ab, was er als nächstes tat. Er führte mich ein paar Schritte und befestigte die Kordel. Da ich stand, musste es die Öse an der Wand sein, wo er damals auf mein Signal gewartet hatte.

Damals. Ich durfte nicht darüber nachdenken.

Mir wurde heißer, als er mich anwies, meine Beine zu spreizen und mich vorzubeugen. Seine Hände strichen über meine Oberschenkel, dann waren seine Finger auf dem zarten Stoff meines Strings und labten sich an der Feuchtigkeit, die sich gebildet hatte. Ich seufzte und rieb mich an seinen Fingern, als er den Stoff beiseiteschob und sie in mir versenkte, um die Nässe zwischen meinen Pobacken zu verteilen.

„Das habe ich vermisst", raunte er mir ins Ohr. „Nicht jede mag das so gern wie du."

„Sie haben keine Ahnung, was ihnen entgeht", erwiderte ich und stöhnte, als er seine Finger in mich schob und dabei meine Klit mit seinem Daumen massierte. „Oh Ben, bitte, mach weiter." Er kam dem Wunsch nur kurz nach, ließ von mir ab und strich mit den Fingern über mein Dekolleté. Mit beiden Händen griff er nach meinen Nippeln und knetete sie zwischen den Fingerspitzen, so hart, dass ich laut aufstöhnte und meinen Hintern an seinem Schritt rieb. Sanft biss er mir in den Nacken und ins Schlüsselbein, ohne dabei aufzuhören. Ich reckte ihm meinen Po entgegen und verlagerte das Gewicht an meine Handfesseln, die mich stabilisierten. Er ließ mich los und ich hörte mit angehaltenem Atem, wie er zum Nachttisch ging, vermutlich, um ein Kondom zu holen, und seine Hose auszog. Seine Hände strichen über meine Pobacken und schlüpften vorn in meinen Slip, er schob den Stoff zwischen meinen Beinen beiseite, überlegte es sich anders und zog ihn einfach ganz hinunter.

Wieder drangen seine Finger in mich ein und er bewegte sie rein und raus, immer schneller, immer härter, bis ich ihn anflehte, mich kommen zu lassen.

„Los, komm!", befahl er mir und ich kam augenblicklich an seiner Hand. Ich kippte nach vorn weg und hing an meinen Handfesseln, er ließ keine Sekunde von mir ab, sondern löste seine Finger mit seinem Schwanz ab und drang von hinten in mich ein. Ich riss den Mund auf und feuerte ihn an, mich mit tiefen Stößen zu vögeln. Es war so intensiv, dass mir die Tränen kamen und ich nahm gierig jede Bewegung in mir auf, bis er soweit war und mit einem Brüllen kam. Im gleichen Moment entlud sich mein Orgasmus und ich stieß einen Schrei aus, als meine Knie unter mir einknickten. Ben hielt mich fest und schaffte ein paar weitere Stöße, bis er mich mit seinen Armen umschlang und ich seinen Herzschlag an meinem Rücken spürte, der genauso hämmerte wie mein eigener.

Sein heißer Atem strich über meinen Nacken und mit träger Hand fing er einen Schweißtropfen auf, der an meiner Kehle hinunterlief. Er zog sich zurück und machte meine Fesseln los. Ich schob die Augenbinde beiseite und taumelte in seine Arme. Wir küssten uns und ich schmiegte mich eng an ihn. Aus Angst, das Falsche zu sagen, biss ich mir auf die Lippe und bot ihm etwas zu trinken an. Er sah mich aufmerksam an, abwartend, als lauere er darauf, dass ich ihn bat, jetzt zu gehen.

Nichts kam mir weniger in den Sinn, dabei wäre das eindeutig das Vernünftigste.

„Ich dachte, wir könnten eine kleine Erfrischung gebrauchen, bevor wir die zweite Runde starten", sagte ich entspannter, als mir zumute war. Seine Augen verdunkelten sich und er nickte.

Ich ging nach nebenan in die Küche und zog dabei meinen Slip hoch. Kurz lehnte ich mich gegen meinen Kühlschrank und der kalte Edelstahl half mir, klare Gedanken zu fassen. Ich rieb mir die Handgelenke, an denen rote Striemen zu sehen waren und schloss tief einatmend die Augen.

Was ich hier tat, war Wahnsinn.

Wenn ich es nicht sofort gut sein ließ, würde es in Tränen enden. Mein Verhalten war dumm und selbstzerstörerisch, dessen war ich mir nur zu bewusst.

Doch der Sex mit Ben war besonders, auch ungeachtet der Orgasmen. Er vermittelte mir ein Gefühl wie kein anderer, nicht einmal Nick. Ich konnte es nicht einmal richtig beschreiben, es schien keine passenden Worte dafür zu geben. Mit Ben zusammen zu sein fühlte sich einfach richtig an, als käme ich nach einer langen Reise nach Hause. Aber Sex war nie unser Problem gewesen, ebenso wenig unsere aufrichtige Liebe. Wir konnten keine Basis für den Alltag finden, weil Ben unglücklich in seinem Job war und ich so viel arbeitete, dass wir uns nur wenig sahen. Die dauernden Streitereien und Vorwürfe, die daraus entstanden, brachen uns das Genick.

Ich nahm zwei Gläser aus dem Schrank und goss uns einen gekühlten Weißwein ein, mit dem ich zurück ins Schlafzimmer ging. Ben lag nackt auf meinem Bett, als gehöre er dorthin. Lächelnd nahm er den Wein entgegen und prostete mir zu, als ich mich zu ihm legte.

„Du arbeitest also noch für Curts Firma?", fragte ich, um ein unverfängliches Thema anzuschneiden. Curt selbst hatte seinen Aufsichtsratsposten vor einem halben Jahr hingeworfen und war seitdem freigestellt. Deswegen waren er und Em zu ihrer Weltreise aufgebrochen, um Abstand von ihren Jobs zu gewinnen.

Dennoch war es ihm zu verdanken, dass Ben die Stelle bekommen hatte, die erste richtige in seiner beruflichen Laufbahn, an die er ohne Curts Fürsprache nie herangekommen wäre, weil ihm die Qualifikationen auf dem Papier fehlten. Damals hatte er sich nur schwer damit arrangieren können und seine Unzufriedenheit war ein weiterer Grund für unsere Trennung gewesen, weil sie zu weiteren Streitereien geführt hatte. Ben nickte und trank einen Schluck.

„Ja, und die Arbeit bringt Spaß. Mein Teamleiter lässt mir immer mehr Freiheiten und hat mir in Aussicht gestellt, dass ich, wenn ich das Jahr voll habe, zum stellvertretenden Projektleiter befördert werde."

„Wow, das ist toll", sagte ich ehrlich. Ben war in der Abteilung der Firma, die sich um die Projektpläne der Baustellen kümmerte und die Bauabschnitte überwachte. Schon damals war er öfters zu den Rohbauten gefahren, um sich mit seinem Vorgesetzten die Fortschritte anzusehen.

Ich hatte nie daran gezweifelt, dass Ben etwas aus sich machen konnte, aber er zeigte von sich aus keine Ambitionen, Zeit und Mühe in sich selbst zu investieren. Er lächelte mich an und beugte sich vor, um mich erneut zu küssen.

„Ich weiß, dass ich es dir zu verdanken habe. Ohne dich wäre ich sicherlich immer noch Kellner."

„Du warst gern Kellner", erinnerte ich ihn, unfähig, den Dank anzunehmen. Kurz blitzte etwas Hartes in seinem Blick auf, das ich vorher nie an ihm gesehen hatte.

„Vielleicht, aber was ich kann und wie wichtig es ist, an sich zu arbeiten, habe ich erst durch dich gelernt." Seine Finger schoben sich in meine. „Wenn ich früher verstanden hätte, welchen Gefallen ich mir selbst damit tue, hätte ich dich nie so weit getrieben, dass du mit einem anderen ins Bett steigst."

Seine Worte trafen mich wie Hiebe in die Magengrube und ich entzog ihm meine Hand. Bis heute bereute ich es unendlich, ihn betrogen zu haben. Julians Schlechtleistung im Bett spielte dabei noch die geringste Rolle, denn ich war es gewesen, die uns aufgab und die Flinte ins Korn warf. Ein furchtbarer Fehler, mit dem ich leben musste, egal wie sehr er mir noch immer wehtat.

„Entschuldige bitte, das kam blöd rüber", sagte Ben und beugte sich vor. Seine Lippen strichen über meine, dann stellte er seinen

Wein auf den Nachttisch und lehnte sich über mich. „Halte dein Glas fest." Er öffnete meinen BH und widmete sich meinem String, den er gemächlich hinunterzog, Zentimeter für Zentimeter, bis er ihn über meine Füße gestreift und auf den Boden fallen gelassen hatte. Er umfasste meine Knöchel und zog sie auseinander, sodass ich mit weitabgespreizten Beinen auf dem Rücken lag, mein Glas hielt ich in der rechten Hand.

Ben küsste meinen Fußspann und arbeitete sich Stück für Stück hinunter, an meinen Waden entlang über meine Knie und Oberschenkel, bis zu meinen Schamlippen, wo er seine Zunge vorschnellen ließ und mich langsam leckte. Ich hielt die Luft an und schloss die Augen, um es noch intensiver zu spüren, wie seine Zunge in mich drang und mich erkundete.

„Gefällt es dir?", fragte er mit rauer Stimme und erinnerte mich, dass er es liebte, wenn ich ihm sagte, wie sehr mich anmachte, was er mit mir tat.

„Ja, bitte leck mich", stöhnte ich und wurde dafür belohnt. Ich wand mich unter ihm und musste mich wirklich konzentrieren, mein Glas festzuhalten, vor allem, als er mir einen Finger erst in die Pussy und anschließend in den Anus einführte. Meine Muskeln zogen sich unter seiner Zunge zusammen und ich kam unkontrolliert. Der Wein ergoss sich über meine Brüste und ich unterdrückte nur mit Mühe einen Schrei. Ben machte weiter, bis der Höhepunkt abebbte, ließ von mir ab und leckte lächelnd über meine Brüste, auf denen der Wein perlte.

„Ich hatte doch gesagt, du sollst das Glas ruhig halten", tadelte er mich, teilte mit seiner Zunge meine Lippen, dann angelte er nach seinem eigenen Glas. Mit zitternden Fingern führte ich den Wein an meinen Mund, bevor ich meine Sprache wiederfand.

„Selbst schuld, wenn du mich so hart kommen lässt."

Er lächelte auf diese verschmitzte Art, wegen der er mir damals aufgefallen war und bettete seinen Kopf auf meiner Brust, bevor er hochkam und lachte.

„Du bist ziemlich klebrig. Lass uns duschen gehen." Ich ergriff seine Hand und folgte ihm ins Bad, wo er mich unter der Dusche hingebungsvoll einseifte. Als er fertig war, erwiderte ich diesen Dienst gern und er schwoll unter meiner Hand erneut an.

„Darf ich ein bisschen bleiben?", fragte er rau, als ich ihn mit den Fingern massierte. Er schloss die Augen und stützte sich schwer an der Duschwand ab, während ich den Druck steigerte und meine Hand schließlich mit meinem Mund ablöste. Ich genoss es, von ihm ausgefüllt zu werden, und strich mit meiner Zunge über seine Unterseite, saugte sachte an seiner Eichel und lauschte entzückt seinem Stöhnen. Er fuhr mit seinen Fingern durch mein Haar und streichelte meine Wange.

„Bitte Süße, mach weiter."

Und das tat ich. Ben hatte keine Hemmung, in meinem Mund zu kommen, und das war es, was ich unbedingt wollte. Ich erhöhte den Unterdruck und glitt mit den Lippen schneller auf und ab, bis er ein Schluchzen ausstieß und kam. Ich krallte meine Hände in seine Pobacken und wartete geduldig, bis er fertig war, schluckte und strich sanft über seinen Rücken und seinen Hintern, bevor ich mich aufrichtete.

Er riss mich an sich und küsste mich erneut. „Du bist der Wahnsinn", flüsterte er und hielt mich fest. Ich lehnte mich an ihn und versuchte, Worte zu finden, irgendwelche Worte, die die Situation beschrieben, begreiflich machten.

Ich fand keine.

„Bleibst du über Nacht?", war das Einzige, was ich hervorbrachte. Er sah mir lange in die Augen, nickte, griff sich eine Zahnbürste aus meinem Vorrat und ging anschließend mit mir zurück ins Schlafzimmer. Kurz darauf schlief ich in seinen Armen ein und schalt mich als letzten Gedanken eine Närrin für das, was ich gerade tat.

5. Kapitel

Ben brachte mir am nächsten Morgen Kaffee ans Bett und fuhr zu sich nach Haus, um sich umzuziehen. Vorher senkte sich betretenes Schweigen über uns, als wir uns verabschieden wollten. Keiner brachte es über sich, zu sagen, was wir beide wussten: Es war besser, es bei diesem einen Mal zu belassen. Aber uns war beiden klar, dass wir es wieder tun mussten. Ich fürchtete mich vor den Konsequenzen, die sich daraus ergaben, aber mehr Angst hatte ich davor, ihn nicht wiederzusehen.

„Hast du am Sonntag etwas vor?", fragte ich und hoffte, bis dahin einen Plan zu haben. Sein Mund kräuselte sich zu einem Lächeln und sein Kopfschütteln kam so schnell, dass ich erkannte, wie sehr er auf diese Frage gehofft hatte.

„Kommst du zu mir?" Ich nickte und war gespannt auf seine neue Wohnung. Sie lag in der HafenCity, nur wenige Straßen von Sam und Tim entfernt. Natürlich lief das Treffen auf Sex hinaus, doch ich war unfähig, an etwas Anderes zu denken.

Ben küsste mich zum Abschied, dann nahm er die Treppe nach unten und ich beeilte mich, um rechtzeitig ins Büro zu fahren. Ich schlüpfte in ein dunkelrotes Schlauchkleid, das sich eng an meinen Körper schmiegte, trug farblich passenden Lippenstift auf und stieg in meine schwarzen Lackpumps.

Kurze Zeit später war ich beim Büro und sah Em rauchend vor dem Portal stehen. Sie machte eine ungläubige Geste und folgte mir in die Tiefgarage des Bürogebäudes. Heute trug sie ein asymmetrisches Kleid, das aussah, als bestünde es aus zusammengenähten Zeitungsstücken, wirklich hübsch und luftig genug, um die Hitze auszuhalten, die für heute erwartet wurde. Ihr Gesichtsausdruck jedoch war ungehalten, als sie auf weißen Pumps zu mir lief.

„Claire, du dämliche Kuh, wo zum Teufel hast du gesteckt?",
fuhr sie mich an und sah aus, als wolle sie mich mit ihrer Handtasche verprügeln. Ich zuckte pflichtschuldigst zusammen, doch
sie redete weiter, bevor ich etwas zu meiner Verteidigung sagen
konnte: „Ich habe dir tausend Nachrichten geschrieben und dich
angerufen, aber du hast es ja nicht mal nötig, mir zu antworten."

„Guten Morgen!", rief Sonja, die gerade ebenfalls aus ihrem
Auto gestiegen war und zu uns herüberkam. „Hey, was ist los?"

„Claire ist gestern auf der Party einfach abgehauen", sagte Em
giftig und funkelte mich wütend an. Sonjas Blick wanderte erschrocken zu mir, doch da schloss Sam, der soeben angekommen war, zu uns auf.

„Mein Gott, du musst ja 'ne heiße Nacht gehabt haben, wie du
glühst! Hast du dir einen Makler aufgerissen, Liebste?" Em und
Sonja sahen mich auffordernd an und mich verließ der Mut.

„Hast du mich wegen Sex stehen lassen?", sagte Em und schien
fast besänftigt. Ich rang mir ein Nicken ab und die drei machten
einen Schritt auf mich zu.

„Wer ist es? Kennen wir ihn?", fragte Sam atemlos. Ich biss
mir auf die Lippe und mied eisern den Blickkontakt. Am liebsten
hätte ich gar nichts gesagt.

„Ben", sagte ich tonlos und die drei schnappten nach Luft.

„Ist nicht dein Ernst!", riefen Em und Sonja unisono, doch mit
völlig unterschiedlichen Gesichtsausdrücken, denn Em war ehrlich entsetzt und in Sonjas Stimme hörte ich eine Hoffnung, die
ich mir selbst energisch verbot. Sam legte seine Hände auf meine
Schultern und zwang mich, ihm ins Gesicht zu sehen.

„Liebste, das ist gar keine gute Idee, das weißt du, oder?"

„Ja!", rief ich verzweifelt. „Ich weiß, aber es ist einfach passiert! Und das Schlimmste ist, dass es sich verdammt richtig angefühlt hat." Ich ließ das Kinn sinken und holte tief Luft. „Keine
Ahnung, was ich machen soll. Wir haben uns für Sonntag verabredet und ja, es ist eine Scheiß-Idee."

„Oder ihr habt gerade eine zweite Chance bekommen", sagte
Sonja sanft und ich hörte Em schnauben.

„Warum sollte es anders laufen als vor einem halben Jahr? Claires Hirn ist offenbar gerade sexvernebelt", zischte sie.

„Ist es nicht", widersprach ich heftig, was Sam veranlasste, mich an sich zu ziehen. Ich ließ ihn gewähren, auch wenn ich mich am liebsten losgerissen hätte. „Ja, es wäre besser gewesen, einfach zu gehen. Aber ich musste es tun, versteht ihr?"

Sam und Sonja antworteten mit „ja", Em mit „nein", was sie kurz darauf in ein unzufriedenes „Ja" korrigierte. Ich löste mich aus Sams Umarmung und schaffte es endlich, sie anzusehen.

„Nur noch Sonntag", sagte ich und klang sogar in meinen eigenen Ohren wie eine Abhängige. „Danach ziehe ich einen Schlussstrich. Trotzdem bin ich froh, dass ich ihm sagen konnte, wie leid mir alles tut. Das habe ich damals versäumt und mir immer vorgeworfen. Jetzt konnte ich es nachholen und glaube, er hat mir verziehen."

„Wird so sein, wenn er anstandslos mit dir ins Bett gegangen ist", meinte Em trocken. Wir liefen langsam zum Fahrstuhl.

„Es tut mir leid, dass ich einfach gegangen bin", begann ich erneut. „Du warst mitten in einem Pulk und ich hätte dazwischen gehen und alle quasi mit der Nase draufstoßen müssen. Außerdem schienst du dich ganz gut zu amüsieren."

Em zuckte mit den Schultern. „Das habe ich. Nachdem du verschwunden warst, habe ich es gut sein lassen und bin mit diesem Typen von Leftstreet nach Hause, du weißt schon, Eric, der große Dunkelhaarige mit dem Bart."

„Dieser Typ, der aussieht wie Johnny Depp in seinen besten Jahren?", fragte Sam aufgeregt und packte sie an den Schultern. Sie machte sich knurrend los.

„Ja, das beschreibt ihn ganz gut."

Er schloss die Augen und stöhnte. „Solche Männer müssten eigentlich schwul sein, es gibt keine Gerechtigkeit auf der Welt."

„Du hast mit einem Haufen Typen gevögelt, die mindestens so gut aussehen wie Eric. Mit einem davon bist du übrigens verheiratet", erinnerte ich ihn und er funkelte mich an.

„Hast ja recht, Liebste. Aber schön, Mad-Eye, dass du mittlerweile wieder mit Typen ins Bett steigst, bei denen die Leichenstarre noch nicht eingesetzt hat." Em zeigte ihm ihre erhobenen Mittelfinger und wir erreichten unsere Etage.

„Wie war er denn?", wollte Sam, dessen Neugier ungestillt war, wissen. Wir passierten den Empfangsbereich und erreichten unseren Flur. Sie sah ihn gehässig an.

„Das bleibt mein Geheimnis."

„Wie bitte? Was soll das heißen? Ich erwarte von dir einen ebenso ausführlichen Bericht wie von Claire, also geh dramaturgisch in dich, damit du beim Mittagessen loslegen kannst." Er ließ erwartungsgemäß nicht locker, doch sie grinste ihn frech an.

„Nö. Als Strafe für den Spruch mit der Leichenstarre erfährst du kein Sterbenswort über Eric Depp im Bett. Herrlich, ein Reim." Sie winkte und ließ uns bei unseren Büros stehen. Sam sah aus, als wollte er ihr am liebsten nachsetzen.

„Sie ist ein mieses…"

„Du weißt, wie gern sie dich zappeln lässt", unterbrach Sonja ihn und wandte sich mir zu. „Claire, ich freue mich, dass ihr euch über den Weg gelaufen seid, aber sei vorsichtig, ja?" Ich nickte und betrat schnell mein Büro, bevor sie mehr dazu sagen konnte.

Ich wusste doch selbst, in was für eine Situation ich mich gebracht hatte, Sonjas ehrliche Besorgnis konnte und wollte ich jetzt nicht zusätzlich zu spüren bekommen. Ich fuhr meinen PC hoch und checkte mein Postfach, in dem sich massig ungelesene Mails sammelten. Schnell überflog ich sie und ging hinüber zu meinem Team, um unser Weekly durchzuführen.

Wie zu erwarten hatten die vier alles im Griff. Anschließend gingen wir alle Kostenstellen durch und besprachen die offenen Rechnungen, die wir in der nächsten Woche angehen wollten. Wir verteilten die Aufgaben und ich sammelte die offenen Punkte, die ich in meine Einzelmeetings mit den Partneranwälten mitnehmen würde. Dann ging ich zurück in mein Büro, wo ich die Mails durcharbeitete und das Montagsmeeting vorbereitete.

In der Mittagspause aßen wir beim Italiener und Em ließ sich doch erweichen, Sam einen Bericht ihrer Nacht mit Eric zu erstatten, den er wie ein Schwamm aufsaugte. Offenbar waren seine Leistungen zufriedenstellend gewesen und er hatte Em sogar eine neue Stellung gezeigt, von der keiner von uns zuvor gehört hatte. Wir einigten uns darauf, sie Piratenwippe zu nennen, und lachten darüber, dass Em dabei ihre Nachttischlampe zertrümmert hatte. Er kam somit sowohl auf ihre *GIF-*, als auch auf ihre Hitliste.

Danach nötigte Sam mich zu einem Bericht und ich gab mich geschlagen, obwohl ich es lieber für mich behalten hätte. Die Erinnerung war wie ein Schatz, den ich nur ungern teilte, es aber doch tat, weil das Reden die letzte Nacht Wirklichkeit werden ließ. Es war so surreal, dass ich mir unsicher war, ob ich es nicht doch nur geträumt hatte. Die drei lauschten gebannt und hielten sich mit ihren Kommentaren zurück. Sie wussten, dass das Treffen am Sonntag unvermeidlich war und akzeptierten dies glücklicherweise, denn ich war mit der Situation so überfordert, dass mir die Kraft für eine Rechtfertigung fehlte.

Gegen sechzehn Uhr verließ ich das Büro und freute mich aufs Wochenende. Ich fragte Em, ob wir uns heute Abend sahen, doch sie war bereits mit einem Typen verabredet, der gestern das Rennen gegen Eric Depp verloren hatte.

Also fuhr ich allein nach Hause, packte nach kurzem Zögern meine Sportsachen zusammen und machte mich auf den Weg ins Fitnessstudio, um an den Geräten zu trainieren. Danach war ich erschöpft genug, um zuhause auf die Couch zu fallen, mir eine belanglose Komödie anzusehen und früh einzuschlafen.

Am nächsten Morgen war ich mit Em und Sonja zum Frühstück verabredet, Sam und Tim waren verplant, aber wir würden uns abends auf ein paar Drinks treffen. Nick meldete sich bei mir, doch ich vertröstete ihn, mein Kopf war zu voll mit Gedanken an Ben, um mich bei ihm fallen lassen zu können. Da ich Ben am Sonntag das letzte Mal sehen würde, schlug ich Nick ein

Treffen am darauffolgenden Wochenende vor, was er sofort annahm. Ich war nicht naiv, natürlich hatte er andere Frauen zur Auswahl, doch ich war momentan seine bevorzugte Partnerin. Er würde mir keine Eifersuchtsszene machen und jeder von uns würde sich, sobald jemand neues in das Leben des anderen trat, zurückziehen.

Em war gut gelaunt, als ich sie abholte und wir zusammen nach Ottensen fuhren, wo wir mit Sonja verabredet waren. Aiko hatte etwas mit ihren Töchtern vor und JP war zum Frühstücken bei seinen Großeltern.

„Ich beginne, mich daran zu erinnern, warum ich gern Single bin", sagte sie lächelnd, als ich einparkte und die Park-App aktivierte. „Diese ganze Sache mit der Monogamie ist furchtbar anstrengend und geht mir tierisch auf die Nerven." Sie hielt inne, als wir den kurzen Weg zum Café zurücklegten, in dem Sonja auf uns wartete. Wir setzten uns und orderten Kaffee, dann fuhr Em nahtlos fort: „Jedenfalls genieße ich meine zurückgewonnene Freiheit. Ich muss bald einen Assistenten für meine Verabredungen." Sie lachte vergnügt, doch Sonjas Augenbrauen zogen sich zusammen.

„Viele Angebote zu bekommen ist ja kein Grund, sie alle anzunehmen", sagte sie mit schmalen Lippen.

„Stimmt, dafür sind es zu viele, ich muss ein bisschen aussieben." Ems Augen blitzten. „Mal Spaß beiseite, Sonni: lass mich doch mein Leben genießen. Ich habe mich anderthalb Jahre bemüht, damit diese Beziehung funktioniert, aber ich bin einfach nicht der Typ dafür. Die Zeit mit Curt war gut, aber allein bin ich entspannter und komme besser klar." Sonja sah sie zweifelnd an. „Ich finde, dir stünde diese Einstellung auch gut."

„Das kannst du gar nicht vergleichen", wehrte Sonja ab. „Ich versuche erstmal, meine letzte Beziehung, die übrigens eine Ehe war und aus der ich ein Kind habe, hinter mich zu bringen, statt einen neuen Partner zu suchen. Aber ich bin anders als du und Claire: für mich ist anonymer Sex nicht das Richtige und ich möchte einen Mann kennenlernen, bevor ich mit ihm schlafe."

„Und das ist vollkommen in Ordnung", sprang ich dazwischen, bevor die beiden einen Streit anfingen. „Wir ticken da unterschiedlich und es hat keinen Sinn, uns gegenseitig überreden zu wollen. Jede macht es so, wie sie es für richtig hält. Schließ deine Ehe ab und schau dich in Ruhe um, wenn du wieder den Kopf dafür hast. Es gibt genug Männer, die dich gern kennenlernen wollen." Em zog die Augenbrauen hoch, schwieg aber, wofür ich ihr dankbar war. Es war sinnlos, sich über so grundsätzlich verschiedene Einstellungen zu streiten.

„Ist bei dir alles okay?", fragte Sonja mich. Ich zuckte zusammen und konnte mir schon denken, worauf sie abzielte. Am liebsten wollte ich nicht darüber sprechen, denn meine Gedanken kreisten sowieso um kaum ein anderes Thema.

„Ja, natürlich. Warum?" Meine Stimme klang höher als sonst.

„Naja, wegen morgen." Sie klang zaghaft, als müsse sie sich dazu durchringen, das Thema anzuschneiden. Ich fragte mich, warum sie es dennoch tat.

„Alles bestens, ist ja keine große Sache", log ich und widmete mich meinem Obstsalat. Dabei fing ich trotzdem den Blick auf, den meine Freundinnen tauschten, ließ es aber gut sein. Es war verwirrend genug, auch ohne dass wir das Thema weiter zerredeten und alles nur noch komplizierter machten.

Außerdem hasste ich es, über Probleme zu debattieren, für die ich keine Lösung wusste.

Nach dem Frühstück fuhr ich einkaufen und verbrachte einen entspannten Nachmittag auf meinem Balkon in der Sonne, bis es Zeit wurde, mich für das Treffen mit den anderen in einer Cocktailbar fertigzumachen. Ich wählte ein rotes Seidenkleid mit einem japanischem Blumen- und Vogelprint aus und traf mich mit Em vor ihrem Wohnhaus, wo wir uns ein Taxi nahmen.

Tim, Sam und Sonja warteten auf uns, die erste Runde stand bereits auf dem Tisch. Aiko hatte keine Zeit.

„Vielleicht nimmt sie die Neue noch mal ran", sagte Sam grinsend und fing sich einen bösen Blick von Sonja ein, den er mit einem genervten Schnauben quittierte. „Herrgott, Sonni, ich habe keine Namen genannt. Aiko hat die neue Rechtsanwältin aus der Kanzlei gevögelt", drehte er sich ohne Luft zu holen zu Tim um. „Die Dunkelhaarige von letzter Woche, weißt du noch? Die stand Montag in der Kanzlei am Empfang und hat sich vorgestellt."

„Und das erzählst du jetzt erst", meinte Tim kopfschüttelnd, dabei war er eine nicht halb so schlimme Tratschtante wie sein Mann. Sonja sah sich daraufhin genötigt, Sam einen Vortrag über den Respekt vor dem Privatleben anderer Menschen zu halten, den er mit gespielt reumütiger Miene über sich ergehen ließ.

Meine Gedanken drifteten ab und wanderten zu dem kommenden Tag. Wir waren für sechs Uhr abends verabredet und mittlerweile bereute ich, eine so späte Zeit abgemacht zu haben. Ein Lunch wäre auch gut gewesen.

Em stupste mich an und mir ging auf, dass ich komplett abwesend war. Betreten lächelte ich sie an. Sie schüttelte den Kopf, weil sie mich sofort durchschaute, hielt aber den Mund. Alles, was sie mir zu sagen hatte, wusste ich bereits und sie ließ mich meinen Weg gehen.

Der Sonntag zog sich wie Kaugummi und ich war so unruhig, dass ich an meinen Aerobic-Kurs am Vormittag einen Kardiokurs dranhängte, um mich abzulenken. Ich war von mir selbst und meiner inneren Unruhe genervt, weil ich mich albern aufführte wie ein Teenager vor dem ersten Date mit dem Schwarm.

Natürlich wäre es besser, das Treffen abzusagen.

Mehr als einmal nahm ich dazu das Handy in die Hand und fing an zu tippen, doch jedes Mal löschte ich die wenigen Zeichen und legte das Gerät frustriert weg.

Es gab keinen anderen Weg als es durchzuziehen, alles andere hätte mich nur umso verrückter gemacht. Meine Vernunft hatte mich offenbar komplett verlassen und den Platz für meine Gier nach Sex mit Ben geräumt. Ich lächelte bei diesem Gedanken, denn das war nicht die ganze Wahrheit.

Irgendein eindeutig masochistisch veranlagter Teil von mir wollte ihn unbedingt sehen und erfahren, was danach mit uns geschah. Obwohl ein erneutes Scheitern unvermeidlich war.

Mein Handy vibrierte, als ich die Umkleidekabine verließ, eine Textnachricht von Ben. Würde er das Treffen absagen? Hatte er eingesehen, dass es sinnlos war und nirgendwo hinführte? In dem Fall wäre er der vernünftige von uns beiden und eindeutig der klügere.

Mit klopfendem Herzen rief ich die Nachricht auf und machte mich auf das Schlimmste – eine Absage – gefasst.

Ich freue auf heute Abend und bin froh, dass wir uns Donnerstag getroffen haben.

Mein Herzschlag beschleunigte sich und ich beeilte mich, ihm zu antworten: *Ich kann es kaum erwarten.*

Willst du eher vorbeikommen?

Ich starrte auf seine Antwort und schaffte es gerade noch, *ja* zu tippen, da war ich schon zum Fahrstuhl gesprintet. *Ich bin in einer Stunde bei dir,* fügte ich hinzu.

So schnell der Verkehr es zuließ, fuhr ich nach Hause, duschte und streifte das sündhaft kurze Minikleid mit Leopardenmuster über, das ich für unser Treffen herausgelegt hatte. Dazu zog ich Riemchensandalen an und verzichtete komplett auf Unterwäsche. Ich hatte nicht vor, das Kleid lange zu tragen.

Zurück im Auto gab ich die Adresse im Navi ein und beeilte mich, zu Ben zu kommen. Nach dem Einparken kontrollierte ich mein Make-up und stieg aus. Die Sonne wärmte meine Haut und ein frischer Windhauch erinnerte mich an den fehlenden Slip. Ich schloss kurz die Augen und zählte bis zehn, um meine Erregung irgendwie in den Griff zu bekommen, doch ich war so heiß auf ihn, dass ich es kaum aushielt.

Ich fand sein Klingelschild und drückte ungeduldig den Knopf. Es dauerte keine fünf Sekunden, da erklang der Summer und ich betrat das kühle Treppenhaus des Neubaus. Der Aufzug öffnete seine Türen unmittelbar nach dem Knopfdruck und ich schickte ihn in den dritten Stock. Die Türen schlossen sich und ich musste dem Drang nachgeben, meine Finger zwischen meine Schenkel gleiten zu lassen und mich selbst zu berühren.

Augenblicklich waren meine Kuppen nass und ich stöhnte. Meine Nippel richteten sich auf. Ich wollte ihn endlich sehen, endlich spüren.

Die Türen öffneten sich und ich schob eilig mein Kleid herunter. Bens Wohnung befand sich auf der linken Seite und er erwartete mich bereits. Ich eilte auf ihn zu und küsste ihn auf den Mund. Er schlang seine Arme um mich und zog mich eng an sich, während er die Tür hinter uns schloss.

Seine Lippen wanderten über meine Kehle, neckten und bissen mich und seine Finger fuhren durch meine Haare. Der Halsausschnitt meines Kleides war zu eng, um hineinfassen zu können, doch er bemerkte das Fehlen meines BHs sofort und seufzte, als er meine Nippel ertastete.

„Oh Gott, ja", keuchte er und hob den Saum meines Kleides hoch. Als er meine nackte Haut sah, verdunkelte sich sein Blick und seine Hand tastete zwischen meine Schenkel. Er ertastete die Feuchtigkeit, schloss kurz die Augen und versenkte seine Finger in mir. Ich stöhnte und ließ mich von ihm gegen die Wand lehnen, empfing seine Berührung und spreizte die Beine, damit er weitermachte. Mit seinem Daumen massierte er meine Klit, gleichzeitig erhöhte er das Tempo, mit dem seine Finger mich stimulierten.

„Eigentlich wollte ich dir zuerst die Wohnung zeigen", sagte er mit rauer Stimme, schob mein Kleid hinauf und entblößte meine Brüste, auf die er seinen Mund senkte.

Ich schluchzte auf, als er meinen rechten Nippel zwischen seine Zähne nahm und hart an ihm saugte. Schweiß rann über meinen Hals und zwischen meinen Brüsten hinab, es konnte nur Sekunden dauern, bis ich kam. An seinen Fingern begann ich zu zucken und meine Knie gaben nach, doch er rutschte einfach mit hinunter und machte weiter, als ich bereits in die Hocke gegangen war und mich vor Lust wand. Ich stieß einen Schrei aus und kam, mein Kopf schlug gegen die Wand.

Stöhnend hielt ich mich an ihm fest, bis der Orgasmus schließlich abebbte und ich schweratmend auf den Boden rutschte.

„Schön, dass du gekommen bist", sagte Ben mit einem schiefen Grinsen und küsste mich. Er half mir auf und sah mir zu, während ich mich notdürftig herrichtete. Es dauerte einen Moment, bis sich meine Atmung beruhigte und das Summen in meinem Kopf abnahm, mir war schwindelig und ich musste mich an die Wand lehnen. Dabei lächelte ich ihn fiebrig an. Genau das hatte ich gemeint: Die Anziehungskraft zwischen uns war beinahe beängstigend stark und unkontrollierbar.

Er nahm mich an der Hand und führte mich durch seine Wohnung. Auch er hatte zwei Zimmer, ein Erstbezug, das Haus stand erst seit letztem Jahr. Ich bewunderte die Raumaufteilung und die Loggia, die man sowohl vom Schlafzimmer als auch vom Wohnzimmer aus betreten konnte. In der Mitte lag die Küche und das Bad ging von dem kleinen Flur ab. Das einzige Manko war, dass es kein Fenster hatte, doch da Ben kein Make-up trug, machte ihm das nichts aus.

„Gut, dass du bei einer Baufirma arbeitest", sagte ich und sah mich in dem schöngeschnittenen Wohnzimmer um. „Sonst kommt man an solche Schätzchen kaum heran, oder?" Ben lächelte und bot mir ein Glas Wein an, das ich dankbar annahm. Der Grauburgunder war gut gekühlt und half mir, die Hitze, die sich während des Sex aufgebaut hatte, zu vertreiben. Dabei war das erst das Vorspiel gewesen und das Verlangen noch immer pochte zwischen meinen Beinen.

„Ich hätte ja vorgeschlagen, auf den Balkon zu gehen, aber ich fürchte, meine Nachbarn werden es mitbekommen, wenn wir dort vögeln." Seine Augen funkelten und kleine Lachfältchen bildeten sich um sie herum.

„Das wäre sicher keine gute Idee", stimmte ich zu und ließ mich von ihm zur Couch geleiten. Er setzte sich so hin, dass ich meine Beine über seine legte, schob meine Knie auseinander und warf einen verliebten Blick zwischen meine Schenkel. Bedächtig ließ er seine Fingerspitzen über meine Haut kreisen.

Was machte ich hier bloß?

Ich war keine zehn Minuten hier, wir hatten den ersten Orgasmus bereits hinter uns und bis zum nächsten waren es vermutlich keine weiteren zehn. Irgendwas sollte ich sagen, blieb jedoch stumm. Es gab keine passenden Worte für diese Situation und jetzt mit Smalltalk anzufangen, erschien mir lächerlich und dumm. Stattdessen lächelte ich ihn an und ließ mich von seinen Berührungen treiben.

Es war unerträglich heiß draußen und meine Erregung tat ihr Übriges. Ich konnte ihm ansehen, dass es ihm genauso ging wie mir. Anscheinend legte er sich gerade einen Plan für die nächste Aktion zurecht, denn seine Augen glitten unaufhörlich über meinen Körper und ein Lächeln breitete sich auf seinem Gesicht aus. Endlich hatte er einen Entschluss gefasst und beugte sich vor. Mit der linken Hand fasste er unter mein Kinn, zog mich zu sich heran, da klingelte es an der Haustür. Mit gerunzelter Stirn sah er in Richtung Tür.

„Erwartest du jemanden?", fragte ich. Ben schüttelte den Kopf, da klingelte es erneut. „Offenbar will er aber dringend zu dir." Er nickte und stand auf.

„Bleib, wo du bist. Ich bin gleich zurück." Damit ging er in den Flur und schloss die Tür hinter sich. Das war auch besser so, meinen wäschelosen Zustand konnte ich höchstens im Stehen verbergen, fürs Sitzen war das Kleid zu kurz. Ich hörte, wie Ben die Tür öffnete und mit jemandem sprach, der unangemeldete Besucher war ein Mann.

„Es passt leider gerade überhaupt nicht, Victor", sagte Ben, dessen Stimme trotz der geschlossenen Tür gut zu verstehen war.

„Das ist mir ziemlich egal, Magnusson", erwiderte der Mann drohend, das ließ mich aufhorchen und mein Puls beschleunigte sich. Worum ging es? Steckte er in Schwierigkeiten? Mein Mund wurde trocken und ich hörte mit angehaltenem Atem zu.

„Du bekommst dein Geld in zwei Wochen." Ben klang gestresst. „Da bekomme ich mein nächstes Gehalt und kann dir ungefähr die Hälfte zahlen."

„Es war verabredet, dass du die ganze Summe begleichst!" Die Stimme des anderen wurde lauter. „Es ist überhaupt kein Problem, dich einfach auf die Straße zu setzen, weißt du? Draußen stehen hundert Leute, die die Courtage sofort bezahlen können. Du hast Zeit bis nächsten Samstag. Entweder bekomme ich alles oder du ziehst aus. Schönen Sonntag."

Ich hörte, wie Ben die Tür schloss und unterdrückt fluchte. Langsam stand ich auf, ging zur Zimmertür und sah gleich darauf in sein Gesicht, als er sie öffnete. Ein dünnes, freudloses Lächeln kräuselte seine Lippen.

„Ich nehme an, du hast alles gehört." Ich nickte.

„Worum geht es?" Ben sah betreten zur Seite und machte einen Schritt um mich herum.

„Alles nur halb so dramatisch, wie es sich angehört hat. Es war sehr schwer für mich, eine Wohnung zu bekommen, weil ich alleinstehend und erst kurz bei meinem Arbeitgeber bin. Ich habe unzählige Absagen bekommen und mit jedem Mal stieg meine Frustration, bis ich schließlich überzeugt war, gar nichts zu finden. Die Wohnungen der Firma liegen übrigens deutlich über meinem Budget. Ich hatte zwei Optionen: Entweder kam ich in irgendeiner WG unter oder ich machte es den Maklern schmackhafter, mich zu nehmen. Tja, und mein Freund Victor hat mir seine Hilfe angeboten und ein gutes Wort beim Hausbesitzer für mich eingelegt. Dafür wollte er gern zehntausend Euro haben. Das Problem ist nur, dass ich mittlerweile einen ziemlichen Berg Schulden habe, weil ich mir die ganzen Möbel kaufen, drei Monatsmieten als Kaution hinterlegen und diverse andere Dinge zahlen musste. Jetzt wird er ungeduldig."

„Und wie willst du das auf die Reihe bekommen?", fragte ich und setzte mich auf das Sofa. Ben zuckte mit den Schultern.

„Ich muss ihn zu einer Ratenzahlung überreden, ansonsten werde ich auf der Straße landen." Das klang gar nicht gut und ich spürte, wie meine Handflächen feucht wurden.

„Ben, wie hoch sind deine Schulden?" Er wand sich unter meinem Blick, doch ich hielt ihn fest. In mir kam die irre Idee hoch, ich könne diejenige sein, die das Problem löste. Irgendwie musste ich ihm doch aus der Scheiße helfen können. Das würde mein schlechtes Gewissen wegen meines Verhaltens mindern.

„Ich kriege dreitausend zusammen, macht noch siebentausend für Victor und zusätzlich viertausend für die Möbel." Ben sah zu Boden und seine Wangen färbten sich rosa. Ich sah ihm an, wie sehr er es hasste, mit mir darüber zu sprechen.

„Das heißt, du bräuchtest elftausend."

„Nein, sieben, die vier für die Möbel zahle ich über den Ratenkauf zurück." Ich schluckte. Siebentausend Euro war keine kleine Summe, doch ich hatte genug auf der Bank, um ihn aus dieser Situation herauszuholen. Ich atmete tief ein, versuchte, meine rasenden Gedanken einzufangen und mit ihm ein vernünftiges Gespräch zu führen.

Ach was, das Ganze ging mich überhaupt nichts an. Ben war erwachsen und hatte sich allein in diese Lage gebracht, er fand sicher einen Weg, um wieder herauszukommen. Er brauchte mich nicht, die sich wie eine Heldin vor ihn warf und ihm aus der Patsche half. Das war nicht meine Baustelle und dass es ihm so unangenehm war, machte das nur noch deutlicher. Er würde das allein hinkriegen. Ohne mich.

„Ich gebe dir das Geld", sagte ich stattdessen.

Mein Gott, war ich blöd. Trotzdem ging es mir nach meinem Angebot besser, auch wenn mein Mund trocken war.

„Auf gar keinen Fall!", erwiderte er hitzig und schüttelte vehement den Kopf. „Ich will keine Schulden bei dir haben!"

„Willst du lieber Schulden bei Victor haben?", fragte ich schneidend und er zuckte zusammen, als habe ich ihn geohrfeigt.

„Das ist keine Frage des Wollens."

„Gut, das sehe ich nämlich genauso." Ich verschränkte die Arme vor der Brust. Es war ihm deutlich anzusehen, wie unwohl er sich in dieser Situation fühlte. „Ben, ich will dir doch nur helfen", sagte ich sanft und zog ihn am Handgelenk zu mir aufs Sofa. Er mied den Blickkontakt, also setzte ich mich rittlings auf seinen Schoß, dabei rutschte das Kleid bis zu meiner Hüfte hoch.

Sein Blick saugte sich an mir fest, doch ich hob sein Kinn mit meinen Fingern an, als mir eine andere, mindestens so verrückte Idee kam, wie ihm helfen zu wollen.

„Wir könnten ein Arrangement treffen und du trägst deine Schuld zusätzlich zu der Rückzahlung bei mir ab." Seine Augen wurden groß und seine Lippen öffneten sich, um etwas zu sagen, doch ich war noch nicht fertig. „Bitte versteh mich richtig, du wirst mir das Geld vollständig zurückzahlen. Ich werde dich nicht als Hure missbrauchen, aber ich denke, dass du mir meine Hilfe zusätzlich vergelten kannst und willst."

Langsam kehrte der Glanz in seine Augen zurück und ich sah, wie er auf meinen Gedankenzug aufsprang und sich in die gleiche, völlig katastrophale Richtung bewegte wie ich. Ich hielt den Atem an und wartete seine Reaktion ab.

Er sollte nein sagen.

Ich musste das ganze sofort unterbinden und zurückrudern.

Das war keine gute Idee.

Sag nein, bat ich ihn stumm. *Bitte sag ja.*

Was machte ich hier bloß? Er nickte bedächtig.

„Das wäre nur fair." Ich war verloren.

Seine Hände legten sich auf meine nackte Hüfte und zogen mich näher zu sich. Ich strich eine verirrte Strähne aus seiner Stirn und sah ihm ernst ins Gesicht.

„Also, was sagst du?"

„Danke."

Damit war die Sache besiegelt.

Ich beugte mich vor, um ihn zu küssen, und öffnete gleichzeitig seinen Gürtel und seine Hose. Seine Finger schoben sich zwischen meine Pobacken und streichelten mich, also verlagerte ich mein Gewicht auf die Knie und bot ihm mehr von mir.

Ich befreite seine Erektion, die sich mir entgegen reckte und befeuchtete meine Fingerspitzen mit meiner Zunge, bevor ich sie um seinen Schaft schloss und meine Hand auf und ab bewegte. Er keuchte auf und intensivierte seine Anstrengungen zwischen meinen Beinen, während ich das Tempo erhöhte. Zu sehen, wie sehr es ihn anmachte, machte mich selbst noch heißer und mein nächster Höhepunkt zog bereits auf.

Ben stieß seine Finger in mich und ich kam erneut, drückte meinen Rücken durch und sank mit der Stirn gegen seine Schulter, ohne seinen Schwanz freizugeben, der unter meiner Hand immer härter und größer wurde. Es dauerte nicht mehr lange, dann konnte ich mich revanchieren. Da packte er mich an der Schulter und warf mich geradezu in die Polster der Couch. Undeutlich bekam ich mit, wie er mithilfe seiner Zähne ein Kondompäckchen aufriss und es überstreifte. Er spreizte meine Beine weit, drückte mich hinunter und sah mir fest in die Augen, als er in mich eindrang.

Ich schrie auf, als er mich mit tiefen Stößen vögelte, meine Beine hinter seinem Rücken verschränkte und mir seine Finger, die er eben in mir versenkt hatte, in den Mund schob, um mein Stöhnen zu dämpfen. Auf seiner Haut schmeckte ich mich selbst und das turnte mich nur noch mehr an. Seine Miene war verbissen, fast wütend und er trieb mich an den Rand meiner Belastbarkeit, bis er schließlich mit einem unterdrückten Schrei kam. Ich schlang meine Arme um ihn und hielt ihn fest, während er sich zuckend seinem Orgasmus hingab.

Dieses Mal hatte ich es nicht geschafft zu kommen, aber der Abend war noch jung. Widerstrebend löste er sich aus meiner Umarmung und wischte sich den Schweiß von der Stirn.

„Mit dir ist es der Wahnsinn", murmelte er und angelte nach unseren Gläsern. Dankbar nahm ich einen Schluck und setzte mich auf. Ich brauchte einen Moment, um mich zu sortieren. Die Gedanken, die eben noch durch meinen Kopf gerast waren, wirbelten wie Herbstlaub auf und setzten sich langsam ab.

Was hatte ich bloß getan?

Ich war verrückt geworden. Langsam strichen meine Finger über seinen Arm und ich genoss diesen unschuldigen Kontakt zwischen uns. Seine Nähe und seinen Geruch, der an mir haftete.

Ich hatte ihn so vermisst.

Dies war meine Chance, ihn bei mir zu haben.

Das war vollkommen verrückt.

Wir würden einander wieder wehtun, das war unvermeidlich.

Aber ich brauchte ihn, egal wie groß das Risiko war. Egal, was ich mir die letzten Monate eingeredet hatte, ich hatte ihn unendlich vermisst und die Trennung war ein Riesenfehler gewesen. Wie ich mich in seinen Armen fühlte, war der beste Beweis dafür. Jetzt musste ich alles daransetzen, dass es nicht wieder schiefging. Irgendwas musste mir einfallen, um es hinzukriegen.

Seine Hand fing meine ein und er küsste träge meine Fingerspitzen. Sein warmer Atem strich über meine nackte Haut.

„An was für ein Arrangement hast du gedacht?", fragte er. „An ähnliche Regeln wie damals?" Ich zögerte und überlegte.

Ich musste vernünftig sein. Halbwegs.

„Es wird anders sein müssen, damit wir es im Griff haben. Kein Zusammenwohnen und keine Beziehung", entgegnete ich kopfschüttelnd. Je langsamer wir an die Sache herangingen, desto besser standen unsere Chancen. Er sah mich an und schien im Geiste verschiedene Erwiderungen durchzugehen, doch er presste die Lippen zusammen und nickte.

„Natürlich. Du hast recht."

„Wir müssen uns überlegen, wie lange es laufen soll, wie oft wir uns sehen und welche Regeln wir dafür festlegen." Es half mir, mich an Fakten festzuhalten, die ich selbst schuf, sonst musste ich darüber nachdenken wie verdreht das, was ich gerade tat, war.

Dabei war doch mein Plan gewesen, ihn nach heute nie wieder zu sehen. Stattdessen war ich jetzt dabei, mit ihm ein festes Arrangement zu treffen, das uns aneinanderband und zudem über einen längeren Zeitraum lief. Ich verlor eindeutig den Verstand. Gleichzeitig wusste ich, dass ich es unbedingt wollte.

So wie er.

Ich blickte in Bens leuchtend blaue Augen und sah darin die gleiche Hoffnung und dasselbe Verlangen. Wir waren wie die Büchse der Pandora: Einmal geöffnet, konnte man das, was befreit wurde, weder einfangen noch zähmen.

Ich war außerstande, mich Ben zu entziehen, und jetzt, wo wir dabei waren, einen Weg zu finden, der ohne Stress funktionierte, wollte ich es nicht mehr gut sein lassen.

Wir würden keine erneute Beziehung eingehen, aber dies war eine Möglichkeit, um ihn trotzdem bei mir zu haben. Es war unklug und musste in einer Katastrophe enden, aber, sagte eine kleine Stimme in meinem Kopf, es bestand doch die Möglichkeit, dass es auf diese Weise klappte. Es gab doch sicher einen Grund dafür, warum er mir nicht aus dem Kopf ging und wir so heftig aufeinander reagierten.

„Was schwebt dir vor?", fragte er, nachdem er eine Weile überlegt hatte. In seinem Gesicht sah ich den gleichen Hunger, den ich verspürte. Wir wussten beide, worauf wir uns einließen.

„Ich muss darüber nachdenken", wich ich aus und er nickte und stand auf. Dabei zog er sich an und ich beeilte mich, mein Kleid herunterzuziehen. Unterwäsche hätte mir nun doch geholfen, einen kühlen Kopf zu behalten.

„Hast du Hunger?", fragte er und schenkte Wein nach. Ich bejahte und er bestellte uns eine Pizza. Wir setzten uns an seinen Esstisch und dachten nach. Bevor wir weitermachten, mussten wir uns darüber klarwerden, wohin es gehen sollte.

„Ich werde dir das Geld am Dienstag vorbeibringen", legte ich fest. Ben nickte, seine Augen wurden immer dunkler.

„Ich werde dir jeden Cent zurückzahlen."

„Das weiß ich." Ich trank einen Schluck Wein, der mir bei der Hitze schnell zu Kopf stieg.

„Und die Zinsen werde ich bei dir abarbeiten."

„Ja, das wirst du tun."

„Das wird eine Weile dauern, bis dahin werden wir uns regelmäßig sehen." Wir sahen einander in die Augen und die Hitze in meinem Kopf wanderte in meinen Unterleib und sammelte sich zwischen meinen Schenkeln. Mein Atem beschleunigte sich und ihm war anzusehen, dass ihn unser Gespräch bereits heißgemacht hatte. Seine unterwürfige Seite war ausgeprägter als meine und er mochte es, wenn ich ihm sagte, wo es langging.

„Komm her", befahl ich ihm. Er kam zu mir herüber, packte mich an der Hüfte und setzte mich auf den Esszimmertisch.

„Der muss noch eingeweiht werden", raunte er mir ins Ohr, während er sich daranmachte, mich als Vorspeise zu benutzen. Seine dominante Seite mochte ich fast noch mehr. Ich zog die Beine an und liebte das Gefühl seiner Zunge auf meiner Haut.

Meine Hände griffen in sein Haar und zogen ihn enger an mich, trieben ihn an, mich härter zu lecken. Als ich erneut kam, wusste ich, dass meine Entscheidung richtig gewesen war.

Es war der definitiv falsche Weg, aber er hatte sich nie besser angefühlt.

6. Kapitel

Meine Freunde starrten mich am nächsten Tag mit stummer Fassungslosigkeit an. Entgeistert schüttelte Sam den Kopf, während Sonja der Mund offenstand und Ems Augen so weit aufgerissen waren, dass sie ihr fast aus dem Gesicht fielen.

Das Montagsmeeting lag bereits hinter uns. Ich war spät dran gewesen, weil ich bei Ben übernachtet hatte und nach Hause fahren musste, um mich umzuziehen. In dem Leopardenfummel wäre ich niemals zur Arbeit gegangen. Keine Pants der Welt hätten daraus ein alltagstaugliches Outfit gemacht, egal, was er mir anbot, und seine Klamotten kamen genauso wenig infrage.

Sofort danach folgten sie mir wie ein Rudel Wölfe in mein Büro und fingen an, mich auszuquetschen. Ben und ich hatten vereinbart, das Arrangement für uns zu behalten, doch er war damit einverstanden, dass ich den dreien davon erzählte. Sie anzulügen stand für mich außer Frage und das war für ihn okay.

Ich ließ das Bombardement an Fragen über mich ergehen und erstattete ihnen einen detaillierten Bericht, während dem sie immer stiller wurden und schließlich betroffen schwiegen.

„Wir haben uns erst einmal auf ein halbes Jahr verständigt und werden uns drei Mal die Woche planmäßig sehen", schloss ich.

Stille senkte sich über uns und ich sah in ihren Gesichtern, dass sie die Flut an Informationen verarbeiteten. Zweifellos hatten sie damit gerechnet, dass ich eine Zusammenfassung über den ausufernden Sex zum Besten gab und verkündete, meinem Vorsatz treu zu bleiben und Ben nicht wiederzusehen. Wie wenig sie mit den tatsächlichen Entwicklungen anfangen konnten, zeigten mir ihre schockierten Gesichter, sogar Sam und Em, die ja deutlich liberaler als Sonja waren, wirkten restlos überfordert und entsetzt. Ich konnte es ihnen nicht mal verdenken.

„Liebste, ich… was soll ich dazu sagen?", murmelte Sam kraftlos und rieb sich die Stirn. „Das ist schlimmer als alles, was ich erwartet hatte."

„Er brauchte meine Hilfe", rechtfertigte ich mich.

„Du hast sie ihm aufgedrängt", korrigierte Em. „Und gib es zu: Du hast sofort daran gedacht, ihn so bei dir behalten zu können."

Ich biss mir auf die Unterlippe. Natürlich hatte ich nicht damit gerechnet, dass sie mich lachend in die Arme schlossen und mir zu meinem hervorragenden Plan gratulierten. Ganz im Gegenteil. Deswegen hatte ich ihnen mit einem mulmigen Gefühl davon berichtet. Und recht behalten.

„Die Frage ist doch, was du dir davon versprichst", fuhr Em fort, als ich ihr die Antwort schuldig blieb.

„Ich wollte ihm einfach helfen, weil ich es ziemlich beängstigend fand, als dieser Typ vor seiner Haustür stand und damit drohte, ihn auf die Straße zu setzen. Ja, ich habe nach einer Möglichkeit gesucht, um ihn weiter zu sehen. Und ja, ich weiß, dass es nur schiefgehen kann." Ich redete schnell und mied den Blickkontakt. „Das Dumme ist nur, dass sich mein Verstand komplett abschaltet, wenn ich mit ihm zusammen bin. Ich denke… ich fürchte… ach, keine Ahnung!"

„Liebst du ihn noch?", fragte Sonja leise. Ich starrte sie an und suchte nach einer Antwort auf diese Frage.

„Das sagt jawohl alles", meinte Sam und klang dabei, als sei er furchtbar erschöpft.

„Nein, tut es nicht", berichtigte ich ihn und vermied nur knapp, patzig zu werden. Ich musste unbedingt sachlich bleiben. „Wir fangen keine neue Beziehung an, sondern haben ein zeitlich limitiertes Arrangement mit einem strengen Rahmen und parallel wird er mir das Geld zurückzahlen. Zu den Regeln gehört keine Monogamie, also werde ich Nick parallel sehen, das habe ich ihm auch gesagt. Wir haben das gleich so festgelegt, damit es keine Irritationen gibt. Wenn es trotzdem schiefgeht, werden wir die Vereinbarung vorzeitig beenden, wenn es gut läuft, eventuell verlängern, bis er mir den letzten Cent zurückgezahlt hat."

„Klingt, als hättest du an alles gedacht", sagte Em trocken. Sie beugte sich vor und sah mir in die Augen. „Letzten Endes musst du es selbst entscheiden, Claire. Es ist nicht unsere Aufgabe, es dir aus- oder schlecht zu reden. Wenn du meinst, das ist richtige für dich, wirst du deine Gründe dafür haben. Denk aber bitte daran, dass Ben ebenfalls Gefühle hat und wie es mit euch auseinandergegangen ist. Das ist alles, was ich dazu sage und warte einfach ab, was passieren wird."

Ich nickte stumm. Erneut war ich froh, dass Em zurück war, denn Sam und Sonja hätten durchaus einiges zu sagen, das war ihnen deutlich anzusehen. Ich wusste, Sonja würde versuchen, mich darin zu bestärken, eine Beziehung einzugehen, und Sam wollte es mir ausreden. Nach Ems Rede hielten sie sich zurück und sparten sich ihre Kommentare für passende Gelegenheiten auf. Ich legte meine Hand auf Sams und lächelte ihn an.

„Ich kriege das hin." Er verschränkte seine Finger mit meinen und schloss die Augen.

„Die Frage ist nur, wie. Erinnere dich daran, wie fertig du damals gewesen bist, als ihr euch getrennt habt. Ich möchte nicht, dass es dir noch mal so schlecht geht."

„Die Situation ist eine andere als damals", beruhigte ich ihn. „Wir wohnen getrennt, also hat jeder seinen Rückzugsort, und der ganze Stress einer Beziehung fällt aus. Stattdessen bekomme ich nur die guten Seiten: Sex und eine schöne Zeit mit ihm. Und am Samstag werde ich zu Nick gehen und mich auf andere Gedanken bringen. Es besteht keine Gefahr für mich, okay? Es wird nicht wieder schiefgehen und niemand wird verletzt werden. Dafür tun wir beide alles. Und wenn es vorbei ist, lassen wir einander ein für alle Mal in Ruhe. Das habe ich mir fest vorgenommen." Sam waren die Zweifel deutlich anzusehen, doch er schwieg, Sonja hingegen holte bereits Luft, wurde aber von Em mit einem Blick aufgehalten. Letzten Endes, das wussten sie alle, traf ich meine eigenen Entscheidungen.

Als sie gegangen waren, widmete ich mich meinen Mails, doch es fiel mir schwer, mich auf meine Arbeit zu konzentrieren.

Mehrfach nahm ich das Handy zur Hand und sah nach, ob eine Nachricht von Ben angekommen war, bis ich das Gerät frustriert in meine Tasche warf und das Fenster öffnete. Vom Hafen wehte eine angenehme Brise hinüber und heute war es etwas kühler als die letzten Tage. Ich schloss die Augen und sammelte mich.

Sonja hatte mich gefragt, ob ich noch in Ben verliebt war. Diese Frage hatte ich vorher vermieden, doch ich beantwortete sie mir ganz klar mit nein.

Ich zögerte und klammerte mich am Fensterrahmen fest. Es war wichtig, mich unter Kontrolle zu haben. Das bedeutete, die Sache zu lassen, wie sie war, anstatt sie aufzubauschen. Natürlich hatte ich noch Gefühle für Ben, aber sie waren mittlerweile anders als im Winter.

Wir hatten uns selbst bewiesen, dass wir nicht zusammen sein sollten, egal wie groß die Anziehungskraft zwischen uns war. Dies war eine ideale Möglichkeit, diesen Magnetismus komplett auszuschöpfen, bis wir genug voneinander bekamen. Und wenn das letzte Bisschen verbraucht war, konnten wir beide nach vorn sehen und Partner finden, die zu uns passten.

Es war doch nur ein halbes Jahr, eine lächerlich kurze Zeit, wenn ich mir vor Augen hielt, wie schnell die Zeit seit unserer Trennung verstrichen war. Ehe ich mich versah, war es vorbei und das Einzige, was mich daran erinnerte, wären die monatlichen Zahlungseingänge auf meinem Konto.

Wir würden dieses Mal keine Fehler machen. Es würde keine Eifersuchtsdramen geben, weil wir keine Monogamie vereinbarten. Ich würde mich mit Nick treffen und wenn ich wollte, Sex mit anderen Männern haben. Dasselbe erwartete ich von Ben.

Auf mein Treffen mich Nick am Samstag freute ich mich, es würde mir helfen, den ganzen Stress mit meinen Freunden zu vergessen. Ich überlegte, ob ich ihm davon erzählen sollte. Vielleicht hatte er einen Rat für mich, wie wir es am besten hinbekamen. Er selbst hatte schon mehrere Arrangements und mich ebenfalls danach gefragt. Ich hatte es bisher abgelehnt, weil ich keinen Sinn darin sah und die zwanglosen Treffen bevorzugte.

Nichtsdestotrotz war er damit vertraut und konnte mir sicher dabei helfen, meine Vereinbarung in den Griff zu bekommen.

Morgen wollten Ben und ich uns abends bei mir treffen und die Regeln festlegen. Gestern waren wir nicht mehr dazu, ich aber stattdessen etwa sieben Mal gekommen, was mir wesentlich besser gefiel und mir Zeit zum Nachdenken gab.

Nach dem Esstisch wechselten wir doch auf den Balkon. Er legte mir einen Knebel an, während ich ihn ritt, danach gingen wir unter die Dusche, wo ich ein Solo für ihn einlegte, und anschließend ins Schlafzimmer, dort verbrachten wir den Rest des Abends, bis wir völlig erschöpft einschliefen. Natürlich wurden die Pausen seinetwegen länger, aber diese überbrückte er gut an mir. Außerdem hatte Ben gelernt, sich mehr Zeit zu lassen.

Wenn ich an gestern Abend zurückdachte, wurde ich sofort feucht und ich musste mich zusammenreißen, um hier im Büro die Finger von mir zu lassen. So genoss ich einfach das Kribbeln zwischen meinen Beinen und sagte mir, dass es bis zum morgigen Treffen keine sechsunddreißig Stunden mehr waren, die ich mir zuhause mit einigen meiner Spielzeuge verkürzen würde.

Hinter mir ging die Tür auf und Sam trat ein. Ich lächelte ihm über die Schulter zu, mit seinem Besuch hatte ich schon gerechnet. Er stellte sich neben mich ans Fenster, legte den Arm um meine Taille und seufzte.

„Liebste, was hast du dir da bloß ausgedacht?", meinte er, ohne mich anzusehen. Ich betrachtete aus dem Augenwinkel sein Gesicht und sah, wie er mit sich kämpfte. Stumm erwiderte ich seine Umarmung. „Ich habe wirklich Angst davor, dass du dir selbst mit dieser Sache wehtust."

Sein Blick war starr auf die Elbphilharmonie auf der anderen Seite des Niederhafens gerichtet. Schräg gegenüber, am anderen Ufer, erhoben sich die Musicaltheater, die man von hier aus nur mithilfe der Fähren erreichte und rechts von uns lag die weiße Cap San Diego und glänzte in der Sonne.

„Ich weiß", sagte ich leise. „Du hältst mich für ziemlich dämlich deswegen."

„Nein", widersprach er kopfschüttelnd und sah mir endlich ins Gesicht. „Ich verstehe dich und weiß, warum du das alles machst. Und sicher gibt es die Chance, dass es gut läuft und es innerhalb der Regeln klappt, wie du es dir vorgenommen hast." Er holte tief Luft. „Als ihr letztes Jahr zusammengekommen seid, habe ich gesehen, wie unsicher du wurdest und wie sehr du dich selbst sabotiert hast, bis schließlich dieser Mist mit Julian passiert ist. Du hast Ben und dir selbst so wehgetan, Claire. Ich wünsche mir einfach, dass du jemanden findest, mit dem du eine glückliche Beziehung führen kannst."

„Ich liebe dich, weißt du das?" Ich lehnte meinen Kopf an seine Schulter, dabei füllten sich meine Augen mit Tränen. Sam küsste mich auf die Wange und hielt mich fest, bis ich mich in den Griff bekam und vorsichtig von ihm löste. „Am besten wäre es, wenn ich auch mal ein halbes Jahr um die Welt reise und mich auf gar keine Männer mehr einlasse." Sam schnaubte.

„Schlechte Idee. Innerhalb einer Woche wärst du untervögelt und grässlich gelaunt." Ich sah ihn aufgebracht an, nickte aber geschlagen.

„Du hast recht." Er küsste mich lächelnd auf die Wange.

„Ich weiß, du willst es nicht hören, aber ich finde, du solltest Nick eine Chance geben. Nach dem, was du erzählst, hat er Interesse."

„Aber sicher nicht an einer festen Beziehung, in die Richtung hat er nie etwas angedeutet, weder heute noch damals. Außerdem ich mag ihn zu sehr, um das Ganze schiefgehen zu lassen. Und das würde es. Du kennst mich, um einen Großteil meiner Zeit devot zu sein, halte ich selbst zu gern das Zepter in der Hand. Und da Nick sich gar nicht unterordnen kann und will, würde das nur in Frust enden."

„Hast du es mal versucht?" Sam sah mich herausfordernd an, doch ich zuckte mit den Achseln.

„Ich denke, die Trennung von Marie war für ihn schlimm genug, kein Grund, sowas zu wiederholen. Er wird jemanden finden, der sich liebend gern ganz darauf einlassen möchte. Außerdem müsste ich Ben absagen, wenn ich mich dafür entscheide und das kann und will ich auch nicht tun."

„Ihr könntet eine offene Beziehung führen, dann könnte es klappen. Vielleicht lässt er sich darauf ein. Denk an das Gespräch über den Dreier", schlug Sam vor und ich schüttelte den Kopf über seinen Eifer.

„Das ist keine Option, wie du weißt. Wenn ich mich für jemanden entscheide, dann voll und ganz. Ich brauche dann keine anderen Männer mehr und ich glaube, für so eine Lösung bin ich dann doch nicht offen genug."

Es klopfte an meiner Tür und wir drehten uns erstaunt um.

Kam jetzt Sonja, um mir ebenfalls ihre Bedenken mitzuteilen? Auf meine Aufforderung trat stattdessen Katharina ein. Augenblicklich fiel es mir schwer, mein Kopfkino zu zügeln. Dank Aikos ausführlichen Beschreibungen wusste ich zu viel über sie, von der Größe ihrer Brüste bis zu ihrer bevorzugten Stellung beim Oralverkehr. Dieses Wissen zu ignorieren und ihr unvoreingenommen gegenüberzutreten wurde zur ungeahnten Herausforderung. Sam floh aus meinem Büro, für ihn war es unmöglich, seine Gedanken von seiner Mimik zu trennen.

„Hallo Frau Stich, was kann ich für Sie tun?", fragte ich freundlich und konzentrierte mich auf ihr Gesicht. Sie war wirklich attraktiv, außerdem hatte sie offensichtlich keine Rückschlüsse auf mich gezogen.

„Ich mache gerade zweite Vorstellungsrunde in der Verwaltung und wollte mit Ihnen darüber sprechen, wie unsere Zusammenarbeit bestmöglich funktionieren kann", erklärte sie und entblößte beim Lächeln zwei Reihen schneeweißer Zähne.

Überrascht lächelte ich zurück.

Normalerweise tauchten neue Anwälte frühestens bei mir auf, wenn die erste Rechnung schiefgelaufen war und sie versuchten, sich bei uns Verwaltungsmitarbeitern zu profilieren. Dass Katharina vorbeikam und das Gespräch suchte, bevor etwas schiefging, fand ich sympathisch.

„Gerne." Ich konsultierte kurz meinen Outlook-Kalender. „Ich habe jetzt für Sie eine halbe Stunde, ansonsten können wir gern einen längeren Termin machen."

„Lassen Sie uns gern einen anderen suchen, falls ich schwer von Begriff bin", entgegnete sie und lachte. Ich bot ihr eine Stunde am Mittwochnachmittag an und sie verabschiedete sich winkend. Es dauerte keine dreißig Sekunden, bis Sam in meinem Büro stand.

„Was wollte sie?"

„Mich fragen, womit sie Aiko eine Freude machen kann, wenn sie das nächste Mal vögeln." Er kollabierte fast und ich schüttelte den Kopf. „Sie möchte sich von mir einarbeiten lassen. Sicher wird sie zu dir ebenfalls wegen der Reisekosten und Auslagen kommen." Sam schloss stöhnend die Augen.

„Das kann ich nicht", klagte er. „Ich würde durchdrehen bei dem Versuch, mich nicht zu verplappern, und es doch tun."

Ja, das stimmte. Je mehr Sam etwas für sich zu behalten wollte, desto ungeschickter wurde er und es brachte ihn schier um. Das einzige Mal, dass er eine Weile dichthielt, war letztes Jahr, nachdem er Tim betrogen hatte. Das war aus verschiedenen Gründen die schlimmste Zeit seines Lebens.

„Gib den Termin an eine deiner Mitarbeiterinnen ab", sagte ich ungerührt. Die Tür ging erneut auf und Sonja kam herein.

„Was wollte Katharina von dir?", fragte sie aufgeregt und auf ihren hellen Wangen erschienen hektische Flecken. Ich seufzte.

„Ein dienstliches Thema. Macht doch kein Drama deswegen. Irgendwann, falls sie Aiko regelmäßig sieht, kommt es sowieso raus. Aber wie wahrscheinlich ist das?" Sonja zuckte zusammen, anscheinend hatte sie mehr Informationen. Sams Atem ging stoßweise, als er einen Schritt auf sie zu machte und sie an den Oberarmen fasste.

„Spuck es aus, Sonni!"

„Naja, die beiden hatten bisher zwei Dates", murmelte sie und wand sich sichtlich dabei. Sam holte tief Luft und ließ sich auf meiner Tischkante nieder.

„Innerhalb von anderthalb Wochen? Nach einem One-Night-Stand?", fragte ich. „Sie mögen sich anscheinend." Sonja nickte mit unglücklicher Miene und wandte sich ab. „Hey, das ist doch kein Problem." Ich sah Sam ratlos an. „Was ist denn bloß los, Sonni?" Sie seufzte und lehnte sich an die Tür.

„Es sind verschiedene Probleme", sagte sie bekümmert. „Zum einen ist da Aikos Exmann Marko, der ihr Stress wegen des Sorgerechts macht. Er meint, sie sei keine verantwortungsvolle Mutter, weil sie Dildos designt. Wenn herauskommt, dass sie... nun ja... wechselnde Partner hat, wird er sich darauf stürzen wie ein Geier aufs Aas. Außerdem ist Aiko ganz vernarrt in Katharina und auf dem besten Weg, sich in sie zu verlieben, was ebenfalls problematisch wäre."

„Was wäre denn verwerflich daran, eine lesbische Mutter zu haben?", fragte Sam mit schmalen Augen. Sonja zuckte mit den Schultern und machte ein verdrießliches Gesicht.

„Gar nichts und das weißt du, aber eine bisexuelle Mutter zu haben, die wechselnde Partner hat und Dildos designt, klingt für manche Richter wenig förderlich für das Kindeswohl und genau darauf wird Marko sich stürzen, wenn er es herausfindet. Es wäre für Aiko das schlimmste, ihre Mädchen nicht ständig bei sich zu haben. Wir beide machen uns Sorgen deswegen." Ich war mit meiner Weisheit am Ende und Sams Entrüstung wich der gleichen Emotion.

„Das wusste ich nicht", murmelte er bedrückt und Sonja nickte nachdrücklich.

„Natürlich täte es mir leid für Katharina, wenn die Geschichte die Runde macht, aber mir ist Aiko deutlich wichtiger. Ihr müsst mich also nicht immer ansehen, als hätte ich den Verstand verloren, wenn ich etwas dazu sage."

„Dann musst du aber mit uns reden, Sonni", sagte ich leise. „Woher sollen wir das ahnen?" Sie zog die Nase kraus und zuckte mit den Schultern.

„Jetzt wisst ihr es ja." Das stimmte zwar, doch das Thema beschäftigte mich den ganzen Nachmittag und abends beim Sport.

Ich war froh, solche Sorgen nicht zu haben. Mein Sexleben ging nur mich an und ich war niemandem deswegen Rechenschaft schuldig, obwohl es sich manchmal anders anfühlte. Aber der Gedanke, die Kinder zu verlieren, weil man einen rachsüchtigen Exmann hatte… ich war nicht immer glücklich darüber, unverheiratet und kinderlos zu sein, aber in diesem Fall schon.

Als ich zurück zuhause war, setzte ich mich hin, um mich zu sortieren und die Regeln für Ben und mich aufzuschreiben, doch meine Gedanken standen nicht still und kreisten um Aiko und Katharina. Und darum, dass weder sie noch Sonja uns bis heute etwas wegen der Sorgerechtsgeschichte gesagt hatten.

Wir waren absolut ehrlich miteinander, egal wie heikel das Thema war, sonst hatte unsere Freundschaft keinen Sinn, doch Aiko war neu in der Clique und selbstverständlich sollte Sonja ihre Geheimnisse hüten. Dennoch traf mich diese Heimlichkeit.

Mein Handy vibrierte, eine Nachricht von Ben. Mit klopfendem Herzen öffnete ich sie: *Ich freue mich auf morgen und bin auf deine Regeln gespannt. Ich habe mir selbst ein paar Gedanken gemacht.*

Damit war er weiter gekommen als ich, dachte ich dumpf, doch ohne mein Zutun breitete sich ein kleines Lächeln auf meinem Gesicht aus. *Geht mir genauso.*

Ich musste mich ernsthaft konzentrieren und einen vernünftigen Vorschlag ausarbeiten, sonst war unser morgiges Treffen sinnlos. Abgesehen von dem Sex, den wir zweifellos haben würden. Nachdenklich kaute ich an meinem Stift und ertappte mich dabei, wie ich mir ausmalte, was ich mit Ben anstellen konnte.

Es war länger her, dass ich das letzte Mal den dominanten Part eingenommen hatte und ich vermisste es. Ich stellte mir vor, wie er vor mir auf dem Boden kniete, nackt, mit verbundenen Augen und hinter dem Rücken gefesselten Händen. Ich fuhr mit meinen Fingern durch sein dichtes Haar und zog seinen Kopf zu dem offenen Schritt meines Bodystockings. Sofort ließ er gehorsam seine Zunge hervorschnellen. Ich schloss die Augen, während ich mir vorstellte, wie er mich langsam leckte, und schob meine

Finger unter das Bündchen meiner Yogahose. Scharf sog ich Luft zwischen meinen Schneidezähnen ein, als ich ertastete, wie feucht ich bereits durch die Vorstellung war und stöhnte, als ich meine Klit zwischen Daumen und Zeigefinger rieb.

In meiner Phantasie drang Bens Zunge langsam in mich ein und ich rieb mich an seinem Mund, erfreute mich an dem Kratzen seiner Bartstoppeln auf meiner empfindlichen Haut, hielt seine Haare fest und gab ihm den Takt vor.

Die Bewegungen meiner Finger wurden schneller und unkontrollierter, als sich der Orgasmus langsam in mir aufbaute. Ich legte meine Fersen auf die Platte meines Esstischs und drückte meinen Rücken durch, als mich die Welle meines Höhepunkts erreichte und ich mir auf die Lippe biss, um einen lauten Aufschrei zu unterdrücken.

Ich riss dem imaginären Ben die Augenbinde herunter, damit er mich beim Kommen beobachten konnte. Der Blick seiner strahlend blauen Augen bohrte sich in meinen und hielt mich aufrecht, während ich mich den köstlichen Zuckungen hingab.

Schwer atmend zog ich die Finger weg und strich mir das Haar aus der verschwitzten Stirn. Mein Blick fiel auf das leere Blatt Papier vor mir auf dem Tisch.

Ich musste dafür sorgen, dass das Arrangement funktionierte.

Ich hatte keine Wahl.

7. Kapitel

Der Dienstag flog an mir vorbei und trotzdem schien sich jede Sekunde endlos auszudehnen. Keiner meiner Freunde sagte etwas zu meiner offensichtlichen Unruhe, doch sie beobachteten mich und machten sich zweifellos ihre Gedanken dazu. Ich wusste ja selbst, dass ich mich vollkommen verrückt verhielt. ‚Es liegt nur an den ungeklärten Verhältnissen', redete ich mir ein. ‚Danach wird die Aufregung sich legen und ich werde besser damit umgehen können.'

Es war mir schließlich doch gelungen, ein paar Ideen zu Papier zu bringen und in einer ruhigen halben Stunde zwischen zwei Terminen arbeitete ich sie zu einem logischen Rahmen aus. Das gab mir Sicherheit und ich war aufgeregt, wie Ben sie auffasste. Einige der Regeln waren streng, andere gewagt und ließen uns großen Handlungsspielraum.

Meinen Yoga-Kurs ließ ich heute ausfallen und fuhr nach Hause, um mich in Ruhe fertigzumachen. Ich trug schwarze Spitzenunterwäsche, Strümpfe und den dazu nötigen Halter, schlüpfte in ein knielanges schwarzes Kleid mit tiefem Herzausschnitt und hohem Beinschlitz, der den Blick auf die Spitzenborte der Strümpfe freiließ. Dazu zog ich meine schwarzen Lackpumps an und öffnete eine Flasche Rotwein.

Meine Notizen legte ich auf den Esstisch und fragte mich, ob wir sie gegenzeichnen sollten, entschied mich aber dagegen. Es reichte, einen mündlichen Vertrag abschließen und die Regeln einmal schriftlich fixieren, wenn er es wollte, doch ich fand diese Formalitäten unnötig.

Es klingelte an der Tür und ich beeilte mich, ihm zu öffnen. Anscheinend kam er direkt von der Arbeit, denn er trug ein Hemd mit Vichy-Karo und marineblaue Chinos. Sein rötliches

Haar war zerzaust und er wirkte müde, doch als er mich sah, wurde sein Blick hungrig. Statt einer Begrüßung zog er mich an sich und küsste mich auf den Mund. Undeutlich bekam ich mit, wie er die Tür ins Schloss warf, da stahlen sich seine Finger in den Schlitz meines Kleides. Ich stöhnte an seinem Mund und rieb meine Hüfte an seinem Schritt, wo ich bereits seine Erektion spürte.

‚Mein Gott, wie habe ich ihn vermisst', dachte ich und war über meine Gedanken erschrocken. Das war eindeutig zu viel. Betreten löste ich mich von ihm und zog ihn an der Hand ins Wohnzimmer. Ben folgte mir widerstandslos und sein heißer Blick glitt fast physisch auf meinem Körper.

„Bitte setz dich doch", sagte ich heiser und verhinderte nur knapp, dass er mich auf seinen Schoß zog. Lächelnd küsste ich ihn auf die Lippen und rückte von ihm ab. „Lass uns erst den ernsten Teil erledigen. Danach, das verspreche ich dir, wird keiner deiner Wünsche unerfüllt bleiben."

„Du machst es mir schwer mit deinem Outfit", sagte er und seine Stimme war belegt. „Vergiss nie, dass wir Männer visuell orientiert sind. Wenn du das nächste Mal ernsthaft mit mir sprechen willst, zieh dir eine Kutte an. Wobei sogar das heiß an dir aussähe." Er schloss die Augen. „Die könnte ich einfach hochschieben…"

Ich lachte und setzte mich ihm gegenüber an den Tisch. Eine Erinnerung kam zurück, als ich daran dachte, dass wir hier gesessen hatten, als ich ihm meinen Seitensprung gestand und Schluss machte. Schnell wechselte ich den Stuhl und setzte mich neben ihn.

„Ich habe mir Gedanken über die Rahmenbedingungen für unser Arrangement gemacht. Sie sollten es uns ermöglichen, alles unkompliziert zu halten." Er nickte mit konzentrierter Miene, also fuhr ich fort: „Die Dauer legen wir auf sechs Monate fest. Sind wir beide damit einverstanden, kann sie verlängert werden. Oder verkürzt, wenn es sein muss. Wir sehen uns drei Mal die Woche und haben Sex miteinander. Das Setting bestimme ich, es sei denn, du beantragst vorher den Abend für dich, das ist jederzeit möglich. Es gelten die gängigen Regeln und das harte Nein. Es wird keine Monogamie vereinbart, jeder von uns wird parallel andere Partner haben. Ich habe mir überlegt, dass wir nach einem Bluttest wieder Sex ohne Kondom haben können. Mein letzter Test liegt zwei Monate zurück und ich habe seitdem nur ungeschützten Sex mit einem anderen Mann, der ebenfalls gesund ist." Bens Augenbrauen zogen sich zusammen und sein Mundwinkel zuckte.

„Ich dachte, du bist mit niemandem zusammen."

„Stimmt auch", berichtigte ich ihn und verfluchte mich selbst dafür, mit dem Thema angefangen zu haben. Aber damit war das wenigstens geklärt. „Wir kennen uns ein paar Jahre und er ist eine Art Teilzeit-Dom für mich. Wir haben keine Liebesbeziehung."

„Du hast einen Dom?" Ben sah überrascht aus und ich lächelte.

„Er hat mir alles beigebracht und wir haben den Kontakt vor kurzem erneuert. Wir sind Freunde und ich werde ihn weiterhin sehen." Ben schwieg einen Moment und ich sah ihn mit sich kämpfen. Mein Mut sank. Wenn er mir eine Szene machte, musste ich die Sache abblasen, Eifersucht hatte in unserer Vereinbarung keinen Platz. Doch er nickte.

„Okay." Mir fiel ein Stein vom Herzen.

„Gut. Dasselbe gilt natürlich für dich, aber ich erwarte von dir, mich zu informieren, solltest du mit anderen Frauen ungeschützten Sex haben." Ich hielt inne und schenkte uns Wein nach. Ben verfolgte jede meiner Bewegungen mit einem lauernden Blick, unter dem mir heiß wurde.

„Was noch, Claire?"

„Wir treffen uns hier bei mir, es sei denn, wir machen etwas Anderes aus. Ich werde dir einen Schlüssel geben, sodass du jederzeit reinkannst. Bist du vor mir hier, wartest du im Flur auf mich, nackt und kniend, es sei denn, ich gebe dir andere Anweisungen." Sein Mundwinkel zuckte.

„Ich vermute, du wirst dafür sorgen, dass ich öfter vor dir hier bin." Lächelnd beugte ich mich vor und küsste ihn auf den Mund, dabei fuhr ich mit der Zungenspitze über seine Oberlippe.

„Das hat seinen Reiz, ja. Außerdem übernehme ich den dominanten Part, es sei denn, du bittest zeitweilig darum. Dazu lade ich dich herzlich ein."

„Jetzt weiß ich ja auch, wie gern du in diese Rolle schlüpfst."

„Ja, aber nur manchmal. Wenn wir es schaffen, hier eine gute Balance zu finden, ist mir das recht", antwortete ich und er nickte mit blitzenden Augen. Er konnte, wie ich, beides, obwohl er die Dominanz noch erlernte. „Wir behalten das Arrangement für uns. Wie du weißt, würde ich Sam, Sonja und Em nicht anlügen und sie wissen von unserem Treffen. Wie ist es bei dir?"

„Darüber habe ich nachgedacht: Ich sage es niemandem. Ich habe keine Freunde, die mit dieser Art Beziehung etwas anfangen könnten und ich glaube, meine Familie ist dafür auch nicht die richtige Adresse."

„Wir haben keine Beziehung." Ich bemühte mich, den Worten die Schärfe zu nehmen, doch er zuckte trotzdem zusammen und rang sich ein Lächeln ab.

„Nicht in diesem Sinne, natürlich. *Arrangement* ist dir lieber?"

„Deutlich. Es zeigt besser, was wir vorhaben." Ich nahm einen Schluck Wein und wollte fortfahren, als er das Wort ergriff:

„Gut, ich habe auch ein paar Vorschläge: Wie du dich sicher erinnerst, liebe ich es, dich anzuziehen, bevor ich dich ausziehe. Wenn du erlaubst, möchte dir für die Tage, an denen wir uns sehen, deine Kleider herauslegen. Erstens. Zweitens will ich dich auch außerhalb der Wohnung treffen und mit dir ausgehen. Wenn wir dabei Sex haben, umso besser, ich habe da einige Orte im Kopf, an den ich dich nur zu gern vögeln will."

„Solange es keine Bahnhofstoilette ist", meinte ich.

Seine Augen blitzten. „Warte es ab. Ich werde sicher an einigen Tagen die Kontrolle übernehmen." Er beugte sich vor und zog mich an sich. „Außerdem gibt es ein paar Rollenspiele, die ich gern mit dir ausprobieren möchte. Wenn ich mich richtig erinnere, stehst du ja auch sehr darauf. Da du ausdrücklich Monogamie ausschließt, möchte ich aber trotzdem daran beteiligt sein, wenn du Sex mit einem anderen Mann hast."

„Bitte?" Ich riss die Augen auf. „Willst du dabei sein?"

Er zögerte, bevor er den Kopf schüttelte. „Nein, aber ich möchte wissen, wer sich in meinem…", er brach ab und ich sah ihn mit großen Augen an. Mein Herzschlag beschleunigte sich. Ben rang mit sich, ob er weitersprechen sollte, schließlich lächelte er schwach.

„Wer sich in deinem…", hakte ich nach und ließ den Satz im Raum hängen.

„Wer sich in meinem Revier herumtreibt." Er hob die Hände. „Dummer Vergleich, sorry. In einer solchen Situation war ich noch nie, ich muss mich daran gewöhnen."

Ich nickte langsam. „Ich mich auch."

„Eventuell muss ich Nick mal kennenlernen und mir ein paar Tipps von ihm holen, wenn er dich so begeistert." Ben sagte das lapidar mit einem Schulterzucken, doch die Erinnerung an Nicks Bemerkung mit dem Dreier kam zurück und es war, als hätte mir jemand flüssiges Feuer in den Schoß gekippt. Ben wäre perfekt dafür, genau die richtige Ergänzung für Nick…

Entsetzt stoppte ich meine Gedanken und atmete tief durch. Wir hatten nicht einmal den ersten Schritt gemacht und ich dachte schon darüber nach, an die Grenzen zu gehen und andere einzubinden. Ich sollte halblang machen.

Und noch eine Sache klären: „Darüber muss ich nachdenken und es vor allem mit ihm absprechen. Andererseits möchte ich nur darüber Bescheid wissen, was du tust, ich lerne definitiv keine anderen Frauen mit dir zusammen kennen. Bei Lesbensex bin ich raus", stellte ich klar.

Ben sah enttäuscht aus, nickte aber, als er sah, dass dies mein hartes Nein war. Wenn er bereit war, mich mit einem anderen zu teilen, war das seine Entscheidung, aber ich würde niemals einer anderen Frau beim Sex mit einem Mann zusehen und ihr dabei die Pussy lecken, was er zweifellos immer erwarten würde. Diese Phantasie würde Ben ohne mich ausleben müssen, wenn er sie hatte.

„Was deine anderen Vorschläge angeht, bin ich einverstanden", sagte ich. „Nur eine letzte Sache: Es geht ausdrücklich um Sex. Das ist das einzig Vernünftige. Ich will dich unbedingt sehen und ich genieße die Zeit mit dir, aber kein Risiko eingehen, dass ich noch einmal Scheiße baue."

„Deswegen bin ich hier", sagte er und zeigte mir seine leeren Handflächen. „Haben wir alles? Oder fehlt etwas?"

„Wir sind durch", erwiderte ich und stand auf. „Ich werde die Punkte später aufschreiben und dir zuschicken."

„Unnötig. Es reicht, wenn du sie hier aufbewahrst, damit ich sie mir durchlesen kann, falls ich ungehorsam war und daran erinnert werden muss." In seinen Augen blitzte der Schalk und ich musste lachen. Ben stand ebenfalls auf und schlang seine Arme um meine Taille. „Du hast mir versprochen, dass keiner meiner Wünsche unerfüllt bleibt. Ich möchte in der ersten Runde die Kontrolle übernehmen. Erlaubst du?"

Bei seinen Worten wurde ich feucht und nickte mit heißen Wangen. Was hatte er sich ausgedacht? Sanft griff er mein Handgelenk und führte mich hinüber zur Couch, auf die er sich kniete und mich neben sich platzierte. Er packte meine Hüfte und zog sie zu sich, sodass meine Beine in die Luft ragten und mein Po auf Höhe seiner Brust war.

Unbequem, doch meine Erregung ließ mich die Unannehmlichkeit vergessen, außerdem war ich durch meinen Yoga-Kurs flexibel. Er kniete sich vor die Lehne und drehte mich so herum, dass mein Kopf über die Kante der Sitzfläche ragte.

Damit nahm er mir den Druck von der Brust, schränkte aber die Sicht auf das ein, was er mit mir machte. Trotzdem bekam ich mit, wie er mein Kleid über meine Hüften und meinen Slip beiseiteschob. Mir entfuhr ein Schrei, als er mit der Zunge über meine Scham fuhr und mit einem zufriedenen Lächeln zwei Finger in mir versenkte. Dabei stöhnte er leise vor Genuss und beugte sich vor, um mit den Lippen über meine empfindliche Haut zu gleiten.

„Oh, Ben, ja, bitte…", trieb ich ihn an und spreizte die Schenkel, während er mich gleichzeitig mit seinen Fingern und seiner Zunge verwöhnte. Den freien Arm schlang er um mein Becken, damit ich nicht hinunterrutschte. Ich biss mir auf die Unterlippe und genoss jeden Zungenschlag, jedes Hinein- und Hinausgleiten, das er mir gab. Beim Sex war ich immer frei, doch mit Ben war es anders, denn er hielt sich ebenso wenig zurück und je mehr es mir gefiel, desto einfallsreicher wurde er.

In mir braute sich ein Orgasmus zusammen, den ich kaum bewältigt bekam und dessen Vorboten sich in Tränen kanalisierten, die über meine Schläfen rannen. Ben suchte meinen Blick, während er meine Klit mit der rauen Oberseite seiner Zunge heftig bearbeitete und dieser Kontakt gab mir den letzten Kick.

Ich ließ los und wurde von meinem Höhepunkt erfasst und fortgeschleudert, mein Körper machte sich selbständig und ich kam so heftig, dass mir die Luft wegblieb. Sogar für einen Schrei fehlte mir die Kraft, als ich mich unter seinen Berührungen wand und den Mund stumm aufriss.

Wie hypnotisiert starrte ich auf Bens Zungenspitze, die über meine Klit rieb. Er hielt mich fest, sodass ich ihm nicht ausweichen konnte. Meine Finger krallten sich ins Polster und endlich bekam ich Luft und schluchzte heiser auf. Er ließ mich nahtlos ein zweites Mal kommen, dann hielt er mich fest, bis das Zucken meiner Muskeln aufhörte und mein Atem sich beruhigte.

In Zeitlupengeschwindigkeit zog er sich zurück. Dabei ließ seine Finger millimeterweise aus mir gleiten und strich genüsslich mit den Kuppen von meiner Klit bis zu meinem Anus, als wolle er mich dafür loben, wie gut ich mitmachte. Seine Zunge nahm den gleichen Weg in die entgegengesetzte Richtung, bevor er meinen Slip zurechtrückte, als wäre nichts gewesen. Anschließend half er mir, mich aufzusetzen. Zitternd und schwer atmend lehnte ich mich gegen die Kissen meiner Couch und zog ihn am

Hemdkragen zu mir. Gierig schob ich meine Zunge in seinen Mund und massierte mit ihr seine.

Ich wollte mich unbedingt revanchieren und das schnellstmöglich. Mit sicheren Bewegungen und ohne den Kuss zu unterbrechen, öffnete ich seine Hose und schob sie hinunter, dirigierte ihn so, dass er auf meinem Schoß saß. Ich drückte seinen süßen Hintern nach oben und rutschte tiefer, bis mir sein Schwanz entgegenragte. Ohne zu zögern nahm ich ihn tief in meinen Mund und krallte meine Hände in seine Pobacken.

Ben gab einen zischenden Laut von sich und griff in meine Haare. Mit dem Becken pumpte er in meinen Mund. Sein Hintern war klein und kompakt vom Laufen und ich liebte es, mich an ihm festzuhalten, während ich beim Blasen erneut scharf wurde. Das mit uns beiden war der Wahnsinn, jeder Orgasmus kam wie eine Welle über mich und ließ mich fast verzweifeln, weil es so intensiv war.

Über mir krampfte Ben und ich musste den Blowjob beenden, wenn ich verhindern wollte, dass er kam und der Spaß vorzeitig zu Ende war oder zumindest unterbrochen wurde. Vorsichtig stemmte ich mich gegen sein Becken und schob ihn zurück. Er verstand und ließ es geschehen, sein Griff in meinem Haar lockerte sich und er zog ihn langsam aus meinem Mund. Ich erzeugte so viel Gegendruck wie möglich und leckte über seine Eichel, bevor ich ihn ganz freigab.

„Süße, du machst mich fertig", sagte er heiser und zog mich an sich, um mich erneut zu küssen. „Mit niemandem habe ich so irren Sex wie mit dir." Ich schmiegte mich an ihn und kämpfte mit mir, gleichzeitig schüttelte ich innerlich den Kopf über mich.

‚Nur Sex', erinnerte ich mich energisch. ‚Keine Beziehung. Sei nicht albern und lass es dir richtig besorgen.'

„Dito", flüsterte ich in sein Ohr und fuhr mit der Zungenspitze die Form der Muschel nach. „Nimmst du mich jetzt bitte hart von hinten?" Er lächelte und legte meine Hände auf die Armlehne, bevor er den Reißverschluss meines Kleides öffnete und es mir nach kurzem Zögern über den Kopf zog.

Mit einem zufriedenen Stöhnen rieb er über meine Pobacken und versetzte mir einen Schlag, der mich aufseufzen ließ. Dann noch einen und einen weiteren, sanfteren gegen meine Klit, die vor Verlangen pochte. Ich stieß einen kleinen Schrei aus und drückte meinen Rücken durch.

Er versetzte mir zwei Klapse mit der flachen Hand und küsste anschließend die heißer werdende Haut, bevor er den Verschluss meines BHs öffnete und meine Brüste entblößte. Mit der Kuppe des Daumens strich er über meinen Nippel und kniff ihn, sodass er sich unter der Berührung zusammenzog. Ich stöhnte und der nächste Schlag traf meinen Hintern. Er machte das mittlerweile wirklich gut, genau die richtige Dosis, um mir einzuheizen. Der Kitzel, den das Klatschen seiner Hand auf meiner Haut verursachte und die Anspannung in der Sekunde vor dem Aufprall waren das Beste, das, was mich am meisten erregte, und Ben wusste das.

Natürlich fehlte ihm Nicks Erfahrung und ich hätte ihn nicht an alle Spielzeuge herangelassen, aber meine Lektionen hatte er alle behalten. Er hatte gelernt, den dosierten Schmerz, dem ich ihn aussetzte, zu schätzen, nachdem er sich anfänglich dagegen gewehrt und die üblichen Vorurteile hatte. Doch dieses Mal, das spürte ich, konnten wir weitergehen als während unserer Beziehung. Dieses Mal gab es gar keine Konventionen, an die wir uns halten mussten, es ging nur um uns und unsere Lust.

Ein unverhoffter Schlag traf meine Klit und ich stieß einen genießerischen Laut aus, die Finger seiner anderen Hand kneteten meinen Nippel. „Du hattest mich um etwas gebeten", erinnerte er mich. „Bitte mich noch einmal darum."

„Bitte nimm mich hart von hinten", schluchzte ich und kassierte noch einen. „Bitte, Ben, ich halte es nicht mehr aus." Kurz nahm er seine Hände von mir, als er ein Kondom überstreifte, und ich hätte meine Vernunft verfluchen können. Ich wusste, wie viel schöner das Gefühl war, wenn wir keinen Gummi benutzten, doch dazu würden wir in Kürze genug Gelegenheit haben. Er zog meinen Slip, den ich über dem Strumpfhalter trug, nach unten in meine Knie und bezog hinter mir Position. Ich sah ihm über meine Schulter dabei zu. Als er das bemerkte, schenkte er mir ein abgründiges Lächeln und umfasste seine Erektion, um sie mit einem genussvollen Stöhnen in mir zu versenken. Meine Muskeln dehnten sich und umschlossen ihn, dann füllte er mich mit seiner vollen Länge aus und gab uns ein paar Sekunden, um uns daran zu erfreuen.

„Wie hart, *lille*?", fragte er und griff nach meinen Hüften.

„Du weißt, wie hart", erwiderte ich mit zusammengebissenen Zähnen und verdrängte, dass er mich früher manchmal *lille*, Kleine, genannt hatte. Ein absolut unpassender Spitzname für unsere Konstellation.

„Ja, das weiß ich", flüsterte er in mein Ohr und legte los. Ich kam seinen Stößen entgegen, da zog er meinen Oberkörper nach oben und stimulierte mit der Hand meine Klit, die andere legte sich an meinen Hals. Ich spreizte meine Beine, um ihn so tief wie möglich in mir aufzunehmen, da wanderten seine Finger von meiner Kehle zu meinem Mund und schoben sich hinein. Wie in Trance saugte ich an ihnen, als wären sie sein Schwanz, während dieser mich bearbeitete. Er nahm meine Klit zwischen Daumen und Zeigefinger und knetete sie fest. Ich verlor mich selbst in seinen Berührungen und wollte nur eins: mehr davon.

„Willst du es so?" Er umfasste meine Kehle, ohne zuzudrücken.

„Ja. Bitte, ja, es ist so geil", stöhnte ich. Er ließ meine Kehle los und drückte meinen Oberkörper hinunter, schob seine Finger zwischen meine Pobacken und massierte mich dort. Ich schrie auf und kam bei dieser unerwarteten Stimulation. Keine fünf Sekunden später verkrampften sich seine Hände an mir und er tat es mir gleich. Ich sackte vorn über, mein Unterleib brannte wie flüssiges Feuer und der Orgasmus ließ meinen ganzen Körper kribbeln. Mein Kopf dröhnte und ich sah Sterne. Gleichzeitig verengte sich meine Welt auf Bens Hände, die auf meinen Hüftknochen lagen, warm und fest. Ein Schweißtropfen rann über meinen Rücken und ich konnte nicht einmal sagen, ob er von mir oder von ihm war. Schwer atmend lehnte ich meine Stirn an die Armlehne und versuchte, meiner Sinne wieder Herr zu werden.

Vorsichtig lehnte Ben sich zurück und schnaufte erschöpft, dabei zog er mich auf seinen Schoß. Mit einem zufriedenen Lächeln küsste er mich auf den Mund.

„So ungefähr hatte ich mir den Abend vorgestellt", eröffnete er mir und strich mein Haar zurück.

„Ich mir auch", gab ich zu und lehnte meine Schläfe gegen sein Schlüsselbein. Unter seinen Rippen hämmerte sein Herz und ich schloss die Augen, während ich die Nachwehen meines Orgasmus' genoss. Kleine Zuckungen ließen meine Muskulatur erbeben.

„Ich bin froh, über dieses Arrangement und unser Wiedersehen, weißt du das? Bis vor kurzem hätte ich es nicht einmal für möglich gehalten, dass wir miteinander sprechen könnten, geschweige denn sowas verrücktes hier." Seine Fingerspitzen strichen sanft über mein Gesicht und er hielt mich ganz fest, als er das sagte. Bei seinen Worten bekam ich Angst.

„Ich hätte nie gedacht, dass du nur ein Wort mit mir wechselst, nach dem, was ich getan habe. Ich dachte, du würdest mich für immer hassen", murmelte ich an seiner Schulter. Er vergrub sein Gesicht in meinem Haar.

„Ich war wütend auf dich", gab er zu, seine Stimme war kaum mehr als ein Flüstern. „Aber irgendwann habe ich eingesehen, dass ich ebenso schuld war. Das hat es irgendwie leichter gemacht, denn du hast es nicht allein versaut, sondern ich habe es auch zu verantworten. Ich habe einiges dazu beigetragen und das tut mir leid. Nach dieser Einsicht konnte ich nicht mehr böse auf dich sein, gehasst habe ich dich nie. Ich habe dich nur noch vermisst. Und dann standst du letzte Woche da..." Er atmete tief ein und umarmte mich fester. „In dem Moment war mir alles egal, keine Ahnung, warum. Ja, es kann schiefgehen, aber lass es uns einfach versuchen, ja?"

„Das werden wir", versprach ich, während in meinem Kopf die Gedanken rasten – einer verrückter als der andere.

8. Kapitel

Ben verließ meine Wohnung gegen zehn Uhr abends, Übernachtungen waren unter der Woche nicht vorgesehen und ich musste mir Gedanken machen, ob sie am Wochenende okay waren. Natürlich hatte ich von Sonntag auf Montag bei ihm übernachtet, aber es machte mir Angst, wie vertraut es war, neben ihm zu schlafen. Das bereitgelegte Geld nahm er mit, damit er es am Folgetag bei Victor abliefern konnte. Völlig erschöpft fiel ich ins Bett, verdrängte alle kruden Gedanken und schlief fest und traumlos, bis mein Wecker klingelte.

Im Büro empfing mich eine seltsame Stimmung, die ich nicht greifen konnte. Meine Freunde waren in Meetings und ich steuerte mein Team an. Gerald war krank, ansonsten waren alle da.

„Du siehst super aus", begrüßte Franzi mich lächelnd. „Ist was Schönes passiert?" Ich winkte ab, was hätte ich ihr sagen sollen? ,Ich habe mit meinem Exfreund ein Sex-Arrangement getroffen und er hat mich gestern Abend durchgevögelt'? Ich mochte mein Team zwar, doch diese Informationen ging zu weit.

„Nichts Besonderes. Ist was passiert? Marina sah so verstört aus, als ich eben reinkam."

„Allerdings", schaltete sich Alex ein und grinste. „Vor etwa einer Viertelstunde gab es hier den Showdown des Jahrhunderts zwischen Frau Stechmann-Selzner und Steffi aus dem Sekretariat, inklusive Anschreien auf dem Flur vom Feinsten. Steffi hat irgendwann gerufen, sie habe keinen Bock mehr auf diese „hirnrissige Scheiße" und ginge zum Arzt, um sich krankschreiben zu lassen, bevor vorzeitig die Wehen bei ihr einsetzen. Und dass sie sie am Arsch lecken soll. Danach ist sie raus und Frau Stechmann-Selzner hat einen so mörderischen Blick in die Runde geworfen, dass wir uns alle schleunigst in Sicherheit gebracht haben." Er feixte. „Das war besser als eine amerikanische Talkshow."

Ja, das konnte ich mir gut vorstellen. Und wir anderen hatten jetzt nichts zu lachen. An Annette, Stephanies Elternzeitvertretung, war die Episode hoffentlich vorübergegangen, sonst warf sie Sonja noch heute ihre Kündigung auf den Tisch.

Nach einer kurzen Runde, in der sie mich auf den neuesten Stand brachten, ging ich hinüber in mein Büro. Auf dem Weg linste ich kurz in Sams, doch er im Termin, Sonjas lag ebenfalls verwaist da und Ems Büro mied ich, weil ich dazu die Tür der Drachenfrau passieren müsste und befürchtete, sie könnte herauskommen und mich sehen. Auf diese Begegnung der dritten Art verzichtete ich.

Ich musste mich bis zur Mittagspause gedulden, um die drei zu Gesicht zu bekommen. Sam verbrachte den ganzen Vormittag mit Dr. Schwartz und dessen Reisekosten, Sonja war in einem endlos langen Personalgespräch und entsprechend erschöpft, als sie um halb eins zurückkam. Em fehlte, aber Sam meinte, sie sei bei Bitter, um irgendwelche Events zu planen. Besser als von der Drachenfrau erwischt zu werden. Von dem Streit zwischen ihr und Stephanie war den beiden nur erzählt worden.

„Ist auch gut so, bevor sie zum Rundumschlag ansetzt und alle fertigmacht, die es gesehen haben", meinte Sam und rieb sich die Schläfen. Sonja nickte, sie sah heute blass aus, trotz ihrer Sonnenbräune.

„Alles okay?", fragte ich und griff ihre Hand. Sie zuckte mit den Schultern und machte ein unglückliches Gesicht.

„Schon, aber diese ganze Scheidungssache nimmt mich sehr mit. Meine Rechtsanwältin hat sich gemeldet, Kenichi hat sich ebenfalls Beistand geholt. Er willigt in die Scheidung nicht ein, was auch immer das soll. Wir warten jetzt ab, was da noch kommt. Und abends hat JP mich gefragt, wann sein Vater endlich nach Hause kommt. Das hat er zwar schon öfter getan, aber gestern wollte er darüber ein ernsthaftes Gespräch führen. Er hat

mich gefragt, ob ich irgendwas gemacht habe, dass er wegge-
gangen ist." Sam und ich starrten sie entgeistert an. Natürlich
machte Jan-Philipp sich Gedanken und mit sieben war er in der
Lage, solche Zusammenhänge herzustellen, aber uns allen war
klar, wie sehr diese Frage Sonja verletzte.

„Was hast du gesagt?", fragte Sam vorsichtig. Sie schniefte.

„Dass es, egal passiert, keinen Grund gibt, einfach zu gehen
und ich von ihm erwarte, immer mit allen zu sprechen, auf die
er böse ist. Und nein, deswegen sei Papa nicht gegangen, das
hätte mit ihm selbst und mit Opa zu tun." Sie rieb sich die Stirn.
„Überflüssig zu sagen, dass ich abends einen Heulkrampf bekommen habe." Sam nahm sie in den Arm und sie holte tief Luft.
„Wie war es denn gestern mit Ben?", fragte sie mich matt lächelnd. Ich beschränkte mich aufs Wesentliche: „Er hat die Bedingungen akzeptiert und wir werden es ausprobieren."

„Und danach habt ihr es wie die Tiere getrieben?", fragte Sam
hoffnungsvoll. Ich nickte bestätigend und er seufzte. „Ich bin
neidisch. Du lässt dich von zwei tollen Typen durchvögeln und
hast überhaupt keine Verpflichtungen. Klingt gut, oder, Sonni?"
Zu meiner Überraschung nickte sie.

„Ja, ich würde gern mal eine Woche mit dir oder Em tauschen,
ihr habt es leicht." Obwohl ich es manchmal anders empfand,
stimmte es ja: Im Vergleich zu Sonja hatte ich keine Probleme
und wenn, schuf ich sie unglücklicherweise selbst.

„Wann seht ihr euch?", fragte Sam neugierig und ich sah ihm
an, dass er den Vollbericht beim Essen erwartete.

„Am Samstag. Er ist von heute bis Freitag auf Geschäftsreise
in Süddeutschland."

„Gut, wir können am Freitag ja tanzen gehen, ich habe da was
ins Auge gefasst", sagte Sam und drückte Sonja an sich. „Du
solltest dich auf andere Gedanken bringen, am besten in Form
eines harten Schwanzes zwischen deinen süßen Schenkeln."

„Manchmal bist du wirklich widerlich", sagte Sonja errötend,
doch sie lächelte dabei.

Die nächsten zwei Tage im Büro waren unangenehm, denn die Drachenfrau hatte offensichtlich beschlossen, die Demütigung aus dem Streit mit Stephanie an uns anderen auszulassen. Am Donnerstag berief sie ein außerordentliches Bereichsleitermeeting mit allen außer Annette ein, die zur Einarbeitung in Frankfurt war und glücklicherweise von der ganzen Affäre und dem Scheißeregen, der auf uns niederging, nichts mitbekam.

„Ich bin keine zwei Wochen zurück und es hängt mir zum Hals raus in dieser Dreckskanzlei", sagte Em beim Mittagessen finster. Wenigstens rückte ihr Rentenbeginn stetig näher, noch einhunderteinunddreißig Tage. Wenn man es sich oft genug sagte, klang es weniger schlimm.

Entsprechend froh waren wir alle, als wir am Freitagnachmittag das Büro verließen und ins Wochenende gingen. Kein Büro, dafür Drinks, genau die richtige Abwechslung. Heute Abend wollte Aiko Katharina mitbringen, die keine Ahnung hatte, dass sie die Freunde ihrer neuen Flamme bereits kannte.

Ich spürte deswegen ein mulmiges Gefühl in der Magengegend. Die neue Anwältin war mir sehr sympathisch, bei unserem gemeinsamen Meeting hatten wir viel gelacht und uns gut verstanden. Hoffentlich wurde das Ganze einigermaßen entspannt. Aiko tat die Information mit einem Achselzucken ab und grinste.

„Anscheinend brauchte ich eine engere Verbindung zu dieser Kanzlei, indem ich eine der Anwältinnen vögle. Macht euch keine Sorgen, das wird schon", meinte sie lachend. Die beiden sahen sich regelmäßig und wie Sonja schon erwähnte, schien es auf etwas Ernsthaftes zuzusteuern. „Sie muss ja nicht wissen, dass ich Sam erzählt habe, wie ihre Pussy schmeckt, diese Information können wir ja zurückhalten", meinte sie dann doch überraschend und wir versprachen, das Thema zu meiden.

„Nach diesem Abend hat sie eh keine Fragen mehr", meinte Sam bedeutungsvoll. Wahrscheinlich hatte er recht.

Ich machte mich zuhause fertig und zog ein knielanges, hochgeschlossenes Kleid aus bronzefarbener Baumwolle an, das schön luftig fiel. Heute war ich nicht auf Männerfang, morgen würde ich mich mit Ben und Sonntag mit Nick treffen, das war genug. Es war draußen an die dreißig Grad heiß und ich mixte mir gerade einen Aperol Spritz, als Em bei mir klingelte. Als sie vor mir stand, machte ich große Augen.

„Was denn?", fragte sie lässig und ließ sich ein zweites Glas reichen. Sie trug ein knielanges hellblaues Hängerchen, dessen Rock in zipfeligen Volants fiel. Die Träger waren lang und schmal, sie verdeckten kaum Ems Brustwarzen, bevor sie zu einem tiefen V-Ausschnitt wurden, der unterhalb ihres Brustbeins endete. Sie sah traumhaft aus. Und verboten.

„Ich habe es festgeklebt", informierte sie mich und zog am Träger, der Stoff hielt an ihrer Brust.

„Das werden viele Männer bedauern", erwiderte ich und prostete ihr zu.

„Bis auf einen, heute brauche ich unbedingt einen guten Abschluss für diese beschissene Woche", meinte sie und checkte ihr Handy. „Deswegen habe ich Eric, Johnny Depps Doppelgänger einbestellt. Er darf mir heute Nacht die Sorgen wegvögeln. Wie ist es mit dir?"

„Kein Bedarf, Ben und Nick sind genug", sagte ich und berichtete ihr nach kurzem Zögern von den Bemerkungen über Dreier, die die beiden gemacht hatten. Ems Augen begannen zu glänzen. Von BDSM hielt sie nichts, aber mit Dreiern hatte sie ihre Erfahrungen gemacht und von denen hielt sie umso mehr.

„Oh Mann, wenn sie beide damit anfangen, mach es unbedingt." Sie hielt inne und schloss die Augen. „Darauf hätte ich auch wieder mal Lust, hmmm…"

„Lass das Klebeband dran", neckte ich. Sie lachte schmutzig.

„Ich verstehe dich aber", meinte sie nach einem weiteren Schluck. „Meinen ersten und einzigen Dreier mit einer zweiten Frau habe ich verdrängt. Ist absolut nicht meins und ich finde auch keine Diskussionsgrundlage. Für die Kerle ist das einfacher, die sagen sich, sie müssen den anderen schließlich nicht anfassen, *no swords crossing*! Aber erklär das mal dem Mann, der dich auffordernd ansieht und sagt: ‚So Mädels, jetzt leckt mal schön!'. Dazu ist nicht mal mir was eingefallen." Ging mir auch so, aber heute lachten wir darüber. Em sagte, sie würde solche Typen an Aiko und Katharina verweisen. „Wobei ich mich bei der Stich frage, ob sie bi oder lesbisch ist."

„Frag du sie doch nachher danach, bestimmt verdaut sie so den Schock, uns zu sehen, schneller", meinte ich trocken.

„Dann beim zweiten Treffen", lenkte Em ein und wir tranken aus, bevor wir hinunter zu unserem wartenden Taxi fuhren. In der Bar, in der wir uns vor dem Tanzen auf ein paar Drinks trafen, warteten Tim, Sam und Sonja bereits auf uns. Mein bester Freund und sein Mann sahen aus wie aus dem Ei gepellt und trugen Leinenhemden, Sam in weiß, Tim in hellblau. Sie waren die einzigen, bei denen der Partnerlook durchging, ohne peinlich auszusehen. Sonja trug ein weißes, absolut hinreißendes Baumwollkleid, das vage an ein zartes Dirndl erinnerte und ihre Figur perfekt unterstrich. Sie hatte heute etwas vor, das sagte ihr roter Lippenstift deutlich, eine Farbe, die ich sonst nie an ihr sah. Ich hielt das für eine gute Idee.

Alle drei machten große Augen, als sie Ems Aufzug sahen, und Sam konnte nicht widerstehen und zog an ihrem Ausschnitt, wofür sie ihm einen Klaps auf die Finger verpasste.

„Sorry, aber du hast es so gewollt."

„Sagt wer?", schnauzte sie ihn an, doch bevor Sam antworten konnte, betraten Aiko und Katharina die Bar. Sie sah und erkannte uns recht schnell, doch je näher sie zu uns kamen, desto unbehaglicher wurde ihr zuerst milde überraschtes Gesicht.

Ich warf einen Blick auf die anderen, die mindestens so verstört aussahen wie sie. So zu tun war auch unnötig, die Realität war schockierender als jede Vorstellung. Ihr war anzusehen, dass sie am liebsten weggelaufen wäre und kurz verspürte ich den gleichen Wunsch.

Wir wussten Bescheid, es gab keine Ausflüchte. Die beiden Frauen erreichten unseren Tisch und das Unbehagen war fast mit Händen greifbar.

„Hallo Katharina", sagte ich in die Stille, die sich über uns senkte und trotz des Lärms in der Bar ohrenbetäubend war. Das Du hatte ich ihr bereits bei unserem Termin angeboten.

„Hallo Claire, ich...", sie verstummte und sah sich resigniert um. Sie hörte vermutlich den Büroklatsch schon in ihrem Kopf und sah sich kündigen.

„Du bist also die tolle Frau, von der Aiko uns vorgeschwärmt hat", sagte Tim herzlich und reichte ihr die Hand. „Ich bin Tim, Sams Mann." Er deutete auf den schockstarren Sam neben sich. Katharina ergriff seine Hand und rang sich ein Lächeln ab, dann begrüßte sie Sam, der sich endlich fing.

„Wir können uns ja jetzt duzen, wo du quasi zur Familie gehörst", sagte er und brach damit irgendwie das Eis. Möglicherweise lag es an dem Wort Familie, aber jetzt schaffte Katharina es, ihn anzulächeln und mit einem Mal war alles halb so schlimm. Ihre Augen weiteten sich, als sie Ems Ausschnitt sah.

„Verdammt harte Woche", sagte meine Freundin bedeutungsschwer. Die Anwältin brach in ein ansteckendes Lachen aus.

„Oh Gott, ja", quietschte sie. „Wo ist der Tequila?" Sam sprang auf und kam wenig später mit einer Runde Shots zurück, die wir auf die Absurdität der Situation kippten.

„Tolles Kleid", sagte sie in meine Richtung. Sie saß neben mir und strich sich das schwarze Haar aus dem Gesicht. Sie trug ein schwarzes Minikleid, schlicht, ohne irgendwelchen Firlefanz, aber mit Netzstrumpfhose und schwarzen flachen Boots. Ich schätzte sie auf etwa einen Meter fünfundachtzig, so groß wie Sam. Neben ihr sah Aiko mit ihren eins sechzig winzig aus, doch sie strahlte gerade wie ein Minikraftwerk, dabei war sie am wenigsten angespannt gewesen.

„Keine harte Woche gehabt?" Der Schalk blitzte in Katharinas braunen Augen und ich lachte.

„Ich bin versorgt."

„Ich habe einen Schreck bekommen, als ich euch vorhin gesehen habe", vertraute sie mir an. „Ihr anscheinend auch." „Allerdings. Mach dir aber bitte keinen Kopf wegen der Arbeit." Das musste ich klarstellen. „Keiner von uns sagt etwas, da du dein Privatleben sicher gern privat halten möchtest. Wir nämlich auch", sagte ich mit einem Blick auf Ems Dekolleté.

„Mir ist es ehrlich gesagt scheißegal, was sie in der Kanzlei über mich sagen", mischte diese sich ein. „Aber Claire hat trotzdem recht. So, wo bleiben die Cocktails?"

„Danke", sagte Katharina zu mir. „Das weiß ich zu schätzen."

Wir blieben auf zwei Runden in der Bar und machten uns auf den Weg in den Club, den Sam ausgesucht hatte. Er entpuppte sich als Rooftop-Party eines Hotels, wofür ich dankbar war, weil es unerträglich heiß war und ein schlecht klimatisierter Club Gift für den Kreislauf wäre. Die Klientel war, genau wie die Musik, bunt gemischt und entspannt, sodass wir bald die Tanzfläche eroberten und ich mich mit Sam unterhalten konnte.

„Ich dachte, sie rennt weg", sagte er und deutete mit dem Kinn auf Katharina, die am Rand mit Sonja stand.

„Ging mir genauso", gab ich zu. „Ich glaube, das wäre sie am liebsten."

„Verständlich. Und sie kennt nur die halbe Wahrheit. Wenn sie wüsste, was Aiko schon alles erzählt hat, wäre sie sicher gegangen", sagte Sam nachdenklich und drehte mich. Im Schwung bekam ich das Eintreffen von Ems Freund mit, der einen Kumpel dabeihatte. Er war ebenfalls gutaussehend und fing ein Gespräch mit Sonja an, was ich vielversprechend fand. Katharina schnappte sich Aiko und sie schlossen zu uns auf, ebenso Tim.

„Das sieht gut aus für Sonja", sagte er. Sam nickte enthusiastisch.

„Sie sollte sich mal was gönnen, vor allem nach dieser Woche. Ich habe Tim erzählt, was JP zu ihr gesagt hat", schob er an mich gewandt hinterher. Sein Mann nickte düster, dann weiteten sich seine grünen Augen.

„Sam sagt, du und Ben habt wieder was am Laufen?", fragte er unvermittelt. Ich hatte damit gerechnet, dass Sam es ihm erzählte, doch ich spürte Aikos und Katharinas interessierte Blicke im Nacken.

„Stimmt", erwiderte ich kurz und hoffte, das Thema so abzu-schließen, doch Tim übernahm meine Hand und wirbelte mich zu sich heran. So schnell ließ er mich nicht vom Haken, doch niemand hörte uns zu, denn Sam schleppte die Frauen zur Bar.

„Gut für euch, ich weiß ja, wie sehr du ihn mochtest."

„Darum geht es nicht", wehrte ich ab. Tim lächelte.

„Ich weiß. Aber trotzdem." Ich sah ihn an, um zu ergründen, was er damit meinte, doch er lenkte seine Aufmerksamkeit auf etwas Anderes und grinste. Als ich seinem Blick folgte, sah ich Sonja mit dem Freund von Eric Depp verschwinden. Sie machte heute also ernst. Das war meiner Meinung nach genau richtig.

Em knutschte unterdessen mit ihrem Auserwählten, der bereits festgestellt hatte, dass ihr Oberteil festgeklebt war. Sie sollte auf seine Finger aufpassen, damit es dabei blieb, doch ab einem bestimmten Punkt war es ihr wahrscheinlich scheißegal. Es schien so, als wären alle für heute Nacht versorgt, abgesehen von mir.

Ich widerstand dem Drang, Ben anzurufen, und schrieb stattdessen Nick, der aber nicht antwortete. Natürlich konnte ich nachts um eins keine prompte Antwort erwarten, wahrscheinlich schlief er oder hatte sich eine andere gesucht. Außerdem würden wir uns am Sonntag sehen.

Nach etwa einer halben Stunde kam Sonja zurück, ihr Lippenstift war verwischt und sie hatte es eindeutig mit dem Freund von Eric Depp getrieben: Ihr Gesicht glühte und sie sah zufriedener aus, als sonst nach einem One-Night-Stand. Anscheinend hatte er sich gut gemacht.

„Mit Oralsex bei mir", vertraute sie mir flüsternd an und wurde rot. „Er findet das scharf."

„Hol dir seine Nummer, solche sind selten", riet ich ihr zwinkernd und sie schwenkte ihr Smartphone.

„Erledigt. Er ist nett und wir wollen uns bald treffen." Sie lächelte triumphierend, weil sich so etwas daraus ergeben könnte, wofür sie eine Rechtfertigung fand, da blinkte das Display und zeigte einen Anruf. Verdutzt sah sie es an und runzelte die Stirn. „Meine Mutter ruft an." Sie nahm das Gespräch an und entfernte sich von uns. Erics Freund sah ihr lüstern nach, er hatte anscheinend noch nicht genug von ihr bekommen. Gut für die beiden und eventuell erfüllte sich ja sogar Sonjas Wunsch nach mehr als einer belanglosen Affäre oder einem One-Night-Stand.

„Was ist los?", fragte Sam, der neben mich trat. „Ist unsere Sonni durchgenommen worden und ruft ihren Pfarrer an?"

„Ja und nein, ihre Mutter hat sich gemeldet." Ich verfolgte sie unruhig mit den Augen. Wenn Linda um diese Zeit anrief, musste etwas mit JP passiert sein. Tatsächlich sah ich Sonja ihren Schrecken deutlich an, je länger das Gespräch dauerte. Mit einem bangen Gefühl im Bauch beobachtete ich sie. Sie legte auf und kam mit langen Schritten auf uns zu.

„Ich muss gehen, mein Vater ist im Krankenhaus", sagte sie atemlos und drehte sich um.

„Warte mal, was?" Ich setzte ihr nach und hielt sie am Arm fest. „Was ist passiert?" Sonjas blaue Augen schwammen in Tränen, als sie sich zu mir umdrehte.

„Er hatte einen Schlaganfall und ist mit einem RTW abgeholt worden. Meine Mutter fährt gerade hinterher."

„Verdammt, ich begleite dich", sagte ich sofort, doch sie schüttelte den Kopf und winkte ab.

„Lieb von dir, aber unnötig. Sie wird meine ganze Aufmerksamkeit in Anspruch nehmen, also mach dir lieber einen schönen Abend. Ich melde mich morgen bei euch." Sie drückte uns und verließ das Hoteldach. In ihrem Gesicht sah ich die Angst.

„Was für eine Scheiße", sagte Sam wie betäubt und rieb sich die Stirn. Ich konnte ihm da nur beipflichten. Aiko kam zu uns und sah sich suchend um.

„Wo ist Sonja? Noch unterwegs?" Sie wackelte vielsagend mit den Augenbrauen und ich setzte ihr kurz auseinander, was passiert war. „Oh fuck, wirklich? Geht es Ralf gut?"

„Sie meldet sich morgen, wenn sie mehr weiß. Linda ist schon im Krankenhaus." Mir war die Lust am Feiern nachhaltig vergangen und ich sah mich um. Unweit von uns tanzte Tim mit Katharina und von Em fehlte jede Spur. „Ist Em gegangen?"

Aiko nickte. „Vor etwa fünf Minuten. Sie meinte, sie kann den Typen nicht länger von ihren Klebestreifen fernhalten." Wenigstens hatte Em eine gute Nacht.

Wir holten Tim und Katharina zu uns und Aiko sah sich genötigt, Sonjas Bekanntschaft kurz zu erklären, warum diese abgehauen war. Ich fand das zuvorkommend von ihr, denn ich hätte das sicher vergessen. Er zeigte Verständnis und verschwand kurz darauf ebenfalls. Die Stimmung war gründlich ruiniert, wir beschlossen aber trotzdem, auf eine letzte Runde an die Bar zu gehen, bevor wir uns auf den Weg nach Hause machten. Katharina fuhr mit Aiko und ich teilte mir ein Taxi mit Sam und Tim. Die ganze Fahrt über waren wir seltsam schweigsam.

Mein Vater war seit über zwanzig Jahren tot, Sams Kontakt zu seinen Eltern, die mit seiner Homosexualität ein Problem hatten, war kaum vorhanden. Dafür war seine Bindung zu seinen Schwiegereltern umso enger und ich konnte mir denken, was ihn und auch Tim beschäftigte.

Meine Gedanken waren hauptsächlich bei Sonja und was es für sie bedeuten würde, ihren Vater zu verlieren, doch alles, was wir tun konnten, war zu hoffen, dass er sich erholte.

9. Kapitel

Ich wachte vom Brummen meines Smartphones auf. Schlaftrunken angelte ich danach und versuchte, meine verklebten Augen soweit aufzubekommen, dass ich das Display lesen konnte.

Sechs Nachrichten in der Messenger-App. Die erste war von Sonja: *Meinem Vater geht es besser. Er muss operiert werden, aber er ist außer Lebensgefahr und hat gute Chancen, gesund zu werden.* Darunter brachten Sam und Aiko ihre Erleichterung zum Ausdruck und Em, an der das alles vorbeigegangen war, hatte *WTF???* geschrieben.

Ich rufe dich an, war Sonjas letzte Nachricht. Ich beeilte mich, ihr ebenfalls zu schreiben, wie froh ich für sie und ihre Familie war, stellte über eine andere App meine Kaffeemaschine an und ließ sie einen Espresso kochen. Während ich Zähne putzte und duschte, diskutierten Em und Sam darüber, ob wir ins Krankenhaus fahren (mit dem Ergebnis, es sein zu lassen, weil sich keiner über einen Besuch von Linda und Ralf gefreut hätte) oder ob wir Blumen schicken sollten (ja, das war besser). Em übernahm Letzteres und als ich das Handy zur Hand nahm, rief sie mich an. Auf dem Display sah ich, dass Sam in der Leitung war.

„Telko", brummte sie statt einer Begrüßung. „Herr Schauer besteht auf den Bericht von letzter Nacht."

„Ich muss doch wissen, wie Johnny Depps kleiner Bruder es dir gestern besorgt hat, nach der ganzen Aufregung", sagte Sam und ich hörte ihn eine Tür schließen. „Dagmar und James sind gerade reingekommen und bringen Dionne zurück. Also, Em, Liebes, wie war es? Habt ihr es anal getrieben? Ich finde, er sieht aus wie einer, der es gern durchs Hintertürchen macht." *Kaffee, sofort!* An meinem Küchentisch ließ ich mich nieder und hörte, wie Em ihn als perverses Arschloch bezeichnete.

„Erschreckenderweise hast du aber recht", räumte sie ein und seufzte wohlig. „Und er macht es ziemlich gut. Ich hatte ganz vergessen, wie sehr ich es mag, Curt hat sich geweigert."

„Der Mann ist halt alt", sagte Sam weise. „Er hat keine Ahnung, was gut ist." Em schnaubte zustimmend und fuhr fort:

„Die erste Runde haben wir im Auto getrieben, ich habe ihm beim Ausparken einen geblasen, das war brenzlig." Sie lachte vergnügt. „Dafür durfte er mich während der Fahrt fingern, das war mindestens so gefährlich, aber ich bin genau vor seinem Haus gekommen. Herrlich. Anschließend hat er sich ausführlich meinem Hintern gewidmet, erst mit dem Mund, dann mit seinem Schwanz. Ich schicke euch ein Bild, er ist wunderschön."

„Frühestens in ein, zwei Stunden, ich bin noch nicht richtig wach", wehrte ich ab und Sam machte ein enttäuschtes Geräusch. In seiner Welt war es immer *cock-o 'clock*. „Wenigstens du hattest also eine gute Nacht, das freut mich. Bei uns war die Luft raus, nachdem Sonja gefahren war."

„Zumindest, was das Tanzen angeht", warf Sam ein. „Tim und ich haben es die halbe Nacht getrieben. Den Schreck mussten wir uns erst einmal aus dem Hirn vögeln. Und Aiko und Katharina haben kaum die Finger voneinander gelassen. Die beiden hättet ihr mal sehen sollen, als sie sich unbeobachtet vorkamen. Aiko hatte quasi sofort die Finger in ihrer Pussy." Das war an mir vorbeigegangen, aber anscheinend hatte Katharina alle Hemmungen verloren, als sie Em und ihren Johnny sah, Sonjas Verschwinden hatte sie sicher auch bemerkt.

„Also ist letzte Nacht ausgiebig gevögelt worden", meinte ich und trank meinen Espresso.

„Liebste, du bist heute dran", erinnerte Sam mich und tatsächlich beschleunigte sich mein Herzschlag bei dem Gedanken an Ben. Er wollte gegen Mittag zu mir kommen, damit wir den ganzen Tag zusammen hatten. Gerne mit einem Programm wie die vier letzte Nacht. Außerdem stand morgen mein Treffen mit Nick an, auf das ich mich seit Tagen freute. Über zu wenig Sex konnte ich mich definitiv nicht beklagen, obwohl ich mir letzte

Nacht vorgekommen war, als wäre ich als einzige allein geblieben. Hier machte sich mein Fundus an Spielzeugen bezahlt.

Ich ging hinüber ins Schlafzimmer, während Sam Em ein paar Tipps für besseren Analverkehr gab, und räumte meinen Vibrator weg. Gleichzeitig überlegte ich mir, was ich später mit Ben machen würde. Ich war am Zug, er hatte keinen Wunsch geäußert, das Zepter zu übernehmen.

„Wonach steht dir heute der Sinn, Liebste?", fragte Sam gerade passenderweise. „Willst du meine Tipps umsetzen?"

„Danke, die kenne ich und habe sie in der Anwendung", sagte ich lachend und nahm ein Minikleid im Wetlook aus meiner Schublade mit den speziellen Outfits. Das gefiele sowohl Ben als auch Nick. Bei dem Gedanken an die beiden wurde mir heiß. Bis zu Bens Ankunft konnte ich nicht warten.

„Hast du Sam schon von Bens Bemerkung erzählt?" Ems Gedanken glichen meinen erschreckend oft. Sam drehte fast durch, als ich nicht sofort antwortete und Em ihn in Kenntnis setzte.

„Mein Gott, was ist denn hier los? So viele Männer, die Bock auf Dreier mit anderen Männern haben, gibt es sonst nur in meiner Szene", stieß er hervor.

„Sam, wir sind deine Szene", erinnerte ich ihn. „Und Ben und Nick werden kaum *miteinander* vögeln wollen."

„Wer weiß, sie kennen sich ja gar nicht. Manche Bedürfnisse brauchen einen visuellen Reiz und die richtige Gelegenheit", widersprach er.

„Mag sein, aber ich halte es für ausgeschlossen. So wie wir drei sind diese beiden nur einseitig bespielbar." Da fiel mir Tims Reaktion auf Katharina und Aiko ein, doch das wollte ich lieber bei Gelegenheit mit Sam allein besprechen, statt in einer Telko.

„Was steht bei euch heute an?", fragte ich deswegen.

„Wir gehen heute mit Dionne in den Tierpark", erzählte Sam. „Sie mag Elefanten. Hoffentlich nicht wegen der langen Rüssel, damit soll sie gern noch zwanzig Jahre warten." Er lachte sich tot und ich fiel mit ein, obwohl der Witz so platt gewesen war.

„So lange wird sie kaum warten", sagte Em trocken und Sam

schnaubte. „Ich weiß, ich weiß. Lassen wir sie doch erst mal drei werden und sehen, wie es sich entwickelt. Ich mache heute einen Wellnesstag und gehe ins Spa. Massage, Mani, Pedi, das volle Programm. Heute Abend bin ich mit Steffen auf einer Veranstaltung der Rechtsanwaltskammer, deswegen mache ich Montag frei." Sie seufzte wohlig. „Kein fucking Meeting."

Dafür beneidete ich sie, zumal sie sicherlich heute Abend nicht allein nach Hause ging. Seit sie zurück war, hatte Em ihre Schlagzahl drastisch erhöht, aber meiner Meinung nach hatte sie sich das nach Curt und seinem Heiratsantrag mehr als verdient.

Wir verabschiedeten uns und ich blieb vor meinem Schrank stehen, das glänzende Kleid in der Hand. Ja, das war das richtige Outfit für unsere Auftaktveranstaltung. Dazu suchte ich halterlose Netzstrümpfe heraus, auf Unterwäsche verzichtete ich.

Aus meiner Kommode holte ich eine lange Kette und zwei lederne Fesselriemen, die ich zusammen an der Öse in der Decke befestigte. Die Ösen zierten verschiedene Stellen meines Schlafzimmers und boten vielfältige Möglichkeiten. Die in der Decke war besonders stabil und hielt problemlos das Gewicht einer Person. Kurz überlegte ich, Ben heute kopfüber aufzuhängen, verwarf diese Idee aber. Ich benötigte dafür einiges an Kraft und wusste nicht, ob er damit überhaupt einverstanden wäre. Es würde auch so gut werden, entschied ich und suchte eine Auswahl Spielzeuge heraus. Ein Paddle, eine Gerte, einen Flogger, Nippelklemmen, ein Cockring, ein ledernes Halsband… ich würde situativ entscheiden, was zum Einsatz kam. Und morgen holte ich mir selbst die gleiche Dosis bei Nick ab.

Nachdem ich alles arrangiert hatte, nahm ich die letzten „Trageprobe" von Aiko, einen lilafarbenen Vibrator, der einem Penis in der Form sehr ähnlich war und aus Kugeln bestehen zu schien, zur Hand. Ich setzte die benötigten Batterien ein und ließ mich auf meiner Bettkante nieder. Als ich den Knopf betätigte, begann das kleine Gerät zu schnurren, drückte ich noch mal, veränderte sich die Vibration. Ich wählte eine Stufe aus, hielt die Spitze an meinen Slip und spürte die Massagewellen an meiner Klit.

Der Druck war genau richtig und weil mir sowieso heiß gewesen war, entschlüpfte mir ein wohliges Stöhnen. Langsam fuhr ich über den Stoff, rieb mich an dem Gerät und stellte mir vor, beide Männer wären im Raum und beobachteten mich. Der Gedanke war berauschend und stachelte mich an, sodass ich kurzentschlossen meinen Slip beiseite zog und die Spitze durch die Flüssigkeit fahren ließ, die sich bereits gebildet hatte.

Erneut hielt ich die Spitze an meine Klit und empfing die ungedämpfte Vibration, die meine Muskeln dazu brachte, sich zusammenzuziehen. Anstatt dem Drang nachzugeben, sofort zu kommen, spreizte ich die Beine und führte ihn genüsslich ein.

Seine Größe war perfekt. Als ich die Maximaltiefe erreichte, packte ich das Ende und zog ihn heraus, um gleich darauf in mich zu stoßen. Vor meinen Augen explodierten kleine Sterne und ich keuchte auf, weil es so gut war. Mit den Fingern der linken Hand streichelte ich meine Klit und stieß wieder und wieder zu, dabei saß ich aufrecht und hielt an meiner Phantasie, von den beiden beobachtet zu werden, fest.

Welcher von beiden hielt es als erstes nicht mehr aus und ersetzte den Vibrator durch seinen Schwanz? Und würde der andere mir seine Erektion tief in den Mund schieben?

Mein Orgasmus baute sich auf und ich kam abrupt. Ich krümmte mich zusammen und konzentrierte mich auf meine Klit, während der Vibrator in mir schnurrte und meinen G-Punkt stimulierte. Mit einem heiseren Schrei gab ich mich den Schockwellen hin, die mich erfassten. Als der Höhepunkt abebbte, stellte ich das Gerät mit zitternder Hand aus und zog ihn langsam heraus. Möglicherweise sollte ich mir diese Nummer als festes Morgenritual vornehmen, so käme ich immer gut in den Tag. Im doppelten Sinne.

Während unserer Beziehung hatten Ben und ich morgens oft einen Quickie eingebaut, meistens schnell und heftig in der Missionarsstellung, doch manchmal, vor allem, wenn er mir einen Ouvertslip aussuchte oder den Slip „vergaß", hatte er mich, während ich meinen Kaffee am Küchentisch trank, geleckt.

Diese Erinnerungen ließen mich wehmütig werden und ich verdrängte sie, weil sie mir vor Augen führten, was ich verloren hatte, als ich die Beziehung beendete. Natürlich hatte es viel Streit gegeben und das Ende war unausweichlich gewesen, aber dennoch erinnerte ich mich mittlerweile fast nur noch an die guten Aspekte und trauerte ihnen nach.

Ich riss mich zusammen und zog mich an. Für den Tag wollte ich ein paar Besorgungen machen, außerdem war mein Kühlschrank fast leer. Ein letztes Mal strich ich mit einem Seufzen über meinen Schritt und meine Brüste und machte mich auf den Weg zum Einkaufen.

Ben klingelte wie vereinbart um Punkt vierzehn Uhr. Ich öffnete ihm und verbarg mich hinter der Wohnungstür, denn ich trug bereits das Minikleid, das wie Latex im Licht meiner Flurlampe glänzte. Er trat ein und bekam große Augen, große und sehr hungrige Augen, ich konnte außerdem quasi dabei zusehen, wie seine Hose enger wurde. Einen Kuss auf den Mund gestattete ich ihm, dann sah ich ihm dabei zu, wie er sich, wie vereinbart, direkt im Flur auszog und in die verabredete Ecke kniete, wo ich ein Kissen für seine Knie abgelegt hatte.

Ausnahmsweise würde ich ihn nicht lange warten lassen, egal wie gut mir das Bild, das er abgab, gefiel: Seinen blauen Augen fesselten mich und sein Schwanz war bereits zu voller Größe angeschwollen. Das würde ein hartes Stück Arbeit für meine Selbstbeherrschung werden.

„Wie geht es dir heute?", fragte ich ihn und strich mit den Fingern durch sein rotbraunes Haar. Seine Wange war stoppelig und ich freute mich auf das Kratzen auf meiner Haut.

„Ich muss seit Dienstag an heute Abend denken", erwiderte er mit rauer Stimme, den Blick auf den glänzenden Abschluss meiner Strümpfe gerichtet, welche mit Manschetten an meinen Oberschenkeln gehalten wurden. Sie sahen aus wie ein Ledergeschirr und waren mit kleinen silbernen Nieten verziert. „Dein Outfit ist wunderschön und ich bekomme eine Ahnung, was du heute mit mir vorhast." „Hast du dich darauf gefreut?", fragte ich und lehnte seinen Kopf an meinen Oberschenkel. Er schloss die Augen und sog den Duft meiner Haut ein.

„Ja. Und als ich darüber nachdachte, ist mir aufgefallen, wie ich es vermisst habe, so *behandelt* zu werden." Er knabberte an der Ledermanschette. „Je stärker der Druck, desto mehr habe ich mich danach gesehnt."

„Ja, das kenne ich", gab ich zu und streichelte seine Schläfe. „Die Verantwortung für sich selbst abzugeben und sie einem anderen zu schenken, ist unglaublich befreiend."

„Vor allem, wenn man dabei phantastischen Sex hat", sagte er lächelnd und zerrte mit den Zähnen an der Manschette.

„Nicht die Strümpfe kaputt machen", befahl ich ihm und stellte mich breitbeiniger hin. Nun hatte er einen ungehinderten Blick unter den kurzen Rock des Kleides und wenn möglich, wurde seine Erektion noch größer.

„Oh Mann, Claire... das ist so scharf", stöhnte er, beherrschte sich aber und hielt die Hände auf seinem Rücken. Es gab nichts zu beanstanden oder zu bestrafen.

„Komm mit ins Schlafzimmer", wies ich ihn sanft an. Er erhob sich sofort und folgte mir in den abgedunkelten Raum, die Jalousien waren bereits heruntergelassen. Manche Dinge verloren im strahlenden Sonnenschein ihren Reiz. Ben stellte sich gehorsam unter die von der Decke herabbaumelnde Kette und hob die Arme, damit ich die Handfesseln befestigen konnte. Außerdem legte ich ihm das Halsband um, ging vor ihm in die Knie und zeigte ihm den Cockring aus Edelstahl, den ich in meinem Dekolleté versteckt hatte, sodass er angewärmt war.

Seine Augen verdunkelten sich und er sog zischend Luft ein, als ich seinen Schwanz umfasste und den Ring langsam darüber zog. Anschließend zauberte ich Nippelklemmen aus meinem Halsausschnitt und fuhr mit der Zungenspitze über seine Brustwarzen, die sich erwartungsvoll zusammenzogen.

„Heute das volle Programm, ja?", flüsterte er heiser.

Ich lächelte. „Hast du etwas Anderes erwartet?"

„Nein." Er zuckte zusammen, als ich die erste Klemme befestigte, und biss sich auf die Lippe. Ein Stöhnen entschlüpfte ihm bei der zweiten. Ich küsste ihn auf den Mund und schob meine Zunge tief hinein, um ihn von dem Schmerz abzulenken. Nur die ersten paar Sekunden waren unangenehm, danach gewöhnte er sich daran. Die Klemmen waren nicht so fest, dass sie ihm ausschließlich wehtaten. Sein Gesicht entspannte sich und seine zu Fäusten geballten Hände öffneten sich.

„So ist es brav", lobte ich ihn und zog mein Kleid hinunter, sodass die Höfe meiner Nippel zu sehen waren.

„Möchtest du auch Klemmen tragen?"

„Beim nächsten Mal. Wenn du den Abend beantragt hast, darfst du mir gern welche anlegen."

„Ich werde dir nicht nur an den Nippeln Klemmen anlegen", versprach er mir. „Deine Klit freut sich sicher über eine."

„Ganz bestimmt." Zwischen meinen Beinen pochte es erwartungsvoll. „Willst du sie sehen?"

„Ich will viel mehr mit ihr machen." Sein Blick saugte sich am Saum meines Kleides fest, als ich ihn zentimeterweise nach oben schob und meinen Schritt entblößte. Er leckte sich die Lippen. „Ich war sehr brav, darf ich um eine Belohnung dafür bitten?"

„Welche?", fragte ich lauernd.

„Ich möchte damit belohnt werden, dass du dich selbst berührst", bat er mich. Ich tat, als überlegte ich.

„Das klingt angemessen für deinen Gehorsam." Langsam ließ ich meine Finger über meine Brüste und meinen Bauch wandern, schob Daumen und Mittelfinger zwischen meine Schenkel und tastete mich in die Feuchtigkeit. Dabei stöhnte ich auf und strich von vorn nach hinten. „Das ist so gut." Ich ließ von mir ab und Ben öffnete ohne zu zögern den Mund. Er schloss seine Lippen um meine Finger und saugte an ihnen.

„Bist du zufrieden mit deiner Belohnung?"

„Ja, sehr", sagte er artig. Lächelnd trat ich einen Schritt zurück und griff nach dem Flogger, der bereitlag. Die langen Lederschnüre eigneten sich hervorragend für den Anfang, weil ich mit ihnen eine größere Fläche Haut anwärmen konnte. Ich ließ sie über seine Brust streichen und versetzte seinen Nippeln und den Klemmen zwei schnelle Schläge, nicht zu fest, aber genug, um ihn aufstöhnen zu lassen. Anschließend trat ich um ihn herum und widmete sich seinem süßen Hintern, dessen Haut ich mit einem Stakkato mittelharter Schläge aufheizte. Bald rötete sie sich unter den Lederriemen und wurde heiß, wie ich mit der Hand zufrieden feststellte.

„Lass dich fallen", hauchte ich in sein Ohr. „Lass es auf dich zukommen und nimm mein Geschenk an. Mit jedem Schlag, den du einsteckst, bist du freier und mehr in meiner Gewalt."

Dieses Mal schlug ich hart zu und Ben stöhnte auf. Schnell ging ich vor ihm in die Knie und nahm seine Eichel in den Mund. Wegen des Cockrings war er so prall, als würde er jede Sekunde kommen und er versuchte sofort, in meinen Mund zu pumpen, doch ich zog mich zurück und versetzte ihm einen weiteren Schlag. „Ich bestimme, wie tief ich ihn in den Mund nehme", sagte ich drohend.

„Ich bitte um Entschuldigung", keuchte er und sah zerknirscht aus. Ich strich über seine Wange und ging in die Hocke. Sanft nahm ich seine Spitze zwischen die Lippen und glitt mit der Zunge über die glatte Haut. Ben seufzte, hielt sich aber zurück.

Ich gab ihm ein paar Sekunden, richtete mich auf und fuhr mit meinem Werk fort: Zwei Schläge, Pause, Stimulation, Schläge, Stimulation, die Intervalle kürzer werdend, sodass sein Körper in einen wahren Taumel aus Schmerz und Erregung kam und beides kaum auseinanderhalten konnte. Ich verstärkte die Schläge und verlängerte gleichzeitig die Intervalle, in denen ich ihn oral stimulierte.

Schweißtropfen bildeten sich auf Bens Gesicht und Körper und ich brachte ihn an den Rand seiner Belastbarkeit. Und dabei waren wir erst am Anfang.

Andererseits hatten wir den ganzen Tag Zeit. Ich ließ den Flogger fallen und nahm ihn dieses Mal ganz in den Mund, bevor ich zu blasen anfing. Ben hatte mir kaum etwas entgegenzusetzen und als ich nach den obligatorischen Sekunden nicht aufhörte, war es nur eine Frage von kurzer Zeit, bis er sich zusammenkrümmte und in meinem Mund kam.

Sein heißes Sperma füllte meine Mundhöhle aus und ich kontrollierte den Würgereflex, machte weiter und ließ es aus meinen Mundwinkeln auf meinen Hals und meine Brüste fließen. Dieses Mal sollte er sehen, was er getan hatte. Mühsam bekam er sich unter Kontrolle und sah mich mit großen Augen an. Ich sah, wie scharf es ihn machte, die Rinnsale auf meinem Körper zu sehen. Mich machte es mindestens genauso heiß und ich griff nach oben und verlängerte seine Kette.

„Knie dich hin", befahl ich und er leistete sofort Folge. Ich stellte mich direkt vor ihn und ließ meine Finger zwischen meine Schenkel gleiten. Er beobachtete mich wie unter Hypnose, während ich meine Klit streichelte und mir zwei Finger einführte.

Mit der anderen Hand zwirbelte ich meine Nippel, die hart und empfindlich waren. Die milchigen Rinnsale wanderten über meine Haut und sammelten sich zwischen meinen Brüsten.

„Gefällt dir, was du siehst?", fragte ich und stöhnte unter meinen eigenen Berührungen.

„Ja, oh ja", machte er, ohne den Blick abzuwenden. Ich steigerte das Tempo, bis Nässe zwischen meinen Beinen hinablief.

Ich würde ihm alles geben.

Alles zeigen.

Alles mit ihm teilen.

„Leck es auf", stieß ich hervor und sofort war Bens Zunge an meiner Haut und sammelte jeden einzelnen Tropfen ein. Ich ergab mich meinen Fingern und kam, dabei hielt ich mich an seiner Schulter fest, um nicht umzukippen. Ben fasste die Gelegenheit beim Schopf und leckte meine Klit, was ich ihm zwar nicht erlaubt, aber sicher nicht verboten habe und ich kam ein weiteres Mal, bis ich in die Knie ging.

Meinen Kopf legte ich auf seine Schulter und verlängerte diesen exquisiten Moment, den wir beide miteinander teilten. Ich sank vornüber und drehte ihm meine Rückseite zu, damit er sah, dass ich noch nicht mit mir fertig war. Da spürte ich etwas willkommen Hartes: sein Schwanz war bereit und drängte sich gegen mich. Mit letzter Kraft richtete ich mich auf und löste eine seiner Handfesseln, sofort legte er seine Finger an meine Hüfte und drang in mich ein. Ich krampfte und kam unter seinen Stößen noch einmal, Ben war innerhalb einer Minute ebenfalls so weit.

„Oh Gott, war das geil", stöhnte er und massierte meinen Anus mit seinem Daumen, als wir nebeneinander auf meinem Schlafzimmerteppich lagen und Atem schöpften. Dabei hielt er mich ganz fest in seinen Armen. „Ich weiß gar nicht, wie ich es die letzten Monate ohne das ausgehalten habe."

Ich konnte ihm darin nur zustimmen.

10. Kapitel

Nach dieser ersten Runde machten wir erst einmal eine Pause und ich mixte uns in der Küche einen Campari-Orange. Das Kleid und die Strümpfe hatte ich ausgezogen und trug stattdessen meinen Kimono aus Satin. Ben trat in seinen Retropants zu mir und nahm das Glas dankend entgegen.

„Ich bin froh, dass wir uns so früh getroffen haben", sagte er und prostete mir zu. „Wenn es jedes Mal so heftig ist, muss ich mich regenerieren."

„Dito", sagte ich lächelnd und küsste ihn. Mein Handy auf dem Küchentisch vibrierte, als ein Anruf einging. Ich warf einen Blick auf das Display: Nick rief zurück. Es war riskant, dennoch nahm ich das Gespräch an, dies war die erste Probe für das Arrangement. „Hallo Nick."

„Hallo Claire. Entschuldige die späte Rückmeldung, ich habe gestern schon geschlafen und war bis eben bei einem Kundentermin." Er klang entspannt. „Ich hoffe, du hast nicht angerufen, weil du vorbeikommen wolltest, sonst würde ich mich ärgern." Ich spürte Bens Blick im Nacken und lachte trotzdem.

„Du musst dich leider ärgern, aber das können wir ja morgen nachholen. Es bleibt bei fünfzehn Uhr?"

„Unbedingt. Ich freue mich auf dich", sagte er und wir verabschiedeten uns. Ich legte auf und drehte mich zu Ben um, der mich keine Sekunde aus den Augen ließ. Sicher hatte er jedes Wort mitbekommen.

„Das ist also Nick", sagte er betont lässig, doch er schauspielerte schlecht. „Klingt sympathisch. Was macht er so?" Ich rang mit mir. War es eine gute Idee, ihm mehr Informationen zu geben? Andererseits sah das Arrangement Ehrlichkeit im Zusammenhang mit ungeschütztem Verkehr vor und... ich stoppte meine Gedanken und sah ihn entsetzt an, als mir etwas viel Brisanteres auffiel. „Wir haben kein Kondom benutzt!" Die Erkenntnis breitete sich wie ein Schock in mir aus, doch Ben lächelte gelassen.

„Keine Sorge, ich wollte es dir vorhin schon sagen, aber du hast mich so überrumpelt, dass ich es vergessen habe: Ich war gleich am Mittwochmorgen bei meinem Arzt und habe gestern das Ergebnis bekommen: Nach wie vor alles in Ordnung. Ich habe den Befund auf dem Handy, ich zeige ihn dir gleich."

„Danke", murmelte ich und regte mich ab. Ich war vorhin so scharf gewesen, dass ich nicht an das Kondom gedacht hatte. Das passierte mir sonst nie, aber mit Ben war so vertraut, denn während unserer Beziehung hatten wir ebenfalls einen Bluttest machen lassen und darauf verzichtet.

Trotzdem ärgerte ich mich über meine Unvorsichtigkeit. Angespannt nahm ich einen Schluck von meinem Drink und starrte auf mein Smartphone, das ich noch immer in der Hand hielt. Ben sah es und wartete schweigend, dass ich seine Frage beantwortete. Es war mir nicht recht, aber wir hatten es so vereinbart.

„Nick ist dreiundvierzig und lässt sich gerade scheiden", rückte ich mit ein paar Informationen heraus. „Ich kenne ihn über Sam und eine gemeinsame Freundin. Damals, nachdem meine Beziehung mit Robert in die Brüche ging, hatten wir einige Zeit etwas miteinander, waren aber nie fest zusammen, weil er die Sache mit dem BDSM wesentlich ernster nimmt als ich."

„Trotzdem war und ist er dein Lehrmeister", ergänzte Ben mit einem sonderbaren Unterton. Ich nickte.

„Was das angeht, funktionieren wir. Aber, wie schon gesagt, wir haben keine Beziehung und das wird sich auch nicht ändern." Ich brach ab und trank einen weiteren Schluck. Es fühlte sich nicht richtig an, mit ihm über Nick zu sprechen.

Fast so, als wären sie Rivalen, was ausgemachter Unsinn war. Wichtig war, dass Ben die Natur unserer Verbindung verstand, bevor er doch falsche Schlüsse zog und wir unerwartet früh ein Problem deswegen bekamen.

„Ihr seht euch also morgen?", fragte er und seine Stimme nahm einen lauernden Unterton an. Ich presste die Lippen zusammen und nickte, dies war die letzte Information, die er zu diesem Thema von mir bekam. Das schien Ben ganz recht zu sein, denn er nahm mir das Glas aus der Hand und zog mich an sich. „Mal sehen, ob ich ihm etwas übriglasse."

Er schob seine Hände unter meinen Po und hob mich auf den Küchentisch. Mit ungeduldigen Bewegungen öffnete er meinen Kimono und drückte meine Knie auseinander. Atemlos beobachtete ich, wie er auf dem Stuhl Platz nahm, seine Hände um meine Oberschenkel legte und sich vorbeugte. Als seine Zunge über meine Klit glitt, schloss ich die Augen und lehnte mich zurück, genoss den Moment, egal wie gefährlich er war.

Am nächsten Morgen erwachte ich davon, dass sich ein Arm besitzergreifend um meine Taille schlang und jemand mich an sich presste. Ein vertrauter Geruch hüllte mich ein und ich kuschelte mich an ihn, bevor ich schlagartig hellwach wurde.

Vorsichtig löste ich mich aus Bens Umarmung und setzte mich auf. Meine Muskeln protestierten schwach gegen diese Anstrengung, sie waren gestern stark beansprucht worden und machten sich in einer Art Muskelkater bemerkbar. Auf meiner Kommode stand eine leere Weinflasche, daneben lagen einige Toys, die zur Anwendung gekommen waren. Ein Lächeln stahl sich auf mein Gesicht. Es war ein phantastischer Auftakt gewesen.

Ich sah auf die Uhr. Viertel nach neun. Um elf wollte ich bei meinem Aerobic-Kurs sein und um drei bei Nick. Wenn ich Stress vermeiden wollte, sollte ich Ben wecken. Ich drückte ihm einen Kuss auf das Augenlid, schälte mich aus dem Bett und ging hinüber ins Bad, um mich fertigzumachen. Bei meinem Anblick im Spiegel seufzte ich, weil ich mich nicht abgeschminkt hatte. Das würde anstrengend werden. Zu Nick ging ich in der Regel ungeschminkt, es war sinnlos, diesen Aufwand zu betreiben, weil er mir meist die Augen verband oder ich so sehr schwitzte, dass alles verlief.

Er hatte mir mal gesagt, er fände mich ohne Make-up am attraktivsten. Das war nett von ihm, aber ich fand durchaus Anzeichen für meine vierzig Jahre in meinem Gesicht, die Haut war eben nicht mehr so straff wie vor zehn Jahren. Trotzdem war ich gut weggekommen.

Ich wusch mein Gesicht und entfernte die Make-up-Reste, duschte und putzte Zähne. Als ich ausspuckte, kam Ben ins Bad. Er sah mich und stutzte, dann breitete sich ein Lächeln auf seinem Gesicht aus und er strich mit den Fingern über meinen Po.

„Guten Morgen, Claire." Er stellte sich direkt hinter mich und rieb sich an mir. Auch das hatten wir gemein: Was Sex anging, waren wir nahezu unersättlich. Ich ließ ihn machen und lächelte ihn im Spiegel an, während sich seine Hände auf meine Brüste stahlen und er mit den Daumenkuppen über meine Nippel strich.

Nein, davon bekam ich niemals genug.

Mit den Händen auf dem Waschbecken beugte ich mich langsam vor und spreizte die Beine. Seine Finger fuhren zwischen meine Schenkel und dehnten mich vor, dann drang sein Schwanz in mich ein und ich stöhnte auf. Wir trieben es kurz und heftig im Stehen und obwohl ich es in diesen paar Minuten nicht schaffte, zu kommen, war ich sehr zufrieden, als er zuckend zusammenbrach und ein warmes Rinnsal zwischen meinen Beinen hinunterlief. Während Ben sich die Zähne putzte, duschte ich mich schnell ab und überließ ihm das Bad. In der Küche stellte ich die Kaffeemaschine an und zog mir meine Sportsachen über: eine atmungsaktive Leggings und ein Sporttop, für heute waren knapp dreißig Grad angesagt. Ich überlegte, ob wir den Kaffee auf dem Balkon trinken sollten, als mein Handy klingelte. Sonja. Sofort nahm ich das Gespräch an.

„Hey Süße, wie geht es dir?"

„So weit gut, mein Vater wird morgen operiert." Sie klang erschöpft, wahrscheinlich war sie seit Freitagnacht kaum zuhause gewesen. „Die Ärzte sagen, das Risiko sei gering, ein Routineeingriff, der aber gemacht werden muss, um weitere Schlaganfälle zu verhindern." Sie schluchzte leise. „Es sieht gut aus, dass er gesund wird, aber... aber...", sie brach ab und ich konnte mir vorstellen, wie fertig sie sein musste.

„Liebes, das klingt doch gut", tröstete ich sie. „Du machst dir natürlich Sorgen, aber versuch, positiv zu denken. Wenn die Ärzte sagen das Risiko sei minimal, stimmt das sicher."

„Ja, das sage ich mir auch die ganze Zeit. Mit wenig Erfolg."

„Fahr nach Hause und ruh dich ein bisschen aus", riet ich ihr. An der Geräuschkulisse im Hintergrund erkannte ich, dass sie im Krankenhaus war. „Wo ist der Lütte?"

„Bei Aiko. Sie war so lieb und hat ihn gestern zu sich geholt. Ich sammle ihn nachher ein", erklärte sie. Einmal mehr war ich dankbar dafür, dass es Aiko gab und die beiden sich unterstützten. Sonja kümmerte sich nur selten um ihre Töchter, weil sie sonst bei Marko waren, trotzdem hielten sie zusammen wie Pech und Schwefel. Diese Leistung konnte keiner von uns bringen.

„Leg dich lieber ein bisschen hin, bevor du ihn abholst, das wird dir mehr helfen." Sie versprach es und ich fragte mich, ob sie morgen die Kraft haben würde, zur Arbeit zu kommen. Ben betrat die Küche und sah mich besorgt an.

„Alles okay?" Ich gab ihm einen kurzen Bericht und er nickte ernst. „Ich verstehe sie nur zu gut. Vor zwei Jahren bekam mein Vater einen Herzinfarkt. Diese Zeit war die Hölle und bei uns hat es sich zumindest auf vier Kinder verteilt. Die arme Sonja tut mir leid."

Ich war froh, als ich eine Dreiviertelstunde später zum Sport aufbrach. Ich musste auf andere Gedanken als kranke Väter und Ben kommen. In umgekehrter Reihenfolge. Zum Abschied küssten wir uns lange und ich sah, wie ungern er ging. Er wusste von meinem Treffen mit Nick und es gefiel ihm nicht, obwohl er versuchte, es zu überspielen. An seiner Stelle fiele es mir sicher ebenso schwer, eine andere Frau zu akzeptieren, aber da mussten wir beide durch, wenn es uns mit dem Arrangement ernst war.

Wenn wir das nicht packten, hatte alles keinen Sinn.

Der Sport war schweißtreibend und ich war froh, als die Stunde rum war. Zurück zuhause sprang ich erneut unter die Dusche und ruhte mich ein wenig aus, bis ich mich auf den Weg zu Nick machte. Die Sonne brannte vom Himmel und ich zog ein kurzes Sommerkleid aus roter Spitze mit Spaghettiträgern und ausgestelltem Rock an, luftig, damit ich keinen Hitzschlag bekam. Dazu trug ich passenden Lippenstift auf und schlüpfte in silberfarbene Riemchensandaletten. Mit dem Auto fuhr ich zu ihm und war dankbar für die gut funktionierende Klimaanlage. Der ÖPNV wäre bei der Hitze mein Tod gewesen.

Gleichzeitig stieg meine Nervosität, weil ich Nick von dem Arrangement erzählen wollte und von Bens beiläufiger Frage beim Frühstück, ob er mich begleiten könne.

Ich verneinte sofort, weil ich niemals unangekündigt jemanden mitbrächte. Außerdem war ich völlig verunsichert, was Bens Absicht dahinter anging und wie sich das Ganze entwickelte, wenn ich den Vorschlag annahm. Und ob ich das überhaupt wollte, egal wie verlockend der Gedanke war, mit beiden gleichzeitig zu vögeln.

Um kurz vor drei erreichte ich Nicks Haus in Finkenwerder und klingelte. Es dauerte ein paar Sekunden, bis er mir öffnete und mich anstrahlte. Heute trug er verwaschene Jeans und ein schwarzes Tanktop, das seine muskulösen Arme zeigte. Ich lächelte zurück und merkte, wie sehr ich mich freute, ihn zu sehen. Nick war für mich ein sicherer Hafen geworden, jemand ohne Vorbehalte, der mir nie eine Predigt darüber hielt, wie unklug mein Verhalten war. Ich legte meine Arme um seinen Hals und küsste ihn. Während er die Tür zuwarf, lehnte er mich an die Wand des Flurs und erwiderte meinen Kuss hitzig. Seine Hände fuhren unter meinen Rock und er knurrte erfreut, als er die Ränder meines zarten Slips ertastete.

Meine Anspannung löste sich unter seiner Berührung auf und ich wurde an seinen Fingern feucht. Das Gespräch konnte bis nachher warten, wenn ich den Druck wegen der ganzen Sache mit Ben losgeworden war. Jetzt verlangte es mich nach kontrolliertem Schmerz und hartem Sex, härter, als Ben ihn mir zu geben vermochte, weil er zu unerfahren war.

Und wenn ich all das hinter mir gelassen hatte, war es Zeit über diese Themen zu sprechen.

„Heute musst du mir alles geben", flüsterte ich in sein Ohr und rieb mich an seinen Fingerspitzen.

„Dann darfst du ab sofort deinen Kopf ausschalten", erwiderte er und ich sah ihm an, wie sehr ihn meine Bitte erfreute. „Geh voran nach unten." Ich drehte mich um und stieg vorsichtig die Kellertreppe hinunter. Die Tür stand offen und es war angenehm kühl hier unten. Ich trat ein und blieb stehen, wartete auf seine Anweisungen. Er ließ mich einige Sekunden warten, Zeit, in der sich meine Erregung steigerte. Mein Kopfkino setzte ein und machte mir tausend Vorschläge, was er vorhaben könnte.

Ich bemühte mich, es auszuschalten. Er übernahm das Denken für mich, ich musste ihm nur folgen und mich fallen lassen.

„Heb deinen Rock an." Ich tat wie geheißen. Er ging vor mir in die Knie, zog langsam meinen Slip hinunter und ließ mich hinaussteigen. „Stell dich mit dem Gesicht zur Wand vor das Andreaskreuz", befahl er und ich leistete unverzüglich Folge.

Nick stellte sich hinter mich und schob seine Hand zwischen meine Schenkel. Ich seufzte, als er einen Finger einführte. Er beugte sich herab und fixierte meine Knöchel am unteren Teil des Kreuzes. Ein zweiter Finger kam hinzu und er fuhr mit meinen Handgelenken fort. Die Befestigung der Manschetten am Kreuz war so raffiniert, dass er dazu nur eine Hand benötigte. Die Bewegungen seiner Finger wurden bestimmter und ein dritter gesellte sich zu den beiden. Ich riss den Mund auf und stöhnte laut, da schob er mir einen Knebel zwischen die Lippen, an dessen Geschmack ich meinen eigenen Slip erkannte. Das machte mich so scharf, dass ich fast gekommen wäre, doch in diesem Moment zog er seine Finger aus mir und ich hörte, wie er zurücktrat. Unzufrieden wimmerte ich und wurde mit einem Schlag auf den Hintern dafür bestraft.

„Ich bestimme, wann du kommst", erinnerte er mich und ich nickte, während ich die Tränen wegblinzelte, die der unerwartete Hieb in meine Augen getrieben hatte.

Mit schnellen Bewegungen raffte er den Rock an meiner Taille zusammen und befestigte ihn dort, sodass mein Unterleib komplett vor ihm entblößt war. Ich trug meine hochhackigen Sandaletten, was ihm zu gefallen schien, denn er streichelte meine Waden und den Spann.

„Sehr schön." Er nahm etwas von der Pritsche, auf der ich neulich gelegen hatte und griff zwischen meine Beine. Ich zuckte zusammen und stieß einen kleinen Schrei aus, als er eine Klemme an meiner Klit befestigte und biss mir auf die Lippe. Schmerz raste durch meinen Körper in mein Gehirn, dann baute er sich langsam ab und ein heißes Pochen setzte ein. Erneut stießen seine Finger in mich und sein Daumen rieb die Klemme, sodass die Lust den Schmerz überlagerte.

„Das war brav, Claire. Gut gemacht." Er streichelte mit der freien Hand meine harten Nippel. Seine Finger zogen sich zurück und er strich über meine Pobacken, bevor er mir dort kleine Aufwärmhiebe versetzte. Immer aus kurzer Distanz, mit dem Handrücken oder der Handfläche, abwechselnd auf beide Seiten, damit die Haut sich erhitzte. Er steigerte die Intensität und schnipste gegen meine Klemme, was mich lustvoll aufstöhnen ließ. Schließlich war er zufrieden mit seinen Vorbereitungen und stellte sich dicht hinter mich.

„Ich werde dir fünf Schläge versetzen und du zählst laut mit. Wenn du brav bist, bekommst du hinterher eine Belohnung." Er entfernte den Knebel aus meinem Mund und hob einen Gegenstand von der Pritsche auf. Mein Herz klopfte wie verrückt, doch ich streckte ihm meinen Hintern entgegen.

Der erste Schlag traf mich auf der rechten Pobacke und ich schrie auf, bevor ich „Eins" hervorstieß. Er war nah an meiner Grenze und traf mich unvorbereitet, deswegen tat er mehr weh, als wenn ich mich konzentriert hätte. Das durfte nicht passieren. Ich richtete alle meine Gedanken auf Nick und seine Bewegungen.

Er holte aus und atmete ein. Der zweite Hieb traf meine linke Pobacke mit einem lauten Klatschen, doch dieses Mal war ich darauf vorbereitet und unterdrückte den Schrei, nur ein kleines Wimmern entwischte mir. „Zwei."

Der dritte peitschte auf meine rechte Pobacke, jetzt erkannte ich, dass Nick eine Gerte verwendete, lang und biegsam. „Drei."

Der nächste Hieb ging auf meine linke Seite und ich konnte ihn gut nehmen. All meine Gedanken waren nur auf diesen Vorgang konzentriert und der Schmerz flutete mein Gehirn nicht mehr so stark. Ich hieß ihn willkommen, akzeptierte und umarmte ihn wie einen Freund. „Vier."

„Einer noch, Claire." Ich nickte und streckte ihm meinen brennenden Hintern entgegen. Sicherlich war jeder einzelne Hieb deutlich zu sehen, aus diesem Grund hatte ich das Treffen mit Nick nach meinen Abend mit Ben gelegt und…

Der letzte Hieb traf mich unvorbereitet und ich schrie erneut auf. Mein Bewusstsein explodierte in Schmerz und ich brauchte einen Moment, um mich zu sammeln. Gleichzeitig verfluchte ich mich, weil ich die oberste Regel beim BDSM missachtete: Fokussiere dich.

„Fünf", schluchzte ich und seine Hände betasteten meinen Hintern, der sich anfühlte, als bestünde er aus flüssiger Lava. Zweifellos ergötzte Nick sich an den Striemen, die er mir zufügte wie Zeichen seines Besitzanspruchs.

„Das war ausbaufähig, konzentrier dich", rügte er mich. „Du bekommst noch zwei, zeig mir, dass du es kannst." Ich nickte und gehorchte, steckte die beiden Hiebe ein, die den vorangegangenen fünf in nichts nachstanden und zählte laut weiter. Danach stand ich unter Strom, mein Körper schüttete Adrenalin aus und meine komplette Rückseite brannte wie Feuer.

Nick trat neben mich und strich mir die Tränen von den Wangen, sein Gesicht war sanft.

„Viel besser. Dafür hast du dir eine Belohnung verdient, Kleines." Er entfernte sich aus meinem Gesichtsfeld und ich hörte ihn hantieren. Es wurde kalt zwischen meinen brennenden Pobacken, als er mir einen Plug einsetzte, vermutlich aus Edelstahl. Ich wimmerte lustvoll und der Knebel kehrte in meinen Mund zurück. Unsanft zog er an der Klemme und schob seine Finger in mich.

Oh Gott, ja. Endlich erreichten wir den Punkt, nachdem ich mich die ganze Zeit sehnte. Ich wand mich, spannte meine Scheidenmuskeln an, um das Gefühl zu intensivieren, dabei reizte er meine Klit und rieb sie, während er mich härter fingerte. Ein Orgasmus baute sich in mir auf, den ich mühsam niederkämpfte. Wenn ich ohne seine Erlaubnis kam, würde er mich bestrafen und ich brauchte eine Pause von den Schlägen.

Aber ich hielt es nicht mehr ewig aus. Was, wenn er es darauf anlegte? Verzweiflung stieg in mir hoch, mein Höhepunkt näherte sich unaufhaltsam. Mein Hintern brannte und ich war so feucht, dass die Nässe an meinen Beinen herunterlief. Nick setzte seine Arbeit fort und ich versuchte, an irgendetwas anderes zu denken, doch ich war chancenlos gegen ihn. Ich warf ihm einen flehenden Blick zu, den er mit einem diabolischen Lächeln quittierte.

Ich war beinahe über der Grenze des Erträglichen, da flüsterte er in mein Ohr: „Komm für mich, meine Süße."

Und ich kam. Mit einem Schrei und so heftig, dass mir schwarz vor Augen wurde. Ich spuckte den Knebel aus und wurde von so heftigen Zuckungen geschüttelt, als hätte ich einen Anfall. Meine Fesseln verhinderten, dass ich zu Boden ging, ich hing an ihnen wie eine Gliederpuppe. Nick ließ von mir ab und schob mir seine Finger tief in den Mund, gleichzeitig ersetzte er den Plug durch einen Finger seiner anderen Hand.

„Das magst du, oder?", fragte er mit rauer Stimme. Ich nickte. „Soll ich es dir hier besorgen?" Ich nickte erneut, seine Finger waren zu tief in meinem Mund, als dass ich antworten könnte. Gleichzeitig war ich so scharf, beinahe wäre ich noch einmal gekommen.

Im Gegensatz zu Ben, den ich nur ein einziges Mal zum Analsex überreden konnte, stand Nick sehr darauf, aber er dosierte es sorgsam, wie alles, was er mir gab. Ich merkte ihm an, wie er jede Sekunde und jedes Quäntchen Macht, das ich ihm über mich erlaubte, genoss, die Zeit ausdehnte und sie zelebrierte wie ein Fest. Seine Einstellung zum Sex war phantastisch.

„Das wirst du dir durch Gehorsam verdienen müssen", stellte er mir in Aussicht und ich war mehr als gewillt, ihm alles zu geben, was er von mir verlangte. Er ließ von mir ab und bereitete die nächste Runde vor.

Später, als wir geduscht hatten und ich meinen Slip über meinen geschundenen Hintern zog, brachte ich endlich den Mut auf, das Thema, das mich beschäftigte, anzusprechen. Meine Schenkel glühten ebenfalls und ich fühlte mich phänomenal, weil der Sex mit Nick meinen ganzen Körper forderte. Er zog sein Tanktop über und beugte sich vor, um einen Tropfen abzuwischen, der an meinem Bein hinunterlief. Ich seufzte, als er nochmals meinen Anus betastete, als wolle er sich vergewissern, dass mit mir alles in Ordnung war. Das war natürlich der Fall, denn wir wussten, was wir taten und gingen kein unnötiges Risiko ein.

„Sag es einfach", meinte er und küsste mich. „Du hast etwas auf dem Herzen, das habe ich dir gleich angemerkt. Rede darüber." Aber wie anfangen? Ich fühlte mich befangen, doch dann erzählte ich ihm die ganze Geschichte von Ben, von Julian, wie wir uns neulich begegneten und von unserem Arrangement, bis zu Bens Bemerkung, mich zu Nick begleiten zu wollen. Einmal angefangen, sprudelten die Worte geradezu aus mir heraus und ich musste mich mehrmals bremsen, um die Geschichte nicht in allen Details zu erzählen, Dieser hörte schweigend zu und unterbrach mich kein einziges Mal, bis ich endete und ihn erwartungsvoll ansah. Vorher hatte ich immer nur kurz umrissen, was bei mir losgewesen war, jetzt war er vollkommen im Bilde.

Nick wirkte verblüfft, als hätte er mir die ganze Geschichte gar nicht zugetraut, und es dauerte einen Moment, bis er die Flut an Informationen verarbeitete. Ich hoffte nur, er ersparte mir einen Vortrag darüber, wie dumm das, was ich tat, war.

„Du bist keine Freundin von einfachen Geschichten, oder?" Ich schenkte ihm ein schwaches Grinsen.

„Ich wünschte, es ginge einfacher, aber dabei habe ich irgendwie kein Glück", gab ich zu.

„An sich hast du vermutlich den richtigen Weg gewählt und ich finde es ehrenwert von dir, ihm das Geld zu leihen, um ihm aus der Klemme zu helfen", sagte Nick. Ich war ihm dankbar für seine Unterstützung und sein Lob tat mir gut.

Ben hatte Victor das Geld am Freitag gegeben und die Sache ein für alle Mal erledigt. Der Kredithai gab ihm zu verstehen, dass die Angelegenheit damit für ihn vom Tisch war und wünschte ihm ein schönes Leben in seiner Wohnung. Und falls Ben eine andere Immobilie bräuchte, hätte er ja seine Nummer.

Hoffentlich beging er nicht noch einmal die Dummheit, sich auf einen solchen Deal einzulassen. Dennoch war ich froh, dass diese Bedrohung vorüber war und tausend Mal lieber sollte er seine Schulden bei mir haben, als bei so einem Abzocker.

„Sollen wir aufhören, uns zu treffen?", fragte Nick in diesem Moment. „Ich könnte es verstehen. Das Arrangement ist zeitintensiv und wenn du…"

„Nein", unterbrach ich ihn und legte die Hand auf seinen Arm. „Ich möchte dich weiterhin sehen. Du bist mir wichtig und wir haben vereinbart, dass wir dabei bleiben, bis sich etwas Festes ergibt. Das Arrangement ist in diesem Sinne nichts Festes und ich brauche unsere Treffen. Ich kenne mich, ich würde es versauen, wenn ich dich nicht hätte." Nachdenklich strich ich mit den Fingerspitzen über die Striemen an meinem Oberschenkel, sie waren rot und erhaben, unter meiner Berührung brannten sie leicht. „Außerdem werde ich deine Hilfe benötigen, um alles richtig zu machen."

„Ich hätte mich auch über ein Arrangement mit dir gefreut", sagte Nick, doch es war kein Vorwurf, sondern eine sachliche Feststellung. Trotzdem keimte ein schlechtes Gewissen in mir auf. „Das weiß ich", murmelte ich, doch er lächelte mich entspannt an. Im Gegensatz zu Ben war er mit dem zufrieden, was ich ihm gab und diese Einstellung entlastete mich mehr, als ihm sicherlich bewusst war.

„Hey, keine Schuldgefühle, bitte", sagte er. „Anscheinend ist da etwas zwischen dir und Ben, das unbedingt passieren muss und wir beide sind ehrlich zueinander. Aber ihr solltet euch innerhalb eures Arrangements auf einander konzentrieren, statt auf Dritte. Falls doch, sag mir Bescheid." Er zog mich an sich und küsste mich auf den Mund. „Ich bin froh, dass wir uns weiterhin sehen. Natürlich helfe ich dir gern, bei allem was ansteht."

Am Montagmorgen stand ich pünktlich um acht in Sams Büro und ließ mich ausfragen. Em hatte ihren freien Tag und Sonja nahm wegen ihres Vaters spontan Urlaub. Da sie selbst Ende letzten Jahres einen Schlaganfall erlitten hatte, konnte die Drachenfrau schlecht nein sagen.

Mein bester Freund sah erholt aus, das Wochenende mit seinem Mann und seiner Tochter war ihm sichtlich gut bekommen, doch ihm fielen fast die Augen aus dem gebräunten Gesicht, als er von mir die schmutzigen Details meiner „Sexorgie", wie er es nannte, erfuhr. Als ich geendet war, sank er in seinem Bürostuhl zurück und fuhr sich durch das Haar.

„Mein Gott, Claire, du hast mehr Sex als manche Pornodarsteller", stöhnte er. „Ich bin so neidisch auf dich."

„Warum? Bei euch läuft es doch gut. Soweit ich mich erinnere, habt ihr die ganze Nacht von Freitag auf Samstag gevögelt", meinte ich und schlug die Beine übereinander. Heute trug ich ein ausgestelltes knielanges Kleid in schwarz mit einem vertikalen rosa Streifen am Vorderteil, der von zwei korallefarbenen Streifen eingerahmt wurde. Sam saß mir in einem gemusterten hellblauen Hemd mit aufgekrempelten Ärmeln und sandfarbenen Chinos gegenüber, die seinen knackigen Hintern exzellent zur Geltung brachten.

„Stimmt, aber du setzt dem Ganzen im Moment die Krone auf. Erzähl Sonja bloß nichts davon, sie muss sonst für dich zur Beichte gehen." Er lachte vergnügt und ich verbiss mir den Kommentar, dass sie momentan andere Sorgen als mein Sexleben plagten.

Wir sammelten unsere Notizen ein und machten uns auf den Weg zum Meeting. Dabei begegneten wir Jennifer, die uns scheu ansah, sich aber ein Herz fasste.

„Hallo Claire, ich habe gehört, dass Sonjas Vater im Krankenhaus ist." Sie lächelte unbeholfen. „Richtest du ihr von mir gute Besserung aus? Ich denke an sie und ihre Familie."

„Ja natürlich", erwiderte ich überrascht, da fiel mir ein, dass ihre Mutter im letzten Jahr an Krebs gestorben war. Bei solchen Angelegenheiten war die Anteilnahme groß, mittlerweile hatte doch jeder ein Familienmitglied, das entweder an Krebs erkrankte oder einen Herzinfarkt oder Schlaganfall bekam.

Wir erreichten den Konferenzraum. Die Drachenfrau war bereits dort, doch heute wirkte sie anders als sonst, beinahe… zufrieden. Sam und ich wechselten einen besorgten Blick. Was hatte das denn jetzt zu bedeuten?

Als alle eingetroffen waren, verharrte sie schweigend und sah von einem zum andern. Keiner wagte, etwas zu sagen, alle warteten angespannt darauf, dass sie das Wort ergriff. Auch den anderen fiel ihre merkwürdige Stimmung auf und ich sah Jennifer und Marleen argwöhnische Blicke tauschen. Annette, die Neue, konnte offensichtlich mit der Situation gar nichts anfangen und zeigte ihr Unbehagen deutlich durch ihre fahrigen Bewegungen. Sie war kaum eine Woche hier und hatte schon mitbekommen, was hier los war.

Anne, die Office Managerin, die als eine Art persönliche Assistentin für die Drachenfrau agierte, war offenbar ebenfalls ahnungslos, ihr fragender Gesichtsausdruck wurde immer komischer, je länger sich die Stille ausdehnte. Schließlich räusperte unsere Chefin sich und *lächelte* uns an. In ihrem Fall war es ein Zähnefletschen hinter ihren schmalen Lippen, die sie mit dunkelrotem Lippenstift betonte, und ihre kalten, hellgrünen Augen musterten uns ohne jede Sympathie.

Trotzdem: Sonst lächelte sie nie. Etwas Gutes musste passiert sein. Fraglich war nur, für wen es gut war.

„Heute Morgen wird das Meeting anders ausfallen als sonst, denn ich habe eine Verkündung zu machen", sagte sie mit klirrend kalter Stimme, dennoch kräuselte dieses unheimliche Lächeln ihren Mund. „Ich habe mich aus gesundheitlichen Gründen dazu entschieden, meinen Ruhestand vorzuziehen und die Kanzlei zu Mitte Oktober verlassen."

Es war mucksmäuschenstill im Konferenzraum und ich glaube, einige, inklusive mir selbst, hielten den Atem an. „Dr. Bitter und ich haben uns intensive Gedanken über meine Nachfolge gemacht. Wir sind uns darüber einig, diese aus den eigenen Reihen vornehmen zu wollen, um die kurze Zeit, die bleibt, möglichst effizient zu nutzen."

Einige Blicke richteten sich erwartungsvoll auf mich. Als die Drachenfrau im letzten Winter ihren Schlaganfall erlitt, war ich gebeten worden, sie zu vertreten. Der doppelten Belastung, weil ich gleichzeitig meinen eigenen Job machen musste, verdankte ich unter anderem meine Trennung von Ben, weil wir uns wegen meiner unzähligen Überstunden oft stritten. Doch dieses Mal würde es bedeuten, meine Position als Leiterin des Rechnungs- und Mahnwesens aufzugeben. Wenn ich es überhaupt wurde.

„Dr. Bitter, die Partneranwälte und ich haben zwei Wunschkandidaten, zwischen denen wir uns in den nächsten Wochen entscheiden werden: Herrn Vogel und Frau Sander." Ich traute meinen Ohren nicht: Wollten sie wirklich einen Wettbewerb aus ihrer Nachfolge machen? Das setzte dem Ganzen die Krone auf und meine Motivation sank. Auch das noch.

Ein gemeines Grinsen huschte über ihr Gesicht, als sie auf unsere Reaktionen wartete. Wahrscheinlich ging ihr einer ab, weil sie uns gegeneinander ausspielen konnte. Sicher würde sie so lange wie möglich warten, ihren Nachfolger zu ernennen, um es auszukosten.

Obwohl ich ihr am liebsten gesagt hätte, dass sie sich diese Scheiß-Idee sonstwo hinstecken konnte, zwang ich mich zu einem gelassenen Lächeln, um ihr diesen Triumph zu verwehren, das gönnte ich ihr einfach nicht.

„Danke, dass Sie mich in Erwägung ziehen", sagte ich und Harry beeilte sich, sich ebenfalls zu bedanken und der Drachenfrau alles Gute für ihren Ruhestand und eine entspannte letzte Zeit zu wünschen.

Es gab einige Gründe, aus denen ich Harry nicht mochte: Zum einen war er ein Schleimer, der gern bei den Partneranwälten Liebkind machte, außerdem bildete er sich viel auf seinen Abschluss als Wirtschaftsjurist ein und machte einen Riesenakt daraus, wenn man ihn um die Prüfung eines Vertrages oder ähnliches bat. Er war Ende vierzig und verantwortete das Versicherungs- und Vertragswesen der Kanzlei. Soweit ich wusste, war er weder verheiratet noch hatte er Kinder. So wie ich. Also setzten die Partneranwälte auf zwei Kandidaten, die ihrer Ansicht nach all ihre Zeit in den Job investieren würden.

Mein Mitbewerber warf mir einen langen Blick zu, offenbar sah er sich bereits als Sieger dieses Contests, der gerade erst begonnen hatte. Das war mir herzlich egal. Nicht er entschied darüber, wer die Stelle bekam, sondern die Partner-Versammlung und die Drachenfrau. Letztere beendete das Meeting, anscheinend waren damit alle Themen abgearbeitet.

Ich war wie betäubt, als wir zurück zu unseren Büros gingen. Der vorgezogene Renteneintritt war eine phantastische Neuigkeit, über die Sonja und Em sich freuen würden, ebenso, dass die Partner mich als Nachfolgerin in Erwägung zogen. Doch damit hörte es dann auch schon auf.

Larissa vom Einkauf schloss zu uns auf und legte mir die Hand auf die Schulter. Sie war nett, aber eine furchtbare Tratschtante, bei der keine Information sicher war.

„Versprich mir, dass du es wirst", sagte sie verhalten und sah sich um, doch Harry war noch im Meetingraum und schleimte sich bei Triple-S ein. „Ich drehe durch, wenn dieser arrogante Penner Head of Office wird." Bevor ich mich sortieren und eine Antwort geben konnte, verschränkte Sam die Arme vor der Brust und funkelte Larissa finster an.

„Das will niemand. Hauptsache, die Partner checken das recht-zeitig." Er warf mir einen besorgten Blick zu, doch ich winkte ab und ging in mein Büro, wo ich mich wie erschlagen auf meinen Stuhl sinken ließ und meinen Monitor ansah.

Erwarteten sie von uns eine Schlammschlacht um die Stelle und eine Tournee von Büro zu Büro, um jeden der Partner zu überzeugen, der bessere Kandidat zu sein? Harry würde das tun, ihm war jedes Mittel recht, wo das Ziel zum Greifen nah war.

Ich hasste solche Aktionen und würde mich bei niemandem an-biedern. Entweder sie gaben mir die Stelle, weil sie von meiner Eignung überzeugt waren oder sie nahmen Harry, weil ihnen wichtiger war, dass jemand ihnen nach dem Mund redete und sich anbiederte. Das würde dem einen oder anderen sicher sehr gefallen.

Sam übernahm die obligatorischen Anrufe bei Em und Sonja, die mich beide bald darauf anriefen. Sonja meldete sich nur kurz, ihr Vater hatte die Operation gut überstanden und sie hoffte, dass ich die Beförderung bekam. Em nahm sich mehr Zeit, um sich zu freuen, dass wir die Drachenfrau zeitnah los waren und sich darüber auszulassen, dass sie tatsächlich einen „schwachsinni-gen Wichser wie Harry" berücksichtigen.

„Den steckst du locker in die Tasche, Süße", sagte sie im Brust-ton der Überzeugung. „Kein Mensch, der ein halbwegs funktio-nierendes Hirn besitzt, entscheidet sich für ihn. Demnach wer-den sich mindestens vier der Partneranwälte trotzdem für ihn aussprechen, aber es gibt ja noch vernünftige Leute wie Frau Va-squez-Perlman und Frau Dr. Schönfeldt. Die werden die anderen einfangen. Außerdem weiß Bitter, wie gut du bist. Wirst du kün-digen, falls sie doch den schwachsinnen Wichser nehmen?"

„Darüber habe ich noch gar nicht nachgedacht", gab ich zu und sah auf, als Sam in der Tür stand. Ich winkte ihn hinein und er schloss die Tür hinter sich. „Sam ist da, ich stelle laut", infor-mierte ich Em und aktivierte den Lautsprecher meines Handys.

„Ich könnte es verstehen, weißt du", fuhr sie fort. „Denn ich werde mich definitiv umsehen, wenn sie mir Harry vor die Nase setzen. Die Drachenfrau ist schlimm genug, aber sie ist wenigstens kompetent bei all ihrem Sadismus. Harry ist einfach nur eine Blase." Ich sah zu Sam hinüber, der bestätigend nickte.

„Lasst uns hoffen, dass der Fall nicht eintritt", meinte ich. „Es dürfte schwierig werden, für uns alle vier einen gemeinsamen Arbeitgeber zu finden."

Sam lächelte mich an und Em verabschiedete sich. Natürlich gab es ein Leben in unterschiedlichen Firmen, obwohl ich mir das kaum vorstellen konnte.

11. Kapitel

Dass ich mich mit diesem Thema dennoch auseinandersetzen musste, erfuhr ich am nächsten Tag, als Sonja zur Arbeit kam und uns drei zu unserem Dienstagmorgenmeeting in den Konferenzraum bat. Sie sah müde aus und ihr Gesicht war blass. So hatte sie zuletzt ausgesehen, als es mit Kenichi so schlimm war.

„Meinem Vater geht es gut, aber es wird eine Weile dauern, bis er einigermaßen fit ist." Sie nippte an ihrem Kaffee und schien sich zu sammeln, bevor sie den nächsten Satz formulierte. „Er hat mich gebeten, die Firma zu übernehmen."

Das musste einen Moment sacken.

Sonjas Eltern gehörte eine Manufaktur, die hochwertige Holzmöbel herstellte und um die vierzig Mitarbeiter beschäftigte. Natürlich wollten Ralf und Linda schon immer, dass Sonja die Leitung übernahm, aber sie hatte sich Zeit erbeten, um zu lernen, auf eigenen Füßen zu stehen. Diese Schonfrist war nun also um.

„Du machst es, oder?", fragte ich, obwohl es keine Alternative gab. Sonja nickte.

„Ich könnte niemals nein sagen und irgendwann wäre es ja sowieso so weit. Ich hatte nur auf eine Übergangsphase gehofft, in der mein Vater sich langsam zurückzieht und mich schrittweise übernehmen lässt, aber das fällt leider flach. Glücklicherweise ist Vincent da und unterstützt mich. Ich denke, gemeinsam kriegen wir das hin." An Vincent erinnerte ich mich, weil er bei Sonjas Hochzeit gewesen war. Er war Minderheitseigner, ebenfalls Geschäftsführer und laut Sonja war auf ihn Verlass. Das erleichterte ihr die Entscheidung sicherlich.

„Oh Mann, das sind ja Neuigkeiten", sagte Em und rieb sich den Hinterkopf. „Ich bin stolz auf dich, Sonni. Wenn es eine schafft, bist du es." Sonjas Augen wurden feucht, als Sam und ich nachdrücklich nickten. Im letzten Jahr hatte sie uns alle überrascht. Sie wirkte meistens ausgeglichen und in sich ruhend, gleichzeitig kam sie aus so geordneten Verhältnissen und war so behütet aufgewachsen, dass wir sie manchmal falsch einschätzten und dachten, sie müsse wie ein rohes Ei behandelt werden.

Als ihre Ehe mit Kenichi den Bach runterging, belehrte sie uns eines Besseren und zeigte, aus welchem Holz sie geschnitzt war: Statt sich heulend in einer Ecke zu verkriechen, stählte sie sich und bewältigte mit einer bewundernswerten Effizienz alles, was auf sie zukam. Ich glaube, keiner von uns anderen war so tough.

Während Sams und Tims Krise war wochenlang mit ihm kaum etwas anzufangen gewesen und nach meiner Trennung von Ben ging es mir ähnlich. Sonja aber, bei der alles um einiges schlimmer gewesen war, wuchs sogar über sich hinaus. Haus und Auto war sie in Rekordzeit losgeworden, hatte sich eine neue Wohnung besorgt und JPs Betreuung organisiert. Die Leitung der Firma würde sie ebenso hinbekommen wie die Regelung ihres Privatlebens.

„Danke, das ist lieb von euch", flüsterte sie und strich sich eine Strähne hinters Ohr. Langsam kehrte die Farbe in ihr Gesicht zurück. „Ich werde heute meine Kündigung bei der Drachenfrau abgeben und ihr Canan als meine Nachfolgerin vorschlagen. Sie vertritt mich gut und die Zeit reicht, um sie einzuarbeiten." Sam und ich nickten, Canan war definitiv die richtige Wahl und wir konnten gut mit ihr zusammenarbeiten. Trotzdem bildete sich in meiner Kehle ein kleiner Kloß, wenn ich daran dachte, dass ich Sonja nicht mehr jeden Tag sehen würde. Sie bemerkte es und lächelte tapfer.

„Das wird für uns alle eine Umstellung. Ich hoffe nur, ihr vergesst mich nicht und ersetzt mich durch Larissa oder so. Ich bin ja nicht aus der Welt." Nein, das stimmte, aber immerhin auf der anderen Seite des Hafens, denn die Firma lag in Steinwerder und war nur über die Fähre erreichbar. Wenigstens waren gemeinsame Mittagessen drin, wenn Sonja das Wasser überquerte.

„Zweimal die Woche Mittagessen und zweimal abends sehen", ordnete Em an. „Und zwar an unterschiedlichen Tagen, damit wir uns fast jeden Tag treffen, klar?"

„Klar", lächelte Sonja und wir alle schwiegen einen Moment. Es war, als ginge eine Ära zu Ende und das ließ keinen von uns kalt. Selbst wenn wir uns fast jeden Tag sahen, änderte sich einiges und Sonja schied aus diesem Kreis aus. Eine Erkenntnis, die sich als Eisklumpen im Magen bemerkbar machte, obwohl ich hierblieb. Ich konnte mir kaum vorstellen, wie es ihr ging.

„Wie willst du alles regeln?", fragte Sam. „Wegen JP?"

„Ich werde meine Arbeitszeiten so legen, dass ich es hinbekomme und ich habe ja den Hort. Meine Mutter hat angeboten, sich um ihn zu kümmern, und mein Vater meinte, wenn er quasi Rentner ist, kann er ihn von der Schule abholen. Aber das wird dauern, denn momentan schafft er gerade mal einen Gang durchs Krankenzimmer. Er ist ziemlich mitgenommen von der OP."

„Er soll mal langsam machen", meinte Em kopfschüttelnd. „Mit Mitte sechzig braucht es eben seine Zeit. Aber diese Unvernunft kenne ich von meinem Vater, der meinte, er könne nach einem Beinbruch gleich Auto fahren."

„Was ich noch fragen wollte", wechselte Sonja das Thema. „Wie lief es mit Ben, Claire? Ist alles in Ordnung?" Ein kleines Lächeln schlich sich auf meine Lippen und als die anderen mir lange Blicke zuwarfen, wurden meine Wangen ein wenig heiß.

„Alles bestens. Heute Abend kommt er zu mir, wir sehen uns meistens dienstags und donnerstags, dazu samstags oder sonntags, je nachdem, wie es passt."

„Es ist kein Mensch je so hart durchgevögelt worden wie Claire letztes Wochenende. Sie war am Sonntag bei Nick und hat sich die zweite Dosis geholt", meinte Sam und schob ohne zu fragen meinen Rocksaum nach oben. Em und Sonja verrenkten sich die Hälse, als ich mich bemühte, ihn herunterzuziehen, aber die Striemen waren noch gut zu sehen. Sonjas Augen wurden groß und rund und Em schüttelte nur den Kopf. „Und ich dachte, ich hätte was erlebt. Bei mir blieb es aber beim *anale grande* mit

Eric am Freitag und einem langweiligen One-Night-Stand am Samstag." Sonjas entsetzter Blick wandte sich Em zu. „Ich bitte dich, Sonni, mach kein Drama. Wie war dein Quickie am Freitag? Du zuerst." Röte überzog Sonjas Wangen.

„Ich weiß nicht, was am Freitag los war", sagte sie leise. „Aber irgendwie, naja, ist es eben passiert und wir sind in den Wellnessbereich gegangen. Kai, so heißt er, kennt sich in dem Hotel aus und hat es vorgeschlagen. Die Umkleidekabinen sind groß dort." Sie schwieg, als wäre damit alles gesagt.

„Ja, schön, und danach?", fragte Sam ungeduldig. „So einfach kommst du nicht davon, das weißt du, oder?" Das hatte sie anscheinend gehofft, denn Sonjas Wangen wurden noch dunkler.

„Wir hatten Sex", sagte sie unwillig.

„Er hat dich geleckt, hast du mir erzählt", warf ich ein und ihr Gesicht wurde knallrot, während Em anerkennend nickte.

„Guter Mann. Mein Gott, stell dich nicht so an! Bei dem, was du durchgemacht hast, hast du es verdient, jeden Tag die Pussy geleckt zu bekommen!" Doch aus Sonja war nichts mehr herauszubekommen, ihr Schamgefühl hielt sie davon ab. Auch, ob sie Kai noch einmal sehen würde, verriet sie nicht.

Also berichtete Em von dem Typen, den sie bei dem Mandantenevent aufgerissen hatte. Beiläufig ließ sie die Bemerkung fallen, dass es sich um Curts ehemaligen Assistenten handelte. Wir waren sprachlos, aber nur kurz, weil Sam natürlich nachfragte, wofür ich ihm dankbar war: „Du hast Curts Sekretär gevögelt?"

„Er war sein Assistent und ja, habe ich." Em grinste. „Ich fand ihn damals schon ganz süß und als wir uns Samstag gesehen haben, ergab sich die Gelegenheit. Ihm ist offensichtlich bei dem Gedanken, die Ex von seinem Chef durchzunehmen, einer abgegangen. Leider ist er deswegen sehr schnell zum Ende gekommen. Naja, *shit happens*. Wahrscheinlich hätte er gern von mir gehört, dass er besser als Curt war und es war ihm sichtbar peinlich, ein Julian-Falkner-artiges Tempo vorgelegt zu haben."

Jahre bevor ich Ben mit Julian betrogen hatte, war Em ein Mal mit ihm in der Kiste gewesen. Abgesehen von der schmerzlichen

Erinnerung an die Trennung blieb zu dem Anwalt nur zu sagen, dass er immer nach drei Minuten fertig gewesen war. Mittlerweile lachte ich über solche Vergleiche.

Sam nötigte mich, eine Zusammenfassung meines Wochenendes zum Besten zu geben und ich beobachtete, wie Ems und Sonjas Augenbrauen höher wanderten – nicht wegen des Sex', von dem ich berichtete, sondern Bens und Nicks Reaktionen.

„Klingt so, als wären beide eifersüchtig", sagte Sonja, als ich fertig war. Sie war meine Berichte mittlerweile gewöhnt, doch ich sah ihr deutlich an, wie sehr sich mein Sexleben von ihrem und den damit verknüpften Ansprüchen unterschied.

Für Sonja war Sex ein Akt zwischen zwei Menschen, die sich liebten, und sie erwartete von dem Mann Dankbarkeit dafür, dass sie mit ihm schlief. Ihre wenigen One-Night-Stands waren dem geschuldet, dass sie inzwischen wusste, wie okay es war, von diesem Standpunkt abzuweichen und es nicht bedeutete, eine haltlose Schlampe zu sein, wenn man Spaß am Sex hatte und ihn sich holte. Und verdammt noch mal, Sonja war auch nur eine Frau mit Bedürfnissen, sie war schließlich nicht tot und hatte jede Form von Befriedigung mehr als verdient.

Trotzdem glaubte sie, sich bei solchen Aktionen wie am Freitag selbst zu erniedrigen, als hätte sie ihre Tugend verloren oder etwas anderes Altmodisches. So war sie schon, seitdem ich sie kannte, und es tat mir leid, wenn wir sie damit quälten. Also warf ich den anderen beiden einen warnenden Blick zu, damit sie sie in Ruhe ließen. Natürlich war ihre Sichtweise auf Nick und Ben deswegen eine andere als Ems und Sams, die beide über viel Erfahrung mit *casual dating* verfügten.

„Ben ja, aber er reißt sich zusammen", gab ich zu. „Wahrscheinlich ginge es mir umgekehrt genauso, aber da müssen wir durch. Es wird der Tag kommen, an dem er es mit einer anderen treibt und dann werde ich nicht durchdrehen. Was Nick angeht: für ihn ist das in Ordnung, es ist keine Eifersucht. Er ist einfach froh, dass ich den Kontakt halte." Ich holte Luft. Sams Blick begegnete meinem und ich las seine Gedanken deutlich von seinem

Gesicht ab, als wären sie meine eigenen: „Nick ist der Richtige für dich. Sieh es ein." Unter dem Tisch legte ich ihm die Hand auf den Oberschenkel und er lächelte.

„Übrigens, Liebste, nächste Woche kommen meine Eltern zu Besuch und es wäre schön, wenn du Zeit hättest, um dazuzukommen. Schließlich bist du die einzige, die sie mögen."

Ich sah ihn überrascht an. Das Verhältnis zu seinen Eltern war angespannt und es hatte ewig gedauert, bis Sam sich outete. Davor spielte ich lange Jahre seine Freundin auf Familienfeiern und begleitete ihn zu Hochzeiten und Taufen, bis er eines Tages eine ernsthafte Beziehung anfing und seinen Eltern davon berichtete.

Beide waren entsetzt gewesen und behandelten ihn seitdem, als hätte er eine ansteckende Krankheit. Überflüssig zu erwähnen, dass sie auch Tim ablehnten und nicht zur Hochzeit erschienen.

Birgit, seiner Mutter, tat das leid, aber sein Vater war ein elender Tyrann und verbot ihr den Kontakt zu ihrem Sohn. Glücklicherweise wohnten sie in Wuppertal, weit genug entfernt, um die Situation erträglich zu machen. Natürlich nahm ich mir die Zeit, aber ich hatte ein schlechtes Gefühl, weil ich wusste, dass es ein angespannter Abend werden würde.

Wir kehrten in unsere Büros zurück und Sonja ging zur Drachenfrau, um zu kündigen. Wie erwartet war sie überrascht, doch die nahende Rente und Sonjas Nachfolgevorschlag stimmten sie milde. Sie durfte ebenfalls zu Mitte Oktober aufhören, unter der Voraussetzung, dass sie Canans Einarbeitung sicherstellte. Den restlichen Tag war Sonja damit beschäftigt, ihrem Team die Neuigkeiten zu überbringen und einen Einarbeitungsplan festzulegen.

Ich machte nach ein paar anstrengenden Meetings pünktlich Feierabend und fuhr zu meinem Yoga-Kurs. Als ich mich umzog, kam eine Nachricht von Ben: *Ist es zu spät, den Abend zu beantragen?*

Mein Herzschlag beschleunigte sich. Heute käme es mir entgegen, wenn er die Kontrolle übernahm. *Gerade noch rechtzeitig*, schrieb ich zurück. *Ich bin gespannt, was du dir einfallen lässt.*

Das kannst du auch sein. Ich denke den ganzen Tag daran, lautete seine Antwort und mir wurde heiß.

Ich warte auf deine Anweisungen.

Die bekommst du nach deiner Yogastunde. Wärm dich gut auf.

Es dauerte im Kurs ein wenig, bis ich vollkommen konzentriert bei der Sache war und sich mein Herzschlag beruhigte, zu sehr war ich mit dem Kopf bei unserem gemeinsamen Abend. Am Sonntag hatte ich ihm seinen alten Wohnungsschlüssel zurückgegeben und er brachte mir seinen mit. Das war ein seltsames Gefühl gewesen, sicher auch für ihn.

Ich atmete tief durch und begab mich in den Herabschauenden Hund. Während ich auf meine Knie starrte und meine Beine durchstreckte, lächelte ich über mich selbst, weil ich mich in diese verrückte Situation gebracht hatte.

Was wollte ich?

Vor zehn Jahren wollte ich unbedingt heiraten und ein Baby bekommen. Ich war mir ganz sicher gewesen, mit Robert den Richtigen dafür gefunden zu haben, doch dann machte er aus heiterem Himmel Schluss und eröffnete mir, dass ich nicht die Frau seines Lebens war, wie er es fast sieben Jahre behauptete. Ein halbes Jahr später zog er mit seiner neuen Freundin zusammen, weitere sechs Monate später waren sie verheiratet und erwarteten ein Kind. Danach wollte ich das alles nicht mehr, jeder Babybauch und jeder Verlobungsring lösten in mir Wut und Enttäuschung aus, bis ich Nick kennenlernte und den Hunger, der in mir brannte, durch sehr guten Sex kompensierte. Nachdem ich herausgefunden hatte, dass ich keinen Mann brauchte, um mich zu definieren, und mir selbst genug war, war mein Leben besser denn je geworden und ich genoss es in vollen Zügen. Ich konnte mich über Sams und Nicks Hochzeiten und Sonjas Schwangerschaft freuen und schloss mit mir selbst Frieden.

Dann kam Ben und als ich mich zu der Beziehung durchgerungen hatte, schöpfte ich zum ersten Mal Hoffnung auf eine funktionierende Partnerschaft. Und machte aus Angst alles kaputt.

Was wollte ich?

Ich wechselte in die Planke und verlagerte das Gewicht auf die Arme, während ich mich zentimeterweise absenkte. Natürlich war das Arrangement keine Beziehung, aber ich wollte Ben unbedingt in meiner Nähe haben.

Und es war eine Möglichkeit, wie wir es hinbekamen, ohne einander wehzutun. Zumindest musste ich fest daran glauben. Und als Ausgleich würde ich mich weiter mit Nick treffen und so verhindern, dass ich erneut in eine gefährliche Schieflage geriet.

Mit diesem Gedanken ging ich in die Kobra und richtete meinen Oberkörper auf, bevor ich zurück in den Herabschauenden Hund kam. Ich atmete tief ein und dehnte meine Muskeln, die sicher heute einiges zu tun bekamen.

Als ich in die Umkleidekabine kam und auf mein Handy sah, war eine Nachricht von Ben eingetroffen: *Vergiss deine Wäsche und komm in deine Wohnung. Ich bin schon da. Nutz die Fahrt, um anzufangen.* Überrascht schaute ich auf das Display. Damit hatte ich nicht gerechnet, aber anscheinend wollte er schnell zur Sache kommen. Oder ich lag völlig falsch.

Schnell schlüpfte ich aus meinem Yoga-Outfit und zog mein bronzefarbenes Etuikleid an, das ich heute zusammen mit Riemchensandalen im Büro getragen hatte. Es war knielang, doch im Auto zupfte ich es so zurecht, dass es nur bis zur Mitte des Oberschenkels reichte. Ich fuhr los und war unschlüssig, was ich machen sollte. Gedankenverloren strich ich mit den Fingerspitzen über mein Bein, als ich an einer Ampel hielt. Der Verkehr war dicht, der Weg zu mir nach Hause kurz.

Nutz die Fahrt, um anzufangen.

Ich freute mich auf unseren Abend und die Erwartung, was er mit mir vorhaben könnte, ließ mich noch heißer werden, als es wegen des anhaltend guten Wetters ohnehin der Fall war. Es war mittlerweile Anfang September, doch noch immer gute fünfundzwanzig Grad Celsius warm. Die Straße war einspurig und ich ließ meine Hand an die Schenkelinnenseite wandern und strich hinauf. Ich atmete tief ein und fuhr behutsam mit der Kuppe des Zeigefingers über meine glatte Haut. Mir kam in den Sinn, was

Em von ihrer Fahrt am Freitag zu Eric erzählt hatte, und ich stellte mir vor, es wäre Ben, der mich berührte.

Der Verkehr setzte sich in Bewegung und ich rollte mit, mein Auto hatte ein Automatikgetriebe, sodass ich nur eine Hand dafür brauchte. Meine Wohnstraße kam in Sicht und ich fuhr in die Tiefgarage. Ich parkte ein und stellte den Motor ab, fuhr mit den Fingern unter mein Kleid und tupfte mir ein wenig Feuchtigkeit hinters Ohr. Danach stieg ich aus und lief zum Aufzug.

Bist du schon gekommen? Ich lächelte.

Dazu ist die Fahrt zu kurz, aber dafür bist du ja gleich da.

Ich stieg in den leeren Fahrstuhl und zog das Kleid höher. Er hielt im zweiten Stock und ich überbrückte die wenigen Meter bis zu meiner Wohnungstür, die sich von allein öffnete. Ben stand im Flur, heute trug er einen dunkelblauen Anzug und eine Krawatte. Dieser Anblick überrumpelte mich dermaßen, dass ich wie angewurzelt stehen blieb und ihn anstarrte. Ich hatte Ben nie zuvor im Anzug gesehen, Hemd und Anzughose, ja, aber er war immer eher ein Jeanstyp gewesen. Von dem jungenhaften Kellner, den ich vor fast einem Jahr auf einem Event hinter einer Säule geküsst und ihm meine Nummer zugesteckt hatte, war nichts mehr übrig.

Diese Erkenntnis versetzte mir einen Stich.

Ben amüsierte sich über meinen Gesichtsausdruck und zog mich an sich heran. Dabei strich er über meine Oberschenkel und meinen Po, den er im gleichen Moment entblößte. Er stutzte und unterbrach den Kuss. „Was…" In diesem Moment fiel es mir siedend heiß ein: Die Striemen von meinem Nachmittag mit Nick waren noch deutlich zu sehen und er betrachtete sie eingehend. Vorsichtig ließ er seine Finger über meine lädierte Haut wandern und biss sich dabei auf die Unterlippe.

„Das ist Nicks Handschrift, nehme ich an?" Er klang, als wäre ich verprügelt worden und er wolle losziehen, um meine Ehre zu retten. „Ja, wir hatten einen sehr angenehmen Nachmittag zusammen", erwiderte ich patzig, schmiegte mich aber an seine Berührung. Er packte meinen Po mit beiden Händen und zog mich an sich heran. Durch den Stoff seiner Hose spürte ich seine Erektion. „Mir war nicht klar, dass du es so hart magst."

„Manchmal", erwiderte ich und stöhnte, als seine Finger zwischen meine Pobacken fuhren und sich nach vorn tasteten. Er küsste meinen Hals und fand die Stelle hinter meinem Ohr, die ich markiert hatte, hier ließ er seine Zunge vorschnellen und leckte sanft darüber.

„Am liebsten wäre es mir gewesen, wenn du bei deiner Ankunft schon einmal gekommen wärst, aber ich habe es mir anders überlegt. Das übernehme ich lieber selbst." Er presste mich an sich und streichelte dabei meine Klit, tauchte in mich ein und erhöhte durch die Feuchtigkeit die Empfindsamkeit meiner Haut. Ich lehnte mich an seine Schulter und ließ ihn machen, gab mich ihm ganz hin. Er hob mein Bein an und legte es um seine Hüfte, damit er mich besser erreichte, und ich wickelte mich um ihn wie eine Schlange. Kurz zögerte er, dann hob er mich hoch und trug mich nach nebenan ins Schlafzimmer. Es war bereits abgedunkelt und ich sah, dass er etwas vorbereitet hatte: Vor dem Bett lag ein Kissen, daneben Handfesseln und eine Augenbinde. „Dazu kommen wir nach deinem ersten Orgasmus", hauchte er und legte mich aufs Bett. Mit den Händen drückte er meine Knie auseinander und betrachtete hungrig meinen entblößten Unterleib. Anscheinend übte dieser Anblick einen besonderen Reiz auf Männer aus, wie das Ende einer Schatzsuche.

„Warum trägst du einen Anzug?", fragte ich, als er keine Anstalten machte, das Sakko auszuziehen. Stattdessen kniete er sich vors Bett und strich mit den Händen über meine Schenkel.

„Weil ich dachte, du magst das", erwiderte er und küsste den Spann meines linken Fußes. Zärtlich fuhr er mit der Zunge über jeden einzelnen Zeh und widmete sich dem anderen Fuß, bei dem er gleich verfuhr. „In diesen Schuhen sehen deine Füße besonders bezaubernd aus. Außerdem hatte ich heute einen wichtigen Kundentermin, weil eine große Übergabe anstand. Deswegen habe ich mich schick gemacht." „Er steht dir gut", sagte ich und seufzte, als er mit der Daumenkuppe über meine Klit strich.

„Du wirkst so… seriös." Das letzte Wort stieß ich zwischen den Zähnen hervor, weil er mir zwei Finger einführte und sie zusammen mit dem Daumen nutzte, um mir einzuheizen.

„Das freut mich", erwiderte er und zog mich näher zu sich heran. „Ich dachte, es macht dich noch schärfer, wenn ich einen Anzug trage, während ich es dir besorge." Er zog mich näher und ersetzte seine Finger durch seinen Mund. Mir entwischte ein kleiner Schrei, als er mich leckte, und ich wölbte mich ihm entgegen, um mehr davon zu bekommen. Er führte seine Finger ein und schickte mich auf einen wahnsinnigen Ritt, dem ich mich nach kurzer Zeit ergeben musste. Der Orgasmus kam über mich und ließ mich laut aufschluchzen. Ben umschlang meine Oberschenkel, bis die Zuckungen weniger wurden und ich mit den Händen durch sein Haar fuhr. Ein letztes Mal fuhr er mit der Zunge über meine Scham, kam hoch und küsste meinen Mund. Ich empfing seine Zunge und schlang meine Arme um ihn.

„So gut wurde ich noch nie von einem Mann im Anzug geleckt", beteuerte ich und fuhr über die Beule in seiner Hose. Er schauderte, fing aber meine Hand ein.

„Langsam. Ich bestimme heute." Er deutete mir, mich aufzusetzen, und streifte mir das Kleid über den Kopf. Bis auf meine Schuhe war ich nackt. An den Händen zog er mich hoch und bat mich, mich auf das Kissen vor dem Bett zu knien. Gehorsam leistete ich Folge und ließ mir die Augen verbinden, anschließend legte er mir die Handfesseln an und befestigte sie über meinem Kopf an einer Kette. Meine übrigen Sinne wurden schärfer, er machte ein paar Schritte durch den Raum.

Was plante er als nächstes? Womit würde er mich berühren? Ich hörte einen Reißverschluss und richtete mich irritiert auf. Er stand direkt vor mir, ich hörte ihn tief Luft holen. Ich erahnte, was er vorhatte, und mein Herzschlag beschleunigte sich erwartungsvoll.

„Wohin?", fragte ich atemlos, als ich hörte, wie er sich selbst berührte. Blind zu sein frustrierte mich fast so sehr, wie es mich scharfmachte. Nicht nur Ben stand darauf, wenn ich es mir selbst machte, ich liebte es, ihn das tun zu sehen, weil er mir diese intime Sache zeigte. Außerdem liebte ich es, wenn er auf mir kam.

„Ich will deinen Mund", stieß er hervor und ich nickte, bereit, ihn sofort zu öffnen, wenn er es mir befahl. Er wollte keinen Blowjob, er wollte es selbst machen, zweifellos um mir seinen Stempel in Form seines Spermas aufzudrücken. Das war die einzige Kennzeichnung, wenn auch nur temporär, die er Nicks hinzufügen konnte. Sein Atem ging stoßweise und ich hörte, wie seine Hand immer schneller auf und ab fuhr.

Vorsichtshalber öffnete ich den Mund und streckte die Zunge heraus und tatsächlich schaffte er es nicht mehr, mich vorzuwarnen, als sich sein heißes Sperma in meinen Mund ergoss. Es lief über meine Zunge hinunter auf meine Brüste und verteilte sich von dort auf meinen Bauch. Ich wartete auf seine Erlaubnis, den Rest herunterschlucken zu dürfen, doch sie blieb aus.

Von Ben hörte ich nur heftiges Atmen, als er versuchte, sich zu fangen, doch wenn ihn der Anblick nur halb so scharf machte, wie meine Vorstellung davon, würde das eine Weile dauern. Seine Lippen legten sich auf meine und er gab mir einen tiefen, besitzergreifenden Kuss. Gleichzeitig strich er mit seinen Fingern über meine Brüste, als verteile er Massageöl. Ich war so unglaublich scharf, dass ich mich in meine Fesseln stemmte und den Kontakt mit ihm suchte.

„Bitte, gib mir deinen Schwanz", bettelte ich, als er von mir abließ. „Egal wie, gib ihn mir einfach!" Statt mir zu antworten, streichelte er mein Gesicht, machte ein paar Schritte um mich herum und packte meine Hüften. Seine Finger drangen erneut in mich ein und bearbeiteten mich, dabei zog er mich ein wenig hoch. Ich hielt die Luft an und stieß einen Schrei aus, als sein Schwanz meine Schamlippen teilte und mich ausfüllte.

Er hatte noch lange nicht genug, das machten mir die harten Stöße, mit denen er nahtlos begann, unmissverständlich klar. Ich spreizte die Beine und kam ihm entgegen und wollte mehr. Es war berauschend, fast unwirklich. Er war vollständig angezogen, während ich hier nackt auf dem Boden kauerte, meine ganze

Vorderseite voll von seinem Sperma, die Hände über dem Kopf gefesselt. Ich genoss jede Sekunde und fragte mich zum hundertsten Mal, wie ich es das letzte halbe Jahr ohne ihn ausgehalten hatte. Seine Hände lagen besitzergreifend auf meiner Hüfte und in diesem Moment hätte ich ihm alles versprochen, alles gesagt, wenn er mich nur endlich kommen ließ. Der Druck in meinem Inneren, alles, was mich belastete, war wie ausgeschaltet und suchte sich seinen Weg hinaus, sodass Tränen über meine Wange liefen.

Als ich kam, fühlte ich mich schwerelos, frei und unbesiegbar. Und ich wusste, dass es Ben auch so ging.

Die nächsten anderthalb Wochen waren anstrengend. Mit der Information von Sonjas Kündigung verbreitete sich auch das Gerücht, sie würde gehen, weil man sie bei der Auswahl des Head of Office übergangen hatte. Keiner von uns machte sich die Mühe, den eifrigen Sekretärinnen, bei denen solche Klatschgeschichten meistens ihre Runde zogen, die wahren Beweggründe zu erklären.

Meine Teammitglieder kamen zu mir und sagten mir, dass sie mir die Daumen drückten, obwohl sie mich gern als Vorgesetzte behalten wollten. Ihre Unterstützung rührte mich und zeigte mir einmal mehr, was für tolle Mitarbeiter ich hatte. Wenn ich befördert wurde, würde ich es vermissen, mit ihnen zu arbeiten.

Es gab noch weitere Punkte in Bezug auf diese Entscheidung, die besprochen und geplant werden mussten: Die Drachenfrau rief mich zu sich und fragte mich, wie ich eine etwaige Nachfolge gestalten würde. Bei Harry stellte sich diese Frage nicht, er war allein in seinem Bereich, sodass jemand eingestellt werden müsste, wenn die Partner sich für ihn entschieden. Ich schlug Franzi vor, die mich ohnehin in Urlaub und Krankheit vertrat und die meisten meiner Aufgaben kannte.

„Frau Moser?", fragte die Drachenfrau mit hochgezogenen Augenbrauen. „Aber sie arbeitet Teilzeit. Das halte ich für keine gute Idee."

„Sie arbeitet dreißig Stunden und wäre bereit, zu erhöhen", erwiderte ich, denn ich hatte bereits mit ihr darüber gesprochen. Franzi hatte zwei Kinder, von denen das jüngere demnächst in die Kita kam, das ließ ihr etwas mehr Luft und Flexibilität. Außerdem wusste ich, wie gut sie war. „Sie ist äußerst effizient und wenn sie ein paar Themen auf das Team verteilt, kann sie die Rolle mit fünfunddreißig Stunden ausfüllen."

Die Drachenfrau überlegte und nickte. „Sie müssten ja selbst damit zurechtkommen, wenn das Rechnungs- und Mahnwesen Probleme macht, also vermute ich, Sie haben es sich gut überlegt, Frau Sander."

„Habe ich." Damit war das Thema erledigt.

Jennifer kümmerte sich bereits darum, jemanden für die Personalabteilung zu finden, der Canan als Sachbearbeiterin ersetzte, damit Sonjas Team nicht unterbesetzt war. Außerdem war sie noch einmal zu mir gekommen.

„Ich wollte dir nur sagen... also, hoffentlich bekommst du die Stelle. Du bist die bessere Wahl und das hast du ja auch Anfang des Jahres schon bewiesen." Sie wirkte befangen und sah mich scheu an, ihre glatten braunen Haare fielen ihr ins Gesicht.

„Das ist nett von dir." Ich lächelte sie an. „Mal sehen, wie die Partner sich entscheiden."

„Ja, das ist schwer abzuschätzen und manchmal kommt alles anders, als man es sich erhofft." Sie sah mir ins Gesicht und ich spürte den Druck, etwas zu sagen, von dem ich gedacht hatte, es sei vollkommen unangebracht.

„Tut mir leid, dass es mit dir und Julian nicht geklappt hat." Jetzt war es gesagt. Jennifer lächelte traurig und schlang die Arme um ihren schmalen Körper. Sie war androgyn und ohne die langen Haare hätte man sie fast für einen Teenagerjungen halten können.

„Danke. Falls das falsch rübergekommen ist, wollte ich sagen, es ist mir egal, dass ihr was miteinander hattet."

„Das war nicht der Rede wert", wiegelte ich ab. „Es war kaum ein Flirt und schnell zu Ende." Wie alles, was mit Julian Falkner zu tun hatte. Sie sah mich seltsam an und ich fragte mich, ob sie von dem Blowjob in meinem Büro wusste, bei dem Sam uns überrascht hatte. „Aber ich weiß, zwischen euch war es mehr."

Jennifer zuckte mit den Schultern. „Ich glaube, wir wissen beide, dass er vorgibt, mehr zu sein, als er ist." Ja, da hatte sie vollkommen recht. Sie lächelte und ließ mich allein.

Den Donnerstagabend verbrachte ich bei Ben und am Samstag ging ich mit meinem Freunden aus. Aiko und Katharina waren dabei und ich gewöhnte mich schnell an die schlagfertige Rechtsanwältin, die schwer in meine Freundin verliebt war.

Aiko war guter Dinge, ihr unerschütterlicher Optimismus sagte ihr, dass Sonja die Leitung der Firma problemlos gelingen würde und sie gab darauf sogar einen aus. Sonja selbst fehlte an diesem Samstag, sie zog es vor, bei JP zu sein, den die Erkrankung seines Großvaters mitnahm.

Am Sonntagmittag traf ich mich mit Ben zum Mittagessen und wir hatten ein Date, das ich sehr genoss, weil er mir mehr von seinem Job und seinem Leben außerhalb unseres Arrangements erfuhr. Danach fuhren wir zu mir und er blieb über Nacht.

Nick war auf einer Messe in Süddeutschland und wir würden uns erst in der darauffolgenden Woche sehen.

Das Meeting am Montagmorgen verlief unerfreulich, weil die Drachenfrau sich auf Harry und mich einschoss und uns anscheinend testen wollte. Einmal kam ich ins Trudeln und sie warf mir diesen Blick zu, der sagte, dass sie über meine Antwort schwer enttäuscht war. Harry, den sie sich danach vornahm, hatte es nicht leichter, seine Versuche, sich aus den unangenehmen Themen herauszuwinden, waren zusätzlich leicht zu durchschauen.

Triple-S spitzte indigniert die Lippen und sah uns mit diesem Blick an, der die Erkenntnis beinhaltete, dass wir beide Vollversager waren. Ich hasste sie dafür.

Ich wollte mich nicht durch die Konkurrenzsituation mit Harry unter Druck setzen lassen, nahm die lauernden Blicke der anderen aber durchaus wahr. Es war unangenehm, bei quasi jedem

Schritt beobachtet zu werden und Dr. Bitter hatte angedeutet, dass er in den kommenden Wochen ein Gespräch mit mir „über meine Zukunft in der Kanzlei" führen wollte. Darum kam ich kaum herum und fragte mich, ob er von mir irgendeine Vorbereitung, einen Plan oder eine Strategie erwartete. Also verbrachte ich auch einiges an Zeit damit, vorsichtige Überlegungen anzustellen, was ich verbessern konnte, ohne irgendwem auf den Schlips zu treten.

Sam und Em versprachen mir, mich dabei zu unterstützen. Sie ließen mich ebenfalls nicht aus den Augen, aber es ging ihnen eher um meine private Verfassung als um die berufliche, da sie felsenfest von meiner Beförderung überzeugt waren. Jeder Gedanke an Harry als Head of Office verbot sich quasi von selbst.

Sonja war dafür zu gestresst, weil sie sich einbildete, alles, was sie in den letzten sieben Jahren bei Lichtenstein & Partner erlebt hatte, Canan mitteilen zu müssen. Ihre Nachfolgerin ertrug diesen Eifer mit tiefer Ruhe und ließ es klaglos über sich ergehen.

In den Mittagspausen waren wir vier oft müde und irgendwie aufgekratzt, weil alles auf einmal über uns hereinzubrechen schien. Besonders bei Sam nahm ich eine größer werdende Sorge wahr, obwohl ich ihm versicherte, dass es mir gut ging und ich alles in Griff hatte.

Was erwartete er von mir? Gingen er und auch Em und Sonja davon aus, dass es mit Ben und mir wieder ein unschönes Ende nahm? Vermuteten sie, ich würde mich in ihn verlieben und ihm eine zweite Chance geben? Beides stand außer Frage und das Arrangement funktionierte einwandfrei. Die ungeklärte Jobsituation setzte mir mehr zu als das geklärte Verhältnis mit ihm und auch mit Nick.

Am Dienstag lud Ben mich in die Spätvorstellung im Kino ein. Im fast leeren dunklen Kinosaal bekam niemand mit, dass wir die Finger nicht voneinander lassen konnten und ich biss mir auf die Unterlippe, als er seine Hand unter meinen Rock schob und mich so lange streichelte, bis ich kam. Langsam aber sicher kam ich auf den Geschmack solcher Experimente, sie erhöhten den

Reiz zusätzlich und ich sammelte Ideen, die wir noch ausprobieren könnten.

Ab Mittwoch wurde Sam wegen des Besuchs seiner Eltern am Freitag nervös. Er wollte früh vom Büro losfahren, weil sie sich, ganz ihrem Rentnerdasein entsprechend, zum Kaffeetrinken angemeldet hatten. Wenn ich pünktlich um drei Feierabend machte, schaffte ich es, um halb vier bei Sam und Tim zu sein, deren Wohnung in der HafenCity nur wenige Minuten mit dem Auto von unserem Büro am Baumwall entfernt lag.

Ich sah dem Treffen mit gemischten Gefühlen entgegen. Wenn Sams Vater einen schlechten Tag erwischte, wurde es unangenehm und laut. Tims Eltern hatten leider keine Zeit, sonst hätten sie zur Entschärfung der Situation beitragen können, also wurde ich als Prellbock eingesetzt.

Am Mittwochabend traf ich mich mit Aiko, Sam, Sonja und Em auf ein paar Drinks im Rosenbergs, unserem Stammlokal. Aiko war sehr interessiert an meinem Arrangement mit Ben. Sie war auch die einzige, die ihn noch nicht persönlich kannte.

„Du könntest ihn mal mitbringen, wenn wir ausgehen", schlug sie eifrig vor. „Dann habe ich ein Gesicht zu den heißen Geschichten."

„Er ist der *Ginger Guy* mit dem Welpenblick", sagte Em feixend und lachte über meinen Gesichtsausdruck. „Komm schon, ist doch so. Wann immer ich ihn gesehen habe, hat er dich angehimmelt und quasi jedes deiner Worte aufgesaugt."

„Und das ist nicht das einzige, was er gern saugt", warf Sam ein und bracht ebenfalls in Gelächter aus. Aikos blaue Augen blitzten und sie beugte sich vor.

„Wir sind alle nur neidisch auf dich. Ich meine, ich bin weit davon entfernt, mich zu beschweren, Cat und ich haben wunderbaren Sex. Aber neulich fragt mich meine Große morgens beim Frühstück, ob meiner Freundin was wehtut, weil sie abends weint und bei mir im Bett schlafen muss, damit ich sie trösten kann." Nun musste ich mir ein Lachen verbeißen.

„Nicht schlecht, Kleine, anscheinend besorgst du es ihr ja richtig", grinste Sam und Aiko sah ihn frech an.

„Versprochen. Trotzdem war ich perplex und seitdem sind wir noch leiser. Ich hatte gar nicht damit gerechnet, dass sie etwas mitbekommen könnten. Wenn Marko davon erfährt, gibt ihm das nur Zündstoff für die Scheiße, die er mit mir abziehen will." Wir wechselten einen schnellen Blick.

„Welche Scheiße?", fragte Em angespannt und trank einen Schluck Margarita. Aiko schnaubte, alles Fröhliche verschwand.

„Mein Exmann hat sich in den Kopf gesetzt, die Mädchen seien bei ihm besser aufgehoben als bei mir. Er meint, mein Job wäre kindeswohlgefährdend, das müsst ihr euch mal bitte vorstellen! Als würde ich überall Vibratoren verteilen und meinen vier- und sechsjährigen Töchtern zeigen, wie man sie benutzt! Da ist Marko als Bankangestellter natürlich ein besseres Vorbild. Er kann ihnen gleich beibringen, wie man alten Leuten überteuerte Kredite andreht." Sie schüttelte sich angewidert. „Jedenfalls lauert er darauf, wegen irgendwas seinen Anwalt anzurufen. Er weiß, dass ich bi bin, hat aber noch nicht den richtigen Ansatz gefunden. Ich bin mir sicher, dass es mit Cat was Ernstes wird, deswegen habe ich sie den Mädchen vorgestellt. Keine Ahnung, ob er es checkt, wenn sie ihm was von meiner Freundin erzählen oder denkt, sie wäre eine von euch."

Aiko hielt frustriert inne und saugte an ihrem Strohhalm. Ich konnte nur erahnen, wie beschissen die Situation für sie war. Selbstverständlich musste sie nicht auf ihr Sexualleben verzichten. Sie hielt sich zurück, wenn die Mädchen am Wochenende bei ihr waren, aber wenn sie und Katharina über den losen Sex hinweg waren, fand ich es angebracht, dass Aiko sie ihren Töchtern vorstellte. Aber dass Marko auf irgendeinen Fehler oder Anhaltspunkt lauerte, um ihr das Sorgerecht streitig zu machen, war das allerletzte. Ich hatte Aiko mit ihren Kindern erlebt, sie war eine gute Mutter, egal, mit wem sie ins Bett ging und was sie beruflich machte.

Sie wollte offenbar das Thema wechseln und fragte nach Ems aktuellen Aktivitäten, was diese zu einem ausführlichen Bericht von ihren letzten Dates führte, bei denen es ziemlich zur Sache gegangen war. So sehr, dass sogar Sam einen kleinen Pfiff ausstieß, als sie endete.

„Ich bin stolz auf dich, Kleine", sagte er und tätschelte ihre Hand. „Zwei an einem Tag, das wird ein richtiges Rudel."

Em zuckte mit den Schultern und grinste. „Ich sammle gerade die Teilnehmer. Sobald ich sie zusammen habe, lass ich es dich wissen. Ich könnte ein Sammelalbum erstellen."

Aus dem Augenwinkel sah ich Sonja tief einatmen. Sie schien sich einen Kommentar zu verkneifen, der ihr auf der Zunge lag. Klar, bei dem Tempo, das Em momentan vorlegte, erreichte sie innerhalb von zwei Wochen die gleiche Anzahl an Partnern wie Sonja in ihrem ganzen Leben. Ich hoffte nur, es gab keinen Streit, falls Sonni einen moralischen bekam und anfing, sich über sie zu ärgern.

„Und am Freitag kommen deine Eltern, Sam?", fragte Aiko in diesem Moment unvermittelt und riss die Aufmerksamkeit an sich. Seine Gesichtszüge entgleisten kurz und sein Blick schnellte zu mir herüber.

„Ja, allerdings."

„Aber das ist doch nett, ihr seht euch nur selten, oder?" Sie lächelte, doch es wurde dünner, als sie seinen Gesichtsausdruck sah, der an eine Statue erinnerte.

„Ehrlich gesagt werde ich froh sein, wenn das ganze ohne anschreien und Beleidigungen abläuft", sagte er und wischte sich übers Gesicht. Ich konnte ihm darin nur beipflichten.

12. Kapitel

Am Freitagnachmittag machte ich pünktlich Feierabend und fuhr direkt zu Sam und Tim. Ben und ich waren für später am Abend bei ihm verabredet, also parkte ich bei seiner Wohnung und lief zu Fuß zurück. Als ich die Wohnungstür erreichte, wartete Tim auf mich, sein Gesichtsausdruck war angespannt und er sichtlich erleichtert, mich zu sehen.

„So schlimm?", fragte ich leise und umarmte ihn.

„Ich glaube, Sam dreht gleich durch", flüsterte er in mein Ohr, als er meine Wange küsste. „Ich bin froh, dass du da bist." Er nahm mir meinen Trenchcoat ab und ich folgte ihm durch den Flur ins Wohnzimmer. Sams Eltern sahen mich und ihre Gesichter erhellten sich ein wenig. Ich ging zu Birgit, Sams Mutter, hinüber und umarmte sie. Dieter packte meine Hand und schüttelte sie nachdrücklich.

„Gut, dich zu sehen, Mädel", knurrte er und warf seinem Sohn einen finsteren Blick zu. „Die hättest du heiraten sollen."

Das ging ja gut los.

Sams Gesicht war wie versteinert, doch ich sah, wie sich seine Wangen rosa färbten. Schnell setzte ich mich neben ihn auf die Couch und legte beruhigend meine Hand auf sein Knie.

Das Kaffeetrinken war anstrengend und die Stimmung besserte sich kaum, als Dionne von ihrem Mittagsschlaf erwachte und ihre Großeltern kennenlernte. Sams Mutter bemühte sich, aber ihr war anzusehen, wie wenig sie mit dem kleinen farbigen Mädchen anfangen konnte.

„Gab es keine deutschen Kinder?", fragte sie und beobachtete mit schwer zu deutendem Blick, wie Tim Dionne in den Arm nahm und mit ihr kuschelte. Bevor die beiden Väter etwas sagen konnten, schnaubte Dieter verächtlich.

„Da werden die Behörden schon einschreiten."

„Stimmt, es ist besser, wenn Kinder im Heim aufwachsen als bei einem schwulen oder lesbischen Paar", sagte Sam mit vor Sarkasmus triefender Stimme. Sein Vater warf ihm einen wütenden Blick zu.

„Den Lesben kann man ja kaum verbieten, dass sie selbst Kinder bekommen, aber im Ernst, Samuel: was soll das kleine Mädchen denn von euch lernen? Am Ende wird die doch komplett verquer. Sie weiß doch gar nicht, wie eine normale Ehe aussieht, wenn sie bei euch lebt. Ihr verkorkst sie komplett."

„Dionne wird von uns lernen, wie eine liebevolle und offene Ehe aussieht und man wertschätzend miteinander umgeht", erwiderte Sam scharf. Dieter schnaubte erneut, Abscheu verzerrte sein Gesicht.

„Offen, genau. Die Kleine lernt als erstes, dass es in Ordnung ist, willenlos herumzuhuren und keinen Unterschied zwischen Mann und Frau zu machen."

„Ehrlich gesagt ist es mir vollkommen egal, wen sie später mal an ihre Pussy lässt, solange sie daran Spaß hat. Und ob es Männer, Frauen oder beide sind, spielt für uns überhaupt keine Rolle." Sam hielt es nur mit Mühe auf seinem Platz, seine Hände ballte er zu Fäusten, gleichzeitig hatte sich sein Vater erhoben und drohend einen Schritt auf ihn zugemacht.

„So redest du nicht mit mir, Freundchen, hörst du? Ich erwarte Respekt von dir!"

„Schatz, beruhige dich", sagte Tim im gleichen Moment wie Birgit, die nach Dieters Hand griff und ihn zurückzog. Sie sah mich hilfesuchend an. „Claire, wie denkst du darüber?"

„Ich denke, Dionne hat großes Glück mit zwei so tollen Vätern", erwiderte ich beschwichtigend und sah Sam tief in die Augen. Er wirkte, als würde er seine Eltern am liebsten sofort rausschmeißen, doch ein Blick auf Tim genügte, dass er einmal durchatmete und sich sogar ein Lächeln abrang.

„Gut, dieses Thema sollten wir ruhen lassen, bis sie anfängt, sich für Sex zu interessieren. Momentan haben Puppen einen eindeutig höheren Stellenwert." Seine Mutter sah ihren Mann flehend an, sodass dieser sich mit saurer Miene setzte und nach seiner Kaffeetasse griff.

Ich wechselte mit Sam und Tim einen schnellen Blick und sah die Hoffnungslosigkeit in ihren Augen. Keiner von uns glaubte nur im Entferntesten an eine Verbesserung des Verhältnisses nach diesem Tag und ich sah Sam förmlich an, dass er die Minuten zählte, bis sie losfuhren. Dionne tapste auf mich zu und ließ sich auf den Arm nehmen, dabei sah sie ihre Großeltern die ganze Zeit ernst an, fast so, als wolle sie abschätzen, ob diese fremden Leute ihr wohlgesonnen waren.

Wir verbrachten eine angespannte halbe Stunde miteinander, bis es an der Tür klingelte und wir überrascht aufsahen. In mir keimte die Hoffnung, es könnten Tims Eltern, sein, gegen deren Charme selbst die Schauers machtlos wären.

Tim ging zur Tür und ich hörte eine fremde Stimme. Zurück kam er mit einer Frau Mitte fünfzig und einem jüngeren Mann, die unverbindlich freundlich lächelten. Tims Lächeln war maskenhaft und ich sah stille Verzweiflung darin. Sams Augen wurden groß und er sah bestürzt aus.

„Hallo Frau Meisel", sprang er auf. Er und Tim tauschten alarmierte Blicke. „Haben wir einen Termin übersehen?" Das war die Frau vom Jugendamt, wurde mir klar und verstand, warum die beiden so nervös waren. Normalerweise wäre das ganze Adoptionsverfahren bereits abgeschlossen, doch durch Personalwechsel und weil Dionne im Frühjahr Masern bekommen hatte, kamen die Leute von der Behörde noch immer in unregelmäßigen Abständen vorbei und besprachen mit den beiden, wie die Kleine sich eingewöhnte. Eine Adoption über den halben Erdball hinweg war für ein so kleines Kind herausfordernd. Alle drei nahmen regelmäßig an Therapiesitzungen teil, damit die Väter verstanden, warum ihre Tochter manchmal weinte, verängstigt war oder das Essen verweigerte.

„Anscheinend, ich hoffe, wir stören Sie nicht", erwiderte Frau Meisel entspannt. Mit ihr kamen die beiden gut klar, außerdem erhielten sie ausschließlich positives Feedback, sodass sie sich nie Sorgen machen mussten. „Ich habe meinen Kollegen Herrn Schroeder dabei, er ist in der Einarbeitung."

Sam und Tim begrüßten die Besucher und ich stand mit Dionne auf dem Arm auf, unschlüssig, was ich machen sollte. Die beiden Beamten betrachteten mich mit dem Kind und Sams Eltern, die hin und hergerissen wirkten. „In der Regel fangen wir mit der Unterbringung des Kindes an", sagte Frau Meisel und Tim führte sie nach nebenan ins Kinderzimmer. Sam drehte sich zu seinen Eltern um.

„Wenn es irgendwie geht, verzichtet auf dumme Sprüche, ja? Das hier ist wirklich wichtig, da kann ich keinen Mist von euch gebrauchen." Im gleichen Moment erkannte ich seinen Fehler, denn das Gesicht seines Vaters wurde dunkelrot vor Ärger.

„Dumme Sprüche?", presste er hervor und drosselte seine Lautstärke nur mühsam. „Am liebsten würde ich diesen Leuten sagen, was ich davon halte, dass Kinder bei Leuten wie euch untergebracht werden! Die wissen doch gar nicht, was hier abgeht!" Seine Stimme war laut geworden und die anderen drei kamen zurück.

„Gibt es ein Problem, Herr Schauer?", fragte Frau Meisel, doch unglücklicherweise fühlte sich der falsche Herr Schauer angesprochen und Dieter stand mit hochrotem Kopf auf.

„Ja, allerdings, gute Frau. Mich würde wirklich einmal interessieren, warum die Behörden wieder einmal versagen, dabei stehen Sie hier im Raum! Wie können Sie nachts ruhig schlafen, wenn solche Leute Kinder zu sich holen?" Frau Meisel sah irritiert von Dieter zu Sam und Tim. Mir wurde eiskalt.

„Darf ich fragen, was Sie damit meinen?"

„Das sage ich Ihnen: Sie lassen ein Kind bei Leuten, bei denen ständig irgendwelche Kerle ein und aus gehen. Wer weiß, was die Kleine schon alles gesehen und erlebt hat. Mein Sohn hat vorhin gerade erst gesagt, dass es ihm vollkommen egal ist, ob ihr Männer an die - wie hast du das genannt, Samuel? - an die „Pussy" fassen! Wie können Sie damit leben? Ich könnte es nicht, am liebsten würde ich dieses Kind zurück nach Afrika schicken, damit es hier nicht mehr misshandelt wird." Eine ohrenbetäubende Stille senkte sich über den Raum und meine Hände wurden taub. Hatte er das gerade wirklich gesagt? Frau Meisel und ihr Kollege sahen mindestens so schockiert aus wie Sam und Tim und ich mich fühlte.

„Das ist doch völlig aus dem Zusammenhang gerissen", brachte ich schließlich hervor und sah die Beamten an. „Die beiden Väter haben nur zum Ausdruck gebracht, dass sie mit jeder sexuellen Orientierung ihrer Tochter einverstanden wären, wenn sie erwachsen ist." Doch es war zu spät, das machten mir die Gesichter von Frau Meisel und Herrn Schroeder unmissverständlich klar. Sie hatten etwas gehört, das sie unmöglich ignorieren konnten.

„Herr Schauer, Herr Walker, das sind schwerwiegende Anschuldigungen, denen wir verpflichtet sind, nachzugehen", sagte Frau Meisel mechanisch. Ihr Blick wanderte zu ihrem Kollegen und ihr war anzusehen, wie sie es hasste, die nächsten Worte zu formulieren: „Wir müssen eine Untersuchung einleiten."

Sam und Tim sahen wie vom Donner gerührt aus und ich umklammerte Dionnes kleinen Körper fester.

„Sie nehmen sie doch nicht mit, oder?"

„Wir werden eine Untersuchung durchführen, ob ein dringender Verdacht der Misshandlung besteht und danach entscheiden", erwiderte Frau Meisel und streckte die Arme nach ihr aus.

„Aber nur in meinem Beisein", sagte Tim bestimmt. Sam stand wie versteinert vor dem Sofa, doch sein Mann fing sich schneller. Ich reichte Dionne an ihn und beobachtete, wie er mit den beiden Beamten erneut in ihr Zimmer ging. Ich trat zu Sam, der sich keinen Zentimeter rührte.

„Sam, hey", ich nahm seine Hand und endlich reagierte er. „Es wird alles gut, mach dir keine Sorgen. Sie bleibt hier und das Verfahren wird ganz schnell eingestellt." Unwillkürlich sah ich hinüber zu Sams Eltern, in deren Gesichtern ein Dutzend unterschiedliche Emotionen miteinander stritten. Seine Mutter wirkte, als würde sie in Tränen ausbrechen, aber sein Vater schwankte zwischen Wut, grimmiger Genugtuung und einem winzigen, wirklich winzigen schlechten Gewissen.

„Ich will, dass ihr geht", sagte Sam tonlos. Seine Mutter zuckte zusammen. „Sofort."

„Nichts lieber als das", schnauzte sein Vater und zog Birgit vom Sofa hoch. Ohne ein Wort packten sie ihre Sachen zusammen und verließen die Wohnung. Ich war mir ziemlich sicher, dass ich sie heute zum letzten Mal gesehen hatte.

Die Untersuchung blieb natürlich ohne Befund, doch Frau Meisel bereitete die beiden auf weitere Besuche und ein Verfahren vor. Es war ihr anzusehen, wie schwer es ihr fiel, dies zu sagen, doch der Kollege an ihrer Seite ließ ihr keine Wahl. Auch sie stand unter Beobachtung und musste die Regeln einhalten. Nachdem die beiden gegangen waren, ließ ich meine Freunde schweren Herzens allein. Sie mussten sich aufeinander konzentrieren und versuchen, das alles zu verarbeiten, was mir selbst gerade unmöglich erschien.

Ohne einen klaren Gedanken im Kopf legte ich den Weg zu Bens Wohnung zurück. Sie war leer und ich ließ mich mit meinem Schlüssel herein, legte mich zusammengerollt auf die Couch. Als Ben eine Stunde später nach Hause kam, überfiel ich ihn mit meinem Bericht vom Nachmittag. An diesem Abend hatten wir keinen Sex, stattdessen musste er mich im Arm halten und in diesem Zustand ertragen.

Falls es ihm etwas ausmachte, sagte er nichts. Er wollte einfach bei mir sein und mir den Halt geben, den ich dringend benötigte.

Ich war unendlich froh, ihn bei mir zu haben.

Das Wochenende verbrachte ich in einer Art abnehmenden Schwebezustands. Am Samstagmorgen, als ich in Bens Armen aufwachte, weil ich außerplanmäßig bei ihm übernachtet hatte, ging es mir besser und wir holten einen Teil des ausgefallenen Sex' vom Vorabend nach. Anschließend fuhren Em und ich zu Sonja, um ihr bei der Einarbeitung in die Bücher ihrer Firma zu helfen, dabei erzählte ich den beiden von den Ereignissen des letzten Tages. Während Em ein paar Flüche ausstieß, die im Fernsehen bis heute zensiert würden, brach Sonja in Tränen aus. Keine von uns konnte fassen, wie bösartig Sams Vater sich verhalten hatte.

„Sie werden Dionne nicht verlieren", sagte Em fest und umarmte Sonja. „Mach dir keine Sorgen. Abgesehen von dem Wutausbruch eines bescheuerten alten Wichsers gibt keine Hinweise auf irgendwelche Probleme. Das Ganze wird innerhalb kürzester Zeit geklärt sein."

Ich hoffte von ganzem Herzen, dass sie damit richtig lag. Wir konzentrierten uns auf die Bücher und kamen tatsächlich ganz gut voran. Sonjas Vater war sehr akribisch, was die Buchhaltung anging, und trennte Privates und Berufliches strikt. Eine Einstellung, die viele Selbstständige und Inhaber nicht teilten und Sonja schüttelte über manches den Kopf.

„Ohne Sams Hilfe wird das nichts, von Abschreibungen und dem ganzen Kram habe ich keine Ahnung", seufzte sie und scrollte auf dem Bildschirm herunter.

Wir waren von Aktenordnern umgeben und ihr Sohn Jan-Philipp, den ihre Mutter zwischenzeitlich nach Hause gebracht hatte, spielte Springen in den Zwischenräumen, die täglich weniger wurden.

„Wie viele gibt es noch?", fragte er irgendwann stirnrunzelnd. Sein schwarzes Haar fiel ihm in die Stirn und Kenichis asiatische Gesichtszüge machten sich auf interessante Weise bei ihm bemerkbar, nur an den Augen und der Nase, alles andere kam eindeutig nach Sonja, sogar der Schwung der Oberlippe.

„Ich hoffe nicht mehr viele, Schatz", meinte Sonja und atmete tief durch. „Wenn ich erst mal alles verstehe, was Opa hier so getrieben hat, bringe ich die Ordner zurück." JP sah mich an.

„Mama wird Chefin", informierte er mich und ich sah den Stolz in seinen Augen. „Opa schenkt ihr seine Firma."

Ich nickte. „Ich glaube, sie wird eine tolle Chefin." Er schüttelte den Kopf und lächelte mich nachsichtig an.

„Ich *weiß*, dass sie eine tolle Chefin wird."

Ich erwiderte sein Grinsen. „Du hast recht."

Neben mir kauerte Sonja auf dem Boden und sah ihn gerührt an und sogar Ems Gesicht war ungewöhnlich weich. Es war ihr anzusehen, wie gut ihr das Vertrauen ihres Sohns tat. Mit neuer Energie wandte sie sich ihren Unterlagen zu.

Mein Treffen mit Nick am Abend half mir, die Anspannung auf ein erträgliches Maß abzubauen. Ohne ihm die ganze Geschichte erzählen zu müssen, ergriff er entsprechende Maßnahmen, die darin endeten, dass er mich durch Fesseln komplett bewegungsunfähig machte und knebelte.

Ich lag auf dem Rücken auf der Pritsche. Meine Handgelenke waren mit meinen Knöcheln verbunden, um meinen Oberkörper war ein enges Ledergeschirr geschnallt und ich trug eine Augenbinde. Der Knebel in meinem Mund ließ kein Geräusch heraus und die einzigen Sinne, die zuverlässig funktionierten, waren mein Tastsinn und mein Gehör.

Ich verfolgte, wie er im Raum auf und ab ging und verschiedene Gegenstände hervorholte und zu mir trat. Dann spürte ich die spitzen Enden eines Wartenbergrades auf meiner Haut. Die Metallenden des Rädchens, das wie die Sporen eines Cowboys aussah, rollten über meine Haut, von meinem Bauchnabel aufwärts bis zu meiner Kehle, um die ein breites Halsband gebunden war, und zurück. Ich stöhnte in meinen Knebel und konzentrierte mich auf das Prickeln, das die Spitzen ausübten.

Nick ließ das Rädchen langsam über meinen Oberkörper, meine Brüste laufen und konzentrierte sich auf meine Klit. Erneut legte er mir eine Klemme an, dieses Mal eine, die mit Nippelklemmen verbunden war und Druck ausübte, wann immer ich mich bewegte.

„Mal sehen, was du aushältst, meine Süße", flüsterte er mir ins Ohr und führte gleichzeitig eine Kette in den Anus ein.

Ich sog scharf Luft ein und spreizte die Beine, wollte mehr. Nick lachte leise und ließ seine Fingerspitzen über meine Haut gleiten, langsam und genüsslich. Ich wimmerte in meinen Knebel, weil es sich so gut anfühlte.

Meine ganze Welt bestand nur aus Nick und seinen Berührungen. Es gab keinen Ben in ihr, keinen Sam und kein Jugendamt, keinen Stress wegen der Nachfolge der Drachenfrau, sondern einfach nur unseren Sex. Als er zwei Finger in mich schob und parallel meine Klit leckte, hörte ich auf, zu existieren. Es blieb nur etwas Heißes, Sehnsüchtiges zurück, das sich ihm entgegenbäumte, obwohl das bedeutete, mich gegen die Fesseln und den Schmerz der Klemmen zu stemmen. Es war egal, ich gab mich ihm einfach hin. Die Bewegungen seiner Finger wurden kontrolliert schneller, ebenso die seiner Zungenspitze und er nutzte seine freie Hand, um mit der Kette in meinem Anus zu spielen, was mich noch mehr anheizte. Jede meiner Nervenzellen war bis zum Zerreißen angespannt und lechzte nach seiner Berührung, wollte mehr von ihm, mehr davon, so unbeschwert zu sein.

Kurz bevor ich kommen konnte, hörte er auf. Mein Schritt brannte vor Hitze und ich unterdrückte nur mühsam ein trotziges Stöhnen. Erneut strichen die spitzen Enden des Wartenbergrades über meine Haut, reizten meine Nippel und tauchten in die Feuchtigkeit zwischen meinen Beinen ein. Nicks kühle Hände strichen über meine Schenkel und meinen Hintern, Zonen, denen er sich zuvor gewidmet hatte und unter seiner Berührung brannten. Dann nahm seine Zunge ihre Arbeit auf und widmete sich mir von vorn bis hinten, wo sie besonders lange verweilte und mich fast um den Verstand brachte. Ein Orgasmus, so heftig, dass er mir fast das Bewusstsein raubte, kam über mich und ließ mich in meinen Fesseln zittern. Ich war ihm hilflos ausgeliefert als er kurz darauf meine Knie umfasste und mich zu sich zog, direkt auf seinen Schwanz, mit dem er mich hart vögelte.

Ich genoss jede einzelne Sekunde.

Den Sonntagnachmittag und -abend verbrachte ich mit Ben und ließ das letzte Bisschen Druck ab. Erneut nahm er mit zusammengezogenen Augenbrauen die Spuren meines Treffens mit Nick zur Kenntnis und machte sich daran, mich die Erinnerungen vergessen zu lassen. Dabei ging er äußerst sanft und langsamer vor, als ich es von ihm gewohnt war, fast, als wolle er ein Gegengewicht zu den heftigen Begegnungen schaffen.

Dabei beobachtete er meine Reaktion ganz genau, schien mich zu erforschen und feststellen zu wollen, was er noch mehr für mich tun konnte. Ich im Gegenzug fühlte mich viel zu wohl in seiner Gegenwart und es war beinahe beängstigend, dass ich mich vor der kommenden Woche fürchtete. Unsere Treffen würden ausfallen, Ben hatte Urlaub und fuhr zu seinen Brüdern nach Kopenhagen, um sie zu besuchen. Sein älterer Bruder war vor kurzem zum zweiten Mal Vater geworden und Ben brannte darauf, seine Nichte kennenzulernen.

Mir verursachte es Unbehagen, als ich seine Begeisterung für die Babyfotos sah, die William ihm schickte. Ich hatte selbst zwei Neffen, die Söhne meines Bruders, doch das war etwas anderes, als in Bens verzücktes Gesicht zu sehen. Wenn er auch Kinder haben wollte, und das war ja nicht ausgeschlossen, mussten wir uns trennen, wahrscheinlich für immer.

Bei dem Gedanken an beide Varianten bekam ich Schweißausbrüche und mir wurde schlecht. Kinder bedeuteten eine Beziehung und das funktionierte nicht. Ein unerfüllter Kinderwunsch bedeutete Frust und würde ebenfalls zu Problemen führen.

Ich ertappte mich selbst dabei, wie ich am Sonntagabend, nachdem er gegangen war, auf meinem Balkon mit einem Kaffee saß und diese Gedanken hin und her wälzte – mit zunehmender Unruhe. Mich sollte das alles gar nicht so umtreiben und ein Baby in Bens Familie konnte mir herzlich egal sein. War es aber nicht. Vor Unsicherheit schlief ich sehr schlecht in dieser Nacht und war froh, als sie vorüber war und ich mich auf der Arbeit ablenken konnte.

Also verbrachte ich während Bens Abwesenheit viel Zeit mit Sonja, deren Nervosität wegen ihrer Firmenübernahme kontinuierlich stieg. Em und ich besuchten sie am Dienstagabend und versuchten erneut, durch die Unterlagen durchzusteigen. Aiko war ebenfalls dabei, ihre Töchter waren bei ihrem Exmann und sie lenkte uns mit Storys über Katharina ab.

„Ich wünschte, du würdest jemanden kennenlernen, dem du eine Chance geben kannst", sagte sie zu Sonja und raufte sich die Haare über einen Geschäftsbericht von zweitausendsieben. „Sorry, ich verstehe nur Bahnhof."

„Dafür habe ich momentan keine Zeit", erwiderte diese und zog den Bericht zu sich herüber, dabei seufzte sie. „Das muss Sam mir erklären, ich verstehe es einfach nicht. Und ich dachte, ich kenne mich mit Zahlen ganz gut aus."

Sam hatte sich für diesen Abend abgemeldet. Er knabberte schwer an der Sache mit seinen Eltern. Zwar war bisher nichts vom Jugendamt gekommen, aber das Warten und die Unsicherheit waren mindestens so schlimm wie die Gewissheit, *dass* etwas kommen würde.

Gegen acht klingelte Aikos Handy und sie betrachtete das Display mit gerunzelter Stirn.

„Das ist Marko", murmelte sie und nahm das Gespräch an. „Hallo, was gibt's? Ist was mit den Mädchen?" Sie lauschte und wurde immer stiller, ihre Augen weiteten sich. „Ist das dein Ernst?", stieß sie hervor und ballte die Hand zur Faust. „Das geht dich überhaupt nichts an! Nein, nein, auf gar keinen Fall. Bitte? Willst du mich verarschen? Marko, das kannst du nicht machen! Wirklich, das ist das allerletzte! Ich fasse es nicht! Ja, das werden wir, verlass dich drauf!" Sie beendete das Gespräch, ihr Gesicht war aschfahl und ihr Atem ging heftig.

„Was ist passiert?", fragte Sonja tonlos und ich sah zu meinem Entsetzen Tränen in Aikos Augen steigen.

„Mina hat ihm von Cat erzählt. Also, dass öfters eine Frau bei uns übernachtet und ich sie manchmal küsse. Jetzt hat Marko sich bei seinem Anwalt erkundigt, ob er endlich etwas gegen mich in der Hand hat und, ja, es scheint so zu sein. Ich werde vor Gericht ziehen müssen, um mein Sorgerecht zu verteidigen. Gott, ich hasse diesen Mann!" Sie atmete heftig und ihre Wangen waren gerötet.

„Aber ich verstehe das nicht", sagte Em langsam und hob hilflos die Hände. „Wo liegt das Problem?"

„Das Problem liegt darin, dass Markos neue Freundin unbedingt meine Kinder haben will", schnaubte Aiko und kämpfte mit den Tränen. „Seitdem die beiden zusammen sind, hetzt sie ihn auf und fragt die Mädchen aus: ob oft Männer bei mir sind, ob sie wissen, was ich beruflich mache und wie das funktioniert. Tja und ich war leider einmal vor ein paar Monaten nachlässig und hatte einen Typen von der Nacht davor da, als Marko die Mädchen nach Hause gebracht hat. Das hat er sich natürlich gemerkt und bastelt sich daraus nun die passende Geschichte, in der ich wie die letzte Schlampe dastehe." Sie biss sich auf die Unterlippe und atmete tief durch. „Keine Panik, das lässt sich alles regeln. Cat hat mir angeboten, mich zu vertreten, wenn es dazu kommt."

„Denkst du, es ist eine gute Idee, wenn sie das macht?", fragte ich vorsichtig. „Möglicherweise gießt das nur Öl ins Feuer."

„Das mag sein, aber ich vertraue keinem fremden Anwalt genug und habe keine Lust, mich ihm zu erklären und mir die nächste Moralpredigt abzuholen. Cat kennt sich im Familienrecht sehr gut aus, sie macht das schon. Sie hat auch mit Sam gesprochen, falls er fachlichen Beistand möchte."

Das war mir neu und ich brauchte einen Moment, um diese Information zu verdauen. Dass Sam mit Katharina gesprochen hatte, war bisher nicht zu mir durchgedrungen und kurz fühlte ich mich ausgeschlossen, obwohl es keinen Grund dafür gab.

Em fühlte sich mit dem Thema äußerst unbehaglich, denn sie vertiefte sich in ihre Unterlagen und schwieg beharrlich dazu.

Aber auch mir war die Stimmung verdorben und ich fragte mich, welche Probleme noch auf uns zukommen mochten.

13. Kapitel

Die restliche Woche verstrich ereignislos. Ich telefonierte einige Male mit Ben, dem die Zeit mit seiner Familie spürbar guttat und ging mit Em auf zwei Partys. Nick war ebenfalls unterwegs und ich holte mir als Ausgleich einen belanglosen und wenig ergebnisreichen One-Night-Stand am Donnerstag. Es wurde Zeit, dass Ben zurückkam, bevor ich mich an schlechten oder gar keinen Sex gewöhnte.

Doch am Sonntag war es schon zu spät, um uns noch zu sehen, denn sein Zug kam erst um zehn Uhr in Hamburg an. Ich musste mich bis Dienstag gedulden.

Am Montagmorgen suchte ich gerade meine Unterlagen für das Meeting zusammen, als Sam zu mir kam und sich schwer in meinen Besucherstuhl fallen ließ. Er sah müde aus und furchtbar angespannt.

„Habt ihr was vom Jugendamt gehört?", fragte ich und legte mein Notizblatt auf den Schreibtisch. Er schüttelte den Kopf.

„Nein, noch nicht. Das Warten macht mich ganz verrückt. Ich habe mit Frau Meisel telefoniert und sie hat mir gesagt, wir müssten uns kaum Sorgen machen, weil es keine stichhaltigen Anhaltspunkte gibt. Die Untersuchung müssen sie aber trotzdem durchführen, weil das Jugendamt in letzter Zeit sehr viel Druck aus Politik und Presse bekommen hat. Tja, es sieht so aus, als dürfte ich darunter leiden, dass an anderer Stelle gepennt wurde. Ach ja, und dass mein Vater ein Riesenarschloch ist."

„Haben deine Eltern sich gemeldet?", fragte ich.

„Nein und das ist gut so. Ich will sie nie wiedersehen. Du warst doch dabei. Du hast gesehen, wie er die Chance ergriffen hat, mir eins reinzuwürgen. Ich bezweifle zwar, dass er die Tragweite absehen kann, dafür ist er zu dumm, aber ich habe ihm richtig angesehen, wie ihm dabei einer abging, Frau Meisel die Meinung zu geigen." Stumm legte ich meine Hand auf seine. Die Situation war einfach beschissen.

„Wir müssen zum Meeting", sagte ich sanft, doch Sam zuckte mit den Schultern.

„Das verzögert sich, die Drachenfrau ist gerade zu Bitter rein, irgendeine Krise, frag mich nicht. Wenn wir die Tür auflassen, bekommen wir mit, wann sie zurückkommt."

„Na denn." Ich setzte mich an meinen Schreibtisch und strich müde mein Haar zurück.

„Wie ist es mit Ben?", fragte Sam unvermittelt.

„Gut", erwiderte ich verdattert. „Er war in der letzten Woche bei in Kopenhagen, aber morgen sind wir verabredet."

„Und es läuft wie vereinbart?"

„Ja, er hält sich an die Regeln und hat seine Eifersucht wegen Nick abgelegt. Ich glaube, er würde ihn wirklich gern einmal kennenlernen, um sich ein Bild zu machen. Aber ich weiß nicht, ob ich das möchte. Nick ist für mich eine Art sicherer Hafen und wenn die beiden aufeinandertreffen… vielleicht ist mir das zu krass. Als würde man zwei Filme parallel sehen."

„Aber du vögelst mit beiden?"

„Fast jedes Wochenende. Außer letzte Woche, da musste ich mir einen Ersatz besorgen, es war keiner verfügbar."

„Riskier es doch und warte ab, was dabei herauskommt. Anscheinend sind beide ja am jeweils anderen interessiert und wollen die Konkurrenz in Aktion erleben. Im wahrsten Sinne des Wortes. Du kannst dabei doch nur gut wegkommen und den besten Sex deines Lebens haben. Warum zögerst du? Ich würde sofort mit zwei Kerlen parallel vögeln, wenn sich mir die Gelegenheit bietet", meinte Sam. Ich wollte etwas erwidern, als draußen eine Tür aufging und sich Schritte näherten.

„Hallo Harry", sagte Marleen draußen im Flur. Sam und ich fuhren zusammen, als der Angesprochene unterdrückt zurückgrüßte. Panisch wechselten wir einen Blick. Hatte mein Konkurrent gelauscht? Zwar war unser Gespräch wegen der offenen Tür relativ leise gewesen, doch wenn jemand es darauf anlegte, hörte er sicher jedes einzelne Wort. Und ausgerechnet dieses Gespräch hatte er anscheinend mitbekommen.

Mir wurde heiß und kalt vor Wut und Angst.

Sams fuhr hoch. Mit drei Schritten war er bei der Tür, kam aber sofort zurück. „Er hat sich vom Acker gemacht", sagte er gepresst und warf die Tür hinter sich zu. Ich schluckte mit trockenem Mund und wir sahen einander schweigend an. Wir mussten nicht sprechen, ich wusste, wir dachten dasselbe.

„Scheiße", machte er. „Claire, es tut mir leid..."

„Muss es nicht", unterbrach ich ihn. „Niemand kann ahnen, dass sich dieses Arschloch an der Tür versteckt und lauscht." Ich schloss die Augen und rieb mir die Stirn, dann lächelte ich matt. „Was ist das schlimmste, was er über mich sagen kann? Dass ich eine Schlampe bin, die sich regelmäßig von verschiedenen Männern durchvögeln lässt, oder?"

„Normalerweise würde ich scheiß drauf sagen, aber wenn er es drauf anlegt..."

„...und mit ein paar Ausschmückungen zu den Partnern geht, kann ich mir die Beförderung abschminken", beendete ich seinen Satz und er nickte unglücklich. „Scheiße."

Damit war alles gesagt.

Die Tür ging ohne Anklopfen auf und Em kam herein. „Konspiratives Treffen?", fragte sie lässig, blieb aber irritiert stehen, als sie unsere Gesichter sah. „Was ist passiert?"

Sam umriss es in drei kurzen Sätzen.

„Oh, *fuck*", war alles, was ihr dazu einfiel. Auch sehr passend.

„Ja, allerdings", pflichtete ich ihr bei.

„Stell ihn zur Rede und klär die Sache", meinte sie. Sie würde das tun, doch ich winkte ab.

„Und was soll das bringen? Je mehr ich darüber rede, desto wahrscheinlicher traut er seinen eigenen Ohren." Em und Sam nickten unglücklich, sie wussten, das würde alles nur schlimmer machen. „Ich werde erst einmal abwarten. Sicher hat er weniger gehört als wir denken", versuchte ich es mit Vernunft und beinahe hätte ich mir selbst geglaubt.

Als ich Feierabend machte, erwartete mich eine Überraschung vor dem Hauptportal: Ben stand dort mit einem breiten Lächeln in einem hellen Hemd und Jeans, als Em und ich rauskamen. Meine Freundin warf mir einen zweifelnden Blick zu, begrüßte ihn aber. Ich glaube, dies war ihre erste Begegnung seit unserer Trennung im März.

„Habt ihr was Schönes vor?", fragte sie und ihr Blick saugte sich an ihm fest, während sie zu überlegen schien, ob sie sich freute, ihn zu sehen, oder er nur Ärger für mich bedeutete.

Er lächelte. „Ja, ich habe mir etwas für Claire ausgedacht."

Ich hoffte nur, dass dieser schöne Plan Sex beinhaltete, denn ungeachtet der heutigen Ereignisse spürte ich, dass ich ihn dringend brauchte - je eher, desto besser.

„Dann einen erfolgreichen Abend euch beiden", wünschte Em und winkte, während sie sich eine Zigarette anzündete und in Richtung Tiefgarage schlenderte.

„Und wie sieht dein Plan aus?", fragte ich. Statt einer Antwort trat er zu mir und küsste mich auf den Mund. Ich ließ es geschehen und lehnte mich an ihn, da hörte ich hinter mir Schritte und zuckte zurück. Hinter mir standen Annabell und Silvia, zwei der Sekretärinnen, und sahen uns mit unverhohlener Neugierde an. Ich war mir des Altersunterschieds nur allzu bewusst und wie jung Ben wirkte.

Scheiße, heute war mein Pechtag.

„Schönen Abend, Claire!", rief Silvia und zwinkerte mir verschwörerisch zu. Ich erwiderte den Gruß und die beiden gingen langsam an uns vorbei. Dabei musterten sie Ben mit großen Augen und ich konnte das Getuschel förmlich riechen. Er selbst schien das ganze wesentlich gelassener zu sehen, strahlte mich an und griff meine Hand.

„Das Kleid habe ich dir aber nicht rausgesucht", raunte er, als sie außer Hörweite waren. Ich sah an mir herunter. Nein, das rote

Stretchkleid war meine eigene Wahl. „Ich könnte es bald ausziehen", sagte ich kokett und sah ihn durch meine Wimpern an.

Sein Mundwinkel zuckte. „Warte noch ein bisschen, ich habe mir etwas für heute überlegt." Er wollte mir partout nicht verraten, worum es sich bei seinem phantastischen Plan handelte. Wir ließen mein Auto in der Tiefgarage stehen, nachdem er mir versprach, am nächsten Morgen dafür zu sorgen, dass ich pünktlich zur Arbeit kam. Er wollte also über Nacht bleiben und ich ärgerte mich über mich selbst, weil ich mich so darüber freute. Ich hatte ihn in der letzten Woche viel zu sehr vermisst. Entschlossen verdrängte ich auch die Erinnerung an die Sache mit Harry, es war sinnlos, sich darüber den Kopf zu zerbrechen.

Bens Auto parkte in einer Querstraße vom Baumwall, nur wenige Gehminuten vom Büro entfernt. Kurz bevor wir den Wagen erreichten, zog er mich an sich. Seine Zungenspitze strich über meine Ohrmuschel und Gänsehaut überzog meine Oberarme.

„Trägst du einen Slip?" Ich nickte und mein Herzschlag beschleunigte sich, als er lächelte. „Gut." Bevor ich fragen konnte, was er damit meinte, erreichten wir das Auto. Galant öffnete er mir die Beifahrertür und hielt meine Hand fest. „Schieb das Kleid hoch, bevor du dich setzt."

Ich warf einen Blick über meine Schulter. Es war hell, aber auf der Straße war niemand zu sehen. Während ich einstieg, griff ich nach meinem Rocksaum und zog den Stoff nach oben, gerade so weit, dass die Spitze meines Slips bedeckt war, wenn ich die Beine zusammenhielt.

Ben schloss die Tür und setzte sich auf den Fahrersitz. Seine Augen verdunkelten sich. Ohne den Blick abzuwenden holte er etwas aus einer Tasche hervor, das er mir hinhielt. Ein goldenes Vibro-Bullet. Mir wurde einiges klar und meine Aufregung stieg.

„Ich hatte heute den Nachmittag frei und dachte, ich kaufe dir etwas Schönes", sagte er heiser, als ich ihm das kleine Teil aus der Hand nahm. Ich benutzte meine Handtasche als zusätzlichen Sichtschutz, schob meinen Slip beiseite und führte das Teil ein.

Da er die Fernbedienung zurückhielt, durchschaute ich seinen Plan nur zu gut: Er würde mich damit unter Strom setzen, wann immer es ihm gefiel.

Ich liebte diesen Plan.

Gerade wollte ich den Stoff zurechtrücken, als er mir abermals etwas reichte: Es sah aus wie ein kleines goldenes Blatt. Ein Auflegevibrator für meine Klit, erkannte ich und meine Aufregung stieg noch weiter an. „

Ich hoffe, du willst nirgendwohin, wo es leise genug ist, um das Ding zu hören." Ich wollte es ihm abnehmen, doch er beugte sich vor und platzierte es selbst. Dabei strichen seine Finger über meine erhitzte Haut. „Wo hast du das bloß her?", fragte ich und biss mir auf die Unterlippe. „Als wir uns kennenlernten, hattest du sowas noch nie in der Hand."

„Das verdanke ich meiner Lehrmeisterin", erwiderte er lächelnd und küsste mich. Seine Hand legte sich in meinen Nacken und ich saugte seinen Geruch ein. Mit dem Daumen strich er über meinen Kiefer und schob seine Zunge in meinen Mund.

Plötzlich spürte ich die Vibration, er hielt die Fernbedienung in der anderen Hand. Mein Stöhnen wurde von seinem Mund gedämpft, als sich die Massagewellen ausbreiteten. Es war köstlich und ich konnte es kaum erwarten, dass er seinen Plan in die Tat umsetzte. Er ließ von mir ab, ohne das Gerät auszuschalten, und startete den Motor.

„Ben...", machte ich und presste die Knie zusammen, als sich der Druck erhöhte. „Oh Gott, mach so weiter und komme ich vor der ersten Ampel."

„Ich freue mich darauf", sagte er und legte den ersten Gang ein. Irgendwie gelang es mir, zumindest den Rock hinunter zu ziehen, und stellte die Rückenlehne nach hinten.

Durch das Schiebedach des Wagens sah ich den Himmel und für einen Moment war mir alles egal: Das Tageslicht, dass wir auf den Baumwall abbogen und hier der Verkehr eindeutig dichter war und andere Menschen mich sehen könnten. Mein Atem beschleunigte sich und ich griff nach seiner Hand auf dem

Schalthebel. Meine Finger rutschten in die Räume zwischen seinen und ich klammerte mich an ihm fest, als die ersten Kontraktionen begannen. „Oh Gott, ja...", wimmerte ich und kam. Mein Kopf schlug gegen die Nackenstütze und ich sah aus dem Schiebedach, während mein Orgasmus mich überrollte, und biss die Zähne zusammen, um nicht zu schreien.

„So hatte ich mir das vorgestellt", sagte er zufrieden und streichelte meinen Oberschenkel. Die Vibrationen verschwanden und ich kam langsam zur Besinnung. Einen kurzen Moment schloss ich die Augen und genoss die herrlichen Zuckungen, die meinen Unterleib durchfuhren, rappelte mich auf und zog ihn an mich, als er an einer Ampel hielt.

„Ein großartiges Geschenk", flüsterte ich und strich mit meiner Zungenspitze über seine Unterlippe. „Ich werde mich nur zu gern dafür bedanken." Dabei legte ich meine Hand auf seinen Schritt, ertastete seine Erektion, die sich deutlich gegen den Stoff wölbte. Hätten wir nur ein wenig mehr Sichtschutz, nähme ich sie sofort in meinem Mund. Er erriet meine Gedanken und strich mir eine Haarsträhne hinters Ohr.

„Etwas mehr Geduld, Claire. Manchmal lohnt es sich, ein bisschen zu warten." Ich strich mit den Fingerspitzen darüber und er schauderte. „Egal, wie hart es ist."

„Sehr hart", hauchte ich mit belegter Stimme und zog meine Hand zurück. Er lächelte und fuhr an, lenkte uns aus dem stickigen Feierabendverkehr heraus und steuerte in Richtung Stadtpark, wie ich verwirrt registrierte.

„Was wollen wir hier?", fragte ich, als er einparkte und es keinen Zweifel mehr gab, dass wir in Hamburgs grüner Lunge waren. Ich mochte den Stadtpark nicht, er war überfüllt von Hobby-Grillern und Hundehaltern. Einmal war ich vor ein paar Jahren mit Sam und Em hier, um in Ruhe ein Glas Sekt zu trinken, aber das war unmöglich, ständig bekam man einen Ball ab oder ein Kind schrie in unmittelbarer Nähe. Da konnte ich auch ins Freibad gehen. Ben aber schien wild entschlossen und holte eine Tasche aus dem Kofferraum. Mit gemischten Gefühlen sah ich ihm dabei zu und starrte auf meine Riemchensandalen, die jeden Gang über eine Rasenfläche zum Albtraum machten. Schicksalsergeben ließ ich mich an der Hand nehmen und folgte ihm über den Sandweg ins Innere des Parks. Es war für einen Dienstagabend voll, weniger schlimm als am Wochenende, aber besucht genug. Missmutig sah ich mich um und wünschte mir, wir wären wenigstens nach Planten un Blomen gefahren, wo es hübscher war.

Er zog mich weiter, doch zu meiner Überraschung ließen wir die Wiesen links liegen und gingen hinunter bis zum Wasser und einem Bootsverleih. Sprachlos sah ich ihn an und brachte es nicht über mich, die passende Frage zu stellen, weil er mich wie ein Honigkuchenpferd angrinste. Seiner Meinung nach war dies die ultimative Idee und ich musste sein Strahlen zumindest halbwegs zu erwidern, weil er sich so freute.

Ich sollte ihm eine Chance geben, dachte ich und blieb vor der Bude stehen, wo Ben ein Motorboot mietete und mich freudestrahlend zu dem Anleger führte, wo das Bötchen mit dem Namen „Grachtendeern" lag. Er half mir hinein und ich setzte mich mit einem mulmigen Gefühl auf die kleine Holzbank, während er den Motor anließ. Es schaukelte und ich erinnerte mich, dass ich Boote nicht besonders mochte.

Abgesehen von einem Kreuzfahrtschiff vielleicht.

Wenigstens entkamen wir so der Enge des Stadtparks. Ben beobachtete mich aus dem Augenwinkel, während er uns vom Ufer wegsteuerte und deutete auf die Tasche.

„Ich habe Wein mitgebracht." Ich griff danach und holte eine Flasche und zwei Kunststoffbecher heraus, die aussahen, als beinhalteten sie kleinere Weingläser.

„Was ist denn das?"

„Wine-to-Go-Gläser", sagte er augenzwinkernd und nestelte an seiner Hosentasche herum. Wenige Sekunden später wusste ich, wieso: Das vertraute Vibrieren setzte ein und um ein Haar hätte ich den Wein, den ich gerade geöffnet hatte, verschüttet.

„Konzentriere dich bitte, Claire", wies er mich sanft zurecht und ließ sich von mir das Glas reichen. Feixend stieß er mit mir an und trank einen Schluck von dem gekühlten Chardonnay. „Ich höre ja gar nichts, meine Süße."

Das stimmte, denn ich riss mich meisterlich zusammen und führte den Wine-to-go-Becher mit höchster Konzentration an meine Lippen. Der Schiffsmotor übertönte das Bullet, doch es erzielte seine Wirkung, schon zogen sich meine Muskeln lustvoll zusammen und ich wurde feucht. Ja, das Toy hatte seinen Reiz, doch sein Schwanz wäre mir gerade tausend Mal lieber.

„Bitte spreiz die Beine für mich", bat er und ich erfüllte ihm diesen Wunsch. Ich wusste nicht, was er sah, aber es schien ihm zu gefallen. „Ich kann mich kaum noch auf die Fahrt konzentrieren", gestand er mir und lenkte das Boot unter die tiefhängenden Zweige einer Weide am Ufer. Ich sah mich um: Die Äste und die dichten Blätter schützten uns vollständig vor neugierigen Blicken.

„Das hast du alles geplant", warf ich ihm vor, als er mir lächelnd das Weinglas aus der Hand nahm und vor mir in die Knie ging. Er schob mein Kleid nach oben und legte die Fingerspitzen gegen meinen nassen Slip, dabei atmete er tief ein.

„Es ist besser als jeder Plan. Wie scharf bist du?"

„So scharf, dass du deine Hose gleich los sein wirst", erwiderte ich und verbiss mir ein Stöhnen, als er mich durch mein Kleid in den Nippel kniff und auf die Lippen küsste.

Ich spreizte die Oberschenkel und er zog langsam meinen Slip beiseite, dabei hielt er den Auflegevibrator mit der Hand fest. Finger drangen in mich ein und schoben das Bullet noch ein wenig tiefer, dann erhöhte sich die Vibration und ich sah in seine Augen, als ich kam. Ein Wimmern entschlüpfte mir und mein Oberkörper zitterte, meine Unterleibsmuskeln zogen sich zusammen und das Ei dehnte den Orgasmus aus. Er schob mir seinen Daumen in den Mund und ich saugte daran, während mich krampfartige Zuckungen schüttelten.

„Oh Süße, das ist so geil", machte er leise und streichelte mich. Ich war ihm hilflos ausgesetzt. „So habe ich es mir vorgestellt."

Ich kippte schluchzend hintenüber und mein Blick verfing sich in den Zweigen der Weide und dem Sonnenlicht, das hindurchfiel. Es konnte gar nicht mehr besser sein. Ben befreite mich von den Toys, reichte mir mein Weinglas und beugte sich vor. Mit der Zunge strich er über meine nasse Pussy und gab dabei ein wohliges Knurren von sich. „Genau so."

Das reichte, ich würde mich sofort revanchieren. Schnell trank ich zwei Schlucke Wein und zerrte ihn hoch. Ehe er sich versah, öffnete ich seinen Gürtel und befreite seinen harten Schwanz, den ich sofort tief in den Mund nahm. Wenn jemand käme, wäre es mir völlig egal. Ich wollte mich nur bei Ben für den schönen Abend bedanken. Nichts war dafür besser geeignet, als ihn voller Leidenschaft zu blasen.

Das machte mich fast noch mehr an als selbst zu kommen, ich liebte die Fülle in meinem Mund und seine glatte Haut auf meiner Zunge. Seine Finger fuhren durch mein Haar und er stieß seine Erektion tiefer in meinen Rachen, sodass meine Lippen fast seine Wurzel erreichten. Ich unterdrückte den Würgereflex und blies weiter, krallte meine Hände in seinen Hintern durch den Stoff seiner Hose und weidete mich an dem unterdrückten Stöhnen, das er von sich gab.

„Süße, hör auf, sonst komme ich gleich", keuchte er. Ich suchte seinen Blick und machte ihm klar, dass ich das wollte. „Oh Gott, wenn das so ist", machte er und krümmte sich zusammen. Ich hatte seinen Schwanz so tief im Mund, dass sein Sperma direkt in meine Kehle lief, wo ich es reflexartig herunterschluckte.

Mit beiden Händen fuhr er durch mein Haar, überstand mit zusammengebissenen Zähnen seinen Orgasmus. Ihm zuzusehen machte mich so scharf, beinahe wäre ich erneut gekommen und bedauerte, dass er mir das Bullet abgenommen hatte. Vorsichtig löste ich seine Finger aus meinen Haaren und gab ihn frei. Er sank langsam auf die kleine Holzbank und richtete sich einigermaßen her, während ich uns Wein nachschenkte.

„Danke, meine Süße", machte er matt und küsste mich. Ich fragte mich, ob er den Wein oder den Blowjob meinte, aber wen interessierte das schon? Seine Finger strichen sanft über meine harten Brustwarzen, die sich deutlich durch den Stoff meines Kleides abzeichneten, als ich Kinderstimmen hörte, die riefen „Guck mal, Mama, die knutschen da!"

Verlegen fuhren wir auseinander und sahen in die verschmitzten Gesichter einer Familie, die mit einem Kanu angepaddelt kam und sich der Weide genug genähert hatte, um uns zu sehen. Ich hoffte nur, dass sie wirklich nur den Kuss gesehen hatten, ansonsten hätten die Kinder einigen Erklärungsbedarf.

„Lass uns weiterfahren, ich habe eine Kleinigkeit zu essen dabei", sagte Ben, dessen Wangen leicht gerötet waren.

Ich nickte und wir setzten unsere Fahrt deutlich gesitteter fort.

„Wir sind danach zu mir, haben die halbe Nacht gevögelt und vorhin hat er mich hergefahren", berichtete ich am nächsten Morgen bei geschlossener Tür Em und Sam, die mich begeistert ansahen. Er schüttelte anerkennend den Kopf.

„Der Junge hat wirklich gute Ideen. Auf das Motorboot wäre ich nie gekommen."

„Dito. Wow, sehr aufregend. Wenn diese Familie nur etwas eher gekommen wäre..."

„Also quasi zeitgleich mit Ben", mischte Sam sich ein.

„Gut, dass das Timing stimmte", beendete Em ihren Satz. „Ist er heute Abend auf dem VDI-Event in der Laeiszhalle?" Sie hatte mich gefragt, ob ich sie begleiten wollte und weil ich in der Stimmung war, hatte ich zugesagt. Ich nickte.

„Ja, aber wir werden kaum reden können, er ist beruflich dort, um ein paar Kontakte zu knüpfen."

„Das Reden wird dir sicher fehlen", sagte Em ironisch und obwohl sie unrecht hatte, musste ich lachen. Tatsächlich redeten wir viel, auch auf unserer Bootstour gestern, als er mir von seiner Familie erzählte und der Zeit, die er in Kopenhagen bei ihr verbracht hatte. Manchmal, auch wenn ich es standhaft leugnete, fühlte es sich so an, als wären wir wieder zusammen.

Doch wir waren Freunde und kein Liebespaar, daran musste ich mich immer wieder erinnern. Auf dieser Ebene hatten wir eine reelle Chance.

Vielleicht.

Es klopfte und Sonja kam herein. Sie war gestresst wegen ihrer Übergabe und mehr als einmal hatte sie gesagt, dass sie das alles nicht schaffte, doch sie war die Einzige von uns, der dieser Spagat gelingen konnte, dessen war ich mir sicher.

„Wie geht es dir?", wollte Sam wissen und bot ihr seinen Stuhl an. Er stellte sich hinter mich und strich abwesend mit den Fingern über mein Schlüsselbein. Ich sah Sonja an und ließ ihn machen, Sam massierte ausgezeichnet. Sie strich sich eine brünette Locke aus der Stirn und lächelte müde.

„Es ist sehr viel im Moment. Entweder bin ich in der Firma oder sitze über irgendwelchen Büchern. Die restliche Zeit bin ich bei meinem Vater im Krankenhaus. Er hat ein furchtbar schlechtes Gewissen und denkt, er würde mich im Stich lassen. Ich weiß, was da auf mich zukommt, aber mit Vincents Hilfe kriege ich das hin. Ein Glück, dass ich ihn habe."

„Ist Vincent eigentlich verheiratet?", fragte Sam scheinheilig. Sie schnitt eine Grimasse.

„Geschieden, aber das ist völlig egal. Er ist mein Geschäftspartner und das würde ich nie verkomplizieren, indem ich mit ihm schlafe."

„Was immer für dich besser ist, Süße", sagte Em, die Sonja für ihre Stärke und ihr Durchhaltevermögen bewunderte. Eines Abends auf meinem Balkon nach dem dritten oder vierten Glas Rosé gestand sie mir, wie unglaublich tapfer sie sie fand, womit sie absolut recht hatte. Wir durften sie damit nur nicht konfrontieren, mit solchen Komplimenten tat sie sich schwer.

„Ich nehme an, du bist heute Abend raus", mutmaßte Sam und wie erwartet schüttelte sie den Kopf.

„Ich hoffe, ich habe bald dafür wieder Zeit, aber momentan ist das einfach nicht drin." Wir nickten verständnisvoll und verabredeten uns zum Mittagessen. Ich arbeitete meine Mails ab und ging hinüber zu meinem Team, um die offenen Konten zu besprechen. Als ich hereinkam, verstummten sie und sahen mich komisch an. Angst fuhr wie ein eiskalter Blitz in meine Brust.

Hatte Harry seine Breaking News in der Kanzlei verbreitet? Wusste jeder über mein ausschweifendes Sexualleben Bescheid? Ich kämpfte mit mir, entschied mich aber, dass ich es lieber von meinen eigenen Leuten als von irgendwelchen Rechtsanwälten zuerst hören wollte und sah Franzi an.

„Was denn?" Sie wurde rot und ein verschmitztes Lächeln breitete sich auf ihrem Gesicht aus.

„Du hast uns deinen neuen Freund verschwiegen, Claire. Annabell und Silvia behaupten, er hätte dich gestern abgeholt und wäre ein echter... wie hat Annabell ihn genannt?", fragte sie Svenja, die ihr gegenübersaß.

„Hottie. Und Sahnestück", warf Alex ein und grinste. „Hat Eindruck auf die beiden gemacht." Svenja und Franzi nickten eifrig.

„Du musst uns von ihm erzählen!", bat Svenja und rutschte mit ihrem Kaffeebecher näher.

Scheiße. Ich wollte auf keinen Fall, dass sich die ganze Kanzlei das Maul über mich zerriss. Aber andererseits, dachte ich, war das besser als das, was Harry zum Besten geben könnte. Wenn ich es geschickt anstellte, konnte ich dem sogar entgegenwirken.

„Wir treffen uns erst seit ein paar Wochen ", fasste ich kurz zusammen. Von meinen Mitarbeitern kannte keiner die Geschichte meiner Beziehung inklusive Zusammenwohnen und grandiosem Scheitern. Sie schwiegen und schienen auf mehr Informationen zu hoffen, doch ich wollte keine Details preisgeben.

„Wenigstens ein paar Eckdaten, komm schon", bettelte Franzi, die nun ein wenig vorwitziger wurde. „Name, Alter, Beruf."

Über sein Alter würde ich ihnen garantiert nichts sagen, die dreizehn Jahre Unterschied gäben nur Gerede. Irgendjemand würde sich verplappern und das wäre Wasser auf den Mühlen der Klatschbasen. „Er heißt Ben und arbeitet als Projektmanager bei einer Baugesellschaft", rang ich mir ab und wandte mich nachdrücklich geschäftlichen Themen zu.

Beim Mittagessen nickte Sonja mit hochgezogenen Augenbrauen, von Sam wusste sie bereits von der Scheiße mit Harry.

„Möglicherweise war es das Beste, was dir passieren konnte, dass ihr gestern gesehen worden seid. Ben ist ein gutaussehender Mann, lass sie doch glauben, ihr wärt ein Paar, das widerspräche ja auf jeden Fall dem, was Harry erzählt haben könnte. Und wenn ihr auseinandergeht, habt ihr euch halt getrennt, das ist doch normal. Komm schon, ich bin die Sitzengelassene, deren Mann sich ins Ausland abgesetzt hat, und Em ist die Ex von Curt von Wittgenstein."

„Mit mir reden bis heute ein paar der Partneranwälte ganz vorsichtig, seit sie wissen, dass ich schwul bin", warf Sam ein. „Die denken, es sei ansteckend, wenn sie zu nett zu mir sind. Also kannst du doch die Panterin der Firma sein und dir einen jungen Lover halten."

„Aber nicht unbedingt als Head of Office", meinte ich finster und sah auf meinen Salat. Sam zuckte mit den Schultern.

„Besser das als die promiskuitive Schlampe."

Womit er recht hatte.

Zurück an meinem Arbeitsplatz erreichte mich eine Textnachricht von Nick: *Wir haben uns lange nicht gesehen. Bin am Wochenende in Süddeutschland, hast du morgen Zeit?*

Ich atmete tief ein. Eine Session mit Nick wäre das Richtige nach dem ganzen Stress der letzten Tage. Ich würde Ben einfach auf Freitag verschieben, damit müsste es passen.

Gerne. Ich bin um sieben bei dir, antwortete ich und schob nach kurzer Überlegung hinterher: *Viel Stress im Moment. Schön, dich morgen zu sehen.*

Ich lasse mir etwas Besonderes für dich einfallen, schrieb er zurück und meine Vorfreude stieg.

Gut, dann war ich eben eine promiskuitive Schlampe, aber ich hatte eindeutig den besten Sex meines Lebens.

14. Kapitel

Abends zuhause machte ich mich für das VDI-Event fertig. Die Laeiszhalle verlangte gehobene Garderobe, deswegen entschied ich mich für ein knielanges Kleid aus pflaumenfarbener Seide mit Neckholder aus silbernen Metallspangen. Ich föhnte meine Haare über die Rundbürste in sanfte Wellen und trug ein dezentes Make-up auf.

Abgesehen von den freien Cocktails hatte ich kein Interesse an der Veranstaltung und war froh, Sam heute Abend an meiner Seite zu haben, während Em ihre obligatorischen Mandantengespräche führte. Zu allem Überfluss hatte sich Dr. Bitter angekündigt und mit ihm drei, vier andere Partneranwälte, mit denen ich im schlimmsten Fall unerträglichen Smalltalk machen musste.

Andererseits machte es sicher einen guten Eindruck, von ihnen dort gesehen zu werden, wo sich viele Mandanten tummelten. Die Drachenfrau hielt sich seit einiger Zeit von solchen Events fern und es wäre hilfreich für mich, bei den wichtigen Klienten bekannt zu sein, wenn ich befördert wurde.

Um halb neun holte Em mich ab und wir teilten uns ein Taxi. Für ihre Verhältnisse war sie beinahe bieder angezogen in einem hautengen Kleid in bronzemetallic und roten Lackpumps.

„Man weiß ja nie", sagte sie wegwerfend und zündete sich vor der Halle eine Zigarette an. Kurz darauf traf Sam ein.

„Gott sei Dank wird es langsam kühler", sagte er und zupfte am Kragen seines gemusterten Oberhemdes. „Diese Hitze hat mich fast umgebracht. Am liebsten wäre ich den ganzen Tag nackt gewesen. Naja, bin ich sonntags meistens, wenn Di bei Dagmar und James ist", fügte er grinsend hinzu. „Wir haben ein wenig herumprobiert, bis wir Stellungen gefunden haben, bei denen man möglichst wenig schwitzt."

„Also oral, oral und noch mal oral", sagte Em trocken und zog an ihrer Zigarette.

„Größtenteils, aber es gibt da ein paar schöne Sachen, die dir gefallen würden, ...guten Abend Dr. Schwartz", unterbrach Sam sich mitten im Satz und lächelte den Partneranwalt an, der sich uns näherte. Dr. Andreas Schwartz war einer der Partneranwälte, ich wusste wenig über ihn, nur dass er verheiratet war und mit seiner Sekretärin vögelte, wann immer sich die Gelegenheit ergab.

„Hallo Herr Schauer, Frau Rotdorn, Frau Sander." Er nickte uns zu und ich bildete mir ein, dass sein Blick länger auf mir verharrte, als wisse er etwas und frage sich, ob es wahr sein könnte. Sofort stieg mein Stresslevel.

„Sind Sie der erste?", fragte Em und er wandte sich ihr zu.

„Anscheinend bilde ich die Vorhut", meinte er trocken und sah sich suchend um, dann seufzte er. „Ich hasse diese Marketing-Veranstaltungen mit tausend Leuten, die ich nicht kenne."

„Kommen Sie, helfe ich Ihnen auf die Sprünge", bot Em locker an und hakte sich bei ihm ein. Sie winkte uns zu und lotste den Anwalt ins Gebäudeinnere. Ich blieb stehen und sah ihnen nach.

„Er hat mich komisch angesehen", sagte ich zu Sam, ohne ihm ins Gesicht zu blicken. Er stellte sich vor mich.

„Liebste, mach dich bitte nicht verrückt. Du siehst Gespenster. Er hat dich genauso angesehen wie Em. Und wenn der Blick länger war, galt er deinen Brüsten, die in diesem Kleid wirklich mega aussehen, und keinen imaginären Gerüchten, okay?" Es kostete mich Überwindung, aber schließlich nickte ich und rang mir ein Lächeln ab.

„Wahrscheinlich hast du recht."

„Wahrscheinlich? Ziemlich sicher! Lass uns reingehen, ich habe Durst." Er griff mich am Arm und geleitete mich ins Innere, wo er uns zwei Gläser Prosecco organisierte. Dankbar nahm ich einen Schluck, um mich abzulenken. Es war voll und ziemlich laut und wir verzogen uns schnell auf die obere Galerie, wo es deutlich leerer war. Ich schrieb Em, wo sie uns fand, wenn es ihr gelang, Schwartz loszuwerden, und stellte mich ans Geländer. Von hier oben konnte man alles gut überblicken.

Schließlich sah ich ein vertrautes Gesicht und winkte Ben, der auf dem Treppenabsatz stand, als Sam uns noch eine Runde holte. Er erspähte mich und kam die Treppe hoch. Mit langen Schritten kam er auf mich zu und blieb abrupt vor mir stehen, schien unschlüssig, wie er mich begrüßen sollte. Ich nahm ihm die Entscheidung ab, trat vor und küsste ihn wie einen Freund auf die Wange.

‚Wir *sind* nur Freunde‘, sagte ich mir selbst. ‚Freunde, die miteinander sehr viel Sex haben. Im Stadtpark. In einem Boot.‘

„Hey Ben, wer ist die schöne Frau?“, fragte ein zweiter Mann hinter ihm, der mir zuvor gar nicht aufgefallen war. Er war schätzungsweise Anfang dreißig, dunkelhaarig und hatte ein offenes Gesicht mit kessen braunen Augen, die mich neugierig musterten. Ben zuckte zurück und ich sah Panik in seinem Gesicht. Ich reichte ihm meine Hand.

„Claire Sander, hallo.“

„Lukas Brettschneider, ich bin Bens Kollege.“ Er scannte mich ab und sah Ben an. „Ach, ist das ...“

„Ja“, erwiderte dieser nervös und mied den Blickkontakt mit mir. Irgendwas war da im Busch.

„Ist das ...“, machte ich und ließ den Satz im Raum hängen. Bevor Ben antworten konnte, kam Sam zurück, mit Em im Schlepptau.

„Lange halte ich es nicht mehr durch, bis ich irgendwem auf den Designeranzug reihere, ich schwöre es dir... oh, hi“, sagte sie, als sie Ben bei mir stehen sah. „So schnell sieht man sich wieder.“ Sie gab ihm zwei Küsschen auf die Wangen und Sam reichte ihm die Hand. „Schön, dich zu sehen.“ Falls Ben sich darüber den Kopf zerbrach, wie viele Details die beiden von unserem Arrangement kannten, überspielte er es souverän.

„Das ist Lukas, mein Kollege. Er ist Projektleiter für Ostdeutschland.“ Lukas lächelte und begrüßte die beiden, die er ebenso aufmerksam betrachtete wie mich. Ich warf Ben einen fragenden Blick zu.

„Erklär es mir bitte, bevor ich etwas falsches sage."

„Lukas hat mich mal gefragt, ob ich Single bin und ich meinte zu ihm, ich würde regelmäßig jemanden sehen und ihr Name sei Claire", erwiderte er und seine Wangen färbten sich rosa.

„Also denkt er, wir sind zusammen", sprach ich es aus und Ben nickte: „Ich habe das einfach so stehen lassen."

„Okay, ich weiß Bescheid und spiele mit. Meine Kollegen denken auch, du wärest mein Freund", beruhigte ich ihn. Neben mir klingelte Sams Handy und er nahm den Anruf stirnrunzelnd an.

„Hey Schatz, was gibt es?" Er sah mir ins Gesicht, wie er es immer tat, wenn er telefonierte. „Ja, alles klar, ich komme nach Hause. Bis gleich." Er legte auf und sah mich bedauernd an. „Di hat Fieber bekommen, ich fahre heim." Er küsste Em und mich, reichte den beiden Männern die Hand und verschwand winkend.

„Sam hat eine zweijährige Tochter", sagte Em erklärend in Lukas' Richtung.

„Ja, da muss man mit sowas rechnen. Hast du Kinder?", fragte er. Sie warf ihm einen langen Blick zu.

„Sehe ich so aus?"

„Ehrlich gesagt wärst du die schärfste Mutter, die ich je gesehen habe, aber nein, siehst du nicht."

„Ich nehme das mal als Kompliment", meinte Em und stieß ihr Glas gegen seins. Wir zogen uns auf zwei Runden in eine ruhigere Ecke zurück, bevor wir den Heimweg antraten.

„Sehen wir uns morgen?", fragte Ben, als ich mich anschickte, mit Em zum wartenden Taxi zu gehen. Ich zögerte kurz, Lukas war in Hörweite.

„Ich kann erst am Freitag wieder", sagte ich vorsichtig. „Morgen habe ich einen Termin mit Nick, der sich hinziehen wird." Bens Lächeln splitterte und der Druck seiner Hand auf meinem Arm verstärkte sich.

„Und wer ist dieser Nick?", mischte sich Lukas ein, der anscheinend sehr vorlaut war, wenn er angetrunken war.

„Claires Gärtner", feixte Em und ich warf ihr einen warnenden Blick zu, bevor sie irgendwelche Sprüche hinterherschieben konnte, von wegen er würde meinen Acker pflügen oder so.

„Er ist Landschaftsarchitekt", korrigierte ich. Lukas warf Ben und mir einen sonderbaren Blick zu.

„Und lässt du sie allein hingehen, Magnussen? Am Ende baggert der Typ deine Freundin an." Bens Blick zuckte zu mir.

„Ja, die Gefahr besteht. Ich sollte mitgehen." Mein Herzschlag beschleunigte sich um das geschätzt Achtfache. Hinter Lukas sah ich Em grinsen, sie hatte einen Riesenspaß an der Sache. Für einen Moment hätte ich gern mit ihr getauscht, dann hätte sie sich mit dieser Situation herumschlagen können.

„Gut, ich sage Nick Bescheid, dass du morgen mit von der Partie bist", sagte ich langsam und fragte mich, ob dies ein ernsthaftes Gespräch war oder wir es nur zum Schein vor Lukas führten. Bens Blick war ernst, es lag kein Hauch eines Witzes darin und ich bekam eine Ahnung, dass er aufs Ganze gehen wollte. Er wollte mich zu Nick begleiten, seinen mutmaßlichen Rivalen kennenlernen und wenn sich meine Gedanken, die gerade komplett verrücktspielten, in die Wirklichkeit verwandelten, würde ich vermutlich mit beiden Sex haben.

Gleichzeitig.

„Ich habe eine Idee", meldete sich Lukas erneut zu Wort und ich befürchtete, er würde vorschlagen, er und Em könnten morgen ebenfalls mitkommen. „Wie sieht es bei euch am Freitag aus? Was haltet ihr davon, wenn wir was essen gehen? In Altona hat ein neuer Vietnamese eröffnet, der super sein soll." Ich sah Em an, wie wenig Lust sie auf ein Doppeldate hatte und schickte ihr eine stumme Bitte. Es gab keinen guten Grund, das ganze abzulehnen, es wäre nur ein zwangloses Essen unter Freunden und Em und Lukas hatten sich in der letzten Stunde gut unterhalten.

„Meinetwegen", meinte sie also und zog mich in Richtung Ausgang. Die beiden Männer begleiteten uns nach draußen und

Ben drückte mir einen schnellen Kuss auf den Mund, während Em Lukas mit einem Küsschen auf die Wange abspeiste.

„Ich hatte auf mehr gehofft", beschwerte er sich. Er war wirklich frech und ich wusste, dass das bei ihr ankam.

„Das wirst du dir verdienen müssen", sagte sie herausfordernd und riss die Taxitür auf. Ich kletterte neben ihr auf die Rücksitzbank und sie nannte dem Fahrer meine Adresse. „Hauen wir ab."

„Danke, dass du am Freitag dabei bist", murmelte ich. „Ben hat ihm gesagt, wir wären fest zusammen."

„Ja, das habe ich gemerkt", erwiderte sie. „Und ich wollte dich nicht hängen lassen. Du wirst morgen alle Hände voll zu tun haben. Ich glaube, es ist Ben ernst. Er will Nick wirklich kennenlernen. Wie stehst du dazu?"

„Momentan? Keine Ahnung. Ben hat mich damit echt überfahren. Außerdem muss ich erst mit Nick sprechen. Wenn er es ablehnt, ist es sowieso vorbei."

„Aber er hat es selbst schon quasi vorgeschlagen", warf Em ein. Ich zögerte und atmete tief ein.

„Zwischen sagen und tun ist ein großer Unterschied."

„Damit hast du zweifellos recht, Yoda, aber trotzdem. Ich kenne ihn zwar nur flüchtig, aber was du von ihm erzählt hast, scheint er jemand zu sein, der denkt, bevor er spricht. Sowas ist selten. Dieser Lukas kann es nicht." Ich dachte darüber nach und holte mein Handy aus der Tasche. Mein Daumen verharrte auf dem Display.

Was jetzt? Es war nur fair, Nick sofort davon zu erzählen, so hatte er die Möglichkeit, nein zu sagen. Aber wie fing ich eine solche Nachricht an?

Em beobachtete mich. „Frei von der Leber weg", riet sie mir. „Funktioniert am besten."

„Ich tue mich mit dem Einstieg schwer" gestand ich. Sie zuckte mit den Schultern und bezahlte den Taxifahrer, der eben vor meinem Haus anhielt. „Wie wäre es mit: ‚Hi Nick, hast du morgen Lust auf einen Dreier? Ben steht parat.' Aubergine, Aubergine, Tropfen, Pfirsich, Gesicht mit ausgestreckter Zunge."

„Em, mal ganz im Ernst", fing ich an, doch sie lachte, zündete sich eine Zigarette an und zog winkend von dannen.

„Du machst das, bis morgen."

Ich sah ihr nach und schloss meine Haustür auf. Im Fahrstuhl nach oben starrte ich auf mein Handy und suchte nach den richtigen Worten. Es fiel mir schwerer als gedacht, dabei hatte Nick es von sich aus bereits angesprochen.

Meintest du das wirklich ernst vorhin? schrieb ich schließlich Ben. *Falls ja, werde ich das mit Nick abklären.*

Seine Antwort kam prompt: *Wenn es für dich okay ist, ja.*

‚Mach es einfach', sagte ich mir selbst. ‚Gönn dir diese Erfahrung mit den beiden Männern, die dir etwas bedeuten. Die Chance kommt kein zweites Mal.'

Ich melde mich, um dir zu sagen, wann und wo wir uns morgen treffen. Ich wechselte den Chat mit einem schlechten Gewissen, weil es bereits nach Mitternacht war.

Hey, schrieb ich, *bitte entschuldige die späte Störung. Ich habe Ben von unserem Treffen morgen erzählt und er würde gern…*

Ich starrte das Display an.

Mitkommen. Ich habe ihm gesagt, dass diese Entscheidung bei dir liegt. Wenn du etwas dagegen hast und es nicht willst, ist das für mich vollkommen okay.

Ich legte das Handy beiseite und schloss meine Wohnungstür auf, stieg aus meinen Schuhen und zog den Reißverschluss meines Kleides auf.

Mein Telefon vibrierte. Nick.

Es gibt Regeln, an die er sich halten muss, schrieb er. *Wenn er sich unterordnet, darfst du ihn mitbringen. Du weißt ja: my house, my rules.*

Ich rief Ben an und informierte ihn über Nicks Antwort.

„Einverstanden", sagte er.

Damit war die Sache beschlossen.

15. Kapitel

Den nächsten Tag verbrachte ich in äußerster Nervosität, die sich auch auf meine Freunde übertrug. Sam war fast beinahe so aufgeregt wie ich und wäre am liebsten mitgekommen, während Sonja aussah, als könne sie sich nicht entscheiden, ob sie mich verurteilte oder beneidete.

Em klatschte sich mit mir ab.

Nun stand ich zusammen mit Ben vor Nicks Haus und fühlte mich zum ersten Mal beklommen. Ich ahnte, wie Nick sich verhalten würde, doch Ben bildete eine Unbekannte in der Gleichung, sein Gesicht war angespannt. Es lag hauptsächlich an mir, ob dies eine gute Erfahrung wurde oder eine, die mein Verhältnis zu beiden belastete.

Entschlossen ging ich zur Tür und klingelte, Ben folgte mir auf dem Fuß. Nick öffnete nach wenigen Sekunden und lächelte.

Mein Herz wurde leichter. Er hatte alles im Griff.

Er küsste mich auf den Mund und reichte Ben die Hand, dann standen wir in der Diele und die Tür fiel hinter uns ins Schloss.

„Nett, dich kennenzulernen", sagte Nick und ich grinste wegen der Floskel. Sagte man sowas zu jemandem, mit dem man gleich intim wurde? Natürlich würden die beiden keinen Sex miteinander haben, aber gleichzeitig mit mir und das war doch fast dasselbe, oder?

Ben erwiderte die Begrüßung und Nick ging die Kellertreppe hinunter. Ich folgte ihm anstandslos und Ben beeilte sich, hinterherzukommen. Im Raum angekommen, stellte sich unser Gastgeber hinter die Bar und mixte Gin Tonic, während sich mein Begleiter einen Moment nahm, um die Einrichtung auf sich wirken zu lassen. Schweigend betrachtete er die Möbel und Gegenstände, die Nick herausgelegt hatte.

„Damit hatte ich nicht gerechnet", sagte er dumpf und nahm dankend das Glas entgegen. Nick ging über die Bemerkung hinweg.

„Ich muss eines von vornherein klarstellen, damit es funktioniert: Es geht um dich, Claire, und darum, wie wir dir heute platt gesagt den besten Sex deines Lebens bescheren können. Da wir uns kennen, wissen Ben und ich, was dir gefällt. Trotzdem wird das Ganze nur gut gehen, wenn ihr euch beide strikt an das haltet, was ich sage. Wir spielen nach meinen Regeln, einverstanden?" Ben und ich nickten. „Gut. Ben, ich habe für Claire ein paar Riemen bereitgelegt, hol sie vom Pferd."

Ben stand sofort auf und holte das Lederzeug von dem wie ein Turngerät anmutenden Möbelstück. Ich war erleichtert das zu sehen, seine devote Ader half ihm, obschon er bisher nur Befehle von mir entgegengenommene hatte. Aber Nick war viel dominanter als ich und machte es leicht, ihm zu gehorchen.

„Claire, stell dich hin", forderte er mich nun auf und ich kam dem unverzüglich nach. Er führte mich zwischen die Möbel und Ben kam mit den Riemen dazu. Ich trug ein schwarzes knielanges Stretchkleid mit einem eckigen Ausschnitt und einem Reißverschluss am Dekolleté, den Nick bedächtig herunterzog. Darunter kam mein schwarzer Balconette-BH zum Vorschein. Er zog den Reißverschluss hinunter und entblößte meinen Spitzenslip. „Sehr hübsch", sagte er und Ben nickte bestätigend.

Langsam fand ich Gefallen an der Sache, als die beiden mich mit hungrigen Blicken betrachteten. Ben war angespannt, doch Nick war vollkommen in seinem Element.

Was kam als nächstes?

Nick streifte mir das Kleid von den Schultern und hielt meine Hand, als ich hinausstieg. „Steig auf das Pferd", wies er mich an und von beiden unterstützt kletterte ich in Wäsche und schwarzen Lackpumps hinauf. „Knie dich hin und stütze deinen Oberkörper auf die Unterarme." Ich leistete Folge. „Ben, die längeren Riemen sind für die Oberschenkel. Leg sie Claire an. Danach sind ihre Fesseln und Handgelenke dran. Stelle sie eng ein, ohne einzuschnüren." Ben stellte sich neben mich und hantierte mit den Riemen, die aus gepolsterten Ledermanschetten bestanden. Während er sie um meine Oberschenkel schlang, beugte Nick sich vor und küsste mich auf den Mund. Seine Zunge teilte meine Lippen und ich spürte das kalte Leder auf der erhitzten Haut meiner Schenkel. Ben fesselte meine Knöchel und Nicks Hand fuhr in meinen BH. Seine Finger kneteten meinen Nippel, sodass ich heiser stöhnte. Nick trat zurück an einen der Schränke, als Ben hinter mir fertig war und sich um meine Handgelenke kümmerte. Ich sah ihm tief in die Augen und bemerkte, dass er sich langsam entspannte. Vorsichtig beugte er mich vor und küsste mich ebenfalls.

„Nur mit meiner Erlaubnis", sagte Nick warnend und Ben hörte mit einem bedauernden Gesichtsausdruck auf. Er zog die Riemen stramm und trat zurück. Nick hatte sein Shirt ausgezogen und präsentierte uns seinen nackten Oberkörper. In der Hand hielt er eine Peitsche.

„Wenn du willst, zieh dein Hemd aus", bot er Ben an, der sein Oberhemd aufknöpfte und über einen Barhocker legte. „Claire, du hast die Wahl: sehen oder fühlen?", fragte Nick lauernd. Ich dachte einen Moment darüber nach.

„Zuerst fühlen", entschied ich mich. „Ich möchte meine Meinung aber ändern können." Sein Nicken signalisierte mir sein Einverständnis. Er reichte Ben eine schwarze Augenbinde und dieser legte sie mir an. Dunkelheit legte sich über mich und sofort schärften sich meine anderen Sinne.

„Hast du es bequem?", fragte er und legte seine Finger unter mein Kinn. „Ja, vielen Dank", sagte ich unterwürfig. Es war Zeit, mich vollkommen in meine Rolle hineinzufinden. Nick strich ein paar Mal mit dem Lederriemen über meinen Hintern und schlug zu. Es waren nur Aufwärmhiebe, nichts, was mich herausforderte, doch ich spürte Bens Blicke beinahe physisch auf mir, als er aufmerksam jede meiner Regungen verfolgte.

„Ist die Haut warm?" Das schien eine Aufforderung an Ben gewesen zu sein und eine Hand legte sich auf meine Haut.

„Noch nicht genug", erwiderte Ben. Nick schnaubte zustimmend, anscheinend war das ein Test gewesen, den mein junger Liebhaber gerade bestanden hatte. Erneut traf mich der Riemen einige Male, jetzt kontrollierte Nick seine Arbeit selbst.

„Gut, fangen wir an. Ben, stell dich hinter Claire und geh in die Hocke, sodass du mit deinem Mund an sie herankommst, aber lass ihre Pobacken frei." Ich bekam eine Ahnung, was er vorhatte, und fragte mich, ob Ben mitmachen würde. „Keine Angst, ich ziele sehr gut."

„Ich glaube das einfach mal", sagte er und brachte uns in eine brenzlige Situation. Nick schätzte es nicht, wenn man ihm widersprach. „Ich habe absolutes Vertrauen in dich", sagte ich deutlich und lächelte ihn an. Seine Finger strichen sanft über mein Kinn und sein Daumen schob sich in meinen Mund. Dankbar saugte ich an ihm und reckte Ben meinen Hintern entgegen. Es dauerte nur kurz und ich fragte mich, was die beiden Männer in dieser Zeit machten, ob sie sich ansahen oder jeder bei sich war, da wurde mein Slip beiseite gezogen.

„Warte." Nick legte seine Lippen an meinem Ohrläppchen. „Wo soll er dich lecken, meine Süße?" Hitze schoss zwischen meine Schenkel und ich wog fieberhaft die verschiedenen Möglichkeiten gegeneinander ab.

„Die Klit, bitte leck meine Klit", stieß ich hervor und sogleich fuhr Bens Zunge über meine empfindliche, bereits nasse Haut. Ich stöhnte und rieb mich an seinem Mund, da hörte ich ein Zischen in der Luft, im gleichen Moment traf mich das Ende der Peitsche auf die linke Pobacke. Erschrocken schrie ich auf und Ben hörte sofort auf, mich zu lecken.

„Du hast ihr wehgetan", sagte er vorwurfsvoll. Ganz brenzlig.

„Weil sie unkonzentriert war", antwortete Nick und ich hörte seine Verstimmung.

„Nick hat recht", sagte ich langsam und fühlte mich unwohl. Ben musste nicht für mich Partei ergreifen, das war unnötig und würde Nick nur ärgern. Das musste ich verhindern. „Er hat das Sagen, Ben, lass ihn machen. Ich muss mich nur konzentrieren."

Ben zögerte einen Moment und ich hörte ihn tief einatmen, dann senkten sich seine Lippen auf meine Haut. Dieses Mal konzentrierte ich ausschließlich auf Nick, hörte seinen Atem und den Schritt, den er machte, als er erneut ausholte. Als dieses Mal das Ende der Peitsche auf meinen Hintern knallte, war ich darauf vorbereitet und stöhnte nur auf.

„Langsam kommen wir der Sache näher", sagte Nick und schien Ben ein Zeichen zu geben, denn er hörte auf. „Ich werde härter zuschlagen und deine Aufgabe ist es, Claire über den Schmerz zu helfen. Überrasch sie und mach es ihr leicht."

„Gut", machte Ben und Finger strichen sanft zwischen meinen Beinen auf und ab. Erneutes Einatmen, ein Schritt, der Riemen wurde in Position gebracht und peitschte mit einem Zischen auf meine Haut. Schmerz raste durch meinen Körper und ich schrie auf, im gleichen Moment fuhr Bens Zunge zwischen meine Schamlippen und ein Finger tauchte in meinen Anus. Ich stöhnte und reckte ihm mein Hinterteil entgegen, wollte mehr davon, als das Brennen meiner Haut langsam nachließ. Es wurde besser und ich immer schärfer. Nick gab uns ein paar Sekunden, dann musste Ben zurücktreten. Atemlos lauschte ich auf das, was als nächstes geschah.

Welche Seite würde Nick wählen?

Wie würde Ben dieses Mal agieren?

Einatmen. Schritt. Position. Zischen. Knall.

Dieses Mal traf er die linke Seite und vor meinen verbundenen Augen explodierten Sterne. „Jetzt", befahl Nick nach ein paar Sekunden und Bens Zunge konzentrierte sich auf meinen Anus, seine Finger schoben sich in mich und bearbeiteten mich hart. Ich biss mir auf die Unterlippe und wimmerte. Mein Gehirn versuchte verzweifelt, den Schmerz und die Erregung in Einklang zu bringen. Seine Zunge nässte meine Haut und seine Finger verteilten meine eigene Feuchtigkeit in meinem gesamten Schritt. Meine Muskeln schlossen sich um sie, bereit, zu kontrahieren.

Es war köstlich. Exquisit.

Exakt das, wonach ich mich bei einer Session sehnte.

„Zwei noch", stellte Nick mir in Aussicht. Ich nickte und Ben ließ von mir ab. Nicks Handrücken strich über meine Wange, ich spürte die raue Haut seiner Fingerknöchel. „Du hältst dich groß-artig, Liebes. Dafür werden wir dich belohnen. Bereit?" Ich nickte erneut und lauschte seinen Bewegungen. Bens Hand lag auf meiner Hüfte, stabilisierte mich, während Nick den nächsten Schlag vorbereitete. Er traf mich rechts, dieses Mal mit einem besonders lauten Klatschen und ließ sich noch mehr Zeit, bis er Ben den Befehl gab, sich um mich zu kümmern.

Ich wand mich in dem Schmerz, meine Haut brannte wie Feuer. Noch Sekunden später spürte ich den Hieb so deutlich wie beim Aufprall. Mein Gehirn war völlig überfordert und gab mir das Signal, endlich zu kommen.

Ich wollte gevögelt werden, sofort.

„Bitte", bettelte ich und endlich schien Ben das Signal zu be-kommen. Dieses Mal saugte er meine ganze Pussy in seinen Mund, seine Lippen erzeugten einen köstlichen Unterdruck, als wolle mich ganz auslecken. „Oh ja", seufzte ich und war fast so weit. „Oh Gott, ja."

„Einer noch, Claire", erinnerte Nick mich mahnend und schob seine Finger tief in meinen Mund. Mein Speichel lief über mein Kinn und ich war nahe an meinem Limit. Bens Zunge tauchte tief in mich ein, schneller und immer schneller, seine kühlen Hände legten sich auf meine brennende Haut.

„Genug", verfügte Nick und Ben trat gehorsam zurück. „Wir wollen es ihr nicht so schwer machen, oder, Liebes? Bist du be-reit für deinen letzten?"

„Ja", hauchte ich tapfer und stellte mir vor, wie direkt im An-schluss ein harter Schwanz, egal wessen, in mich eindrang und mich vögelte. Feuchtigkeit rann zwischen meinen Beinen hinab.

„Mein Gott bist du heiß", flüsterte Ben.

„Ein besonderes Merkmal der Claire Sander", murmelte Nick und holte zum letzten Mal aus. Der Schlag traf mich abermals von links, dieses Mal platzierte er ihn so, dass er quer über beide Pobacken ging und auch meine Schamlippen traf. Ich biss die

Zähne zusammen, um nicht zu kommen, meine Muskulatur geriet außer Kontrolle.

„Oh bitte, bitte, besorg es mir endlich!", stieß ich hervor und presste meine Brust gegen die Polsterung des Pferdes, reckte meinen Hintern empor. Meine Haut pochte wie verrückt, fühlte sich an, als habe ich offene Wunden, doch die schlimmste Wunde war zwischen meinen Schenkeln und wollte endlich versorgt werden. „Ich kann nicht mehr, bitte!"

„Ben", sagte Nick ruhig und Bens Finger schoben sich in mich, dehnten mich langsam, quälend langsam. Ich stöhnte laut auf. Gleichzeitig strichen Nicks Finger durch mein Haar und verursachten mir eine Gänsehaut auf den Oberarmen. Nun gesellte sich Bens Zunge zu seinen Fingern und widmete sich meinem Anus. Ich genoss jede Bewegung, als er mich dort leckte und schluchzte laut. Nicks Lippen legten sich auf meine, seine Zunge schob sich tief in meinen Mund. Seine Hände entblößten meine Brüste und kneteten meine Nippel, gleichzeitig wurden Bens Finger schneller und sein Daumen strich rau über meine Klit.

„Nick, ich kann nicht mehr", wiederholte ich keuchend. „Bitte, darf ich kommen?"

„Lass sie kommen", sagte Nick mit belegter Stimme und Ben wandte sich meiner Klit zu, nahm sie zwischen Daumen und Zeigefinger und ließ mich so hart kommen, dass mir die Luft wegblieb. Nicks Lippen dämpften meinen Aufschrei und seine Hände hielten mich fest, als ich zu zucken begann. Bens Finger schoben sich unter die Oberschenkelriemen und stabilisierten mich hier, während er meinen Anus leckte und mich aufs Äußerste reizte. Schwer atmend gab ich mich dem Orgasmus hin, fühlte mich, als würde ich meinen Körper verlassen und über mir schweben. Es war unbeschreiblich.

Nick löste sich von mir. „Gönnen wir ihr eine kleine Pause vor der nächsten Runde." Nächste Runde?

Mein Kopf ruckte hoch. Zum gegenwärtigen Zeitpunkt war ich nicht überzeugt, eine nächste Runde zu überstehen. Mein Hintern brannte, meine Beine waren taub und ich komplett nassgeschwitzt. Jemand hielt mir etwas hin, das meine Lippen als Strohhalm identifizierten. Dankbar saugte ich daran, trank das ganze Wasserglas aus. „Danke", flüsterte ich und Lippen legten sich auf meine, ich erkannte Ben.

„Gern geschehen, meine Süße. Ich komme langsam auf den Geschmack. Und du bist zufrieden, oder?" Ich lächelte. Ja, es gefiel mir, etwas Anderes zu behaupten wäre eine glatte Lüge. Jetzt, wo die beiden sich anscheinend miteinander arrangierten, wurde es immer besser, weil ich mich fallen lassen konnte. Es war nicht so entspannt wie bei einer Session mit Nick allein, aber ich hoffte, dass wir diesen Level noch erreichten.

„Wie geht es weiter?", wagte ich zu fragen und drehte meinen Kopf in die Richtung, in der ich Nick vermutete.

„Wir tauschen", erklang seine Stimme. „Und ich werde das Werkzeug wechseln. Das waren genug scharfe Hiebe für deine Haut. Ich hoffe, du hast nicht vor, morgen viel zu sitzen."

„Iwo, ich arbeite ja nur in einem Büro", murmelte ich. Nick lachte leise und Ben strich mir eine verschwitzte Haarsträhne aus der Stirn.

„Ich werde dir am Wochenende helfen, dich zu regenerieren", versprach er mit samtener Stimme.

„Claire, bist du bereit?", fragte Nick abrupt, bevor ich antworten konnte. „Ja." Wenn sie die Positionen wechselten, bedeutete das, ich könnte Ben einen blasen. Unwillkürlich leckte ich mir bei dem Gedanken daran die Lippen. Ich liebte den Oralverkehr mit ihm, wie hemmungslos er dabei war und wie schön sich sein langer glatter Schwanz in meinem Mund anfühlte.

Hände legten sich auf meine Schultern und Hüften, strichen über meine Haut und liebkosten sie sanft. Jemand öffnete den Verschluss meines BHs und befreite meine Brüste, knetete sie und entlockte mir ein Stöhnen.

Finger drangen in meine Pussy und in meinen Anus ein, untersuchten mich, reizten und neckten mich, dann berührte etwas meine Lippen, das ich als Eichel identifizierte. Schon war ich im

Begriff, den Mund zu öffnen, besann mich aber und wartete auf die Freigabe. Es war besser, Nick, der sich gerade hingebungsvoll an mir zu schaffen machte, nicht durch übereilte Aktionen zu reizen. Er fingerte mich härter und ich wurde immer schärfer.

Wollte er mich etwa gleich kommen lassen? War er ungeduldig oder wollte er Ben beweisen, wie gut er es konnte? Wenn er es darauf anlegte, brachte er mich wie kein anderer zum Schreien, das hatte er mir mehr als einmal eindrucksvoll bewiesen.

Stöhnend rieb ich mich an seinen Fingern, Bens Schwanz erwartungsvoll an meinen Lippen, dann hörte er auf, kurz, bevor ich ernsthaft auf die Idee kam, einfach loszulassen.

„Herrlich", sagte Nicks Stimme rau und seine Handflächen strichen über die brennende Haut meines Hinterns, wo sie feuchte Spuren hinterließen. „Öffne den Mund, Claire, und mach schön langsam. Ben hat nicht die Erlaubnis zu kommen. Genauso wenig wie du, bis ich es dir gestatte. Verstanden?"

„Ja, verstanden", antwortete ich sofort und Ben tat es mir nach kurzem Zögern gleich. Endlich öffnete ich meinen Mund und hieß ihn willkommen, legte meine Lippen um ihn und strich mit der Zunge über seinen kompletten Schaft bis zu seiner Eichel, auf der sich bereits ein salziger Tropfen bildete. Ich stöhnte wohlig und saugte an ihm, während sich hinter mir etwas tat.

Welches seiner Werkzeuge hatte Nick für diese zweite Runde ausgewählt? Es musste stumpf sein, um meinen Hintern zu schonen. Ich spürte etwas Hartes zwischen meinen Schenkeln, es war kühl und glatt. Als er damit zwischen meinen Schamlippen entlangfuhr, hatte ich keine Ahnung, was es sein könnte, da traf mich der erste Schlag. Mit Bens Schwanz im Mund gab ich ein dumpfes Stöhnen von mir und atmete tief durch die Nase aus.

Ein Paddle. Damit kam ich klar. Nicks Fingerspitzen strichen über die Stelle, die er eben getroffen hatte, und ich widmete mich meiner Aufgabe.

Ben hielt mich an den Schultern fest und versuchte, sein Becken stillzuhalten, doch sein Atem ging bereits schneller. Ich musste behutsamer vorgehen, denn kam er ohne Nicks Erlaubnis, würde ich die Bestrafung dafür einstecken. Und ich wollte keine unnötige Strafe, ich wollte gevögelt und belohnt werden.

Mich traf der nächste Schlag auf die andere Pobacke und ich stöhnte erneut auf. Das Klatschen war laut, doch die Intensität der Schläge mit den Peitschenhieben kaum vergleichbar. Nick wusste das und richtete sich nach meiner Schmerztoleranz.

Mein Mund machte langsamer, bedächtiger und ich reduzierte den erzeugten Unterdruck ein wenig, während mich zwei weitere Hiebe trafen. Den Schmerz bekam ich gut in den Griff, hieß ihn willkommen wie einen Freund, der sich mit meiner Lust vermischte, die ich wegen des Blowjobs empfand. Mein Schritt war nass und ich wünschte mir, Nick würde sich mehr um diesen Bereich kümmern.

„Noch zwei, Claire", versprach er mir in diesem Moment, als habe er meine Gedanken gelesen. „Du bist sehr tapfer." Zur Belohnung strich er mit dem Paddle zwischen meinen Schamlippen entlang und versetzte meiner Klit einen winzigen Schlag, der von den Zehenspitzen bis zur Stirn vibrierte. Meine Fingerspitzen kribbelten und ohne es zu wollen, erhöhte ich den Druck meiner Lippen. Wozu waren zwei Schwänze in Reichweite, wenn ich nur einen zur Zeit haben konnte? Ich wollte beide, je tiefer und härter, desto besser!

Bens Finger gruben sich in meine Haare und er keuchte, als ich ihn intensiv blies. Der erste der beiden letzten Schläge traf mich auf die linke Pobacke und ich stieß einen gedämpften Schrei der Ungeduld aus. Ich wollte mehr, ich wollte alles, und zwar sofort. Nachdrücklich reckte ich Nick meinen Hintern hin, forderte ihn auf, mir den letzten Hieb zu verpassen.

„Sie wird ungeduldig." Nicks klang belustigt.

„Kann ich verstehen", stieß Ben zwischen zusammengebissenen Zähnen hervor. Ich musste schleunigst nachlassen, sonst würde er kommen. Ohne Nicks Erlaubnis und das durfte ich nicht riskieren. Nick lachte leise und strich erneut mit der Kante des Paddles durch meine Feuchtigkeit.

Ich stöhnte und rieb mich daran, er sollte endlich das tun, was ich von ihm wollte, bevor ich durchdrehte.

Ein kleiner Hieb traf meine Klit und ich schrie erstickt auf. Es fehlte nur ein winzig kleiner Schritt und ich könnte ... Der letzte Schlag auf meinen Hintern traf mich unvorbereitet hart und ich gab Bens Schwanz kurz frei. Meine Zähne schlugen aufeinander und ich hörte ihn keuchen. „Das war knapp."

„Claire, du hast keine Erlaubnis zu kommen", rügte Nick mich. Das war ein Strafhieb gewesen.

„Bitte entschuldige", murmelte ich und atmete gegen den Schmerz. Tränen schossen mir in die Augen und ich musste tief Luft holen, um klarzukommen.

„Alles okay?", fragte Ben besorgt. Ich spürte Nicks strengen Blick förmlich in meinem Nacken.

„Ja, alles in Ordnung." Mein Tonfall war schärfer als beabsichtigt, aber das sollte er ruhig merken. Ich schätzte solche Bestrafungen nur in einem bestimmten Maß und das eben war fast darüber hinaus gegangen. Finger teilten meine Schamlippen und drangen in mich ein, stimulierten mich und ich begriff, dass er seinen Fehler einsah. Das würde nicht wieder vorkommen. Ich öffnete meinen Mund erneut und nahm Bens Penis in mir auf, blies langsamer, kontrollierter, während Nicks Fingerfertigkeit mir einiges abverlangte, aber der Trotz machte mich geduldig. Sollte er sich doch an mir abarbeiten!

Mit einem Mal drangen gut gleitende Finger in meinen Anus und ich ahnte, was kommen würde. Konzentriert entspannte ich meine Muskulatur und spreizte die Schenkel, um ihm den nötigen Raum zu geben. Langsam schob sich Nicks Schwanz in meinen Anus, Zentimeter für Zentimeter und ich stöhnte laut auf, während ich Bens Erektion tiefer in meiner Kehle aufnahm.

Endlich. Und noch besser als gedacht.

Er erreichte die Maximaltiefe und bewegte sich in mir, kontrolliert, gleichmäßig, trieb mich zum Abgrund. Ich hielt es nicht lange aus, der Analverkehr mit Nick war einfach zu gut, und der Schwanz in meinem Mund gab mir den Rest. Ich war ihnen hilflos ausgeliefert und ergab mich den rhythmischen Stößen, in denen sie mich gleichzeitig vögelten.

„Du hast die Erlaubnis, zu kommen, Claire", zischte Nick und seine Hände krallten sich in meine Hüfte. Ich kostete es voll aus, ließ ihn noch einige Stöße ausführen und genoss den Kontakt mit den beiden. Jeder für sich und beide zusammen ... Der Orgasmus kam über mich wie eine Flutwelle, die mich davonriss. Ich schrie auf und wölbte den Rücken.

Schon erwartete ich, dass Ben endlich so weit wäre, wappnete mich für das heiße Sperma, doch es kam keins. Er hielt sich zurück, unwillig, das Ganze zu beenden, erkannte ich. Sie wollten eine weitere Runde machen und mich vollkommen über den Rand treiben.

Es gab nichts, was ich mehr wollte.

Mein Körper zuckte unkontrolliert und ich bekam nur schwer Luft, schließlich gab ich Ben frei und Nick zog sich aus mir zurück. Ihn jetzt verlieren, ließ mich einen unsinnigen Verlust empfinden. Der Kontakt brach zu früh ab, ich war noch nicht dafür gewesen. Ich brauchte einen Moment, um mich einzukriegen, die Nachwehen des Orgasmus zu verarbeiten und mein Bewusstsein soweit unter Kontrolle zu bekommen, dass ich einigermaßen Herrin über meine Sinne war. Da lösten sich die Fesseln um meine Oberschenkel und kurz darauf um meine Fußgelenke. Erst jetzt bemerkte ich die Schmerzen in meinen Knie und Verspannungen in meinem Nacken. Der Sex ließ mich alles andere ausblenden.

Meine Handfesseln wurden ebenfalls entfernt und meine Augenbinde lüftete sich. Ich blinzelte ins gedimmte Licht und erblickte Bens Gesicht. Sein Oberkörper war nackt und glänzend vor Schweiß und seine Wangen gerötet, der Verschluss seiner Hose war offen. Wir sahen uns einen Moment lang einfach nur an und seine Augen sagten mir etwas, von dem ich sicher gewesen war, es von ihm nie wieder zu hören: *Ich liebe dich.*

Entschlossen unterbrach ich den Blickkontakt, weil mir schwindelig wurde. Nick, der hinter mir stand, ergriff meine

Hand und half mir auf. Als sein kantiges Gesicht in mein Blickfeld kam, die dunklen Haare mit den silbernen Strähnen und seine ruhigen braunen Augen, beruhigte ich mich ein wenig. Er führte mich zur Bar. „Möchtest du etwas trinken?"

„Ja, aber dieses Mal muss es stärker sein als Wasser", erwiderte ich matt. Er lächelte und schob mir meinen Gin-Tonic zu. Dankbar trank ich das Glas aus und sah an mir herunter. Lächelnd richtete ich meinen verrutschten Slip und sah mich nach den Männern um: Ben stand unschlüssig schräg hinter mir und Nick lehnte an der Bar, beide ließen mich keine Sekunde aus den Augen. Das große Finale fehlte, ich war bisher als einzige auf meine Kosten gekommen. Ich lehnte mich auf dem Hocker zurück und schlug die Beine übereinander.

„Was kommt als nächstes?", fragte ich Nick und hielt Ben meine Hand hin, damit er näherkam. Er stellte sich direkt hinter mich, sein warmer Atem strich über meinen Nacken.

Nick betrachtete uns beide nachdenklich, ein kleines Lächeln umspielte seine Lippen. „Ich denke, dein Hintern hatte fürs erste genug", sagte er liebenswürdig. „Ich weiß nicht, Ben, wie es dir geht, aber ich könnte langsam die vornehme Zurückhaltung vergessen." Ben nickte und nahm mir das leere Glas aus der Hand.

„Das sehe ich genauso."

„Darauf warte ich ja nur die ganze Zeit", sagte ich kess. Nick zog mich wortlos vom Stuhl hoch und hinüber zu der Pritsche. Dort legte er mir die Handriemen an und stellte die Liegefläche so ein, dass mein Kopf niedriger war als der Rest meines Körpers. Ben war größer als Nick und das hatte dieser bedacht, als er sich ans Kopfende stellte, über mich griff, die Beinteile abschwenkte und so meine Beine spreizte.

Er winkte Ben heran, der zwischen ihnen Stellung bezog. Diesem schien das ganze seltsam vorzukommen und er hielt meinen Blick fest. Jetzt wo ich auf dem Rücken lag, sah er alles, was Nick mit mir machte und umgekehrt, anscheinend kostete es ihn Überwindung, seine Hose zu öffnen. Ich erwiderte den Blickkontakt.

„Du musst anfangen", hauchte ich und Nick strich über meine Wange. Er würde später einsteigen und dieses Mal, da war ich mir ganz sicher, würde er durchziehen und in meinem Mund kommen. Ich sah ihn an und lächelte, während Ben näher an mich herantrat und vorsichtig seine Finger zwischen meine Schenkel gleiten ließ.

„Ich ziehe dir den Slip aus", sagte er mit belegter Stimme und schob meine Schenkel zusammen. Ich hielt den Atem an als er den zarten Stoff entfernte und sich vorbeugte, um mit der Zunge über meine Klit zu lecken, danach über meinen ganzen Schambereich, von der Klit bis zu meinem köstlich gedehnten Anus.

Nick massierte meine Nippel und ich sah, wie sehr es ihn anmachte, Ben dabei zu beobachten, wie er mich leckte. Noch einmal strichen seine Lippen über meine Haut und er saugte sich an meiner Klit fest, ließ mich keine Sekunde aus den Augen und ich genoss seine Berührungen.

Wie hatte ich das alles wegwerfen können?

Er richtete sich auf und schob seine Hose herunter, sein harter Schwanz kam zum Vorschein und ich wollte ihn endlich in mir spüren. Erwartungsvoll spreizte ich die Beine und sah Nick an. „Darf er?"

„Oh ja, er darf." Nick sah zufrieden aus und hielt mich fest, als Ben in mich eindrang. Ich schluchzte und spannte alle Muskeln an, nahm seine Stöße in mir auf und behielt ihm im Blick. Nicks Hände lagen auf meinen Schultern, auch er wandte sich keine Sekunde ab, genoss sichtlich das Schauspiel, das wir ihm boten.

Mühsam riss ich mich von Ben los und sah ihn an, da öffnete Nick seine Hose und schob mir erst seinen Daumen und anschließend seinen Schwanz in den Mund.

Ben hielt kurz inne, schien nicht recht zu wissen, wie er weitermachen sollte, bis Nick ihm den Befehl dazu gab. Rhythmisch begannen die beiden, mich zu vögeln, jeder auf seine Art und trotzdem im perfekten Einklang. Nick kümmerte sich um meine Brüste, Ben streichelte parallel meine Klit. Ich war im siebten Himmel. Nie hatte mir etwas besser gefallen als dieser Sex und am besten hörte er niemals auf. Nick pumpte härter in meinen Mund und Bens Stöße wurden gleichzeitig intensiver, bis ich nur noch aus brennender Lust bestand.

Endlich wurde Bens Griff um meine Hüften fester und er kam im gleichen Moment, in dem ich so weit war. Nicks Schwanz in meinem Mund zuckte, heißes Sperma füllte meinen Rachen aus und lief über meine Zunge.

„Nicht schlucken", stieß Nick mühsam hervor und irgendwie gelang es mir, diesem Befehl zu folgen. Mein Orgasmus rollte über mich und betäubte meine Sinne, ließ von mir nur eine sich windende Kreatur zurück, die vor Lust beinahe verging.

Meine Muskulatur spielte verrückt, ich verlor jede Kontrolle über sie und musste meine ganze Konzentration auf meine Atmung legen, um meinen Schluckreflex zu unterdrücken.

Mein Kopf war seitlich gedreht, sodass ich an Nicks Brust vorbei in sein vor Erregung gerötetes Gesicht sah. Schweiß rann über seinen Hals und sammelte sich auf seiner Brust.

Ben war außerhalb meines Sichtfelds, doch Nick zog sich langsam aus meinem Mund zurück und wechselte einen Blick mit ihm. Ich wusste sofort, was er wollte.

„Lass sie noch einmal kommen", befahl er und Bens Fingerkuppen legten sich sofort auf meine Klit und reizten sie erneut. Ich stand so nah am Abgrund, es war nur eine Sache von Sekunden. Neue Zuckungen erschütterten mich und Nick griff nach meinen Schultern und stabilisierte mich, als ich mich aufbäumte.

Der Inhalt meines Mundes ergoss sich über meinen Hals und meine Brüste und endlich sah ich Ben, der mich keinen Moment aus den Augen ließ. Er war noch in mir und seine blauen Augen wirkten dunkel wie Seen, während er mich streichelte. Ich versank in ihnen und meine Welt verengte sich nur auf uns beide. Es existierte niemand sonst, nicht einmal Nick, dessen Hände auf mir lagen.

Ich wollte nicht darüber nachdenken, was das bedeutete.

Mit einem erstickten Schrei kam ich ein weiteres Mal und Nicks Lippen legten sich auf meine.

Ich war kurz davor, das Bewusstsein zu verlieren. Es war unbeschreiblich gut und ich war froh, diesen Schritt gewagt zu haben. Gleichzeitig war mir klar, dass dies das einzige Mal bleiben würde.

Schließlich ließ Ben von mir ab und zog sich aus mir zurück. Ich sah in die erhitzten Gesichter und bat Nick, meine Handgelenke freizumachen. Er wischte mir mit schwer zu deutender Miene die Reste seines Ergusses aus dem Gesicht und hielt dabei meinen Blick fest. Ein feines Lächeln umspielte seinen Mund und ich sah einen Hunger in seinen Augen, den ich noch nicht kannte.

Mein Inneres brannte und ich fühlte mich, als stünde ich unter Strom, gleichzeitig war ich vollkommen entspannt und ein Hochgefühl begleitete mich. Es war genau die richtige Entscheidung gewesen. Ich blickte von einem zum anderen und musste lächeln.

Mit wackeligen Beinen stand ich auf und küsste beide nacheinander auf den Mund, während Bens Sperma zwischen meinen Beinen hinabrann. Seine Hände legten sich auf meine Schultern und ich versank in seinen Augen.

„Ich danke euch beiden für diese unglaubliche Erfahrung."

16. Kapitel

Am nächsten Morgen fiel mir das Sitzen erwartungsgemäß schwer. Ben brachte mich nach Hause und ich schlief sofort ein. Ächzend quälte ich mich nach dem Weckerklingeln aus dem Bett und machte mich fertig. Gott sei Dank war heute Freitag, sodass ich ab drei Uhr die Kurve kratzen konnte. Nach meinem obligatorischen Espresso fuhr ich zum Baumwall, parkte in der Tiefgarage der Kanzlei und fuhr hoch zu unserer Etage. Auf dem Flur spähte ich erst in Sams, dann in Sonjas Büro. Seines war noch leer, doch sie saß bereits an ihrem Schreibtisch. Mit einem scheuen Lächeln sah sie mich an und stand auf.

„Hey, wie war dein Abend?", fragte sie leise. Ich schloss die Tür und ließ mich stöhnend in ihren Besucherstuhl fallen.

„Toll. Nichts für jeden Tag, aber ich bin froh, es gemacht zu haben." Sie nickte ernst, als sprächen wir über eine Behandlung beim Arzt. Wieder einmal dachte ich, wie schwer Sonja es hatte. Sie war knapp vierzig und hatte so viel Scheiße am Hals. Und ich quatschte sie mit meinen Bettgeschichten voll.

„Wie geht es dir? Zwei Wochen bis zu deiner Firmenübernahme." Trotz ihres Lächelns, mit dem sie sich sichtlich um Zuversicht bemühte, sah sie blass aus und jünger als sonst, als nähme ihr die Angst einige Lebensjahre.

„Es wird besser. Glücklicherweise ist Canan wirklich klasse und die Einarbeitung läuft tadellos. Ich habe ihr ein paar meiner Aufgaben übergeben und sie nimmt mir sogar schon einige Termine ab, um sich hinterher mit mir darüber auszutauschen. Ich kann guten Gewissens gehen. Meinem Vater geht es deutlich besser. Seine linke Körperhälfte ist ein bisschen schwach und er hasst es, so viel liegen zu müssen, aber er darf bald nach Hause. Er redet davon, wieder zur Arbeit zu gehen, aber er steckt diese ganze Sache nicht mehr so einfach weg. Was das Geschäftliche angeht... ich denke, da komme ich rein. Die Firma ist übersichtlich und Papa und Vincent haben die Konten in Ordnung gehalten. Mir macht nur Sorgen, dass Papa die Bilanzierung selbst gemacht hat. Du weißt, er ist darin kein Fachmann, wollte sich aber nie helfen lassen. Wahrscheinlich haben wir hier ein riesiges Optimierungspotenzial, wenn ich wüsste, wie es geht. Sam sollte sich das mal anschauen."

Ich nickte. Sam war der Meister der Buchhaltung und kümmerte sich um die Steuerangelegenheiten der Kanzlei. Nach unserem gemeinsamen Studium in *Operations & Finance* hatte er seinen Steuerberater gemacht und kannte sich bestens aus.

Die Tür ging auf und Em kam herein, bevor ich mich nach Sonja selbst erkundigen konnte. Ich hatte den Eindruck, dass sie mir nicht alles erzählte, doch Ems Gesicht war zu ernst, um sie zu ignorieren. „Guten Morgen. Kommt mit", sagte sie angespannt und wir sprangen sofort auf. Es musste etwas mit Sam sein. Alarmiert eilte ich über den Flur und sah in das kreidebleiche Gesicht meines besten Freundes.

„Liebster, was ist los?", fragte ich, umrundete den Schreibtisch und nahm ihn in den Arm. Er blickte mich an, schien jedoch durch mich hindurch zu sehen.

„Tim hat mich angerufen", sagte er tonlos. „Das Jugendamt hat sich gemeldet. Sie leiten eine Untersuchung ein und haben das Adoptionsverfahren wiedereröffnet. Wenn sie nur einen verdächtigen blauen Fleck finden, Dionne einmal zu oft weint, nehmen sie sie uns weg. Heute Nachmittag ist der erste Termin. Wir haben eine neue Betreuung, also keine Frau Meisel mehr, die uns kennt, sondern jemand, der uns unter Generalverdacht stellt."

„Aber sie haben doch die Berichte und wissen, dass alles vorbildlich war", sagte Sonja sanft, aber nachdrücklich. „Sicher wird sich das ganze schnell lösen lassen. Sie werden sehen, was für tolle Eltern ihr seid und das Verfahren einstellen. Hab keine Angst, Sam. Geh und kümmere dich um deinen Mann und deine Tochter. Ich sage der Drachenfrau Bescheid."

Sam nickte und stand wie betäubt auf. Ich beobachtete ihn mit bangem Herzen und wollte am liebsten mit ihm gehen, doch ich hatte gleich einen Termin, auf den ich nur zu gern verzichtet hätte. Ich wollte bei ihm sein, aber Tim wartete auf ihn. Die beiden würden es zusammen hinbekommen.

„Geh zu Fuß", riet Em. „Wir bringen dir dein Auto nachher, fahr lieber nicht." Er nickte und fummelte den Autoschlüssel von seinen Bund ab, um ihn mir in die Hand zu drücken. Ich küsste ihn und drückte ihn fest an mich, danach umarmten ihn Em und Sonja und wir sahen ihm nach, als er wie ein Schlafwandler den Flur hinunterging. Em seufzte und sah auf ihre Uhr.

„Fuck, ich muss zu Bitter und das Event nächste Woche besprechen. Wir sehen uns später." Wir nickten, Sonja ging zur Drachenfrau, um ihr Sams Krankheit mitzuteilen. Ich lief nach nebenan und informierte sein Team. Swetlana, seine Stellvertreterin, wusste anscheinend Bescheid, denn anders als erwartet stellte sie keine neugierigen Fragen, sondern ging direkt in Sams Büro und holte die Akten von seinem Tisch.

Mit einem flauen Gefühl im Magen brachte ich den Freitag herum, ständig wanderten meine Gedanken zu Sam und am liebsten hätte ich ihn angerufen, doch etwas hielt mich zurück. Er und Tim mussten die Zeit nutzen, um eine Lösung zu finden, gemeinsam würden sie auch diese beschissene Sache durchstehen. Ich hatte vor, nach ihnen sehen, wenn ich nachher das Auto vorbeibrachte. Heute Morgen hatte ich ein Taxi genommen, um mir die Parkplatzsuche in der HafenCity nach Feierabend zu ersparen. Heute stand unser Doppeldate mit Lukas und Em an, auf das mir die Lust angesichts der jüngsten Ereignisse gründlich vergangen war.

Aber möglicherweise war das die richtige Ablenkung.

Ich ging mit meinem Team Mittagessen und bereitete gerade das Montagsmeeting vor, als Em endlich, nach gefühlten vier Stunden, von ihrem Termin mit Bitter zurückkam. „Kreiß kam dazu mit tausend Wünschen für das nächste Event. Und Bitter wollte von mir wissen, ob ich dich oder Harry für die Position aussuchen würde. Ich habe ihm gesagt, dass ich kaum unparteiisch in dieser Frage bin, aber selbst, wenn wir nicht befreundet wären, dich befördern würde. Daraufhin hat er komisch geguckt, aber nichts mehr gesagt. Süße, ich kann mir nicht helfen, ich glaube, es wird über dich geredet."

Dieser Satz war ein Schock, obwohl ich damit gerechnet hatte, dass er irgendwann kommen würde. Ich war Em dankbar für ihre Ehrlichkeit, dennoch fühlte ich mich, als hätte man mich mit Eiswasser übergossen. Sprachlos starrte ich sie an, unfähig, Worte zu formulieren.

Sie gab mir dankenswerterweise die Zeit, um einige Male tief ein- und auszuatmen, bis ich mich einigermaßen gesammelt hatte. Endlich erinnerte ich mich daran, wie man sprach, doch meine Stimme hörte sich rissig an und meine Lippen waren taub.

„Meine Beförderung kann ich mir also abschminken", meinte ich dumpf. Em schüttelte vehement den Kopf.

„Das glaube ich nicht. Die Drachenfrau findet Harry zum Kotzen und hat da ein Wörtchen mitzureden. Ich bin mir ziemlich sicher, dass sie sich für dich aussprechen wird."

„Schlussendlich fällt aber die Partnerversammlung die Entscheidung, auch über ihren Kopf hinweg. Und egal, was die Typen in ihrer Freizeit treiben, im Herzen sind die meisten doch Spießer, die mich nur zu gern verurteilen, falls Harry seine News in der Kanzlei verbreitet hat." Es war schrecklich und zum ersten Mal seit einiger Zeit verspürte ich das Bedürfnis loszuheulen.

Em sah mich stumm an, dies war einer der wenigen Momente, in denen ihr die Worte fehlten. Es gab nichts zu sagen, um die Sache besser zu machen. Wortlos stand sie auf und legte die Arme um mich, da klingelte ihr Diensthandy, das sie seufzend in die Hand nahm.

„Wenn man vom Teufel spricht. Ich komme zurück", versprach sie entschuldigend, verließ den Raum und nahm das Gespräch an. Ich starrte ihr hinterher und versuchte, meine Enttäuschung in den Griff zu bekommen.

Positiv zu denken.

Es war nichts verloren, egal ob es sich momentan so anfühlte. Es bestand die Möglichkeit, dass diese Sache als das abgetan wurde, was sie war: Unsinn.

Ein schwaches Lächeln verzog meinen Mund. Die Wahrscheinlichkeit war schwindend gering. Ich war geliefert.

Trotzdem blieb mir nur eine Wahl: Durchhalten und hoffen. Heute Abend Wein trinken, um auf andere Gedanken zu kommen. Danach solange mit Ben vögeln, bis ich wirklich auf andere Gedanken und gekommen war.

Wir trafen uns vor dem vietnamesischen Restaurant in Altona, in dem Lukas einen Tisch reserviert hatte. Ben verschwieg ich meine Befürchtungen, er würde sich nur unnötig Sorgen machen, was ich uns beiden gern ersparen wollte. Stattdessen hatten wir einen Quickie auf seinem Esszimmertisch, als Appetitanreger für die kommende Nacht.

Em und Lukas waren bereits eingetroffen und unterhielten sich. Es war ihm anzusehen, dass sie ihm gefiel in ihrer 7/8-Lederhose mit den roten Lackpumps und der Seidenbluse im Hemdenstil. Für ihre Verhältnisse ein braves Outfit und ich fragte mich, ob sie ihren Verehrer damit auf Abstand halten wollte. Ich selbst trug ein knielanges schwarzes Kleid mit V-Ausschnitt und einer silbernen Gürtelapplikation, eine Wahl von Ben, die mich überraschte, weil sie fast bieder anmutete. Wenn man von dem Umstand absah, dass er die Wäsche bis auf eine schwarze Büstenhebe aus Spitze komplett weggelassen hatte.

„Endlich Wochenende!", verkündete Bens Kollege fröhlich und hielt uns die Tür auf. „Wie war dein Termin mit dem Landschaftsbauer, Claire?"

„Sehr zufriedenstellend, danke", erwiderte ich und tauschte einen schnellen Blick mit Em, die sich auf die Lippe biss, um ihr Lachen zu unterdrücken. Bens Blick mied ich lieber, bevor er rot wurde und weitere Fragen provozierte.

Als ich bei ihm ankam, nahm er mich lange in den Arm und sagte mir, wie froh er über den gestrigen Abend war. Er sprach es nicht aus, aber ich wusste, dass wir es nicht wiederholen würden. Die ganze Erfahrung, so toll sie gewesen war, hatte ihm einiges abverlangt, genau wie mir. Das war mir lieber so, ich wollte die beiden Männer getrennt voneinander treffen, eine Vermischung führte auf Dauer nur zu Problemen, egal, wie sehr ich den Sex genossen hatte.

Heute Abend würden wir es ruhiger angehen lassen.

Voraussichtlich.

Wir bestellten Wein und einen landestypischen Schnaps, von dem Lukas zwei Runden ausgab. Dabei machte er Em Komplimente über ihr Aussehen und ich sah ihr an, wie anstrengend sie ihn fand. Seine Begeisterung für sie war einfach zu offensichtlich. Sie liebte es, selbst auf die Jagd zu gehen, außerdem war sie arrogantere Typen gewöhnt. Ich fand ihn lustig, er war eine willkommene Abwechslung zu den Aufschneidern, die meine Freundin sonst umschwirrten, aber das musste sie selbst wissen. Das Essen war gut und die Stimmung wurde besser, als wir eine weitere Runde Shots bestellten.

„Ich hoffe, Claire, du weißt, wie sehr unser Ben in dich verliebt ist", sagte Lukas nach dem Hauptgang grinsend und schlug ihm auf die Schulter. Ben machte ein erschrockenes Gesicht. „Er erzählt viel von dir, weißt du? Ich glaube, die Hälfte aller Kollegen ist ganz scharf auf dich, weil er so von dir schwärmt." Die Wangen meines angeblichen Partners wurden flammend rot und er warf mir einen alarmierten Blick zu.

„Er übertreibt maßlos", wiegelte er ab. „Lukas hat mir ein paar Fragen gestellt, die ich einfach beantwortet habe."

„Mein Gott, Magnussen, warum spielst du das so runter?", sagte Lukas augenrollend. „Nachher denkt sie noch, du meinst das ernst." Erinnerungen an den vorigen Abend kamen hoch und an diesen Ausdruck in Bens Gesicht, während er mich allein vögelte.

Scheiße, das ganze wurde viel zu intensiv. Viel zu brenzlig.

Unser Arrangement bezog sich auf Sex, nur und ausschließlich auf Sex, doch immer deutlicher wurde mir bewusst, dass es nicht klappte. Em warf mir einen Blick zu, der mir sagte, dass sie es auch so sah. Ich bekam es mit der Angst zu tun.

Das Arrangement musste unbedingt funktionieren! Ich durfte Ben nicht noch mal verlieren.

„Danke, Lukas, ich weiß, was ich an Ben habe, mach dir keine Sorgen", sagte ich zu seinem vorlauten Freund und fand ihn gar nicht mehr so witzig. Lukas schien darauf etwas sagen zu wollen, da stand Em auf und verkündete, sie ginge nun eine rauchen. Sofort sprang ihr Verehrer auf und begleitete sie. Ben und ich blieben schweigend zurück.

„Er redet einen Scheiß…", murmelte er und setzte sein Weinglas an. Ich atmete tief durch und zuckte mit den Schultern.

„Mach dir deswegen keinen Kopf. Er scheint zu den Leuten zu gehören, die sich überall einmischen müssen. Er meint es bestimmt nicht mal böse."

„Ich weiß, aber er hält einfach nie den Rand und übertreibt pausenlos." Ben klang frustriert und warf einen finsteren Blick über meine Schulter. Verblüfft riss er die Augen auf. „Ich glaube, das Problem hat sich erledigt." Ich sah durch die Scheibe nach draußen, wo Em und Lukas sich küssten.

Okay, das kam überraschend. Ich hatte eher damit gerechnet, dass sie ihn eiskalt abblitzen ließ, doch stattdessen wirkten sie wie ein frischverliebtes Paar. Er hatte seine Hände in ihren Nacken gelegt und sie dicht an sich gezogen. Gänsehaut überzog meine Arme und ich schwankte zwischen Fassungslosigkeit und Belustigung. Em wirkte völlig versunken, so kannte ich sie gar nicht.

Schließlich lösten sie sich voneinander und sie trat ihre heruntergebrannte Zigarette aus. Mit schwer zu deutender Miene kam sie zurück an den Tisch, es wirkte nicht so, als wolle sie darüber sprechen.

„Ein Dessert?", fragte die Bedienung und wir verneinten. Es schien, als endete der Abend abrupt enden und es bestand kein Zweifel daran, wie er ausging. Em machte ein Gesicht, als hätte sie Probleme, sich selbst zu verstehen.

„Alles okay?", fragte ich, als die beiden Männer bezahlten. Lukas bestand darauf, Em einzuladen. „Gehst du mit ihm?"

„Du kannst dir gar nicht vorstellen, wie der Typ küsst", zischte sie und berührte ihre Lippen. „Das habe ich in der Oberstufe zuletzt erlebt und irgendwie… finde ich es gut. Ich denke, ich gönne ihm diese Nacht."

„Du musst nicht, weißt du?", erinnerte ich sie, nur für den Fall, dass sie zwischenzeitlich vergessen hatte, dass man Zeit mit Männern verbringen konnte, ohne mit ihnen zu schlafen. Innerlich rollte ich über mich selbst mit den Augen. Ausgerechnet ich sagte das. Em wusste, was sie machte, und wenn Lukas so gut vögelte wie er küsste, war es ihr mehr als gegönnt.

„Ist mir klar. Aber muss ich ihn davon abhalten, zwischen dir und Ben alles schlimmer zu machen." Em suchte in ihrer Handtasche nach einem Kondom und stopfte es in ihre Jackentasche.

Ich holte tief Luft. „Das wird keine Mitleidsnummer, oder?"

„Wenn, ist es eine, weil ich Mitleid mit mir selbst habe", schnaubte sie und für einen kurzen Moment wirkte sie verloren. Es war dringend Zeit für einen Freundinnenabend, sowas musste ich auf den Grund gehen. „Wie dem auch sei, ich werde gleich herausfinden, ob der Bretthauer auch nageln kann!" Schwungvoll stand sie auf und hakte sich bei Lukas, der soeben zurückgekommen und ihren letzten Satz definitiv gehört hatte, ein.

„Ich heiße Brett*schneider*", korrigierte er sie, doch Em lachte und zuckte mit den Schultern. Sie war ganz in ihrem Element. Zusammen verließen wir das Restaurant, dann trennten sich unsere Wege, da Ben und ich ein Taxi nahmen, Lukas aber in der Nähe wohnte und vorschlug, sie könnten zu Fuß dorthin gehen. Em sah wenig begeistert auf ihre Pumps, nickte aber.

„Wenn meine Füße wehtun, musst du dir was einfallen lassen", hörte ich sie fordern, da stieg ich ins Taxi und Ben ließ sich neben mir auf den Rücksitz fallen.

„Ich glaube, sie hat ihre Trennung von Curt noch nicht ganz überwunden", sagte er nachdenklich. Ich warf ihm einen scharfen Blick zu.

„Wie meinst du das?"

„Naja, was ich mitbekommen habe, lässt sie es ja momentan ganz schön krachen. Ich erinnere mich, wie sie und Curt zusammen waren, damals wirkte sie irgendwie… zufriedener."

„Es gab einen guten Grund, mit ihm Schluss zu machen", erwiderte ich. „Ihre Vorstellungen vom Leben waren einfach zu unterschiedlich. Sie hatte gar keine Wahl."

Ben sah wenig überzeugt aus. „Klingt nach einer Ausrede."

„Ist aber keine. Curt hat Em einen Heiratsantrag gemacht. Sie will weder heiraten noch mit dem Arbeiten aufhören, beides ist für ihn aber entscheidend. Sag mir, wo da der Konsens liegt."

„Okay, ich sehe deinen Punkt. Aber trotzdem steckt man sowas nicht so einfach weg, wie sie es vielleicht möchte. Und was sie so durchblicken lässt, scheint sie einen ziemlich krassen Weg gewählt zu haben, um das Ganze zu kompensieren."

Ich wollte widersprechen, verbiss es mir aber. Welchen Sinn hatte es, mit ihm darüber zu diskutieren? Zumal er recht haben könnte und sich bei mir ein schlechtes Gewissen meldete, weil ich das Gefühl bekam, meine Freundin im Stich gelassen zu haben. Als hätte er meine Gedanken erraten, lächelte Ben und nahm meine Hand, als wir vor seinem Wohnhaus hielten.

„Hey, mach dir keinen Kopf. Die Leute müssen die Hilfe auch wollen. Und vielleicht ist sie selbst noch nicht so weit." Er rieb sich die Stirn. „Und möglicherweise vögelt Lukas ihr die Sorgen einfach aus dem Hirn, wer weiß." Ich grinste, dabei hielt ich diese Variante für unwahrscheinlich. Aber die dazugehörige Information würde ich ja allerspätestens am Montag bekommen. Bis dahin konnte ich mich um mich selbst kümmern und versuchen, meine eigenen Sorgen zu vergessen.

Das Wochenende verlief entspannt, ich verbrachte den halben Samstag bei Ben und traf mich abends mit meinen Freunden auf ein paar Drinks. Aiko und Katharina begleiteten uns und ich wunderte mich einmal mehr darüber, wie verliebt die beiden Frauen waren. Aiko hing förmlich an den Lippen ihrer Freundin und ich sah sie unterm Tisch Händchen halten. Es war süß und gleichzeitig irritierend, wenn man diese Aiko mit ihrem Ich von vor acht Wochen verglich.

Tatsächlich berichtete Em ausführlich von ihrer Nacht mit Lukas: „Es war schön, mal einen zu haben, der sich Mühe gibt", sagte sie und nippte an ihrem Moscow Mule. „Er hält sich auf jeden Fall an das Credo „ohne Fleiß kein Preis" und hat es mir ausführlich besorgt. Nichts Ausgefallenes, aber das war zur Abwechslung mal ganz nett. Ich bin vollkommen damit zufrieden, im Liegen durchgevögelt zu werden. Er hat wirklich einen hübschen Schwanz."

Katharina prustete in ihren Drink. „Wie konnte ich bisher nur ohne solche Gespräche leben?"

„Unterhält man sich in Anwaltskreisen etwa nicht über hübsche Schwänze?", fragte Sam scheinheilig und die Juristin bekam beim Lachen einen knallroten Kopf.

„Im Studium? Da sind die meisten zu borniert und geben lieber mit der Bestnote in der letzten Klausur an und später geht es nur noch um Fälle und Mandanten. Mal abgesehen davon, dass solche Infos für mich eher sekundär sind."

„Dir entgeht was", erwiderte Sam grinsend. Er hatte den Schock wegen des Bescheides vom Jugendamt mittlerweile einigermaßen überwunden und brachte sogar etwas Zuversicht auf, dass alles gut werden würde.

„Touché", machte sie und sie prosteten sich zu.

„Gestern Abend machte es eher den Eindruck, dass er dich eher stört und ich war echt überrascht, als ihr euch plötzlich geküsst habt", wandte ich mich Em zu. Die zuckte mit den Schultern.

„Das war ich anfangs auch, aber… als er mich vor dem Restaurant geküsst hat, da…"

„Hat es klick gemacht?", half Sonja weiter. Em biss sich auf die Lippe und zuckte mit den Schultern.

„Sicher anders als du meinst, aber es war überraschend schön." Ein vertrautes Funkeln trat in Sonja Augen und die Frage, die ihr auf der Zunge lag, konnte ich beinahe hören.

„Klingt nach 'nem zweiten Date", sagte ich betont lässig und warf ihr einen warnenden Blick zu. Zu meiner Überraschung nickte Em.

„Ja, wir treffen uns nächsten Freitag." Sonja erstickte fast an den Worten, die ihr auf der Zunge lagen, und nahm schnell einen Schluck von ihrem Gin Tonic. Sie hatte aus ihren Erfahrungen mit Em und mir gelernt und drängte uns nicht mehr wie früher. Ich hingegen beobachtete Em und versuchte zu ergründen, ob da mehr war, als sie uns zeigte. Andererseits war das hier sicher der falsche Rahmen, um darüber zu sprechen, ob sie ihrer Beziehung hinterher trauerte.

„Und du, Sonni", wechselte sie wenig elegant das Thema. „Zwei Wochen noch. Wie geht es dir damit?" Sonjas Augen weiteten sich und um ihren Mund erschien ein erschrockener Zug. Ich funkelte Em an, auch für dieses Thema war dies der falsche Zeitpunkt.

„Am liebsten hätte ich es hinter mir, dann wäre die Warterei wenigstens zu Ende", antwortete sie leise und schlug die Augen nieder. „Mit Vincent habe ich mich schon diverse Male nach Feierabend getroffen und mein Vater überhäuft mich mit gutgemeinten Ratschlägen. Es wird viel Arbeit werden, mich in der Firma einzufinden und allen Erwartungen gerecht zu werden."

„Es wäre einfacher, erst einmal deinen eigenen Erwartungen gerecht zu werden und auf die anderen zu scheißen." Sonja zuckte bei Ems Worten zusammen.

„Em hat recht", sagte ich und tätschelte ihre Hand. „Lass dich nicht so unter Druck setzen. Mit Vincent hast du ja jemanden an deiner Seite, der den laufenden Betrieb aufrecht hält und du kannst dich um das Administrative kümmern. Rede mit deiner Belegschaft, lern das Unternehmen richtig kennen und vertrau auf deinen Instinkt, das wird schon." Sonja atmete tief durch und nickte. Ich beeilte mich, das Gespräch auf andere Themen zu lenken, und war froh, als die Stimmung sich besserte.

Gegen Mitternacht teilte ich mir mit Em ein Taxi nach Hause.

„Willst du mit hochkommen?", fragte ich, als wir vor meiner Haustür standen. Sie zündete sich eine Zigarette an und nickte. „Klar, gib mir drei Minuten. Es ist ja noch früh." Ich fröstelte und starrte in den Himmel. Mittlerweile war es Anfang Oktober und die Hitze des Sommers verflogen. In der letzten Woche waren die Temperaturen gefallen und kletterten nur noch selten über fünfzehn Grad. Ich zog meinen Trenchcoat enger um mich und wünschte mir, ich trüge wärmere Schuhe als meine Lackpumps, außerdem spürte ich den Wind an meinen nackten Beinen unter dem knielangen rosa Etuikleid.

Endlich trat Em die Kippe aus und folgte mir in den Fahrstuhl, der uns nach oben zu meiner Wohnung brachte. Sie zog ihre Bikerboots aus und hockte sich in ihren Leopardenleggins auf mein Sofa. Dazu hatte sie eine schwarze Organzabluse kombiniert, durch die man ihren raffinierten BH sah. Als ich in die Küche ging, um uns ein Glas Wein zu holen, sah ich aus dem Augenwinkel, wie sie ihr Handy hervorholte und ein kleines Lächeln auf ihr Gesicht trat.

Ob die Nachricht von Lukas war? Bei ihr musste ich damit rechnen, dass sie mir gleich ein Dick-Pic von irgendeinem Verehrer zeigte und verkündete, sie würde nun losfahren, um es sich besorgen zu lassen.

War alles schon vorgekommen.

„Alles klar?", fragte ich, als ich zurückkam. Sie schob das Gerät in ihre Blazer-Tasche und prostete mir zu.

„Alles bestens. Wie geht es dir?"

„Gut, warum?" Sie wiegte den Kopf.

„Wegen Ben. Du hast gemerkt, dass er dich noch liebt, oder?"

„Manchmal hasse ich dich dafür, dass du mir solche Dinger einfach so um die Ohren haust", seufzte ich, setzte ich mein Glas an und kostete einen Schluck von dem Blanc-de-Noir.

„Gleichzeitig liebst du mich dafür, weil ich Dinge anspreche, die du sonst gekonnt ignorierst." Ja, damit hatte sie sicher recht. Ich schloss die Augen, suchte nach den richtigen Worten für die Antwort auf Ems Frage. Es war unglaublich schwierig.

„Zwischen uns ist etwas, das wahrscheinlich niemals aufhört", setzte ich schließlich an. „Und es macht mir Angst, weil es so stark ist. Als wir am Donnerstag bei Nick waren, hat er mich auf diese Art angesehen... in diesem Moment habe ich alles andere um mich herum vergessen. Was soll ich machen? Ich kann ihn nicht gehen lassen, aber ich habe auch keine Ahnung, was ich tun soll. Alles, was wir anfangen, scheint von vornherein schiefzugehen. Wir kriegen es einfach nicht auf die Reihe."

Em setzte ihr Glas an, ich sah die goldgelbe Flüssigkeit im Licht meiner Stehlampe schimmern und die Schlieren am Kelch herunterlaufen. Mein eigener Herzschlag erschien mir laut, als ich auf ihre Antwort wartete, obwohl sie mir keine Lösung anbieten konnte.

„Du wirst die Zeit genießen", entgegnete sie endlich. „Solange wie es mit euch gutgeht, wirst du jede Sekunde nehmen, die er dir gibt, und wenn es schiefläuft, wirst du leiden. Aber dieses Mal bin ich für dich da. Und ich wünsche euch, dass es möglichst lange funktioniert. Aber irgendwann werdet ihr beide mehr wollen, als ihr einander geben könnt. Mach einfach das Beste draus, meine Süße. Mehr kannst du nicht tun."

Ich beugte mich vor, um sie an mich zu drücken. Solche Einschätzungen konnten nur von Em kommen und sie halfen mir mehr als jede Warnung und jede hoffnungsvolle Bemerkung.

„Bist du so an die Trennung von Curt herangegangen?", fragte ich und zog die Beine unter den Po. Ems Lächeln wurde dünner.

„Fast. Ich habe mir eingeredet, darauf gewartet zu haben und froh darüber zu sein."

„Aber?"

„Aber es ist nicht ganz so leicht. Leider musste ich einsehen, dass er mir doch viel bedeutet hat, daran können auch zwei bis drei Schwänze die Woche nichts ändern."

„Weise Worte."

„Ich werde sie einer Glückskeksfirma zur Verfügung stellen." Sie zuckte mit den Schultern, ihr Blick wanderte ziellos durch den Raum. „Der Sex ist eine gute Ablenkung, aber ich war daran gewöhnt, dass er nachts neben mir liegt und manchmal fehlt mir einfach sein Geruch."

„Hattet ihr noch mal Kontakt?"

„Nein. Er hat mir zwar geschrieben, als er in Hamburg gelandet ist, aber ich habe die Nachricht gelöscht. Was soll ich ihm denn sagen? Ich bleibe bei meinem Standpunkt und werde ihn nicht heiraten, doch auf diese Diskussion würde es hinauslaufen."

„Wenn du ihn liebst, warum lehnst du die Hochzeit ab?"

„Weil Curt nicht der Mann ist, mit dem ich verheiratet sein möchte."

Em sah erschrocken aus, nachdem sie diesen Satz ohne nachzudenken gesagt hatte, dann kräuselten sich ihre Lippen zu einem schmalen Lächeln. „Wow, das war ja eine richtige Erkenntnis. Ich sollte dir ein Honorar zahlen."

„Du kannst mir meine Hilfe in Wein vergüten." Ich nahm einen Schluck und wiegte den Kopf. „Aber du hast darüber nachgedacht."

„Ja, natürlich. Doch allein die Vorstellung, das Stiefmonster seiner Töchter zu sein, mit „Frau von Wittgenstein" angesprochen zu werden - und sei es nur aus Versehen -, eine Feier zu veranstalten, den Wisch beim Standesamt zu unterschreiben, vor dem Gesetz seine Frau zu sein… davon bekomme ich Gänsehaut und das Bedürfnis, mich in Sicherheit zu bringen."

„Klingt nach keinen guten Voraussetzungen für eine Ehe."

„Stimmt. Aber deswegen kann ich ihn ja trotzdem manchmal vermissen." Wir lächelten einander an, jede wusste, was in der anderen vorging.

„Wir müssen öfter miteinander sprechen", sagte ich. Wir taten das zwar regelmäßig, aber mein Bedarf wurde eher größer als kleiner, wenn das so weiterging.

„Jederzeit", versprach sie mir und stieß ihr Glas an meins.

17. Kapitel

Die nächste Woche verging wie im Fluge. Ich hatte unübersichtlich viele Termine mit Harry und der Drachenfrau, die sich noch nicht dazu bequemte, uns ihre Entscheidung mitzuteilen. Stattdessen müllte sie uns mit den Aufgaben voll, auf die sie offensichtlich keine Lust mehr hatte und gab sie als Testläufe aus, angeblich Proben unserer Arbeitsqualität für die Partner. Ich hatte eher den Eindruck, sie hätte sich entschieden, aber bisher keine Mehrheit in der Partnerschaft erreicht.

Sogar an Harry nagte die Ungewissheit mittlerweile und nicht einmal die Aussicht, dass die Schreckensherrschaft der Sabine Stechmann-Selzner in wenigen Tagen vorüber war, baute uns auf. Dafür wurde die Lage zwischen uns immer angespannter, weil Harry den Blickkontakt mit mir mied, als habe er ein schlechtes Gewissen, und ich ihn argwöhnisch beobachtete.

Einmal kam ich ins Büro, als er bei der Drachenfrau saß und er brach mitten im Satz ab, als er mich sah. Sie hatte diesen völlig angepissten Gesichtsausdruck, der mir sagte, wie zutiefst sie das, was sie gehört hatte, missbilligte. Zwischen ihren strichschmalen Augenbrauen runzelte sich die Haut und sie sah mich ungläubig an, bevor sie ein dienstliches Thema anschnitt und jegliche Unterhaltung verhinderte. Ich hätte schwören können, dass Harry versuchte, sie für sich einzunehmen und seine Gerüchte bei ihr zu platzieren.

Das Wochenende verbrachte ich in großer Unruhe und schließlich kam das Montagsmeeting in ihrer letzten Woche, das letzte, das wir mit ihr zusammen hatten.

Darüber konnte ich keine Freude mehr empfinden, weil es gleichzeitig die letzte Besprechung mit Sonja war und die Zukunft ungewiss. Wir brachten es hinter uns und die Drachenfrau schickte alle außer Harry und mir weg. Er war also gekommen, der Moment, auf den wir seit Wochen warteten.

„Ich habe mir Gedanken darüber gemacht, wie ich Ihnen die Entscheidung der Partnerschaft bezüglich meiner Nachfolge mitteilen soll", begann sie und ich merkte auf.

Entscheidung der Partnerschaft? Das klang nicht so, als teilte sie die Ansicht der Anwälte.

„Dr. Bitter und ich sind uns darüber einig, dass ich das Gespräch mit Ihnen führe und ich teile es Ihnen zeitgleich mit, damit es keine Ungerechtigkeit gibt."

Sie holte Luft und hielt Harry ihre Hand hin. „Herzlichen Glückwunsch, Herr Vogel, man hat sich für Sie entschieden. Die Partnerschaft denkt, Sie seien am geeignetsten für die Position des Head of Office. Frau Sander, danke für Ihr Engagement, Sie haben sich gut gehalten."

Ich saß einfach nur da und sah sie an.

Mein Inneres fühlte sich wie tot an, als wäre es eiskalt. Meine Hände kribbelten und ich kam mir wie ein Roboter vor, als ich Harry die Hand reichte und ihm mit einem künstlichen Lächeln zu seiner Beförderung gratulierte. Natürlich hatte immer die Möglichkeit bestanden, dass sie ihn nahmen, doch wirklich damit *gerechnet* hatte ich nicht.

„Sie haben sicher einiges zu besprechen", murmelte ich mit tauben Lippen und diesem schrecklich hohlen Gefühl in meiner Brust. Mein Schädel dröhnte und ich nahm gar nicht richtig wahr, wie ich den Besprechungsraum verließ und zu meinem Büro ging. Hinter mir schloss ich die Tür, lehnte mich gegen das Holz und atmete tief ein.

Aus.

Ein.

Und aus.

Ich wartete darauf, dass die Leere verschwand, doch sie wurde größer und füllte mich komplett aus, bis ich nur noch daraus bestand. Anscheinend hatte ich einen Schock erlitten, analysierte mein Gehirn erstaunlich nüchtern. Das würde die Taubheit in den Händen erklären und meine Beine, die sich wie Pudding anfühlten.

Es klopfte an der Tür. Ich wollte niemanden sehen.

Es klopfte erneut und widerwillig gab ich sie frei. Sam schlüpfte durch den Spalt und erfasste die Situation mit einem Blick. „Verdammte Scheiße", murmelte er und nahm mich in den Arm.

Jetzt brachen meine Dämme und die Enttäuschung breitete sich wie ein Flächenbrand in mir aus. Das Kribbeln in meinen Händen wanderte durch meinen ganzen Körper und ließ mich zittern, während Tränen sturzbachartig über meine Wangen liefen. Ich klammerte mich an meinen Freund und weinte in das Revers seines Sakkos, er hielt mich schweigend fest in seinen Armen.

Ich fasste es einfach nicht. Nach all der Anstrengung und der Gewissheit, dass ich besser geeignet war, beförderten sie *Harry*. Ich hatte mir den Arsch für diese Stelle aufgerissen, meine Beziehung zu Ben war daran gescheitert, und wofür?

Es war mir unbegreiflich, wie die Partner und die Drachenfrau es übersehen, es so geringschätzen und mich so auflaufen lassen konnten. „Sie haben sich gut gehalten" waren ihre Worte gewesen und es kam mir wie der blanke Hohn vor.

Wut kochte in mir hoch, weil sie mich so ungerecht behandelten. Das war doch keine faire Entscheidung zwischen zwei gleichqualifizierten Kandidaten, sie mussten Harry aus anderen Gründen bevorzugt haben. Vielleicht, weil ihnen ein Mann lieber war. Oder weil er tatsächlich seine Geschichten über mich erzählt hatte.

„Liebste, bitte beruhige dich", flüsterte Sam in mein Ohr und ich stellte entsetzt fest, dass ich schluchzte. Mühsam riss ich mich zusammen und suchte nach einem Taschentuch. Er reichte mir eins, mit dem ich meine Augen notdürftig abtupfte, doch er schüttelte nur den Kopf.

„Vergiss es, du wirst dich abschminken müssen." Ich knüllte das Taschentuch zusammen und sah zu Boden, da nahm er mich wieder in den Arm und presste mich an sich.

„Das darf doch nicht wahr sein", murmelte er. „Wie können sie diesen Affen dir ernsthaft vorziehen? Die sind noch bescheuerter als ich dachte."

Die Gründe erfuhr ich etwa zwei Stunden später, nachdem ich mich einigermaßen zusammengenommen und mit Sonja und Em gesprochen hatte. Als Em gerade eine Hasstirade auf Harry losließ und schwor, niemals seinen Arbeitsanweisungen zu folgen, klingelte mein Telefon.

Die Drachenfrau.

„Frau Sander, kommen Sie in mein Büro", sagte sie und legte auf. Wütend starrte ich das Gerät an und hätte es am liebsten aus dem Fenster ins Hafenbecken geschleudert. Stattdessen tauschte ich mörderische Blicke mit meinen Freunden aus, griff mein Tablet und verließ das Büro.

Die Drachenfrau saß im Eckbüro am Ende des Flurs, nur wenige Meter von meiner Tür entfernt, aber es sah ihr ähnlich, mich telefonisch einzubestellen. Der Gipfel wäre gewesen, wenn sie Anne vorgeschickt hätte.

Ich klopfte und betrat den Raum. Sie saß an ihrem Schreibtisch auf ihrem ergonomischen Hocker und sah mich mit unbewegter Miene an. „Setzen Sie sich."

Sie schob ein paar Papiere zusammen und legte einen Ordner beiseite, bevor sie sich mir zuwandte.

„Ich vermute, Sie wollen eine Erklärung für die Entscheidung der Partnerschaft haben, vor allem, weil Sie eindeutig die qualifiziertere Kandidatin sind." Sie nahm mein Schweigen als Zustimmung. „Ihr Privatleben ist Ihre Sache, Frau Sander, und es interessiert mich nicht, was Sie in Ihrer Freizeit machen. Für mich zählt ausschließlich Ihre Arbeitsleistung, aber dieser Ansicht sind unglücklicherweise nicht alle, die hier etwas zu entscheiden haben."

„Was wollen Sie damit sagen?", fragte ich mit trockenem Mund. Zum ersten Mal, seitdem ich sie kannte, schienen der Drachenfrau die passenden Worte zu fehlen. „Sagen Sie es mir einfach frei heraus. Ich muss nicht geschont werden."

Sie nickte mit schmalen Augen. „Gut. In den letzten Wochen sind Gerüchte über Sie laut geworden, von der übleren Sorte."

„Was für Gerüchte?" Sie atmete tief ein, ihr Gesicht war ein Ausdruck purer Missbilligung.

„Sie hätten psychische Probleme und würden diese durch promiskuitiven Geschlechtsverkehr in einschlägigen Clubs kompensieren." Sie spuckte den Satz aus, als ekelten sie die Worte an. Mir ging es ähnlich. „Es ist unnötig, dass Sie sich dazu äußern, aber einige der Partner sehen darin einen Grund, Sie nicht an eine so exponierte Stelle zu befördern, vor allem nicht, wenn die Gefahr besteht, dass diese Geschichte die Runde macht. Dazu muss ich ergänzen, dass die meisten die Gerüchte für Unsinn oder zumindest übertrieben halten. Trotzdem fürchten sie um das Ansehen der Kanzlei, wenn sie ihre Kreise unter den Mandanten ziehen. Mit Frau Rotdorn und Herrn Schauer haben Sie natürlich zwei… farbenfrohe Begleiter an Ihrer Seite."

„Es wäre das letzte, die Entscheidung auf die beiden zu beziehen", sagte ich mit klirrend kalter Stimme.

Sie nickte knapp.

„Ich habe bis zuletzt daran gearbeitet, den Entschluss der Partnerschaft zu kippen und viele Gespräche geführt. Schlussendlich hielt man Ihre Beförderung dennoch für untragbar."

„Ist das hier ein Exitgespräch?" Irgendwie schaffte ich es, meine Emotionen komplett auszuschalten. Vor ihr würde ich niemals in Tränen ausbrechen. Wenn sie mich rauswarfen, würde ich einen würdevollen Abgang hinlegen und den Rest über meine Rechtsschutzversicherung regeln. Doch zu meiner Überraschung schüttelte sie den Kopf.

„Nein, wie kommen Sie darauf? Ich habe dieses Gespräch initiiert, damit Sie wissen, woran Sie sind. Wenn ich Ihnen einen Rat geben darf: Stehen Sie über den Dingen. Ich könnte es verstehen, wenn Sie Ihre eigenen Konsequenzen aus der Sache ziehen wollten, aber möglicherweise lohnt es sich, abzuwarten. Herr Vogel ist ein Vollidiot, was sehr bald alle bemerken werden. Dann wird er den Posten räumen müssen."

„Ich bin nicht gern die zweite Wahl", erwiderte ich und gönnte mir einen Moment die Genugtuung, dass Triple-S Harry als das erkannte, was er war.

Sie nickte. „Das passt auch nicht zu Ihnen. Aber ich fand, Sie sollten alle Fakten kennen, damit Sie Ihre Entscheidung fundiert fällen können. Das wäre alles." Damit war ich entlassen und stand auf.

„Danke für Ihre Offenheit." Sie sah mir ins Gesicht und ihre Miene veränderte sich, wurde mit einem Mal weicher.

„Das war ich Ihnen schuldig." Dann war der Moment vorüber und sie wandte sich ihrem Monitor zu. „Schicken Sie mir Frau Salecki, wenn Sie gehen." Ich war fast erleichtert, dass sie wieder sie selbst war und schickte Anne, die im Büro nebenan saß, zu ihr. Meine Freunde warteten in meinem Büro auf mich und ich berichtete ihnen schnell von dem seltsamen Gespräch. Erwartungsgemäß waren sie verblüfft.

„Wer hätte damit gerechnet? Ich dachte, sie knallt es dir süffisant an den Kopf", meinte Em und ballte die Fäuste. „Harry, dieser elende, kurzschwänzige Flachwichser, ist das Hinterletzte. Am liebsten würde ich diesem Arschkriecher so fest in die Eier treten, dass sie ihm aus dem Mund rausschießen!"

„Sehr plastisch, danke, Em", erwiderte ich trocken. „Aber ich werde ihm kaum nachweisen können, dass er mein „psychisches Problem" unter die Leute gebracht hat."

„Sie hat allen Ernstes gesagt, dass du dich deswegen in Swingerclubs durchvögeln lässt?" Sam schüttelte den Kopf.

„Sie hat weder Swingerclub noch vögeln gesagt, aber unterm Strich ist es das, ja." Ich holte tief Luft, um die aufsteigende Wut zu zügeln, die sich ihren Weg an die Oberfläche bahnte.

„Unglaublich. Du könntest die Firma wegen Verleumdung verklagen", sagte Sonja benommen. „Was wirst du machen?"

„Ich muss darüber nachdenken", erwiderte ich gepresst. „Am liebsten würde ich gehen und nicht wiederkommen, aber ich bin zu wütend. Ich sollte eine Nacht darüber schlafen."

„Oder mehrere, der Monat ist gerade einmal zur Hälfte rum", meinte sie. Ich nickte knapp. Sie hatte recht.

„Ich könnte es verstehen, wenn du hier in den Sack haust." Em stand auf und öffnete meine unterste Schreibtischschublade. Zu meiner Überraschung brachte sie eine Halbliterflasche Gin zum Vorschein. „Was denn? Ich habe eine eiserne Reserve in unseren Büros platziert. Ja, in deinem auch, Sonja, das kannst du in deinem neuen Chefbüro gleich übernehmen."

„Schenk ein", sagte ich matt und schob ihr meinen Becher hin. Sonja öffnete das Fenster und hielt Em zu meiner Verwunderung ebenfalls ihren Kaffeebecher vor die Nase. Der Tag war zu krass für uns alle gewesen.

Mein Team wusste es bereits, kurz nach meinem Zusammenbruch hatte die Drachenfrau eine Rundmail geschrieben und Harry zur Beförderung gratuliert. Danach waren Franzi und die anderen zu mir gekommen, um mir zu sagen, wie sehr sie sich freuten, dass ich weiterhin ihre Vorgesetzte war. Das rührte mich und ich musste mich zusammenreißen, um mein gerade neuaufgetragenes Make-up nicht erneut zu verschmieren.

Ich fürchtete, im Laufe der Woche könnten noch mehr Kollegen zu mir kommen und mir sagen, was sie von der Entscheidung hielten. Am liebsten hätte ich mich krankgemeldet, doch mein Stolz verbot es mir. Das wäre, als gestünde ich die Verletzung ein und könnte damit nicht umgehen. Auf keinen Fall durften sie merken, wie sehr die Entscheidung mich getroffen hatte. Sie sollten ruhig denken, ich nähme es sportlich und es ginge mir am Arsch vorbei. Wenn überhaupt.

„Was hast du heute vor?", fragte Sam, der an seinem Gin nippte. Ich tat es ihm gleich.

„Heute Abend zum Sport, danach kommt Ben zu mir. Ich denke, das beste, was ich tun kann, um meine Sexsucht zu überwinden, ist mit ihm zu vögeln und das möglichst lang."

„Wirst du ihm davon erzählen?", fragte Sonja, die wegen des Gin-Geschmacks das Gesicht verzog. Ich dachte kurz nach. „Er weiß, dass die Entscheidung in dieser Woche ansteht und wird sicher danach fragen. Also ja." Ich sah ihnen ihre Bedenken an, als würden sie sie ausformulieren. Sie fragten sich, wie er die Neuigkeiten aufnehmen und was das mit uns machen würde.

Ich hoffte, nichts.

Der Nachmittag zog sich in die Länge, doch endlich konnte ich Feierabend machen und zum Sport fahren. Die Bewegung half mir, auf andere Gedanken zu kommen, mein Kopf wurde klarer mit jeder Schweißperle, die ich vergoss.

Als ich nach Hause kam, wartete Ben auf mich. Ich hatte ihm geschrieben, als ich losfuhr und gemäß der Vereinbarung begrüßte er mich nackt im Flur.

Als ich ihn dort knien sah, hob sich mein Herz, alles fühlte sich leichter an, wenn ich in seiner Nähe war. Ich legte ihm meine Fingerspitzen unters Kinn und hob es an, um ihn zu küssen. Seine Zunge strich über meine Unterlippe, was mich erschaudern ließ.

Es war fast zu gut.

Mein Blick glitt über seinen nackten Körper, seinen flachen Bauch und die langen Gliedmaßen, trainiert für den Hamburger Triathlon, an dem er im Sommer teilgenommen hatte.

„Komm hoch", flüsterte ich. Während er sich aufrichtete, überlegte ich, wie ich ihn heute haben wollte. Dazu waren meine Gedanken noch gar nicht gekommen.

Heute wäre ein idealer Tag, um ihm die Zügel in die Hand zu geben, doch es war zu spät, ich musste mir etwas anderes einfallen lassen. An der Hand zog ich ihn ins Schlafzimmer, wo ich bereits heute Morgen die Vorhänge zugezogen hatte. So verwehrte ich meinen Nachbarn den Genuss, Ben nackt zu sehen.

„Zieh mich aus", befahl ich ihm. Sofort ging er in die Knie, schob seine Hände über meine Oberschenkel hinauf, dabei ließ er mich keine Sekunde aus den Augen. Seine Fingerspitzen erreichten die Knöpfe meines Jacquard-Blazers, die er langsam und genüsslich öffnete. Darunter trug ich ein schwarzes Bustiertop und einen wadenlangen Plisseerock, beides zog er mir ebenso aus wie den Blazer, sodass ich nur noch meine ouvert geschnittene Strumpfhose und den schwarzen Spitzenslip darüber trug. Auch diese beiden Stücke entfernte er von meinem Körper, trat hinter mich und legte mir seine Hand an die Kehle, während er meinen Hals und Nacken küsste.

Ich lehnte mich an ihn, die Augen geschlossen. Mein Atem beschleunigte sich, als seine freie Hand über meine Brüste glitt und sanft meine Nippel streichelte, bis sie hart wurden, einen nach der anderen. An meiner Rückseite spürte ich seine Erektion, er schob sie zwischen meine Pobacken und rieb sich an mir.

Zwischen meinen Oberschenkeln bildete sich Feuchtigkeit, was er mit einem leisen Stöhnen bemerkte und seine Bemühungen an Hals und Brüsten intensivierte. Ich legte meine Hände auf seinen Unterarm, ließ mich fallen und meine Gedanken endlich los.

Ohne von mir abzulassen schob er mich in Richtung meines Betts und legte mich auf den Rücken, in den er einige Kissen klemmte, sodass ich aufrecht saß. Er kam vor mir auf die Knie, seine blauen Augen waren dunkel, als er die Hände an meine Schenkel legte und sie auseinander drückte. Seine Lippen legten sich auf meine, seine Zunge drang tief in meinen Mund ein und ich schloss die Lider, fühlte, wie er meine Hüften umfasste und uns näher zueinander zog.

„Sieh hin", bat er mich. Mein Blick wanderte hinunter, dorthin, wo er sich langsam, Zentimeter um Zentimeter in mir versenkte. Mein Mund öffnete sich wegen des intensiven Gefühls und der Anblick hypnotisierte mich geradezu. Es sah verboten und köstlich zugleich aus, wie er meine Schamlippen teilte und sein langer harter Schwanz in mir verschwand. Ich spannte meine Muskeln an und erschwerte ihm das Eindringen, was er mit einem Stöhnen quittierte.

„Du scheinst es heute besonders zu brauchen", hauchte er und küsste mich. „Sieh zu, wie ich es dir besorge, meine Süße." Meine Augen hefteten sich auf unsere Vereinigung und Ben zog sich fast gänzlich aus mir zurück, bevor er unvermittelt zustieß.

Der Stoß ging durch meinen ganzen Körper und ließ mich auf-
wimmern. Ich befeuchtete meine Lippen und beobachtete, wie
er erneut ausholte. Schwer stützte er sich auf seine Arme und
verlagerte das Gewicht so, dass er seine Stirn an meine legte.
„Bist du bereit?"

„Bitte besorg es mir", stöhnte ich, ließ meine Zunge vorschnellen und traf seine außerhalb unserer Münder. Und das tat er. Mit
jedem Stoß schien er tiefer in mich einzudringen, das Gefühl
wurde intensiver, ich immer schärfer.

Endlich erreichte er eine Geschwindigkeit, die mich beinahe
schwindelig machte. Schwarze Flecken tanzten vor meinen Augen und mein Atem ging stoßweise. Ich beobachtete, wie er wieder und wieder in mich eindrang, als mich ein Orgasmus erschüt-
terte, der mich laut aufschreien ließ.

Bens Mund erstickte meinen Schrei. Er gab mir alles, was ich
brauchte. Und noch viel mehr.

Ben war alles, was ich brauchte.

Er zuckte, als er so weit war und barg sein Gesicht an meinem
Hals. Ich schlang meine Arme um seine Schultern, hielt ihn ganz
fest, hielt mich ganz fest. Die Kontraktionen ließen meinen Körper zittern, meine Beine waren außer Kontrolle.

„Ben, ich…", stieß ich hervor, doch ich biss mir auf die Lippe,
bevor ich mehr sagen konnte. ‚Genieß es einfach, mach es nicht
kaputt', beschwor ich mich selbst. Er atmete heftig, als sein Orgasmus abebbte, dennoch erwiderte er meine Umarmung,
drückte mich an sich. Erneut legten sich seine Lippen zu einem
tiefen Kuss auf meine. Ich atmete seinen Geruch ein, erfuhr diesen Mann mit allen Sinnen.

Mit einer Hand angelte er nach den Taschentüchern auf meinem Nachttisch, fummelte eins aus der Packung und presste es
gegen meinen Schritt, bevor er sich aus mir zurückzog. Ich nahm
es ihm ab und wollte eben aufstehen, da rollte ich einfach zur
Seite und schloss die Augen, schöpfte diesen Moment und das
damit verbundene Wohlgefühl so lange es ging aus.

„Ist alles okay?" Seine Hand legte sich auf meine Schulter. Für Worte fehlte mir die Kraft, also nickte ich nur und biss mir auf die Unterlippe, als Tränen in meine Augen traten. Ben stand auf und umrundete das Bett. Vor mir ging er in die Hocke, ich versteckte mein Gesicht, doch er hatte es trotzdem gesehen. „Was ist los, *lille*? Bitte rede mit mir."

Ich holte tief Luft und erzählte ihm alles. Bens Augen weiteten sich, als ich zu meinem Gespräch mit der Drachenfrau kam und den Gerüchten, die über mich die Runde machten.

„Das ist alles meine Schuld", sagte er dumpf. „Nur, weil ich dich abgeholt habe, wissen sie überhaupt von uns."

„Nein, das stimmt nicht!", unterbrach ich ihn nach seiner Hand greifend. Ich verschränkte meine Finger mit seinen und legte die Stirn dagegen. Zwischen meinen Beinen breitete sich Feuchtigkeit aus, doch das war mir egal. „Ich bin selbst schuld, weil ich Sam gegenüber bei offener Bürotür eine unbedachte Bemerkung über dich und Nick gemacht habe. Das hat Harry gehört und sich daraus eine schöne Geschichte überlegt."

„Dieses Schwein", stieß er zwischen zusammengebissenen Zähnen hervor, doch ich sah ihm an, wie schrecklich er sich wegen der Sache fühlte. Er gab sich die Schuld. Ich zog ihn an mich und legte ihm die Arme um den Nacken.

„Du kannst nichts dafür", wiederholte ich leise. Ich küsste ihn lange, um ihm begreiflich zu machen, dass es keinen Grund gab, sich schuldig zu fühlen. Andere waren für dieses Fiasko verantwortlich. Auf keinen Fall sollte er denken, dass er es durch das Treffen mit den beiden Kolleginnen verursacht hatte. Nein, das war allein mein Verdienst, mit Harrys freundlicher Unterstützung.

Und jetzt war er mein Vorgesetzter. Ich könnte kotzen.

„Was wirst du machen?"

„Ich muss darüber nachdenken. Aber ich glaube, ich werde kündigen."

18. Kapitel

„Frau Sander, ich... ich weiß gar nicht, was ich sagen soll...“ Dr. Bitter sah so konsterniert aus, dass ich beinahe gelacht hätte, als ich am Dienstagnachmittag meine Kündigung einreichte.

„Womit hatten Sie denn gerechnet, nachdem Sie sich für Herrn Vogel entschieden haben, weil ich verleumdet werde?“, fragte ich kühl, entschlossen, es ihm so schwer wie möglich zu machen. Er konnte ruhig merken, was er sich eingebrockt hatte.

Der Managing Partner der Kanzlei sah aus, als fiele er in Ohnmacht. Ich hatte eine dreimonatige Kündigungsfrist zu berücksichtigen und es war Mitte Oktober. Bis Ende Januar wäre ich also offiziell da, doch ich hatte ihm mitgeteilt, dass ich nicht so lange bleiben würde. Ich bot ihm stattdessen an, das Arbeitsverhältnis mit einem Aufhebungsvertrag zu beenden, sobald ich etwas Anderes fand. Seitdem starrte er mich schockiert an. Mit meiner Kündigung hatte ich ihn eiskalt erwischt.

„Das... nun ja... also... ich... wissen Sie... es gibt gewisse Dinge, die berücksichtigt werden müssen“, fasste er sich schließlich. „Die Kanzlei hat einen bestimmten Ruf und...“

„Dr. Bitter, die Diffamierung kam *aus* dieser Kanzlei“, unterbrach ich ihn unfreundlich. „Und zwar von demjenigen, der daraus als einziger einen Nutzen zieht. Ich merke, dass das für Sie nachrangig ist und ich verstehe Ihre Beweggründe bis zu einem gewissen Punkt sogar, aber ich muss Sie an meine Rechte erinnern, die ich einzufordern gedenke. Überlegen Sie sich, was das für die Sozietät bedeutet.“

Er war kreidebleich geworden und ich sah sein Anwaltsgehirn rattern, als meine Worte hindurchrannen. Seine grässlichen Gedanken waren fast mit den Händen greifbar: *Abteilungsleiterin verklagt angesehene Kanzlei wegen sexueller Belästigung und Verleumdung.* Ein Skandal.

„Wenn Sie mir beim Gehen keine Steine in den Weg legen, können wir das ganze friedlich lösen", bot ich an. Es klopfte an der Tür und die Drachenfrau kam herein. Sie erfasste die Situation innerhalb einer Sekunde.

„Sabine… Frau Sander hat gekündigt. Nun, sie…", setzte er an, doch sie unterbrach ihn.

„Was hast du denn gedacht? Dass Frau Sander sich nach diesen Ereignissen einfach still verhält? Hättest du das getan?" Sie musterte ihn feindselig und nach ein paar Sekunden Bedenkzeit schüttelte er den Kopf. „Na also. Zu dumm, dass du eine deiner fähigsten Bereichsleiterinnen verlierst. Nach Frau Lippmann und mir ein weiterer herber Schlag. Das wird sich sicherlich negativ auf die Liquidität der Kanzlei auswirken, es dürfte sehr schwierig werden, jemanden mit Frau Sanders Erfahrung und Kompetenz zu finden, der sich mit den Besonderheiten der Mandanten so auskennt und das nötige Fingerspitzengefühl mitbringt. Vor allem, wenn Herr Vogel Startschwierigkeiten haben sollte, könnte dich das im Vergleich mit den anderen Büros zurückwerfen."

Bitter räusperte sich, sein Gesicht war fahl und er fixierte mich mit seinen wässrig blauen Augen hinter der riesigen Brille.

„Frau Sander, ich lehne Ihre Kündigung ab", sagte er bestimmt. „Sabine hat recht, wie mit Ihnen umgesprungen wurde, ist nicht in Ordnung. Aber Sie sind zu wichtig für die Kanzlei, als dass ich Sie einfach so gehen lassen könnte. Frau Lippmanns Ausscheiden ist schlimm genug, fraglich, ob ihre Nachfolgerin überhaupt Deutsch spricht…" Ich biss mir auf die Lippe. Canan, Sonjas Nachfolgerin, mochte ihre Wurzeln in der Türkei haben, das machte sie aber nicht weniger kompetent oder fleißig als andere. Bitter war ein Idiot und ich sollte schnellstmöglich hier verschwinden.

„Sagen Sie mir, unter welchen Bedingungen Sie sich vorstellen können, weiter für uns tätig zu sein", forderte der Idiot mich in diesem Moment auf. Ich zögerte und fing einen Blick von der Drachenfrau auf. Diese zog eine Augenbraue hoch und sah mich auffordernd an.

‚Alles oder nichts‘, dachte ich und nannte eine astronomische Summe und verlangte, dass die monetär relevanten Bereiche, Rechnungs- und Mahnwesen sowie die Buchhaltung, ab sofort direkt an ihn berichteten, weil Harry von Konten keine Ahnung hatte. Damit holte ich Sam aus Harrys Schusslinie, mit Em würde er genug Spaß haben. Sie berichtete sowieso an die Partnerschaft und würde sich ihm kaum unterordnen.

Um den Mund der Drachenfrau spielte ein gruseliges Lächeln. „Klingt nach einem annehmbaren Deal“, sagte sie und stellte sich hinter Bitter. Er schien fassungslos zu sein, fasste sich jedoch ein Herz und nickte, als hielte man ihm eine Pistole an die Brust.

„Gut, damit sind wir uns einig“, erwiderte ich, stand auf und reichte beiden die Hand. Die Kündigung nahm ich an mich und riss sie in der Mitte durch. „Ich danke Ihnen.“

Im Rausgehen hörte ich, wie Bitter „Sabine, ich…“ sagte, da schloss ich die Tür und biss mir in die Innenseite meiner Wange. Das Gespräch war einfach völlig absurd gelaufen und am wenigsten verstand ich, dass ich meinen Job (und eine gewaltige Gehaltserhöhung) ausgerechnet der Drachenfrau verdankte. Andererseits schien sie wütend genug darüber zu sein, dass sie einfach übergangen worden war, um ihn so auszuspielen.

Sam trat aus dem Büro von Dr. Kreiß, einem meiner „Lieblingsanwälte“ auf den Flur und sah mich vor Bitters Tür stehen. Sofort kam er zu mir herüber und senkte die Stimme, weil drei Sekretärinnen vorbeikamen und uns aufmerksam ansahen, während sie grüßten. „Wie ist es gelaufen?“

„Das glaubst du mir nie“, murmelte ich und winkte ihn hinter mir her. Ich passierte den Empfangsbereich und bog in unseren Flur ein. Sonjas Tür war offen, sie stand gerade mit Katharina und Em zusammen. In kurzen Sätzen berichtete ich von dem Gespräch, danach senkte sich Stille über uns.

Em schüttelte langsam den Kopf, ein Grinsen breitete sich auf ihrem Gesicht aus. „Unglaublich, dem hast du es ja richtig gegeben!", jubelte sie.

„Du und die Drachenfrau, ihr könntet die Welt beherrschen", machte Sonja und kicherte hysterisch. „Wahnsinn."

„Liebste, ist das wirklich in Ordnung für dich?", fragte Sam gänzlich unbeeindruckt. „Ich meine, mehr Geld ist ja nett, aber trotzdem sitzt Harry auf deinem Posten." Das ließ mich in einem Siegestaumel innehalten.

„Brich das nicht übers Knie", schaltete sich Katharina unvermittelt ein. „Ich würde mir die Kohle schnappen und das ganze erst einmal ansehen. Du hast doch nichts zu verlieren. Mit deiner Umpositionierung hat Bitter klar Stellung bezogen und die Gerüchte, die übrigens nur in der Partnerschaft kursieren, denn ich habe davon weder offiziell noch inoffiziell etwas gehört, quasi negiert. Ich würde mir ein Jahr geben und danach entscheiden."

„Das ist eine wirklich kluge Idee", sagte Em bewundernd. „Claire, Katharina hat vollkommen recht."

Ich schenkte beiden ein schmales Lächeln. Sams Worte hatten mich wie ein Eimer Eiswasser erwischt und verlitten mir das gute Verhandlungsergebnis.

Sonja musste zu einem Termin und ich nutzte die Chance, um in meinem Büro zu verschwinden. Schon holte ich mein Smartphone aus der Tasche, um Ben zu schreiben, doch etwas ließ mich innehalten.

Auch die Gehaltserhöhung änderte nichts daran, dass er sich die Schuld an der Sache gab. Er war gestern Abend nach Hause gefahren, obwohl ich ihn gebeten hatte, zu bleiben. Das schlechte Gewissen war ihm anzusehen und trieb ihn aus der Wohnung. Das machte mich noch unzufriedener, weil ich es liebte, mit ihm in einem Bett zu schlafen, und mich darauf gefreut hatte. Stattdessen wechselte ich das verschmierte Laken allein und legte mich ebenso allein in mein kaltes Bett.

Also schrieb ich Nick. Wir hatten uns an unserem speziellen Abend zuletzt gesehen, er war wegen eines Projekts nach Hessen

gereist, doch am Sonntag hatte er sich bei mir gemeldet und ich versprach ihm, wegen eines Termins Bescheid zu sagen. Kurz darauf antwortete er mir: *Hast du morgen Abend Zeit?*
Ja, unbedingt. Je eher, desto besser.
Ich brauchte Abstand von Ben. Das täte uns beiden gut und er verstand hoffentlich, dass er nichts mit den Abläufen in meinem Job zu tun hatte.

Am Mittwochabend fand ich mich bei Nick ein. Er begrüßte mich mit einem Kuss auf die Lippen und ich schlang die Arme um seinen Nacken und verlängerte diesen Kontakt. Manchmal wusste ich gar nicht, was ich ohne ihn machen sollte. Der Gedanke, die Treffen zu beenden, aus welchem Grund auch immer, machte mir Angst.

Seine rauen Fingerkuppen strichen über meine Wangen, meinen Hals und meine Arme hinab, ein warmes Schaudern lief über meine Wirbelsäule, als ich mich gegen ihn lehnte. Mit ihm war alles einfacher, ungezwungener. Nie hatte ich das Gefühl, es ihm recht machen zu müssen, er nahm, was ich ihm gab, und war damit zufrieden. Aber würde das so bleiben, wenn wir uns eine Chance gaben, oder würde sich ändern und kompliziert und schmerzhaft werden?

Und was wäre mit Ben?

Meine Finger strichen über seine Brust. Heute trug Nick ein dunkles Flanellhemd und sein sonst glattrasiertes Gesicht zierten einige Bartstoppeln, die über meine Haut kratzten.

„Du kannst es ja gar kaum abwarten", sagte er lächelnd und fuhr mit dem Daumen über meine Unterlippe.

„Es ist viel passiert", erwiderte ich, dabei schob ich meine Finger in die Zwischenräume seiner Knopfleiste und ließ sie über seinem Nippel kreisen. Seine braunen Augen glitzerten und ein kleines Lächeln umspielte seinen Mund.

„Lass mich dir helfen, es zu vergessen." Er nahm meine Hand. Ich folgte ihm den Flur entlang und die Kellertreppe hinunter. „Dein Kleid gefällt mir." Ich trug ein schlichtes schwarzes

Strickkleid mit Rollkragen und langen Ärmeln, das bis zur Mitte meiner Wade reichte, dazu eine schwarze Strumpfhose und Wildlederstiefel. Für meine Begriffe eher bieder als sexy, aber Nicks Definition war eine andere.

Unten am Treppenabsatz blieb er stehen und umfasste mit seinen Händen meine Taille. Überrascht wartete ich ab, was er mit mir anstellte, anscheinend gingen wir heute nicht in den Raum.

„Warte hier", raunte er in mein Ohr und küsste meine Lippen. Gehorsam beobachtete ich ihn dabei, wie er durch die Tür verschwand und mit zwei Handfesseln zurückkam. Was hatte er vor? „Dreh dich um."

Ich leistete Folge und gehorchte, als er mich anwies, mich auf der Treppe hinzuknien. Die Stufen waren aus Holz mit Teppichfliesen, um ein Abrutschen zu verhindern. Nick beugte sich über mich, sodass er meine Rückseite bedeckte, während er mir die Lederriemen anlegte. Jetzt erst bemerkte ich die beiden Ringe, die an der Rückseite der Stufe angebracht waren. Ein Lächeln trat auf meine Lippen. Sex auf der Treppe war ein Novum, erregte mich aber umso mehr.

Er befestigte die kurzen Ketten der Handfesseln an den Ringen, fixierte mich in meiner heruntergebeugten Haltung. Meine Beine waren zwar frei, mein Radius aber äußerst beschränkt.

„Sind die Ringe neu? Zuvor sind sie mir noch nie aufgefallen", fragte ich. Er lachte.

„Die Idee kam mir am Montag und ich wollte sie gern mit dir ausprobieren." Seine Hände dirigierten meine Knie auf der Treppenstufe, sodass sie nah beieinanderstanden. Mit sanften Händen zog er den Stoff meines Kleides hinauf, rollte ihn auf, bis meine Brüste entblößt waren. Für ihn hatte ich heute Morgen ein Wäscheset aus roter Spitze angezogen und erschauderte unter seiner Berührung, als er bedächtig darüberstrich. „Sehr hübsch. Ich schaue mir den Rest an, einverstanden?"

Ich nickte und hielt den Atem an, als er vorsichtig die Strumpfhose mit beiden Händen griff und über meinen Hintern hinunterschob. Er entledigte mich meiner Stiefel und der Strumpfhose, ein kühler Luftzug ging über meine nackte Haut und ließ mich erschaudern. Seine warmen Hände legten sich auf meine Pobacken, mit dem Daumen fuhr er die Kontur des roten Spitzenhöschens nach, das sich ihm präsentierte. „Sehr gut, die Spuren vom letzten Mal sind restlos verschwunden."

„Hattest du daran gezweifelt?" Er lachte dunkel und strich erneut über meine Haut. Die Peitschenhiebe hatten in der Tat eine Zeit gebraucht, um abzuheilen, und es war gut gewesen, uns eine Pause zu gönnen, doch mittlerweile war ich zu allem bereit.

Hinter mir ertönte ein trockenes Surren und bevor ich mich darüber wundern konnte, berührte etwas Vibrierendes den Stoff zwischen meinen Beinen. Das traf mich so unvorbereitet, dass ich laut aufschluchzte, im gleichen Moment traf seine Hand mit einem Knall meine linke Pobacke. Erschrocken holte ich zischend Luft.

„Deine Aufgabe wird es sein, keinen Mucks von dir zu geben. Für jedes Geräusch bekommst du einen Schlag." Erneut beugte er sich über mich und sein Atem kitzelte meinen Nacken. „Gefällt dir das?" Ich nickte stumm. Ja, das gefiel mir, ich liebte es, wenn er mich herausforderte. Und der Vibrator, den er gegen meine Klit hielt, verlangte mir alles ab. Schon wurde ich feucht.

Sicher blieb es nicht nur bei einem Schlag, dafür würde er sorgen, aber das machte mich nur noch mehr an.

Die Vibration berührte mich erneut und ich biss mir auf die Lippen, um keinen Ton von mir zu geben. Langsam fuhr er mit dem silbernen Stab auf und ab, von meiner Klit bis zwischen meine Pobacken, in sanften Kreisen oder langsamen Linien. Ich holte durch die Nase Luft, mein Atem wurde lauter und als er sich mehrere Sekunden auf meine Klit konzentrierte, entschlüpfte mir ein Stöhnen. Der Hieb folgte unmittelbar und ich stieß einen kleinen Schrei aus, dem ein weiterer Hieb folgte.

„Ruhig, meine Süße, ganz ruhig", flüsterte er und ließ mir einen Moment, um mich einzukriegen. „Bereit?" Ich riss mich zusammen, nickte und drückte meinen Rücken durch, bot ihm den

Bereich, der von dem völlig durchnässten Stoff bedeckt war, erneut an. Er machte noch langsamer, noch bedächtiger und quälte mich auf exquisite Weise, verlangte mir alles ab. Meine Unterleibsmuskeln waren aufs Äußerste angespannt und es kostete mich all meine Konzentration, um still zu bleiben.

Sanft zog er den Stoff zur Seite und versenkte den Vibrator. Ich sog zischend Luft ein, als er zu stoßen begann. Er wollte mich über den Rand treiben, mir blieb keine andere Wahl.

„Hältst du es noch aus?", fragte er mit rauer Stimme und ich stellte mir vor, wie groß sein Schwanz allein vom Zusehen war. Wie viel besser es sich anfühlen würde, wenn er ihn benutzte, um mich zu vögeln. Ich musste noch ein bisschen durchhalten.

Mit zusammengebissenen Zähnen nickte ich, dafür belohnte er mich mit einer Erhöhung des Tempos. Immer schneller und tiefer stieß er in mich hinein, bis ich einem schrillen Schrei kam. Seine Hand fuhr auf meinen Hintern nieder und ich schrie meine ganze Wonne hinaus. Ja, so wollte ich es haben!

„Bitte", wimmerte ich, als der Orgasmus abflachte und er mich unbarmherzig mit dem Vibrator bearbeitete. Erneut traf mich seine Hand mit einem Klatschen. Tränen rannen über meine Wangen und mein Haar klebte mir verschwitzt in der Stirn. Ich wollte mehr davon.

„Bitte, was?", fragte er lauernd. „Du hast die Erlaubnis, zu sprechen."

„Bitte, besorg es mir", stieß ich hervor. Sein Daumen schob sich in meinen Anus.

„Wie?"

„Ich will deinen Schwanz in mir spüren. Bitte." Ich erkannte mich selbst kaum. Nur er ließ mich so betteln. Und nur bei ihm genoss ich es in vollen Zügen, mich ihm so hinzugeben, so enthemmt und willenlos.

Er hielt inne und zog den Vibrator langsam aus meiner Pussy. „Eigentlich hast du das nicht verdient. Dein Gehorsam heute war ausbaufähig. Außerdem bist du gekommen, ohne meine Erlaubnis bekommen zu haben." Dazu schwieg ich lieber. Die Haut meines Hinterns prickelte von seinen Schlägen und zwischen meinen Schenkeln pochte es sehnsüchtig. Mit seinen Händen packte er meine Pobacken und schob mich hoch, sodass ich auf die Füße kam. „Wenn ich mich recht erinnere, bist du sehr beweglich. Sehr schön. Du wirst dir deinen Wunsch erarbeiten."

Er führte meine Füße auf die Stufe unter meinen Handgelenken und befestigte eine Spreizstange zwischen meinen Knöcheln, die mich die Beine strecken ließ. Mein Kopf befand sich zwischen meinen Knien und ich sah, wie er seine Hose öffnete. Ich erriet, was er vorhatte. Oh Gott, das wurde immer besser.

Er legte die Hände auf meine Hüften, stand aber einige Stufen unter mir, sodass sein Schwanz auf Höhe meines Gesichts war. Ich öffnete den Mund und nahm ihn in mir auf, hart und tief, wie ich es mir wünschte.

Die außergewöhnliche Position verlangte mir alles an Konzentration ab, doch ich blies ihn voller Hingabe und ergötzte mich an jedem Geräusch, das ich ihm abrang.

„Oh ja, Süße, mach weiter", stöhnte er, übernahm die Führung und stieß seine Erektion so tief in meinen Mund, dass ich nur noch durch die Nase atmen konnte, um den Würgereflex zu unterdrücken. Tränen liefen über meine Schläfen und ich wünschte mir, er käme endlich, um mich für meine Mühen belohnen.

Stattdessen hörte er, wie meistens, auf und zog sich sanft zurück. Ich schloss meine Lippen fest um seinen Schaft und machte es ihm so schwer wie möglich, da glitt seine Zunge zwischen meine Schamlippen und leckte meine Feuchtigkeit auf. Ich wimmerte und gab ihn frei.

Undeutlich bekam ich mit, wie er die Stufen hinaufstieg, bis er direkt hinter mir war, seine Hände umfassten meine Hüften und endlich drang er in mich ein.

„Ja!" Ich hielt es kaum noch aus und nahm seine tiefen Stöße in mir auf. Egal, wie schnell ich mit einem Vibrator kam, ein echter Schwanz war unvergleichlich. Er steigerte das Tempo und ich ahnte, wie nah er sich am Abgrund befand.

„Darf ich kommen?", stieß ich hervor und sein Tempo erhöhte sich. Zum ersten Mal schien es, als er stünde selbst kurz davor, die Beherrschung zu verlieren.

„Ja, komm!", befahl er mir. Das Dröhnen in meinem Kopf nahm zu, bis es beinahe unerträglich wurde. Meine Beine gaben unter mir nach. Ich lehnte meine Stirn gegen die Treppenstufe vor mir und stützte die Hände schwer auf, als mir die Luft wegblieb. An meiner Hüfte verkrampften sich Nicks Hände und er kam mit einem erstickten Schrei, der mir durch Mark und Bein ging. Langsam wie ein Pendel wurden seine Bewegungen kleiner und zurückhaltender, bis er über mir zusammensank und seine schweißnasse Stirn auf meinen Rücken legte.

„Oh Gott, Claire...", murmelte er. Die Worte fuhren durch meinen Brustkorb wie ein glühender Blitz und raubten mir erneut den Atem, weil ich meinte, etwas in ihnen gehört zu haben.

Nick befreite mich von meinen Fesseln und sank langsam mit mir in die Knie, noch immer war er in mir und streichelte meine Hüfte. Er zog sich aus mir zurück und setzte mich mit gespreizten Beinen auf meine Treppenstufe. Ich ächzte wegen der Gewichtsverlagerung, da zog er mich zu sich heran und küsste mich mit einer wilden Intensität, die bei ihm neu war.

„Bleibst du über Nacht?", fragte er leise und ich versprach es ihm, ohne darüber nachzudenken.

19. Kapitel

Der Freitag kam und mit ihm Sonjas letzter Tag bei Lichtenstein & Partner. Es fühlte sich genauso falsch und merkwürdig an wie damals bei Ems, doch dieses Mal gab es keine Rückkehr. Mein Herz fühlte sich den ganzen Tag wie ein Eisklumpen an und ich wusste, den anderen ging es auch so.

Da die Drachenfrau ebenfalls ihren letzten Tag hatte, war eine Art Ausnahmezustand eingetreten. Die Partneranwälte veranstalteten zur Feier des Tages eine Art Bankett, also gab es ein von Em gestricktes Programm mit Catering, das der Drachenfrau ein missbilligendes Kopfschütteln wegen der Kosten entlockte. Anscheinend exakt das, was meine Freundin beabsichtige.

Um halb elf trafen wir uns im Pausenraum der Kanzlei, in dem sich die Küche und die Esstische befanden und wo der Caterer das monströse Büffet aufgebaut hatte. Dr. Bitter hielt eine endlos lange und konfuse Rede, in dem er erst den Werdegang der Drachenfrau und anschließend Sonjas beschrieb und ein paar seltsame Anekdoten einflocht, die Triple-S sichtlich unangenehm waren, weil es bei ihnen hauptsächlich um Firmenfeiern ging. Die Kelche mit dem Crémant wurden indes immer schwerer und Sam nippte einige Male unauffällig daran, was ich schließlich ebenfalls machte, bevor das gute Zeug schal wurde.

Em rollte mit den Augen und setzte gleichfalls an, hinter ihr stand die Flasche bereit zum Nachschenken, und ich sah an den Gesichtern der Zuhörenden, dass die Aufmerksamkeitsspanne abnahm. Jana, Ems Werkstudentin, checkte ununterbrochen Instagram, wahrscheinlich hatte sie ihre Follower bereits darüber in Kenntnis gesetzt, wie langweilig es in dieser Kanzlei war. Wir vier planten für den Nachmittag ein Essen und wollten anschließend zusammen mit Aiko, Tim und Katharina feiern gehen.

Ich hatte Ben eingeladen und Em brachte, zu meiner Überraschung, Lukas mit. Die beiden sahen sich seit unserem Doppeldate vor zwei Wochen regelmäßig, laut ihrer Aussage hauptsächlich, weil er gut im Bett und unkompliziert war. Falls es andere Gründe gab, hielt sie sie noch vor uns zurück und ich wartete gespannt darauf, dass sie mit der Sprache herausrückte.

Curt hatte sie damals viel länger von uns ferngehalten und die Treffen heruntergespielt, doch wir alle waren so perplex, dass nicht einmal Sam dumme Sprüche deswegen riss. Stattdessen kamen wir darüber ein, abzuwarten, was sich ergab.

Ich sah zu Sam herüber, der sein Glas mittlerweile ausgetrunken hatte und sich von Em nachschenken ließ. Er war bleich und die Ungewissheit wegen des Verfahrens beim Jugendamt setzte ihm sichtlich zu, je länger die Untersuchung dauerte und je mehr Termine es ohne Ergebnisse gab.

Ich war froh, dass wir ihn zum heutigen Abend überreden konnten, denn in letzter Zeit hatte er sich zurückgezogen und war kaum zu unseren Treffen mitgekommen. Anscheinend glaubte er, ihm könne jeder Schritt zum Verhängnis werden und ich sah ihn mehrmals wie angestochen aus seinem Büro rennen, um Dionne ja pünktlich aus der Kita abzuholen. Auf meinen Hinweis, dass seine Schwiegermutter ja die Leiterin der Einrichtung war, zuckte er mit den Schultern und meinte, die Behörde könnte dennoch auf solche Kleinigkeiten achten, weil man ja seine und Tims Zuverlässigkeit in Frage stellte.

Seitdem der ganze Stress aufgekommen war, war die Kleine deutlich unruhiger, als übertrüge sich die Angst ihrer Väter auf sie: Sie schlief nicht mehr durch und weinte öfters, außerdem verweigerte sie mitunter das Essen und weinte nur noch schlimmer. Am letzten Sonntag war ich bei ihnen zum Essen gewesen und das kleine Mädchen so zu sehen brach mir fast das Herz.

Sie verstand einfach nicht, warum sich alle so anders verhielten, und fiel deswegen in Verhaltensmuster zurück, die sie bereits abgelegt hatte, was Sam und Tim wiederum stresste. Am Ende packte ich sie ein und ging mit ihr zum Spielplatz, mit der

Bitte an die beiden, die Zeit zu nutzen, um sich abzulenken, möglichst durch Vögeln.

Während ich ihrer Schaukel Schwung gab und sie endlich fröhlich lachte, wanderten meine Gedanken ohne mein Zutun ein knappes Jahr zurück, als Ben bei mir wohnte und ich mit einem Mal über Kinder nachdachte. Glücklicherweise wurden unsere Probleme so früh so groß, dass diese Idee nie zu einem konkreten Plan wurde. Sicher hätte mir Sonjas Stärke gefehlt, als alleinerziehende Mutter klarzukommen.

Mittlerweile war ich vierzig und sollte mich von dieser Vorstellung verabschieden. Die Wahrscheinlichkeit, innerhalb der nächsten ein, zwei Jahre erneut in eine solche Situation zu kommen, war verschwindend gering und das war besser so.

Überall gab es nur Schwierigkeiten, sei es durch unnötige Aktionen des Jugendamtes oder Expartner, denn Aikos Lage war ebenfalls beschissen. Für nächste Woche war ein Termin mit den beiden Rechtsanwälten angesetzt und, sollten sie keine Einigung finden, stand kurz darauf ein Gerichtstermin an, in dem sich eine erste Tendenz abzeichnen würde.

Aiko bemühte sich um Gelassenheit, doch war bei ihr eine deutliche Verhaltensänderung zu sehen und sie fehlte öfters bei unseren Treffen, weil sie so viel Zeit wie möglich mit ihren Töchtern verbringen wollte. Ich hoffte nur, dass Katharina, die auch Sam und Tim vertrat, wusste, was sie tat und in beiden Fällen das Beste für meine Freunde erreichte.

„… von daher wünsche ich Ihnen beiden alles Gute! Prost", schloss Bitter in diesem Moment seinen endlosen Vortrag ab und riss mich aus meinen Gedanken. Ich zuckte zusammen und hätte um ein Haar meinen Crémant verschüttet, als ich unsanft in die Gegenwart zurückkehrte. Ich schien nicht die einzige zu sein, die gerade erschrocken zu sich gekommen war, denn ich sah mehrere Kollegen blinzelnd ihre Gläser heben.

„Achtundvierzig Minuten", wisperte Sam augenrollend. „Wie kann ein Mensch achtundvierzig Minuten lang reden, ohne etwas zu sagen?"

„Das lernt man, wenn man in Jura promoviert", erwiderte Em trocken und schenkte sich erneut nach. „Ist eine Grundvoraussetzung für eine spätere Führungsposition."

„Na, du musst es ja wissen, schließlich hast du mit genug Dres. jur. gevögelt", meinte Sam und nahm er ihr die Flasche ab. Em zuckte mit den Schultern und beobachtete Sonja dabei, wie sie sich von den Partnern die Hand schütteln und zum Abschied alles Gute wünschen ließ. Mittlerweile hatte sie sich eingekriegt, aber heute Morgen, als sie ihre persönlichen Sachen zusammenpackte, waren die ersten Tränen geflossen. Ab nächster Woche würde mir Canan gegenübersitzen, die ich zwar mochte, aber sie war eben nicht Sonja.

Am ersten November fing eine neue Personalsachbearbeiterin als Ersatz für Canan an, Harrys Stelle war ebenfalls ausgeschrieben. Mein Blick wanderte hinüber zum neuen Head of Office und meine Eingeweide krampften sich zusammen. Inzwischen war das halbe Büro bei mir gewesen, um mir zu sagen, wie unfair sie die Entscheidung fanden, doch falls sie von mir erwarteten, gegen ihn zu hetzen, lagen sie falsch. Ich ließ mich nicht dazu hinreißen, negativ über ihn zu reden und als schlechte Verliererin dazustehen. Immerhin, tröstete ich mich, blieb mein Arbeitspensum bei deutlich höheren Bezügen gleich.

Seit dem Termin mit der Drachenfrau am Montag gab es keinen Kontakt zwischen Harry und mir und er mied es, mich allein zu treffen. Ich sah ihm an, dass ihm die ganze Situation nicht geheuer war, wahrscheinlich hielt er sich deswegen mit seinem triumphalen Grinsen zurück.

Ben war wegen der Sache immer noch bedrückt, das hatte ich ihm gestern Abend deutlich angemerkt, als wir uns trafen. Irgendwie rutschte mir die Information mit meiner Übernachtung bei Nick heraus, als wir uns über meine Woche unterhielten, und ich sah ihm seine Betroffenheit und Verunsicherung an. Im gleichen Moment bereute ich es – sowohl die Übernachtung als auch ihm davon erzählt zu haben. Mittlerweile wusste ich nicht mehr, wie es dazu gekommen war. Zuvor hatten wir niemals darüber gesprochen und ich noch nie darüber nachgedacht, aber als Nick mich fragte, sagte ich einfach zu. Wir verbrachten den Abend auf seiner Couch mit einem guten Rotwein und trieben es später wild in seinem Bett, auch das hatten wir zuvor nie getan.

Als wir uns kennenlernten, wohnte er in einer Wohnung in der Stadt, aber selbst damals, ohne Keller und gute Ausstattung, blieb ich nie über Nacht.

Bis vor kurzem.

Und jetzt plagte mich ein ungutes Gefühl, als hätte ich einen Fehler gemacht und Ben mit meinem Verhalten verletzt. Das durfte nicht sein. Er *durfte* sich deswegen nicht gekränkt fühlen, denn das würde die Grundfesten unseres Arrangements erschüttern. Eifersucht hatte darin keinen Platz und würde alles nur verkomplizieren. Ich musste versuchen, es so locker wie möglich zu halten, und Ben sollte das gleiche tun.

Ich hatte nichts falsch gemacht. Gar nichts. Oder doch?

Während die Gespräche um uns herum lauter wurden, erzählte ich Sam von diesen Ereignissen. Seine blauen Augen wurden groß und er schenkte sich nach.

„Vielleicht sollte Ben mal mit einer anderen Frau ins Bett gehen, damit er aufhört zu klammern", meinte er nachdenklich. Ich starrte ihn an, mit diesem Vorschlag überrumpelte er mich völlig. „Lass mich raten: seitdem das mit euch beiden geht, trifft er bestimmt keine andere, oder?"

„Doch", erwiderte ich leise. „Es gab einen One-Night-Stand, als er in Kopenhagen war." Davon hatte er mir mit stockender Stimme berichtet und tatsächlich war ich nur äußerlich locker geblieben, doch ich riss zusammen, schließlich lebte ich alles andere als monogam. Sam sah mich zweifelnd an.

„Das war eine in was, zwei Monaten?"

„Wir sehen uns jede Woche dreimal", verteidigte ich ihn. Er zog die Brauen zusammen und sah mich lang über den Rand seines Glases an, die Mundwinkel belustigt verzogen.

„Dir reicht das nicht, kleiner Nimmersatt. Du sorgst dafür, dass deine Zuckerspalte immer zu tun hat."

„Sam, mein Gott…" Ich schüttelte lachend den Kopf. „Hast du gerade ‚Zuckerspalte' gesagt?"

„Schön, oder? Ich wusste, es gefällt dir." Er griente und trank noch einen Schluck. Glücklicherweise war die Geräuschkulisse um uns herum so laut, dass uns niemand hörte, außer vielleicht Em, die neben mir stand und sich aber mit Marleen unterhielt.

„Wunderschön. Aber glaubst du wirklich, das würde ihm helfen?" Er zögerte kurz und winkte mich in eine ruhigere Ecke, abseits der Menschentrauben. Er stellte sich dicht zu mir und behielt die anderen im Auge, damit uns niemand belauschte.

„Liebste, es ist doch so: in eurer Beziehung hattest du das Sagen und auch dieses Mal hast du ihm die Modalitäten mehr oder weniger aufdiktiert. Wenn es stimmt, was du vermutest und er sich wirklich Hoffnung auf eine zweite Chance macht, hältst du ihn mit deinem Verhalten hin. Ich weiß, du legst es nicht darauf an, aber so fühlt er sich vermutlich. Und zudem gibt er sich die Schuld wegen deiner verpassten Beförderung und du übernachtest auch noch bei Nick. Liebste, du musst ihm ein bisschen Männlichkeit lassen, sonst kannst du ihn gleich kastrieren. Das meine ich wörtlich. Du lernst dir nämlich gerade einen hörigen Sklaven an, weil du seine Geduld ausnutzt und ihn immer weiter in die Passivität drängst. Ich kenne ihn: wenn er wirklich hofft, dich wieder für sich zu gewinnen, wird er sich das viel zu lange ansehen und dich machen lassen, bis es gar nicht mehr geht. Ist es das, was du willst?"

Mir fehlten die Worte. Mehrmals setzte ich an, etwas zu sagen, doch es kam kein Laut über meine Lippen. Ging es Ben wirklich meinetwegen so, wie Sam es beschrieb? Natürlich war das niemals meine Absicht gewesen, ich war davon ausgegangen, dass er sich entweder die gleichen Freiheiten nahm wie ich oder es ließ, weil er sie nicht brauchte. Nichts davon zu hören war mir dabei recht gewesen.

„Nutz den heutigen Abend, um ihn ein bisschen von der Angel zu lassen", riet Sam mir. Ich nickte langsam. Es fiel mir schwer, den Gedanken überhaupt zuzulassen, aber mein er hatte recht:

Wie konnte ich fast jede Woche mit Ben und Nick vögeln und gleichzeitig erwarten, dass er die Möglichkeit nicht nutzte, mit anderen Frauen ins Bett zu gehen? Und ja, das erwartete ich, ging mir auf, als ich darüber nachdachte, und ein schlechtes Gewissen machte sich in mir breit.

Verdammt, ich dachte, das Arrangement liefe so gut, ich hätte es im Griff und könnte die Komplikationen aussitzen, notfalls auf seinem Gesicht. Aber es funktionierte nicht.

Sam erriet meine Gedanken und schenkte mir ein Lächeln. „So ist das eben, wenn man immer den schwierigen Weg wählt, Liebste. Es ist und bleibt schwierig."

„Hey ihr beiden, was sondert ihr euch so ab?" Ems Blick nach zu urteilen, hatte sie bereits mehr als zwei Gläser Crémant intus. Sonja stand neben ihr und zog die Augenbrauen hoch, als sie mein Gesicht sah.

„Alles okay?", fragte sie leise. Ich nickte nur, kaute schwer an Sams Worten.

„Haben wir es denn bald hinter uns gebracht?", fragte er seufzend und sah auf seine Uhr. Es war halb zwei, zu früh, um gehen zu können, also warteten wir. Sonja wurde von einer Traube Kollegen belagert und beantwortete die immer gleichen Fragen nach ihren Plänen und dem Grund ihrer Kündigung.

„Ich hätte eine Rundmail schreiben sollen", sagte sie düster, nachdem sie zum siebten Mal ihre Geschichte erzählt hatte. Da wurde es schlagartig still im Raum und als ich mich umdrehte, sah ich Harry, der mit wichtiger Miene sein Glas hob und sich so Gehör verschaffte.

Meine ohnehin miese Stimmung sank auf den absoluten Tiefpunkt, als er sich räusperte: „Ich möchte die Gelegenheit nutzen, um Ihnen, Frau Stechmann-Selzner, und natürlich dir, Sonja, alles Gute zu wünschen und Ihnen zu sagen, wie sehr ich unsere Zusammenarbeit schätze. Jeder, der mit Ihnen zusammengearbeitet hat, kennt Ihre Kompetenzen und..."

„Gleich muss ich kotzen", sagte Em erstickt, aber so laut, dass es außer Sam, Sonja und mir noch ein, zwei Kollegen hörten, die unterdrückt kicherten. Meine Miene versteinerte, während ich Harrys furchtbarem Vortrag lauschte und nach wie vor fassungslos war, wie man ihn mir vorziehen konnte. Wut stieg heiß in mir auf und am liebsten wäre ich einfach gegangen, doch diese Blöße würde ich mir nicht geben.

Jemand zwickte mich in den Po und riss mich aus meiner Starre. Mein Kopf ruckte herum zu Sam, der mir ein politikerwürdiges Grinsen schenkte und „Lächeln!" zuraunte. Das brachte mich zur Besinnung und erinnerte mich daran, dass mich vermutlich einige beobachteten. Also setzte ich eine professionelle Miene auf.

„Danke, Liebster."

Er zuckte mit den Schultern. „Dafür bin ich doch da."

„Ich hätte mich wirklich fast übergeben, als dieser Vollspacko seinen Text runtergeleiert hat", behauptete Em anderthalb Stunden später, als wir bei unserem Lieblings-Sushi-Restaurant an unserem Stammtisch saßen und Edamame pulten, Em mit sichtlichen Schwierigkeiten in der Hand-Auge-Koordination. Anscheinend hatte sie eine Flasche Crémant allein getrunken.

„Ging mir auch so", murmelte Sam und nahm ihr die Schote aus der Hand, um sie für sie zu öffnen. „Mein Gott, wie ein Kleinkind." „Danke, Arschloch", machte Em mürrisch, nahm sie aber zurück.

„Lukas wird wenig Spaß mit dir haben", sagte Sonja zweifelnd.

„Bis zum Vögeln bin ich auf dem Damm", versprach Em und schielte dabei leicht. „Was habt ihr vorhin geflüstert? Ja, wir haben es mitbekommen!" Sam und ich tauschten einen Blick, ich war mir unsicher, ob Em in der richtigen Verfassung für dieses Thema war, doch Sonja machte ein besorgtes Gesicht und ich konnte sie nicht hängen lassen. Nicht heute, an ihrem letzten Tag. Ich nickte knapp und Sam umriss in kurzen Sätzen unser Gespräch. Sonjas Augen zogen sich bis zu ihrem Haaransatz hoch und Em ließ ihre Stäbchen fallen.

„Oh, verdammte Scheiße", brummte sie und schüttelte den Kopf. Sonja reichte ihr ein Glas Wasser, das sie in einem Zug austrank. „Sam hat recht", sagte sie schließlich und bemühte sich um einen klaren Blick. Sonja schüttelte vehement den Kopf.

„Das ist keine gute Idee und Claire, ich verstehe das nicht."

„Ich doch auch nicht", murmelte ich.

„Das ist doch ganz einfach", belehrte Em uns beide. „Eure Beziehung ist total aus dem Gleichgewicht und Sam hat vollkommen recht: du musst Ben mehr Raum geben. Mein Gott, der arme Kerl ist im totalen Tunnel, ohne dich kommt er nie da raus."

„Aber warum hilft es ihm, mit einer anderen Frau zu schlafen?", zischte Sonja mit offensichtlicher Verzweiflung.

„Weil Claire es die ganze Zeit mit Nick treibt!", fauchte Em, sodass sie zurückzuckte. Ich fuhr ebenfalls zusammen und mein schlechtes Gewissen drohte, mich zu überwältigen. Em ließ die Hand sinken und sah Sam hilfesuchend an.

„Em möchte sagen, dass du drei Möglichkeiten hast, wenn du es retten willst: Erstens: du beendest das Arrangement und wagst einen zweiten Beziehungsversuch. Zweitens: du gibst Ben ebenfalls Raum innerhalb der Vereinbarung und lässt ihn einen Ausgleich finden. Drittens: du beendest es komplett und suchst dir einen anderen, gleichberechtigten Partner", fasste er zusammen. „Wenn du es so weiterlaufen lässt, wird es irgendwann den großen Knall geben. Hast du etwas dagegen einzuwenden, Sonni?"

Diese schüttelte den Kopf und machte ein bekümmertes Gesicht. „Jetzt habe ich es verstanden. Sam und Em haben recht." Ich biss mir auf die Lippe, bevor ich geschlagen nickte.

„Ich muss das Gleichgewicht wiederherstellen, um eine Eskalation zu vermeiden. Am Arrangement will ich festhalten, aber ich kann weder auf Ben noch auf Nick verzichten. Zumindest momentan, zumal ich beide jederzeit verlieren könnte, wenn sie eine andere Frau kennenlernen. Aber bis es so weit ist, halte ich an der Vereinbarung fest."

Die Kellnerin brachte unsere Sushiplatten. Em schnappte sich ein Nigiri und winkte mir damit zu.

„Du weißt, was du zu tun hast."
Ja, das wusste ich.

Der Abend versprach, lustig und vor allem feuchtfröhlich zu werden. Nach dem Sushi fuhren wir nach Hause und machten uns fertig. Ben wollte gegen sieben zu mir kommen, um halb neun würden Em und Lukas zu uns stoßen und mit uns gemeinsam zu der Bar fahren, in der Sonja ihren Ausstand feierte. Ich war nervös, ihn heute Abend mitzubringen. Natürlich kannte er Sam, Tim, Em und Sonja bereits, aber die Lage war damals, während unserer Beziehung, eine andere gewesen.

Zumal ich heute Abend den Plan in die Tat umsetzen musste, am besten so, dass Aiko und Katharina und auch Lukas es nicht mitbekamen. Für letzteres würde Em sorgen.

Es klingelte um sieben an meiner Tür, kurz darauf ließ Ben sich mit seinem Schlüssel selbst herein.

„Ich bin im Schlafzimmer", rief ich.

„Hey." Sein rotbrauner Haarschopf erschien im Türrahmen und er kam zu mir und küsste mich. „Wie war dein Tag?"

„Hätte besser sein können", erwiderte ich und drehte ihm den Rücken zu. „Könntest du den Reißverschluss schließen? Es war komisch, Sonja heute das letzte Mal als Kollegin im Büro zu sehen. Ich kann mir nicht mehr einreden, dass es nur Urlaub ist. Sie wird wirklich nicht zurückkommen."

Er trat hinter mich und machte sich an dem Reißverschluss meines schwarzen Paillettenminikleides zu schaffen. Es verfügte über einen tiefen V-Ausschnitt und lange Ärmel, reichte mir aber nur bis zur Mitte des Oberschenkels.

„Hübsch siehst du aus", flüsterte er in mein Ohr und betrachtete mich im Standspiegel. Meine Haare hatte ich sleek zurückgekämmt und trug große Statement-Ohrringe, dazu dunkelroten Lippenstift. Im Spiegel sah ich, wie Bens Finger über meinen Ausschnitt wanderten und unter den Saum glitten. „Wir haben Zeit, oder?", fragte er und massierte meinen Nippel mit seinen Fingerkuppen. Ich nickte und verfolgte seine Bewegungen wie hypnotisiert in der Reflexion. Mit seiner freien Hand hob er den Saum meines Kleides an und entblößte meinen Slip aus Mesh. Er holte tief Luft und zog sich zurück. Überrascht drehte ich mich um, doch er legte die Hand an meinen Kiefer und brachte mein Gesicht zum Spiegel.

„Ich habe eine Idee, warte kurz." Er verließ den Raum und kam Sekunden später mit einem meiner Esszimmerstühle zurück, den er vor den Spiegel stellte und sich darauf niederließ. Mit beiden Händen fasste er meine Hüfte und zog mich auf seinen Schoß, sodass ich uns beide im Spiegel sah. Sein Atem strich über meinen Nacken, als er meine Beine auseinanderzog und sie über seinen gespreizten Oberschenkeln ablegte.

„Halte dich gut an mir fest", befahl er. Ich sah nur seine Augen im Spiegel, da küsste er meinen Hals und wanderte erneut mit der Hand in meinen Ausschnitt. Ich stöhnte, als er meinen harten Nippel massierte, da fand seine andere Hand das Bündchen meines Slips und zog es beiseite. Im Spiegel sah ich meinen nackten Unterleib unter dem hochgerutschten Kleid und bekam mit, wie Ben seine Hose öffnete.

„Was hältst du davon?", fragte er, während er seinen Schwanz befreite und ihn an meinem Schritt rieb. Es sah unglaublich heiß aus und ich konnte es kaum erwarten, weiterzugehen.

„Sehr viel", flüsterte ich und wimmerte, als er unvermittelt in mich eindrang. Es im Spiegel zu sehen war fast, als drehten wir einen privaten Sexfilm. Zu sehen, wie sein Schwanz in mich eindrang... ich konnte den Blick nicht davon abwenden.

Er bewegte sich langsam und kontrolliert in mir, sein Bewegungsradius war beschränkt, doch unter Zuhilfenahme seiner Hand auf meiner Klit schickte er mich auf einen unglaublichen Ritt. Unsere Blicke trafen sich im Spiegel und ich wusste, er genoss es mindestens so sehr wie ich. Die Reibung seiner Finger wurde härter, wie auch seine Stöße, die mir Lustschreie entlockten, bis ich schließlich kam und zuckend gegen ihn sank. Den Blickkontakt zu halten wurde schwerer, doch durch ihn verlängerte sich mein Orgasmus und das wollte ich unbedingt.

Meine Muskeln kontrahierten und schlossen sich enger um ihn, es wurde noch intensiver. Sterne tanzten vor meinem Blickfeld, während er keine Sekunde von mir abließ. Im Spiegel verdunkelten sich seine blauen Augen und seine Bewegungen wurden unkontrollierter und schneller.

„Komm noch einmal für mich." Ich drehte den Kopf und küsste ihn, seine Zunge drang tief in meinen Mund ein und raubte mir die wenige Luft, die ich bekam. Er spreizte meine Beine noch weiter, glitt mit beiden Händen zwischen sie. Ich war gegen ihn chancenlos und kam erneut, dieses Mal erfasste ihn mein Höhepunkt ebenfalls. Er gab einen erstickten Schrei von sich und biss mir in die Schulter.

Ich ließ mich gegen ihn sinken und schloss die Augen, kostete diesen Moment aus, bis mir mein Plan für diese Nacht einfiel. Das war der falsche Start gewesen, um ihn in die Tat umzusetzen. Verdammt.

„Hast du ein Taschentuch?", fragte ich, worauf er nickte und eines aus seiner Hosentasche fummelte. Ich presste es in meinen Schritt und löste mich langsam von ihm. Meine Knie waren weich, als ich auf die Füße kam, leichter Schwindel erfasste mich. Ich drehte mich um, beugte mich vor und küsste ihn auf den Mund. „Danke, mein Süßer, das war ein guter Anfang für diesen Abend. Ich habe einen Wunsch für heute Nacht."

„Was immer du möchtest", versprach er mir vollmundig. Ich holte Luft und rang mich zu den Worten durch. Ich musste überspielen, wie sehr ich es hasste, weiter zu sprechen.

„Erinnerst du dich an die Regel bezüglich der Polygamie? Ich finde, du nutzt sie zu wenig." Nach kurzem Zögern setzte ich mich auf seinen Schoß und sah, wie sich seine Augen weiteten. „Gleiches Recht für alle."

„Du willst, dass ich mit anderen Frauen schlafe?"

„Du nicht? Immerhin haben wir diese Regel extra deswegen aufgestellt." Er presste die Lippen zusammen und schien nachzudenken. Ich konnte die Gedanken, die durch seinen Kopf rasten, förmlich sehen, war jedoch bereit, ihm die Zeit zu geben.

Ich stand auf, warf ihm eine Kusshand zu und ging hinüber ins Bad, wo ich mich säuberte. Dabei nahm ich mir einen Moment, um durchzuatmen und alles zu überdenken.

Natürlich gefiel es mir nicht, wenn Ben mit anderen Frauen vögelte, ebenso wenig, wie ihm mein Sex mit Nick gefiel. Solange ich ihn aber traf, war es nur fair, wenn Ben dieses Recht ebenfalls nutzte. Als ich zurück ins Schlafzimmer kam, sah er mich an. Mittlerweile war er aufgestanden, machte aber keine Anstalten, ins Bad zu gehen. Mein Herz machte einen Satz.

Entweder lehnte er meinen Vorstoß rundheraus ab, oder er hätte meinen Geruch an sich, wenn er es heute Nacht einer anderen besorgte.

„Gut, du hast recht", sagte er in diesem Moment, ein Hauch von Trotz lag in seiner Stimme. „Und wie soll das ablaufen? Soll ich vor all deinen Leuten jemanden klarmachen und mit ihr abhauen? Lukas ist auch da, wie du weißt, und ich kann gut darauf verzichten, dass er überall rumerzählt, meine Freundin und ich hätten eine offene Beziehung."

„Das kriegen wir schon hin, er wird nichts mitbekommen. Ich zähle auf Aiko und Katharina." Er runzelte die Stirn. „Die beiden sind etwas haltlos und knutschende Lesben werden schnell zum Blickfang." Seine Augenbrauen hoben sich sichtlich und ich erriet die Idee, die ihm gerade kam. „Ich wäre dir verbunden, wenn du davon die Finger lässt."

„Ist ja gut." Er wollte noch etwas sagen, da klingelte es an der Haustür. Stirnrunzelnd sah ich auf die Uhr. Erst halb acht.

Trotzdem hörte ich kurz darauf Ems Stimme durch die Gegensprechanlage: „Wir waren fertig und dachten, wir könnten zusammen was trinken, bevor wir losfahren." Vermutlich waren sie ähnlich fertiggeworden wie Ben und ich.

„Klar, kommt hoch." Ich drückte auf den Summer. Es war gut, die Diskussion an dieser Stelle zu beenden, es war alles gesagt.

Em würde ihren Teil dazu beitragen, um Lukas von Bens Ausflug abzulenken. Ich betrachtete sein Gesicht mit diesem trotzigen Zug um den Mund und küsste ihn, bevor Erinnerungen an unsere Beziehung hochkamen, als ich diesen Ausdruck zu oft gesehen hatte.

„Es macht mich an, dass du nach mir riechen wirst", flüsterte ich in sein Ohr und hätte es um ein Haar selbst geglaubt.

Wir leerten zu viert die Flasche Wein, die Em mitgebracht hatte, bevor unser Taxi ankam und uns zur Bar brachte. Die anderen waren bereits eingetroffen und mir ging auf, dass Sonja heute der einzige Single war. Seit dem Abend, an dem ihr Vater seinen Schlaganfall erlitten hatte, war bei ihr im Bett tote Hose, auch den One-Night-Stand von damals hatte sie nicht wiedergetroffen. Sie sagte, sie hätte dafür einfach keinen Kopf. Für mich wäre das ein unhaltbarer Zustand, aber ich wusste, dass ihre Prioritäten anders gelagert waren.

Aiko und Katharina starben fast vor Neugier auf Ben und Lukas und verwickelten sie sofort in ein Gespräch, was mir die Zeit gab, mich ein wenig mehr um meine Freundin zu kümmern. „Wie geht es dir?"

„Ganz gut", sagte sie lächelnd. Süß sah sie heute aus, in ihrem Minikleid mit Blütendruck, aber eindeutig legte sie es nicht darauf an, abgeschleppt zu werden. Neben ihr wirkte Aiko in ihrem pinken Stretchkleid mit tiefem V-Ausschnitt richtig schrill. „Ich muss nur das Wochenende überstehen, ohne verrückt zu werden. Der bloße Gedanke an Montag jagt mir eine Mordsangst ein, obwohl ich alle Mitarbeiter kenne. Sie freuen sich auf mich, aber die Verantwortung ist… naja, immens. Ich habe Angst, etwas falsch zu machen."

„Verständlich, mir ginge es genauso", sagte ich. „Aber du hast ja Vincent und alle sind dir wohlgesonnen." Sie nickte schmal lächelnd und nahm einen Schluck von ihrem Drink. Ich beeilte mich, das Thema zu wechseln, bevor die Stimmung kippte, doch da hob Aiko auf einmal ihre Hand.

„Ich wollte nur kurz verkünden, dass Cat und ich nun exklusiv sind", sagte sie stolz und hob ihr Glas. Sams Augenbraue zuckte und er warf mir einen indignierten Blick zu, den ich mit einem Grinsen erwiderte. Aiko liebte es, Offensichtliches als Neuigkeit

„abzufeiern", wie sie es ausdrückte. Uns war allen bewusst gewesen, dass sie und Katharina ein Paar waren, aber anscheinend wollte sie es der ganzen Welt erklären. Gut, es gab uns einen Grund, zu trinken, also war es mir recht. Wir hoben unsere Gläser ebenfalls und prosteten den beiden zu, Katharina mit einem Zwinkern, die das ganze anscheinend irgendwo zwischen peinlich und lustig einordnete.

Ich sah mich in der Bar um, sie war ziemlich voll und ich entdeckte einige Frauen, die eindeutig zum Aufreißen hergekommen waren. Jemanden zu finden, dürfte für Ben ein leichtes sein.

Als ich ihn darauf hinwies, warf er mir einen schwer zu deutenden Blick zu. „Das weiß ich", erwiderte er. „Ich hoffte nur, du würdest es dir anders überlegen." Ich schüttelte den Kopf. „Gut, gib mir noch ein bisschen Zeit, ja? Ich ziehe es durch, aber ich entscheide, wann und wer, okay?"

„In Ordnung." Ich widerstand dem Verlangen, ihn zu küssen, aber das wäre vor den Augen der anwesenden Frauen kontraproduktiv. Stattdessen setzte ich mich neben Sam, als Tim Ben in ein Gespräch verwickelte.

„Und, was hat er gesagt?"

„Er findet die Idee mindestens so beschissen wie ich."

„Er kommt noch drauf, lass ihm ein bisschen Zeit. Spätestens wenn er eine unter sich liegen hat, denkt er nicht mehr darüber nach", prophezeite Sam.

Tatsächlich ließ Ben sich Zeit. Es war bereits nach Mitternacht, Sonja verabschiedete sich gerade und Lukas flüsterte Em etwas ins Ohr, das eindeutig nach Sex roch, woraufhin die beiden aufbrachen. Kurz darauf packten Aiko und Katharina ihre Sachen zusammen, doch Tim holte uns noch eine Runde.

Ben und ich tauschten einen langen Blick, dann stand er auf und ging an die Bar, wo Tim auf seine Bestellung wartete. Es dauerte nicht lange, da stand eine rothaarige Mittzwanzigerin neben ihm und flirtete ihn ungeniert an. Schon vorher war mir aufgefallen, dass sie ihn beobachtete, um herauszufinden, ob eine von uns zu ihm gehörte. Offenbar war sie zu dem Entschluss gekommen, dass der Versuch sich lohnte.

„Ganz ruhig, Liebste. Du erdolchst sie ja mit deinen Blicken", sagte Sam beruhigend und legte seine Hand auf meine.

Ich riss mich von ihnen los. „Ich hasse es."

„Verstehe ich. Aber das ist unter Umständen der einzige Weg, um euer Ding am Laufen zu halten." Ich nickte düster, während ich die beiden beim Flirten beobachtete, sah, wie sie ihre Hand auf seinen Arm legte, sich vorbeugte und ihm etwas ins Ohr flüsterte. Mir drehte sich der Magen um, doch in diesem Moment kam Tim mit unseren Drinks und setzte sich an den Tisch.

„Ich nehme an, das ist zwischen euch abgesprochen, oder?", fragte er mit hochgezogenen Augenbrauen und nickte in Richtung des Tresens. Ich vermied es, dorthin zu sehen, stattdessen konzentrierte ich mich auf sein Gesicht.

„Ja, ist es." Falls Tim sich dazu Gedanken machte, behielt er sie für sich und ich war froh, mich abzulenken. „Wie steht es mit dem Jugendamt?" Sein Lächeln verrutschte ein wenig.

„In zwei Wochen steht ein Bericht an, nach dem sich entschieden wird, wie es weitergeht. Ich habe mit Frau Meisel telefoniert und sie sagte mir, es sähe gut für uns aus. Sie ist mehrmals befragt worden und alle anderen Termine werden problemlos über die Bühne gehen. Ich mache mir wenig Sorgen, weil wir nichts zu verbergen haben, aber die Sache hätte ich uns gern erspart. Es ist schwer, die Warterei zu ertragen." Sam nickte.

„Wenn ich irgendwas tun kann, eine Aussage schreiben oder sonst was, lasst es mich bitte wissen. Ich stehe sofort parat."

„Das machen wir", versprach Tim.

Als ich einen Blick über seine Schulter warf, waren Ben und die Rothaarige verschwunden.

In dieser Nacht schlief ich beschissen.

20. Kapitel

Ich brachte es nicht über mich, Ben auf seine Nacht mit der Barbekanntschaft anzusprechen, ebenso wenig wie ich ihn fragte, ob die beiden sich wiedersehen würden. Er selbst schwieg dazu, dennoch veränderte sich etwas zwischen uns: Es gab eine Verschiebung, weil ich den Drang spürte, mich mehr um ihn zu bemühen, was er ihm sichtlich gefiel. Diese Nacht hatte uns verändert, zum Positiven, wie ich mir eingestehen musste. Doch diese Erfahrung war schmerzhaft gewesen und mir war unklar, wie ich mit zukünftigen Wiederholungen umgehen würde.

Anscheinend behielt Sam recht und trotz meiner Probleme, das Ganze zu akzeptieren, war ich froh, es angestoßen zu haben. Es war allerdings nur eine Frage der Zeit, bis Ben seinen Ausflug wiederholte und davor hatte ich Angst. Mir graute vor meiner Reaktion und meinen Gefühlen dazu, wenn ich mir nicht mehr einreden konnte, alles sei auf meine Initiative entstanden und Ben dem nur ungern nachgekommen.

Also bemühte ich mich umso mehr um ihn, damit er verstand, dass jede andere Frau maximal eine Ablenkung, keinesfalls aber ein Ersatz war. Es war verrückt, vor allem, weil ich von mir selbst gedacht hatte, das ganze lockerer zu sehen. Doch ich beobachtete ihn mit dem bangen Argwohn eines Hundes, der seinen Napf unbeaufsichtigt lassen musste. Mir wurde so immer deutlicher, wie brenzlig die Lage, in der ich mich befand, bereits war und dass mir Gelassenheit und Abstand gut täten.

Also konzentrierte ich mich auf meine Arbeit, doch ohne Sonja war es merkwürdig in der Kanzlei. In der ersten Woche redete ich mir noch ein, sie sei im Urlaub, doch es war sinnlos, vor allem, weil Canan mittlerweile das Büro bezogen hatte und am ersten November, zwei Wochen nach Sonjas Ausscheiden, die

Nachfolgerin anfing. Die Drachenfrau wurde erwartungsgemäß wenig vermisst, dabei waren die Montagsmeetings mit Harry mindestens genauso nervig. Zwar verzichtete er auf die Zettel-Vorbereitung und straffte das ganze, dafür wollte er über jede Kleinigkeit informiert werden und ritt gern darauf herum, wenn irgendetwas schieflief. Dass Sam und ich direkt an die Partner-versammlung berichteten, missfiel ihm sichtlich und das ließ er uns spüren, aber ihm fehlte die Handhabe, um seinen Unmut dar-über an uns auslassen zu können.

Die Mittagessen mit Sonja klappten meistens und wir schafften es, uns drei Mal die Woche zu treffen. Nach ein paar bangen Tagen blühte sie förmlich auf und ihr war anzumerken, wie sehr sie ihre neue Rolle liebte. Zum Einstand gab sie ein kleines Fest, das bei der Belegschaft gut ankam, und jedes Mal, wenn wir uns sahen, strahlte sie übers ganze Gesicht, weil ihr etwas gelungen war. Sam, Em und ich waren froh, dass ihr Start so positiv ver-laufen war, obwohl es fast ein bisschen schmerzte, wie zufrieden und glücklich sie war.

„Trotzdem", sagte Em auf dem Rückweg zum Büro nach der ersten Woche und zog an ihrer Zigarette. „Wenn es eine von uns schafft, ist es Sonni. Ich habe mir ehrlich gesagt keine Sorgen um sie gemacht und ihre Eltern sind ja da und unterstützen sie. Das Wasser, in das sie geschubst wurde, hat eher Badewannen-temperatur als Eiseskälte."

„Ich glaube, für sie war es trotzdem kalt genug", meinte Sam achselzuckend und fröstelte im kalten Wind.

Em wiederum verhielt sich unerwartet. Seitdem sie sich regel-mäßig mit Lukas traf, sah sie niemanden sonst. Ihre wilde Her-umvögelphase schien damit abgeschlossen. Umso mehr über-raschte es mich, dass sie ausgerechnet Lukas eine Chance gab.

Sein Humor war ansteckend, er war meistens gut gelaunt und unkompliziert, was jetzt das richtige für sie war. Der Gegensatz zwischen ihm und Curt war allerdings krass, was nur zum Teil an den fünfundzwanzig Jahren Altersunterschied zwischen den beiden Männern lag. Auch in der Art unterschieden sie sich wie

Tag und Nacht, da Curt eher der gesetztere und besonnene Typ war, der klare Erwartungen an meine Freundin gestellt hatte. Mit all dem war bei Lukas nicht zu rechnen, offenbar genau die Abwechslung, die sie für den Moment haben wollte. Er schien ihr das zu geben, was sie brauchte, und ich freute mich für sie, weil ich bemerkte, wie gut es ihr damit ging. Die beiden sahen sich seit fast fünf Wochen, für Ems Verhältnisse beinahe eine Langzeitbeziehung.

Der erste offizielle Termin wegen des Untersuchungsverfahrens bei Sam und Tim war gut verlaufen. Frau Meisel schickte den Zuständigen ihre umfangreichen Berichte zu und die Befragungen waren weniger schlimm gewesen, wie die beiden befürchteten. Zwar fanden regelmäßige Besuche bei ihnen zuhause statt und es wurde ein psychologisches Gutachten für Dionne erstellt, aber langsam machte sich eine leichte Entspannung unter uns breit. Die Chancen für einen positiven Ausgang standen gut.

Am Montag, den zweiten November, begleiteten Em und ich Sonja auf eine Party des Unternehmerverbands des Mittelstands von Hamburg. Es war eine Art *Come-together* für Firmeninhaber und deren Geschäftsführer, um zu netzwerken.

Vincent war verhindert, deswegen hatte Sonja uns gefragt, ob wir sie begleiteten. Dies war ihre erste Feier und mit Em, dem Smalltalk-Crack, an ihrer Seite, war ihr wesentlich wohler zumute. Sam hatte keine Zeit, darum machten wir ein Mädchending daraus. Aiko war erkältet und hütete schlechtgelaunt das Bett, doch bei Katharina war sie sicher in guten Händen, wenn diese endlich das Büro verließ.

Ich beeilte mich, nach meinem Kardiokurs nach Hause zu kommen und mich fertig zu machen, um halb neun wollten Em und ich an der Location in der Rindermarkthalle eintreffen. Als ich um viertel nach acht durch die Haustür kam, stand sie bereits da und etwas an ihrem Gesichtsausdruck ließ mich stehenbleiben und sie ansehen.

„Ist alles in Ordnung?"

„Ich…", setzte sie an, da hielt das Taxi vor dem Haus und sie öffnete schweigend die Autotür. Ich nahm neben ihr auf der Rückbank Platz und sah sie auffordernd an. Sie schüttelte den Kopf. „Später." Langsam machte sie mich nervös. Nach kurzer Fahrt hielten wir vor dem Veranstaltungsort, bezahlten das Taxi und sahen uns um.

„Willst du eine rauchen?", fragte ich, ohne sie aus den Augen zu lassen. Mein merkwürdiges Gefühl nahm noch zu, als sie erneut abwinkte.

„Nein, lass uns reingehen." Sie holte ihr Smartphone hervor, um Sonja anzurufen, und bekam sie schnell ans Telefon. Sie erwartete uns am Eingang. In ihrem schwarzen Etuikleid mit dem Pferdeschwanz sah sie mondän aus, keine Spur von Blumenprint heute, ihre Augen strahlten.

„Danke, dass ihr da seid, das hilft mir sehr." Sie lotste uns zur Garderobe und zur Bar, wo Em sich zu meiner grenzenlosen Verwunderung für einen alkoholfreien Cocktail entschied.

„Du machst mir Angst", raunte ich ihr zu und sie zuckte schuldbewusst zusammen. „Sag mir, was los ist!" Ich sah Panik in ihren Augen, auch Sonja bemerkte.

„Ist alles okay?"

„Wisst ihr…", setzte Em an, da wurden wir jäh von einem Mann unterbrochen, der auf uns zuhielt.

„Sonja?" Ich kannte ihn nicht, doch ich sah, wie ihr das Lächeln im Gesicht gefror. Em sog scharf Luft ein.

„Theo?", fragte Sonja mit dünner Stimme und endlich fiel bei mir der Groschen: Vor uns stand Sonjas Ex-Verlobter, Theodor-Friedrich Sternhagen, der sie mit Ende zwanzig kurz vor der Hochzeit betrogen hatte. Daraufhin war die Feier abgesagt worden und Sonja kam zwei Jahre später mit Kenichi zusammen, kurz nachdem wir beide uns angefreundet hatten.

Von Em, die sie länger kannte, wusste ich, dass sie ewig unter dieser Trennung gelitten und sich selbst Vorwürfe gemacht hatte, weil sie dachte, sie sei an seiner Untreue schuld. Während Sonjas Ehe mit Kenichi war ihre größte Angst gewesen, er könne ihr fremdgehen. Einfach abzuhauen war schlimmer, zumindest meiner Meinung nach.

Theos Eltern besaßen ebenfalls eine Firma, die mit der der Lippmanns verbandelt war, deswegen hatten die beiden Familien die Beziehung sehr befürwortet und es war schwierig gewesen, die Geschäftsebene nach der geplatzten Hochzeit aufrechtzuerhalten. Offenkundig war Theo mittlerweile auch Geschäftsführer, wenn er bei diesem Unternehmerverband aufkreuzte. Gerade beugte sich vor, um Sonja auf beide Wangen zu küssen, als wären sie alte Freunde.

„Wie schön, dich zu sehen. Das ist ja ewig her. Mein Vater hat erzählt, dass du die Firma übernommen hast. Wie geht es Ralf? Hat er alles gut überstanden?" Er sah gut aus, zugegeben, schlank und mit attraktivem Gesicht, das von dichtem blondem Haar umrahmt wurde. Sein Kinn hätte kantiger sein können und die Stirn weniger hoch, aber er verfügte über dieses gewinnende Lächeln, das einem vermutlich in Führungsseminaren beigebracht wurde. Oder als Gebrauchtwagenverkäufer.

Sonja riss sich endlich zusammen. „Danke, es geht ihm mittlerweile wieder deutlich besser,"

„Sehr schön, also rufe ich dich ab sofort an und muss den Umweg nicht mehr über Vincent machen. Das freut mich. Bestimmt sind deine Eltern hin und weg, weil du die Firma endlich übernommen hast, oder? Meine Eltern haben erzählt, du hast einen Sohn, wie geht es ihm?" Falls Theo von Sonjas unschönem Eheende wusste, war er wenigstens taktvoll genug, dieses Thema auszulassen. Ich war mir unsicher, wie ich mich verhalten sollte, Sonja schien zwar perplex, aber Herrin der Lage zu sein, und wandte sich uns zu.

„Erinnerst du dich an Em Rotdorn? Das hier ist Claire Sander. Claire, das ist Theodor-Friedrich Sternhagen."

„Schön, euch kennenzulernen." Er setzte uns seinem gewinnenden Lächeln aus und wandte sich unserer Freundin zu. „Darf ich dich entführen? Ich möchte dich dem Verbandspräsidenten vorstellen."

Sie nickte benommen und folgte ihm in eine Menschenmenge. Em und ich tauschten irritierte Blicke.

„Was für ein Arschloch", sagte sie dumpf. „Taucht hier einfach so auf und tut, als wäre nichts gewesen. Unglaublich."

„Sie kriegt das hin", erwiderte ich, ohne mir sicher zu sein, was ich damit meinte. Anscheinend hatte Theo gewusst, dass sie heute Abend hier sein würde, er wirkte weniger überrascht als vielmehr erfreut. Argwohn machte sich in mir breit, was er vorhaben könnte, doch was sollte ich tun? Also wandte ich mich der nächsten Baustelle zu: „Sag mir, was mit dir los ist."

„Scheiße", machte Em und wurde blass. Hatte sie ernsthaft geglaubt, ich hätte es vergessen? Ich suchte uns einen freien Stehtisch in einer ruhigen Ecke und drehte den anderen Gästen nachdrücklich den Rücken zu. Sollten sie mich für unfreundlich halten, ich wollte endlich wissen, was mit Em los war.

Es gab nur wenig Situationen, in denen sie kein Wort herausbekam, ihr Sarkasmus machte es normalerweise unmöglich, die Klappe zu halten, und ich wertete es als schlechtes Zeichen, dass sie nach Worten rang.

„Ich könnte wirklich eine Zigarette gebrauchen", murmelte sie und rieb sich den Nacken.

„Du machst mir Angst", erwiderte ich. Sie sah mich an, die braunen Augen starr. Mehrmals öffnete sie den Mund und schloss ihn wieder, als sie schließlich sprach, war ihre Stimme tonlos.

„Ich bin schwanger."

Die Zeit blieb für einen kurzen Moment stehen, in dem gar nichts ging. Weder mein Gehirn noch mein Mund und meine Motorik setzte komplett aus. Als hätte es ein Übertragungsproblem gegeben, brachen sämtliche Gefühle gleichzeitig über mich herein. Sie waren alle negativ.

Um Ems Mund spielte ein zynisches Lächeln und sie schlug die Augen nieder, als sie meine Fassungslosigkeit sah. „Ja, so ging es mir auch, als ich es bemerkt habe.

„Aber… aber…", machte ich, während sich mein Flucht- und Verdrängungsinstinkt meldete. Em durfte einfach nicht schwanger sein. Das war unmöglich!

„Ich habe es vorgestern festgestellt", sagte sie gefasst, anscheinend wollte sie nun doch die ganze Geschichte erzählen und mir so die Möglichkeit geben, meine Sprache wiederzufinden. „Meine Periode ist ausgeblieben und nachdem ich vier Tage gewartet habe, hab ich mir einen Test besorgt, der positiv war. Gestern war ich beim Frauenarzt, der hat es bestätigt. Es ist von Lukas", setzte sie hinzu, als ich einen erneuten Versuch machte, einen Satz zu formulieren und scheiterte.

„Bist du sicher?", fragte ich mühsam. Sie nickte.

„Er ist der einzige, der in Frage kommt. Ich habe seit über einem Monat keinen Sex mehr mit anderen Männern. Vielleicht hatte eins der Kondome ein Loch, keine Ahnung, wie es passiert ist. Neunundneunzig Komma neun Prozent, nicht hundert."

„Was sagt er dazu?" Meine Zunge schien die doppelte Masse im Vergleich zu sonst haben und meine Hände waren kalt und feucht. Mir ging auf, dass ich sie in den Arm nehmen müsste, aber mir fehlte die Kraft dazu.

Em schnaubte. „Ich habe niemandem etwas gesagt, du bist die erste", erwiderte sie. „Und ich werde es niemandem erzählen, bis ich entschieden habe, was ich mache." Sie sah auf ihre Hände mit den silbern lackierten Nägeln. „Was für eine unfassbare Scheiße. Bitte behalt es für dich, ja? Ich wollte nichts sagen, aber irgendwie bin ich ganz froh, dass du es weißt." Endlich nahm ich sie in den Arm.

Immer, wenn ich dachte, wir würden uns langsam einer Zeit nähern, in der sich alles beruhigte, kam der nächste Hammer. Ich verstand, warum Em Sonja da raushalten wollte, denn diese wäre dafür, es Lukas zu sagen und das Baby zu behalten. Meiner Freundin war anzusehen, wie sehr sie das alles mitnahm. Sie hatte niemals Kinder gewollt, aber in dieser Situation zu sein war etwas Anderes als es nicht dazu kommen zu lassen.

Wäre ich an ihrer Stelle, ginge es mir nicht besser damit.

Lächelnd machte Em sich los und strich ihr Haar glatt.

„Wir sollten uns weniger seltsam benehmen", meinte sie betont lässig und sah sich nach Sonja um. Mit einem Mal fühlte ich mich unwohl und deplatziert auf dieser Veranstaltung, doch wir konnten Sonja nicht hängenlassen.

„Komm, wir gehen rum und schauen uns den Hamburger Mittelstand an", sagte ich endlich und wir setzten uns in Bewegung. Trotzdem konnte ich an kaum etwas anderes denken als an ihre Eröffnung und ich wusste, es ging ihr genauso.

Am nächsten Tag fehlte Sam im Büro. An diesem Vormittag fand der Entscheidungstermin beim Jugendamt statt, der darüber entschied, ob die Untersuchung eingestellt oder fortgeführt wurde. Katharina begleitete die beiden und war guter Dinge. Die zuständigen Stellen ließen ihre Zufriedenheit mit den Terminen durchblicken und Sam gab eine Erklärung über das zerrüttete und nun beendete Verhältnis zu seinen Eltern ab, auf welches er die Äußerungen seines Vaters zurückführte. Auch die Tatsache, dass seine Eltern Dionne an jenem Nachmittag das erste Mal gesehen hatten, wirkte sich positiv aus.

Ich wusste, welche Angst sie in den letzten Wochen ausgestanden hatten und wie schwer diese Zeit für sie war, deswegen beeindruckte es mich umso mehr, wie gut sie es zusammen durchstanden. Sie waren eine Einheit, eine Familie, und auch, wenn ich kein Teil dieser besonderen Verbindung war, konnte ich für Sam nicht glücklicher sein. Bei solchen Eltern hatte er einen Partner wie Tim mehr als verdient.

Dennoch schwebte die bloße Möglichkeit, es könne negativ ausgehen, wie eine finstere Wolke über meinem Kopf und machte mich nervös und unkonzentriert. Entgegen meiner sonstigen Gewohnheit legte ich mein Handy griffbereit auf meinen Schreibtisch und wartete auf die erlösende Nachricht.

Das wäre eine willkommene Abwechslung zu den Gedanken, die ich mir die ganze Zeit wegen Em machte. Sie sprintete heute von Meeting zu Meeting und das einzige Mal, dass ich sie zu

Gesicht bekam, war im Flur, wo sie mir von weitem zuwinkte. Letzte Nacht hatte ich vor Aufregung furchtbar schlecht geschlafen und wünschte mich einfach nur an die nächste Bar. Heute Abend kam Ben zu mir, ein Lichtblick nach all dem Stress.

Mittlerweile war es nach Mittag und Sams Termin müsste längst vorbei sein. Meine Nervosität stieg, je länger es dauerte und meine Konzentrationsfähigkeit nahm weiter ab, bis gar nichts mehr ging.

Mein Handy klingelte.

Sam.

Bitte, bitte keine Hiobsbotschaft! Ich brauchte ein paar gute Neuigkeiten, sonst drehte ich durch. Sam und Tim verdienten es mehr als jeder andere, dass dieser Alptraum aufhörte.

Mit klopfendem Herzen nahm ich den Anruf an.

„Die Untersuchung ist abgeschlossen!", jubelte mein bester Freund. „Das Jugendamt ist zu dem Schluss gekommen, dass mein Vater ein kompletter Vollidiot ist."

„Oh Gott, Sam, ich freue mich so für euch!", sagte ich und sank in meinem Stuhl zurück. Wenigstens diese Angelegenheit löste sich in Wohlgefallen auf.

„Ich bin so froh. Und weißt du, was wir jetzt machen?", fuhr er fort und ich hörte ihn eine Autotür zuschlagen. „Wir gehen zum Standesamt, ich werde meinen Nachnamen ändern."

„Warte, was?"

„Ich bin durch mit Familie Schauer und gehe den letzten Schritt, um diese Typen endlich hinter mir zu lassen. Mit diesem intoleranten, hinterwäldlerischen Pack will ich nichts mehr zu tun haben!" Sams Stimme überschlug sich fast und ich hörte Tim etwas sagen. „Ist ja gut, Schatz, ich beruhige mich ja. Jedenfalls werde ich Tims Namen annehmen und mit der Sache abschließen. Am Samstag können wir das begießen, ich sage Aiko, Em und Sonni Bescheid. Ich melde mich heute Abend. Liebste, ich bin so froh!" Ich fühlte mich überfahren, als wir auflegten. Sam neigte selten zu schnellen Entscheidungen, normalerweise wog er sorgfältig ab und oft war es Tim, der das Ganze in die Hand nahm. Trotzdem: die Untersuchung war vom Tisch und damit gab es definitiv einen Grund zum Feiern. Und sicher klärten sich in absehbarer Zeit auch die anderen Themen: Ems Schwangerschaft und Aikos Sorgerechtsstreit, der ebenfalls schwelte. Ich hoffte es zumindest und konzentrierte mich auf meine Arbeit, die mir jetzt etwas leichter fiel.

Es klopfte an meiner Tür und Alex kam mit einem Anliegen zu mir, zu dem er meine Meinung hören wollte. Ich war froh über diese Ablenkung, bis ich mir den Vorgang genauer ansah.

„Was ist denn das?", fragte ich und starrte auf die Mahnung, die Alex in den Händen hielt. Die Summe, 162.538,05 Euro, war rot eingekringelt.

„Tja, es sieht so aus, als wäre das irgendeine Versicherung, aber ich finde dazu keinen Vorgang", sagte er. „Tani in der Buchhaltung auch nicht, deswegen hat sie den Schrieb an mich rübergegeben, falls sie ein Irrläufer ist."

„Muss es ja sein, wenn es keinen Vorgang gibt", meinte ich. „Sehr merkwürdig. Es ist komplett unklar, wo es herkommt und was das sein soll. Aber wenn wir einfach hundertsechzigtausend überweisen, ohne zu wissen, wohin und wozu, können wir unsere Sachen packen."

„Was machen wir?" Alex sah mich fragend an, dabei lag die Antwort auf der Hand. Ich zog den Zettel an mich heran.

„Ich kümmere mich darum und spreche mit dem Head of Office." Der zuvor ja Bereichsleiter für die Versicherungen und das Vertragswesen gewesen war. Auf dieses Gespräch verspürte ich nicht die geringste Lust. Zur Drachenfrau wäre ich einfach gegangen, sie hätte den Wisch mit zu Bitter genommen und innerhalb von dreißig Minuten herausgefunden, wer der Übeltäter war und ihn zur Strecke gebracht wie ein Jagdhund.

Doch das würde Harry sicher unterlassen, bevor er sich unbeliebt machte. Ich lief zu seinem Büro und klopfte schwer angenervt an der Tür. Nichts geschah, obwohl ich durch das Fenster über der Zarge Licht sah und drinnen Geräusche hörte. Ich klopfte erneut, diesmal energischer, nach ein paar Sekunden hörte ich seine Stimme, die mich hineinrief. Harry saß am Schreibtisch der Drachenfrau und drehte sich betont langsam zu mir um. Er war weder am Telefon, noch war jemand bei ihm, also war die Verzögerung reine Show.

Und so einen hatten sie mir vorgezogen, dachte ich wütend und bekam meine Mimik nur mühsam unter Kontrolle. Ach ja, weil dieser Affe eine Rufmordkampagne gegen mich geführt hatte. Ich hätte meine Kündigung nie zurückziehen dürfen!

„Hallo Claire", sagte er herablassend. „Was gibt es denn?"

Gott, wie ich ihn hasste! Am liebsten wollte ich ihn packen und schütteln.

„Ich habe hier eine Mahnung, die weder ich noch die Buchhaltung zuordnen können. Es geht um eine Versicherung." Seine Augen hinter seiner randlosen Brille wurden schmal.

„Damit musst du zu Gero gehen", erwiderte er schmallippig. Gero war sein Nachfolger, gerade mal eine Woche in der Firma.

„Er wird kaum in der Lage sein, mir das ad hoc zu beantworten", schoss ich und unterdrückte den Drang, ihn zu ohrfeigen.

„Ich habe anderes zu tun", erwiderte er unfreundlich. Auf seinem Schreibtisch stapelten sich in der Tat einige Ordner, doch beschäftigt sah anders aus.

„Du kannst dazu also nichts sagen", hakte ich nach.

„Nein, *leider* nicht."

„Dann schönen Tag noch." Ich drehte mich auf dem Absatz um und marschierte rüber zu Gero. Ich legte ihm mein Anliegen dar und er versprach, sich schnellstmöglich darum zu kümmern, obwohl es ewig dauern würde, bis ich eine valide Antwort bekam, denn woher sollte er wissen, wo er suchen sollte? Harry hatte sicher auch *keine Zeit* für eine vernünftige Einarbeitung.

Dann ging ich zurück in mein Büro, innerlich kochte ich vor Wut. Schnell öffnete ich mein Fenster und ließ die eiskalte Novemberluft herein. Mittlerweile war der sonnige Herbst vorbei und das Wetter glich meiner Laune: beschissen auf ganzer Linie.

Irgendwie brachte ich die letzten Stunden herum und machte mich auf den Weg zum Yoga. Schnell sah ich ein, dass es heute sinnlos war, die negativen Gedanken und die Wut blockierten mich derartig, ich bekam kaum meine Atmung unter Kontrolle und fand kein Gleichgewicht. Frustriert entschuldigte ich mich bei Bea, meiner Trainerin, und ging eine halbe Stunde aufs Laufband, doch auch das vergebens.

Schließlich gab ich es auf und fuhr nach Hause. Ben war gerade angekommen und sah mich irritiert an, als ich im Flur stand.

„Hey, ich habe erst in einer halben Stunde mit dir gerechnet. Alles okay?"

„Nein, ganz im Gegenteil", knurrte ich und schilderte ihm den Vorfall in kurzen Sätzen. „Dieser bescheuerte Wichser glaubt wirklich, er könne so mit mir umgehen. Allein, dass er nicht sofort antwortet, wenn es klopft. Und diesen Vollidioten haben sie mir vorgezogen! Ich könnte schreien!"

Ich hielt inne, als ich Bens Gesicht sah, ein Abbild von Betroffenheit und Reue. Er glaubte, er sei an der Sache schuld. Wütend biss ich mir auf die Unterlippe.

Bens bedröppelter Hundeblick fehlte mir gerade noch. Er sollte er mich einfach ausziehen und so lange durchvögeln, bis ich auf andere Gedanken kam. Stattdessen schien ihn die Lust vergangen zu sein.

„Es tut mir so leid", sagte er und rieb sich den Nacken. „Das ist alles meine Schuld. Nur weil ich dich damals abgeholt habe, hat ihm überhaupt jemand geglaubt…"

„Ben", unterbrach ich ihn, „das ist nicht wahr, okay? Es ist allein Harrys Schuld, weil er ein dummes Arschloch ist und nach einer Möglichkeit gesucht hat, um mir eins auszuwischen." Ich atmete tief ein, trat an ihn heran und legte meine Hände auf seine Hüften. „Ich habe mich den ganzen Tag auf heute Abend gefreut und wollte nicht die Stimmung vermiesen. Tut mir leid."

Ich stellte mich auf die Zehenspitzen und küsste ihn, doch seine Erwiderung ließ die Hitze vermissen, die sonst zwischen uns war. Verdammt, das konnte ich mir selbst ankreiden. Hätte ich bloß meinen Mund gehalten! Langsam legte er seine Hände auf meine und lächelte mich entschuldigend an.

„Ich glaube, ich fahre lieber nach Hause. Es war ein anstrengender Tag. Am Donnerstag bin ich fit, versprochen." Er beugte sich vor, küsste mich und angelte nach seinem Parka, der an meiner Garderobe hing. Ich nickte nur und beobachtete ihn dabei.

Was hätte ich sagen sollen? Ich war doch selbst daran schuld, dass die Stimmung baden gegangen war und konnte ihn kaum vom Gegenteil überzeugen. Enttäuschung machte sich in mir breit, doch ich schaffte es, sie zu verbergen. Diesen Abend hatte ich mir anders vorgestellt und ich konnte nicht einmal Em anrufen, um mit ihr ein Glas Wein zu trinken, weil sie sich mit Lukas traf und ihm wahrscheinlich noch immer die Schwangerschaft verschwieg.

Als Ben die Tür mit einem letzten entschuldigenden Lächeln hinter sich zuzog, blieb ich im Flur stehen und versuchte zu kapieren, was passiert war. Gerade als ich dachte, wir hätten eine Klippe umschifft, kam das nächste Problem auf. Und sicher hätte mich das alles kalt lassen müssen und er sollte lockerer mit der Sache umgehen, wenn es wirklich nur um Sex ginge.

Ich fühlte mich ohnmächtig und in dieser Situation gefangen, meine Frustration verschlimmerte das ganze nur.

‚Ruhig Blut, Claire', sagte ich mir selbst, als ich in die Küche ging, um mir ein Glas Wein zu holen. ‚Keine Panik, sondern Kontrolle. Wenn du ruhig bleibst, kriegt Ben sich ein und ihr bekommt es hin. *Wir bekommen das hin.*

Auch, wenn du niemals aufgehört hast, ihn zu lieben.'

21. Kapitel

Am Donnerstag würden Ben und ich uns wiedersehen und ich hoffte, dass wir beide seinen Abgang vom Dienstag bis dahin verdauen konnten. Am Mittwoch freuten Em und ich uns ausgiebig mit Sam über den glimpflichen Ausgang des Verfahrens und am Donnerstagmittag waren wir mit Sonja zum Essen verabredet. Ich hatte Em und Sam von der Harry-Geschichte und der anschließenden Misere mit Ben berichtet, trotzdem gab ich die Story für Sonja zum Besten und alle regten sich erneut gebührend über den Scheißkerl auf.

„Unglaublich, wie widerlich er sich verhält", meinte Sonja fassungslos und schüttelte den Kopf. „Was denkt er sich denn dabei? Will er noch unbeliebter sein als die Drachenfrau?"

„Vielleicht denkt er, dass er sich so Respekt verschafft", meinte ich, doch die anderen drei schnaubten nur verächtlich, vor allem Sonja zu meiner Überraschung.

„Das wäre die dümmste Strategie, die er fahren könnte", sagte sie. „Wenn ich mich meinen Mitarbeitern gegenüber so verhalten würde, hätte ich Kündigungen auf dem Tisch."

„Das ist unbestritten", pflichtete Sam ihr bei. „Er weiß, dass er für die meisten nur das kleinere Übel zur Drachenfrau und die schlechtere Wahl im Vergleich zu Claire ist. Außerdem ist ihm sicher bewusst, dass er die Stelle nur wegen seiner Lügen bekommen hat. Und weil sein Hirn so klein wie sein Schwanz ist, versucht er, der Sache mit Tyrannei Herr zu werden."

„Wie poetisch", spottete Em. „Hast du gestern *Game of Thrones* gesehen, Sam?"

„Nein, in dem Fall würden Nutten und Alkohol eine Rolle spielen, aber dazu ist Harry zu spießig. Ich habe ihn noch nie auf einer Firmenfeier Spaß haben sehen, stattdessen geht er von

Partner zu Partner und schleimt rum. Der Typ widert mich an."

Wir nickten stumm. Dem gab es nichts hinzuzufügen.

„Ich verstehe Ben ein bisschen", nahm Sonja das Gespräch auf. „Er möchte es dir so gern recht machen und deine entgangene Beförderung hat ihn total verunsichert."

„Es wäre besser, wenn er sich davon gar nicht beeindrucken ließe und sich einfach auf das Arrangement konzentriert", erwiderte ich bissig. Ich blickte in drei nachsichtige Mienen. „Was?"

„Ach Süße, du mit deinem Arrangement", seufzte Em und drehte Spaghetti auf ihre Gabel. „Ich glaube, ihr müsst euch langsam mal eingestehen, dass das längst überholt ist."

„Wir haben es gut in den Griff bekommen, seitdem Ben mit dieser Schlampe im Bett war", schoss ich und bemerkte im gleichen Moment, wie das klang. „So reagiert niemand, der das ganze gelassen und objektiv betrachtet", meinte ich bedrückt. Sonja lächelte dünn.

„Nein, da hast du sicher recht. Ich glaube, wir wissen alle, wie es dir mit der Sache geht und welche Befürchtungen du hast. Aber, Claire, ihr seid an einem Punkt, an dem ihr ernsthaft über euch nachdenken müsst. Ihr steht euch zu nah für diese Art von Arrangement, die ihr getroffen habt. Es ist zwei Monate ganz gut gegangen, mit Glück funktioniert es noch weitere zwei, aber irgendwann…"

„Ich weiß, was du sagen willst. Ihr habt ja recht", räumte ich ein. „Wir haben die Dauer auf sechs Monate angelegt und…"

Mir fehlten die Worte. Ich wusste ja selbst, dass das alles nur fadenscheinige Ausflüchte waren und meine Freunde mich längst durchschaut hatten. „Ich dachte, wir halten länger durch", gab ich zu und starrte auf meinen Salat. Der Appetit war mir gründlich vergangen. Ich suchte Sams Blick, der auf mir ruhte. Ihn anzusehen entzerrte meine gereizten Nerven ein wenig. Seitdem er mit Tim zusammen war, hatte Sam eine innere Ruhe gefunden, um die ich ihn beneidete.

So war das, wenn man den perfekten Partner fand. Das bedeutete aber im Umkehrschluss, dass ich diese Gelassenheit niemals finden würde, denn ich hatte die Hoffnung auf eine Beziehung, wie die beiden sie führten, aufgegeben.

Ich sah hinüber zu Sonja, ebenfalls Single, deren letzte Trennung viel schlimmer als meine eigene gewesen war. Und sie jammerte nie. Ebenso wenig wie Em, die immer noch nicht wusste, wie sie mit ihrer Schwangerschaft umgehen sollte.

Ich musste mich wirklich zusammenreißen. Ab sofort würde ich mich zurücknehmen und Ben aus meinem Arbeitskram raushalten. Und meine Gefühle für ihn würde ich so behandeln, dass sie keinem von uns beiden schadeten.

„Sag mal, Sonni, was war da am Montag mit Theo?", fragte ich und war froh, ein Thema zu finden, das die Aufmerksamkeit komplett von mir ablenkte. Zu meiner Überraschung färbte sich ihr Gesicht leicht rosa.

„Naja, wir haben uns nach über zehn Jahren das erste Mal gesehen", sagte sie und ihre Stimme war höher als sonst. Em schnalzte mit der Zunge.

„Dass du mit ihm überhaupt gesprochen hast, ist dir hoch anzurechnen. Ich hätte ihn mit dem Arsch nicht angesehen."

„Unmöglich, er hat mittlerweile ebenfalls einen leitenden Posten in der Firma seiner Eltern und wir arbeiten zusammen, weil sie uns mit Werkzeug beliefern", wandte Sonja ein und bekam ihre Gesichtsfarbe unter Kontrolle. „Ich muss mich überwinden und das ganze ad acta legen. Es ist auch nicht schlimmer gewesen als das, was Kenichi mit mir gemacht hat."

„Gibt es da was neues?", fragte Sam.

Sie schüttelte den Kopf. „Er meldet sich regelmäßig bei JP über Skype, aber ich spreche ihn kaum. Er erkundigt sich nach mir und lässt mich grüßen, aber ich bin mir sicher, dass er noch einige Zeit in Japan bleiben wird. Da fällt mir ein, JP hat ihm von meinem neuen Job erzählt und wie stolz er auf mich ist, daran hatte sein Vater erst mal zu knabbern."

„Er könnte sich wenigstens jetzt wie einer verhalten, der Eier in der Hose hat, und sich bei dir melden. So könntet ihr eure Ehe halbwegs vernünftig abschließen. Andererseits ist das Trennungsjahr bald rum", warf Em ein. Missmutig sah sie auf ihren Teller, auch ihr schien der Appetit vergangen zu sein.

Sonja nickte indes mit schmalem Mund und widmete sich ihrem Essen, doch Sam sah sie aufmerksam und mit hochgezogener Augenbraue an: „Du hast Claires Frage nicht beantwortet."

„Welche?" Sonjas Gesicht rötete sich erneut. Sie wusste genau, welche Frage und das schien sie zu begreifen, als wir sie lang ansahen. „Wir haben uns unterhalten. Es war ganz nett."

„Und?", fragte Sam, der sich nie abschütteln ließ, wenn er meinte, etwas herausgefunden zu haben.

„Nichts und." Ihr Gesicht war flammendrot.

„Wir finden es eh heraus, du kannst es uns gleich sagen", prophezeite Em, die ihre Gabel beiseitelegte. Sonjas Mundwinkel sanken herab, als ihr klar wurde, dass sie recht hatte.

„Er hat mich zum Essen eingeladen. Wir sehen uns am Samstag." Stille wurde laut, als wir die Information verdauten.

„Du hast sicher deine Gründe, warum du zugesagt hast", meinte ich und mied den Blickkontakt mit Em, deren Einstellung zu Theo ich kannte. Sonja nickte nachdrücklich.

„Es ist ein Geschäftsessen und auf keinen Fall romantisch. Ich habe Vincent gefragt, ob er mitkommt. Er hat zwar keine Zeit, aber das sagt ja, worum es geht."

Wir hätten dazu einiges zu sagen, ließen es aber sein. Sonja wollte und musste sich genauso wenig für ihr Handeln rechtfertigen wie wir anderen. Und obwohl es mir schwerfiel (und Em und Sam sichtlich auch), hatten wir das zu akzeptieren.

Also lächelte ich und nickte.

Später, als Sonja sich auf den Weg zum anderen Ende des Hafens machte und Sam kurz mit Tim telefonierte, zog ich Em am Arm heran und hakte mich bei ihr unter. Sie zündete sich gewohnheitsmäßig eine Zigarette an und ließ sie nun, nach zwei unmotivierten Zügen, in der Hand abbrennen.

„Wie geht es dir?", fragte ich.

„Beschissen. Ich weiß nicht, was ich machen soll. Korrektur: ich weiß, was ich machen muss, aber es fällt mir unerwartet schwer." Sie starrte aufs Wasser und schnipste die Kippe weg.

„Hast du mit Lukas gesprochen?" Erwartungsgemäß schüttelte sie den Kopf auf meine Frage.

„Nein und dabei bleibt es. Ich hatte gehofft, dass... ach keine Ahnung. Es ist einfach keine gute Idee. Im schlimmsten Fall versucht er, es mir auszureden, zuzutrauen wäre es ihm. Allerdings scheint er was zu merken, ich kann es wohl doch nicht so gut überspielen, wie ich dachte. Vorgestern hatte ich keine Lust auf Sex, das musst du dir mal vorstellen! Das ist mir schätzungsweise vor zehn Jahren das letzte Mal passiert, als ich eine Nierenbeckenentzündung hatte."

„Was ist denn da los?", schaltete Sam sich unvermittelt ein und wir zuckten schuldbewusst zusammen. Wie viel hatte er mitbekommen? Ein schlechtes Gewissen breitete sich in mir aus, weil ich sonst nie Geheimnisse vor ihm hatte. „Wirst du etwa krank, kleines Schwedenmädchen?"

„Wohl kaum", knurrte Em und hielt ihre Schlüsselkarte an das Feld neben der Tür unseres Bürogebäudes. „Und ich erinnere mich an deine sexfreie Zeit letztes Jahr."

„Das war unfreiwillig, wenn du dich erinnerst", sagte Sam und sein Grinsen verrutschte, denn aus dieser Zeit war ein Seitensprung geworden, der Sam und Tim in eine Krise riss. Glücklicherweise bekamen sie es in den Griff, aber es war eine harte Zeit gewesen, die sich hoffentlich niemals wiederholte.

Wir kehrten zu unseren Büros zurück. Ich entsperrte meinen PC und bemerkte eine Nachricht von Ben auf dem Handy. Mein Herzschlag beschleunigte sich. Sagte er mir ab?

Ich freue mich auf heute Abend und verspreche, dass ich Dienstagabend gutmachen werde. Gibst du mir das Kommando?

Erleichterung durchflutete mich, einen Moment hatte ich gedacht... Schnell tippte ich: *Natürlich. Ich bin gespannt.*

Und vor allem entspannter, jetzt, wo es sich einrenkte. Als ich mich gegen halb sechs für den Feierabend vorbereitete, erhielt ich eine Nachricht von Ben: *Bevor du losgehst, zieh deinen Slip aus.*

Ich schloss schnell die Bürotür und entledigte mich des Minislips, den ich unter meinem Kleid trug. Ich schoss ein Foto mit meinem Handy, wie ich ihn in der Hand hielt und schickte es Ben, gerade in dem Moment, als Sam hereinkam, um sich zu verabschieden. Er erfasste die Situation und grinste mich an, während er seine Arme um mich legte und seine Hände über meinen Po glitten.

„Ich wünsche dir einen wunderschönen Abend, Liebste. Lass dich ordentlich durchvögeln, versprochen?"

„Versprochen", flüsterte ich zurück und ließ den Slip in meiner Tasche verschwinden. Ich küsste Sam auf den Mund, zog meinen Mantel über, bevor wir gemeinsam zum Fahrstuhl gingen und hinunter in die Tiefgarage fuhren.

„Ich muss mit dir sprechen, aber das hat Zeit", sagte Sam. „Es ist nicht dringend, aber erinnere mich daran, falls ich es vergesse." „O-kay. Wie wäre es mit jetzt gleich?", fragte ich. Er schüttelte lächelnd den Kopf.

„Nein, denn du musst deine Zuckerspalte zu deinem Lover bringen und es dir ordentlich besorgen lassen. Alles andere hat Zeit." Ich sah ihn lange an, aber Sam wollte wirklich nicht darüber reden. Er grinste und küsste mich erneut. „Ab nach Hause."

„Na gut." Wir trennten uns und stiegen in unsere Autos. Ein ganzes Stück fuhren wir hintereinander her, bis ich in Bens Straße abbog. Es dauerte einen Moment, bis ich einen Parkplatz fand, doch endlich stand ich vor seiner Wohnungstür. Was er sich wohl für heute ausgedacht hatte?

Er öffnete mir in Hemd und Chinos, was ihm ausgezeichnet stand, doch ich hatte gehofft, er wäre nackt oder hätte sich etwas aufregenderes angezogen. Zur Begrüßung küsste er mich und zog mich eng an sich. Seine Hände glitten an meinen Oberschenkeln hinunter und zogen den Saum meines Kleides hoch. Darunter trug ich eine gemusterte Strumpfhose im Ouvert-Stil, an deren Innenseite er sich entlangtastete.

„Hallo meine Süße", flüsterte er an meinem Mund und schob seine Zunge tiefer hinein. Ich genoss den Kuss und seine Hände auf mir. Dass am Dienstag der Sex ausgefallen war, machte sich bemerkbar, denn ich war bereits feucht, wie er kurz darauf feststellte, als seine tastenden Fingerspitzen meine Pussy erreichten. Er stöhnte an meinen Lippen und zog die Hand zurück.

„Das muss ich mir ansehen." Geschickt öffnete er den Reißverschluss in meinem Nacken und entledigte mich des Kleides. Ich stand in BH, Strumpfhose und schwarzen Lackpumps vor ihm und er weidete sich an meinem Anblick. Erneut glitten seine Finger in meine Feuchtigkeit. Ich seufzte und rieb mich an ihm, da nahm er meine Hand und führte mich ins Schlafzimmer.

„Bitte knie dich aufs Bett, das Gesicht zum Kopfteil", bat er mich. Ich schlüpfte aus meinen Schuhen und tat wie geheißen. Er folgte mir und band meine Handgelenke an dem hölzernen Kopfteil fest. Dann legte er mir eine Augenbinde an. Das Gewicht auf der Matratze verlagerte sich, als er seine Position veränderte und sich hinter mir positionierte. Aufgeregt hielt ich den Atem an. Würde er mich sofort vögeln? Zwischen meinen Beinen pochte es heiß und als er mich anpustete und die Nässe traf, überzog Gänsehaut meine Oberschenkel.

„Oh ja, bitte", machte ich und biss mir auf die Unterlippe. „Ich bin so scharf auf dich, ich halte es kaum aus."

„Du musst aber noch ein bisschen durchhalten, *lille*. Ich habe nicht vor, dich einfach kommen zu lassen."

„Warum habe ich das bloß geahnt?", murrte ich nur halb im Scherz. Seine Handflächen strichen über meine Pobacken und zogen sie ein wenig auseinander.

„Weil du ein gieriges Ding bist, das meinen Schwanz unbedingt in sich spüren will." Seine Stimme war nah bei meinem Ohr und die Gänsehaut wanderte über meinen Nacken und zu den Armen. Ich nickte lächelnd und er küsste meinen Hals. „Wo hättest du ihn denn gern? In deinem Mund?" Er strich mit dem Daumen über meine Unterlippe. „In deiner Pussy?" Seine Finger schoben sich tief in mich. „Oder in deinen süßen Hintern?" Er versenkte seine nassen Finger in meinem Anus und ich stöhnte laut auf.

„Am liebsten alles gleichzeitig."

„Ich fürchte, das ist unmöglich. Aber wenn du dich nicht entscheiden kannst, nehme ich es dir ab." Er zog die Finger aus mir heraus und legte seinen Daumen an meine Klit, wo er ihn langsam kreisen ließ. „Gefällt dir das?"

„Ja", presste ich zwischen zusammengebissenen Zähnen hindurch und reckte ihm meinen Hintern entgegen, damit er weitermachte. Damit er härter machte. Stattdessen wurden seine Berührungen leichter, wie die Flügel eines Schmetterlings. Er stöhnte wohlig hinter mir.

„Wunderschön. Wenn du sehen könntest, wie hübsch du bist." Zu seinem Daumen gesellte sich ein weiterer Finger, ohne den Druck zu erhöhen. Ich saugte meine Unterlippe in den Mund und rieb mich an ihm. Das war Folter. Eine köstliche Folter, aber dennoch: Ich brauchte die Bestätigung, dass alles in Ordnung war, am besten in Form seines Schwanzes. Doch es war sein Abend und unsere Regeln sahen vor, mich ihm zu fügen, also atmete ich tief ein und konzentrierte mich auf das, was er mir gab. Seine Fingerspitzen glitten über meine Pussy nach hinten bis zu meinem Anus, streichelten und neckten mich, während sie meine Feuchtigkeit verteilten und die Berührung endlich intensivierten. Trotzdem machte er quälend langsam und steigerte meine Lust und meine Ungeduld gleichzeitig. Ein Finger glitt in mich und wieder hinaus. Ich spannte meine Unterleibsmuskeln an, um mehr Reibung zu erzeugen, als er ihn erneut einführte, dabei entwischte mir ein sehnsüchtiges Stöhnen. Ben schnalzte mit der Zunge.

„Wie kann man nur so gierig sein?"

„Ich habe mich den ganzen Tag darauf gefreut, dich zu sehen", stieß ich hervor und seufzte, als sich ein zweiter Finger zu dem ersten gesellte. „Oh ja… bitte… bitte, Ben, besorg es mir einfach. Langsam können wir hinterher machen!" Er lachte leise. „Es macht mich an, wenn du bettelst", flüsterte er und entblößte meine Brüste, einen Nippel saugte er in seinen Mund und entlockte mir ein Stöhnen. „Da könnte ich glatt schwach werden und nachgeben."

„Tu es bitte! Bitte, mach es mir einfach!" Stattdessen machte er in unverändertem Tempo weiter und reizte meine Brüste zusätzlich. Ich stand so unter Strom, dass ich es kaum genießen konnte, obwohl es wahnsinnig gut war. Unter mir seufzte er und zog sich zurück. Ich hielt den Atem an und wartete, was er nun machen würde. Ein unerwartetes Surren ertönte. Ich riss den Kopf hoch und drehte mich zu ihm um, da legte sich etwas Vibrierendes auf meine Klit und massierte sie mit sanften Wellen.

Der Auflegevibrator in Blattform!

Ich drückte den Rücken durch und stöhnte heiser, als er endlich das Tempo erhöhte und die Vibrationen härter wurden, dabei presste er das Teil gegen meine empfindliche Haut. Ich würde innerhalb von Sekunden kommen, das Summen in meinem Kopf setzte bereits ein, als der Orgasmus in mir aufstieg. Ein Vibratororgasmus war nur ein Abklatsch von einem „echten", der während des Sex entstand, aber bei einem blieb es sicher nicht. Und er würde die brennende Gier in mir stillen. Hoffentlich.

Ich rieb mich an dem Gerät in Bens Hand und stieß einen schrillen Schrei aus, als der Höhepunkt unvermittelt kam. Mein Kopf dröhnte und ich verließ meinen Körper für ein paar Sekunden, in denen ich nur noch Sterne sah.

„Oh Gott, ja!", brachte ich hervor und es kostete mich große Mühe, auf den Knien zu bleiben. Ich wünschte mir, er hielte mich fest und küsste mich, während ich kam. Ich brauchte mehr von seiner Nähe. Viel, viel mehr und ich vermisste ihn trotz des phantastischen Gefühls, das sich in mir ausbreitete.

„Bitte mach mich los", flüsterte ich und er kam dem Wunsch nach. Als meine Hände frei waren, schlang ich meine Arme um seinen Hals und küsste ihn.

„Hey", sagte er sanft und erwiderte meine Umarmung. Wie in Trance zog ich ihn aus, ich brauchte das Maximum an Hautkontakt. Ich wollte ihn in mir, denn näher konnten wir einander kaum kommen. Langsam drückte ich ihn hinunter auf die Matratze, küsste ihn und schwang das Bein über ihn, sodass ich rittlings auf ihm saß. Sein Schwanz ragte hart vor meinem Bauch auf und ich massierte ihn sanft mit meiner Hand. Ben schloss die Augen und stöhnte, als ich mich mit der anderen Hand selbst berührte und die Nässe, die durch den Orgasmus entstanden war, auf seiner Erektion verteilte.

„Ich weiß, es ist dein Abend." Meine Stimme klang heiser. „Deshalb möchte ich dich fragen, ob ich dich reiten darf." Seine Augen waren fiebrig, als er nickte, keine Sekunde wandte er den Blick ab. Ich erhob mich über ihn und brachte mich in Position, bevor ich mich zentimeterweise auf ihn herabsenkte und in mir aufnahm. Meine zusammengezogenen Muskeln dehnten sich köstlich und ich stieß einen langen Seufzer aus. Bens Hände wanderten auf meine Hüften, seine Daumen kreisten über meine Haut, dabei beobachtete er mich. Seine Wangen waren gerötet und ich sah ihm an, wie sehr er diesen Moment auskostete.

Nur wir beide.

Die Worte lagen unausgesprochen zwischen uns in der Luft, so präsent, als habe sie jemand an die Wand geschrieben, doch keiner von uns brachte den Mut auf, sie zu sagen.

Zu groß war meine Angst vor den Konsequenzen, die sich ergäben, wenn ich ihm sagte, dass ich ihn auch liebte. Dass ich ihn bei mir haben wollte. Dass er der Mann meines Lebens war.

Stattdessen bewegte ich meine Hüfte, ließ mein Becken kreisen und federte auf und ab, erzeugte eine Reibung zwischen uns. Gleichzeitig rieb ich meine Klit an seiner Haut und machte schneller, gab ihm alles, um nur nichts sagen zu müssen. Als wir gemeinsam kamen, stiegen Tränen in meine Augen, weil es sich so gut anfühlte, bei ihm zu sein.

Als ich am nächsten Morgen das Büro erreichte, stand Em vorm Haupteingang und rauchte. Sie sah bleich aus und war nicht mit der üblichen Sorgfalt zurechtgemacht. Statt eines ausgefallenen Outfits trug sie heute eine Boyfriend-Jeans und einen

Hoodie. „Hey Süße, was ist los?", fragte ich besorgt und blieb bei ihr stehen. Sie zwang sich zu einem schmalen Lächeln und nahm einen Zug von ihrer Zigarette.

„Ich habe mir für in zwei Wochen einen Termin in der Klinik geben lassen", flüsterte sie. „Gehst du mit mir hin? Ich brauche dich als moralischen Beistand, sonst kneife ich."

„Niemand zwingt dich dazu, weißt du?", sagte ich leise. „Wenn es dir so schwerfällt, hat das einen Grund." Em schüttelte den Kopf und ihre Augen wurden feucht.

„Doch, ich muss es tun und das weißt du. Das ist alles zu viel für mich, mehr als ich packen kann. Ich komme doch kaum mit mir selbst klar, wie soll ich die Verantwortung für jemand anderes übernehmen? Ich bin nicht wie Sonja, die das alles hinkriegt, als wäre es ein Klacks."

„Sonja kriegt es hin, weil sie alles dafür tut und sich Hilfe holt, wenn sie sie braucht", korrigierte ich sie. „Und das könntest du auch, wenn du es wolltest. Außerdem setzt Lukas sich sicher nicht nach Japan ab. Hast du es ihm gesagt?"

„Nein und auf dieses Gespräch verzichte ich. Ich weiß selbst, was ich zu tun habe, das muss mir niemand sagen."

„Denkst du, er würde es behalten wollen?", fragte ich. Sie zuckte mit den Schultern.

„Keine Ahnung. Aber ich will mir ersparen, dass er versucht, es mir auszureden, nur um dann die Erleichterung in seinem Gesicht zu sehen, wenn ich ihm sage, dass ich es wegmachen lasse. Damit könnte ich nicht noch mal leben."

„Noch mal?", hakte ich vorsichtig nach. Em hatte immer gesagt, dass sie keine Kinder haben wollte, daraus machte sie nie einen Hehl, wohl aber, warum sie sich so vehement gegen das Thema stemmte.

„Wir müssen hoch", wich sie mir aus und sah stur zur Seite.

„Das kann warten", beharrte ich. „Bitte rede mit mir." Em biss sich auf die Unterlippe, wenn möglich war sie noch bleicher geworden. „Nicht hier", sagte sie leise. „Lass uns wenigstens außer Sichtweite dieses Scheißgebäudes gehen."

Gemeinsam liefen wir über die Straße auf den Boulevard und steuerten den Coffeeshop dort an. Ich orderte Latte Macchiato, zog Em in eine Ecke an einen Tisch und beobachtete sie unruhig. Der Barista brachte uns den Kaffee, dessen Dampf in Wölkchen von den Tassen aufstieg. Ich lehnte mich zurück, gab ihr den nötigen Raum, um die richtigen Worte zu finden.

„Mit zwanzig wurde ich schwanger, das war kurz nach dem Abitur", begann sie mit rauer Stimme. „Ich hatte einen Freund in Wernigerode, wir wollten gemeinsam nach Göttingen gehen und dort studieren. Weder er noch unsere Eltern waren von meiner Schwangerschaft begeistert. Meine Eltern hätten mich zwar unterstützt, haben mir aber Vorwürfe gemacht, wie ich es dazu kommen lassen konnte. Er und seine Familie haben mir deutlich gesagt, dass sie das Kind nicht wollen und von mir erwarten, es abzutreiben, statt unser aller Leben zu versauen."

Sie starrte mit unbeweglicher Miene auf ihre Tasse. „Ich wollte es damals behalten, aber er hat mich so unter Druck gesetzt, dass ich nachgegeben habe. Ich musste allein zur Klinik, niemand hat mich begleitet. Als ich mit ihm nach dem Eingriff gesprochen habe, hat er mich mit diesem erleichterten Blick angesehen, als wäre er gerade vor Gericht freigesprochen worden. Ich habe ihn gehasst und gleichzeitig gehofft, alles mit uns würde gut werden. Wurde es nicht. Er hat mit mir Schluss gemacht und ist allein nach Göttingen gegangen." Sie sah in mein fassungsloses Gesicht. Mir fehlten die Worte. „Danach habe ich beschlossen, dass ich weder eine Beziehung noch Kinder will, es sei denn, ich fände den perfekten Mann. Tja, der ist bisher nicht aufgetaucht."

„Es tut mir so leid." Mein Gesicht war wie betäubt.

Em schüttelte den Kopf. „Das muss es nicht, aber danke. Es ist gut, wie es gekommen ist. Ich konnte ja nicht mal für mich selbst einstehen, wie hätte ich ein Kind großziehen sollen?" Sie sah aus dem Fenster hinaus in den Hafen. „Es wäre fast einundzwanzig."

Schnell trank sie einen Schluck Kaffee. „Diesen Blick in Lukas' Gesicht zu sehen würde mich umbringen, buchstäblich. Wir kennen uns kaum, haben keine richtige Beziehung und er ist der falsche für mich. Selbst wenn er die Vaterrolle annimmt, ginge es schief und ich wäre alleinerziehend wie Sonja. Nur, dass ich es nicht geschissen kriege. Deswegen werde ich es", sie holte tief Luft, „abtreiben." Doch ich sah ihr an, wie beschissen sie sich dabei fühlte.

Ich griff nach ihrer Hand. „Ich begleite dich. Versprochen."

„Danke. Das macht alles leichter." Sie schenkte mir ein mattes Lächeln. Ich erwiderte es und versuchte, die ganzen Informationen zu verdauen. Auf ihre Art hatte Em genauso viel Pech in der Liebe wie ich, es schien unmöglich für uns, eine funktionierende Beziehung aufzubauen, ohne dass sich eine Katastrophe auftat.

Bei Sonja sah es lange so aus, als würde alles klappen, bis Kenichi es nicht mehr ertrug, dass seine Frau beruflich erfolgreicher war und mehr Geld verdiente. Auch sie hatte das Pech eingeholt und seitdem war nichts neues in Sicht.

Ich betrachtete Ems bleiches Gesicht, die ungeweinten Tränen in ihren Augen, die mein Herz schwer werden ließen.

Was machten wir nur falsch? Und machten wir wirklich etwas falsch oder war das einfach der Lauf der Dinge? Warum schien es nahezu unmöglich, eine Beziehung führen wie Sam und Tim, die alle Schwierigkeiten zusammen bestehen konnten?

Abwesend streichelte ich Ems Handrücken und hoffte inständig, dass sie den Eingriff gut überstand. Sie hatte die für sich richtige Entscheidung getroffen, daran bestand für mich kein Zweifel. Mittlerweile war es fast halb zehn und mein Handy vibrierte in einer Tour. Unter anderem kamen Nachrichten von Sam, der wissen wollte, wo wir steckten.

Er wollte mir auch noch etwas sagen.

„Wir müssen ins Büro. Aber wenn du dich nicht gut fühlst, fahr lieber nach Hause und ruh dich aus", sagte ich sanft. Sie schüttelte den Kopf.

„Ich habe noch einige Termine heute und zuhause denke ich zu viel nach. Je mehr ich mich ablenke, desto besser." Also tranken wir unseren Kaffee und machten uns auf den Weg ins Büro. „Bitte sag Sam nichts von der ganzen Sache", murmelte Em, die ihre Hände in den Taschen ihres Parkas vergrub und auf den Boden starrte.

„Er drückt dir bestimmt keinen blöden Spruch rein", versuchte ich, sie zu beruhigen, doch sie schüttelte den Kopf.

„Das weiß ich. Es sollen nur so wenig Leute wie möglich davon wissen. Je weniger ich darüber sprechen und mich rechtfertigen muss, desto besser. Sam wäre sicherlich das kleinere Problem, aber wir ahnen beide, was Sonni dazu zu sagen hätte. Sie würde es mir nur schwerer machen. Sobald die Sache durchgestanden ist, werde ich versuchen, sie zu vergessen."

„Ich werde niemandem etwas sagen", versprach ich, trotz des schlechten Gefühls, das ich deswegen hatte. Ich hasste es, wenn wir uns Dinge vorenthielten, schließlich hatte ich immer reinen Tisch gemacht, trotz der Gewissheit, wie meine Freunde über das Arrangement mit Ben dachten. Aber das war Ems Entscheidung, die sie für sich selbst fällen musste.

Wir betraten unseren Flur, doch Sams Büro war leer, als ich hineinspähte. Irritiert ging ich nach nebenan zu seinem Team. Nur Tani war anwesend, die mich freundlich anlächelte.

„Sam ist mit Swetlana bei Dr. Kreiß. Es geht um eine Versicherung, für die wir eine Mahnung bekommen haben. Dr. Kreiß vortritt Dr. Bitter während seines Urlaubs."

Also war diese Versicherungsscheiße vom Dienstag noch immer offen und landete unweigerlich in Kürze wieder auf meinem Schreibtisch, denn Gero fand sicher auch nicht heraus, woher diese Mahnung kam. Wieder stieg Wut auf Harry in mir auf.

Dieses Riesenarschloch!

Ich stattete meinem Team einen Besuch ab und vergewisserte mich, dass alles in Ordnung war. Da wir uns mitten im Quartal befanden, standen keine Abschlüsse an und der letzte Monatsschluss war in der vergangenen Woche glatt abgelaufen.

Bitter leitete Harry die Zahlen weiter, doch der neue Head of Office hatte keinen Grund, um uns deswegen zum Gespräch zu zitieren. Immerhin. Wie gut, dass ich damals im Gespräch geistesgegenwärtig reagiert hatte. Allein der Gedanke, regelmäßig bei Harry zu sitzen und ihm Rede und Antwort zu stehen, war so widerlich, dass es mich schüttelte.

Ich kümmerte mich um meine Aufgaben, erledigte einige Anrufe und sah erst auf, als Katharina und Em mich zum Mittag abholten. „Sam kommt gleich nach, er sagte, er muss erst mal in einen stillen Raum und sich abreagieren", erklärte Em.

„Das verstehe ich. Ich mache jeden Tag drei Kreuze, dass ich nicht bei Kreiß im Team gelandet bin. Der alte Spinner treibt alle in seinem Umfeld in den Wahnsinn", sagte Katharina.

Kam mir bekannt vor.

Wir gingen zu unserem Stammitaliener, Sam folgte mit einer etwa zehnminütigen Verspätung. Seufzend ließ er sich auf dem Stuhl neben mir nieder und raufte sich das Haar.

„Wenn das so weitergeht, bekomme ich graue Haare wegen dieser verrückten Juristen. Nichts für ungut, Katharina."

„Schon gut, ich färbe selbst", sagte sie gelassen lächelnd.

„Wo wart ihr heute Morgen?", wollte Sam wissen.

„Ach Samuel, an manchen Tagen dauert es nun mal länger als an anderen", erwiderte Em, die zumindest zwischenzeitlich etwas mehr Make-up aufgelegt hatte. Sam betrachtete sie mit schmalen Augen, nickte aber und ließ es gut sein. Dafür wollte er einen Bericht des gestrigen Abends von meinem Treffen mit Ben haben, den ich gern zur Verfügung stellte, um von Em abzulenken. Vor Katharina empfand ich diesbezüglich keine Scheu mehr, sie war selbst bei diesen Themen sehr offen, und obwohl sie kein Interesse an Männern hatte, hörte sie unseren Gesprächen gebannt zu.

„Du wolltest mir etwas sagen", erinnerte ich Sam, als wir auf dem Weg zurück ins Büro waren. Katharina und Em liefen hinter uns und diskutierten über ein anstehendes Event. Er lächelte.

„Das erzähle ich dir mal in Ruhe bei einem Glas Wein."

„Das sagst du so einfach", hielt ich dagegen. „Wann haben wir uns denn das letzte Mal allein auf ein Glas Wein getroffen?"

„Stimmt auffallend", räumte er ein. „Ich suche uns einen Abend aus."

„Einverstanden", erwiderte ich, gleichzeitig wurde ich nervös. Andererseits konnte es kaum etwas schlimmes sein, denn sonst hätte es keine Zeit bis zu einem unbestimmten Abend. Ich musste mich in Geduld üben.

Am Freitagabend war ich mit Nick verabredet, ein Treffen, auf das ich nach der ganzen Aufregung der Woche hinfieberte. Er bat mich erneut, bei ihm zu übernachten, und ich sagte zu.

Am Samstag kümmerte ich mich um die notwendigen Einkäufe, erholte mich und verbrachte einen heißen Abend mit Ben, der zu alter Form zurückfand. Trotzdem stand die Sache mit Harry zwischen uns. Ich fühlte mich schuldig deswegen, wusste aber keinen Weg aus dieser Misere.

Am Sonntag trafen wir Freunde uns zum Abendessen. Aiko, der die Angst vor dem bald anstehenden Gerichtstermin deutlich anzusehen war, war mit von der Partie. Egal, wie sehr wir sie bestärkten, uns war allen klar, dass wir ihr kaum helfen konnten. Ich hoffte nur, dass sich die Konstellation mit Katharina als ihrer Anwältin als klug herausstellte und das ganze ebenso positiv ausging wie Sams Prozess.

Am Mittwoch, nach zwei anstrengenden Tagen im Büro und ohne Ben, weil er auf einer Baustelle in Hessen war, trafen wir vier uns zum ersten Mal seit langem zu einem entspannten Abend im *Rosenbergs*, unserem Stammrestaurant.

„Ich kann mich kaum erinnern, wann wir das das letzte Mal hinbekommen haben", sagte Sam kopfschüttelnd.

„Es kommt mir wie ein Jahr vor", meinte Sonja. Sie sah entspannt aus, ausgeglichener als die letzten Monate und ich hoffte, dass langsam die Zufriedenheit bei ihr einzog. die sie so verdiente.

„Ich führe darüber zwar nicht Buch, aber du könntest sogar recht haben", erwiderte Em, die wenig motiviert an ihrer Weinschorle nippte. Den anderen gegenüber hatte sie behauptet, eine Erkältung zu bekommen, um ihren geringen Alkoholkonsum zu rechtfertigen. Sie sah blass aus, wollte Sonja und Sam aber nichts sagen. Am Montag der kommenden Woche war ihr Termin in der Klinik und ich wusste, dass sie Angst davor hatte.

Sonjas Handy vibrierte in ihrer Tasche. Sie warf einen schnellen Blick aufs Display und schob es zurück, ohne den Anruf anzunehmen. Em hatte es aber trotzdem gesehen.

„Wieso ruft Theo dich an?", fragte sie lauernd.

„Wahrscheinlich eine Frage zu einem Vertrag", antwortete Sonja, deren Wangen sich röteten. Sie log, stellte ich schockiert fest. Die anderen bemerkten es ebenfalls.

„Erzähl das deinem Beichtvater", schoss Sam. „Und rück mit der Sprache raus." Sonjas Gesicht wurde tiefrot und ihr schienen die Worte zu fehlen. Ein Verdacht kam in mir auf.

„Ihr trefft euch?", fragte ich vorsichtig. Sonja nickte zögerlich, was Em zu einem unwirschen Kopfschütteln veranlasste.

„Das ist doch nicht dein Ernst, Sonni!", zischte sie. „Der Typ hat dich betrogen, kurz vor eurer Hochzeit! Wie kannst du mit ihm ausgehen und…" Sie starrte Sonja an, deren Gesicht die Farbe reifer Tomaten annahm. „Du hast ihn gevögelt?" Sonja zuckte zurück, als habe Em sie geohrfeigt. „Streite es nicht ab, ich sehe es dir doch an!"

„Ich… ich…", setzte sie an, doch Em kam in Fahrt.

„Egal, was du dir einredest, das ist keine, ich wiederhole: keine gute Idee! Er ist ein Arschloch und wird sich in den letzten zehn Jahren kaum geändert haben. Mein Gott, du überdenk mal dein Beuteschema!"

„Lass Sonja doch mal was sagen, Em", meinte Sam ruhig und tatsächlich klappte sie ihren Mund zu. Sonja allerdings schien nicht bereit zu sein, mit uns darüber zu sprechen.

„Ist es nach eurem Abendessen passiert?", fragte ich vorsichtig und betont neutral. Sonja nickte knapp. „War das Essen nett und eins kam zum anderen?"

„Fast", sagte Sonja mit klirrend kalter Stimme. Die anderen beiden schwiegen überrascht und auch mich überforderte dieser ungewohnte Tonfall. „Wir haben uns seitdem zwei Mal gesehen und ich habe ihn jedes Mal *gevögelt*, wie Em es ausdrückt."

Mein Mund wurde trocken und ich warf Em einen schnellen Blick zu. Sie hatte Sonja offenbar mit ihren Worten tief getroffen, so redete sie normalerweise nie mit uns.

„Außerdem kann ich das selbst entscheiden, oder? Schließlich haben Sam und Claire schon mit Untreue geglänzt und sind nicht direkt zur Hölle gefahren. Und du, Em, solltest dir darüber kein Urteil erlauben, nach der ganzen Scheiße, die du in letzter Zeit abgezogen hast." Wir starrten sie wie vom Donner gerührt an, mir fehlten die Worte. Wie ein eisiger Blitz war Sonjas Bemerkung durch meine Brust gefahren und Sam sah mindestens so schockiert aus, wie ich mich fühlte. Em stand der Mund offen.

„Weißt du, wir machen uns nur Sorgen um dich…", begann Sam langsam mit starrem Gesicht.

„Nein, ihr verurteilt, was ich tue, das ist ein himmelweiter Unterschied", erwiderte sie schneidend.

„Im Gegensatz du dir, die du nie jemanden verurteilst?", schnappte Em aggressiv. Ich legte ihr schnell die Hand auf den Arm. Sie musste sich beruhigen, sonst führte das nur zu einem Streit, den keiner von uns wollte.

Doch anscheinend traf sie bei Sonja damit einen Nerv, denn diese presste trotzig die Lippen zusammen und ich sah Tränen in ihre Augen steigen.

„Leute, hey, beruhigt euch bitte." Meine Stimme klang mechanisch. „Weder Vorwürfe noch Angriffe bringen uns voran. Sonja, wenn du dich mit Theo treffen willst, tu es. Du kannst uns alles erzählen, okay? Sei einfach offen und ehrlich mit uns, hier verurteilt dich keiner."

Em entzog mir ihren Arm, zu spät fiel mir auf, wie ungeschickt der letzte Satz gewesen war, also machte ich schnell weiter: „Als ich Ben getroffen habe, wusste ich, dass ihr versuchen würdet, es mir auszureden, weil ihr euch Sorgen um mich macht. Ich wollte es euch aber trotzdem sagen, weil es gut ist, andere Meinungen zuzulassen und ich weiß, dass ich eure Unterstützung brauche. Und wir unterstützen einander immer, egal, was passiert, oder?"

„Fuck", murmelte Em und stürzte ihren Wein hinunter. Ich überging das und sah Sonja ernst ins Gesicht. Diese biss sich auf die Unterlippe und heftete ihre Augen fest auf ihr Glas.

„Es tut mir leid", murmelte sie. „Das war unfair von mir. Ich dachte, ihr sagt mir, dass ich einen Riesenfehler mache."

„Das habe ich ja auch getan", räumte Em ein. „Tut mir auch leid. Ich hatte vor Augen, wie es dir damals ging, als die Hochzeit platzte. Aber du bist nicht mehr wie vor zehn Jahren."

Sonja nahm sie in den Arm. Ich wagte es, einen Blick mit Sam zu tauschen, dem die Erleichterung deutlich anzusehen war. Mehr als jeder andere von uns hasste er Streit.

„Was ist das zwischen euch?", fragte Em, als sie sich voneinander lösten. Sonja rieb sich die Nasenspitze.

„Schwer zu sagen. Nach unserem Essen hat er mich nach Hause gefahren und ich habe ihn reingebeten. Es schien plötzlich eine gute Idee zu sein, da habe ich es einfach gemacht. Nach einem Glas Wein sind wir schnell zur Sache gekommen und… naja, das war der beste Sex seit langer Zeit. Danach haben wir uns noch zwei Mal gesehen und miteinander geschlafen."

Ich ahnte, worum es Sonja ging und haderte mit mir, ob ich es ihr sagen sollte. Würde sie einsehen, dass sie sich nur fallenließ, weil sie Theo kannte und sich deswegen einreden konnte, es sei kein One-Night-Stand? Denn Sonja war, mehr als wir anderen, ein Gewohnheitsmensch, und ich vermutete, dies war der springende Punkt, aus dem sie sich mit Theo traf.

Er bedeutete keine neue Kerbe in ihrem Bettpfosten, sondern nur eine Vertiefung einer bestehenden. Das konnte sie vor sich selbst rechtfertigen, denn ich wusste, dass eine hohe Zahl an Sex-Partnern für sie kein erstrebenswertes Ziel war. Ihr wäre es sicher am liebsten gewesen, wenn sie den Typen, der sie entjungfert hatte, geheiratet hätte. Dafür bedauerte ich sie nicht einmal, das war einfach ihr Wesen. So wie uns übrigen die Zahl absolut egal war und wir einfach unserem Verlangen nachgaben oder nachgegeben hatten. Diese Einstellung mussten wir genauso akzeptieren wie sie unsere.

„Er sagt, er verbringt gern Zeit mit mir und möchte mich gern öfter sehen. Außerdem hat er mich für damals um Verzeihung gebeten", sprach Sonja weiter. „Ich muss noch darüber nachdenken, ob ich das will."

„Nimm dir dazu alle Zeit, die du brauchst", riet Sam ihr. „Eure Vorgeschichte ist eine Belastung und du musst dir überlegen, ob du die Vergangenheit ruhen lassen könntest. Ansonsten kennst du meine Einstellung."

Sie lächelte matt. „Du meinst, ich soll mich regelmäßig vögeln lassen." Sam nickte.

„Das hat jeder von uns mehr als verdient."

„Gut, da wir heute unseren ehrlichen Abend haben, bin ich jetzt dran", sagte Em. „Lasst mich bitte erst alles sagen, bevor ihr dazwischen grätscht. Danke." Sie atmete tief ein. „Ich bin schwanger. Es ist von Lukas, der nichts davon weiß. Und ich habe mich entschieden, es wegmachen zu lassen. Diese Entscheidung ist unumstößlich." Sie schloss den Mund und sah aus dem Fenster.

„Oh Gott, Em", stieß Sonja hervor. „Wie geht es dir?"

„Beschissen", gab Em zurück. Sonja nickte mit unglücklicher Miene. „Ich weiß, was du sagen willst: ‚wie kannst du nur?'"

„Nein, auf gar keinen Fall", erwiderte Sonja zu meiner Überraschung vehement. „Denn das ist deine Entscheidung. Ich finde zwar, Lukas hätte ein Recht darauf, es zu wissen, aber das musst du selbst wissen." Em sah sie schockiert an und sie lächelte dünn. „Irgendwie neigen wir dazu, uns misszuverstehen. Claire hat recht, wenn wir ehrlich miteinander reden, kommt es gar nicht zu solchen Situationen. Als ich damals mit JP schwanger wurde, waren Kenichi und ich erst vier Monate zusammen. Ich war mir sicher, dass er mich mit dem Kind sitzenlässt. Gut, damit hat er sich ein paar Jahre Zeit gelassen, aber das spielt keine Rolle. Jedenfalls war ich damals drauf und dran, es zu machen wie du. Ich wollte die Schwangerschaft beenden und es einfach vergessen. Aber ich musste es Kenichi sagen, das Schweigen hat mich krank gemacht. Und er hat mir gleich zu verstehen gegeben, dass er uns beide will. Den Rest kennt ihr."

„Ich hätte nie gedacht, du könntest ernsthaft eine Abtreibung in Erwägung ziehen", sagte Sam vorsichtig.

„Es redet sich leicht darüber, aber wenn man in der Situation ist, wird es auf einmal schwer", erwiderte sie. „Mir saß die Trennung von Theo in den Knochen, ich war mir sicher, dass ich noch so ein Drama nicht überstehe. Ich bin heute so froh, JP bekommen zu haben. Ich könnte jetzt im Nachhinein niemals auf ihn verzichten, das wisst ihr. Aber das war meine Entscheidung, Em, und du musst selbst wissen, was für dich das richtige ist."

Ich sah Em schwanken, wusste aber, dass sie schlussendlich dabei bleiben würde. Darin unterschieden die beiden sich grundlegend: Em war nicht der Typ, der solche Dinge frontal anging und sich ihnen stellte.

„Süße, was immer du tust, wir sind für dich da", sagte Sam warm. „Und niemand verurteilt dich für deine Entscheidung. Nur bitte, lasst uns über alles reden, ja? Ihr wisst, Geheimnisse bringen mich um."

„Ja, das wissen wir." Danach war die Stimmung gelöster und ich war froh, dass Em und Sonja reinen Tisch gemacht hatten. Ich machte mir Sorgen um beide, aber wenigstens waren wir offen miteinander. Und Em wirkte erleichtert, weil sie von Sonja unerwarteten Beistand bekommen hatte.

Schließlich orderten wir ein Taxi und setzten Em zuerst zuhause ab, Sonja fuhr in die andere Richtung. Danach hielt der Fahrer vor meinem Haus und zu meiner Überraschung stieg Sam mit aus. „Hast du ein bisschen Zeit für mich?"

„Jederzeit", sagte ich und wartete, während er bezahlte. Auf dem Weg nach oben beobachtete ich ihn mit einem unguten Gefühl in der Magengegend. „Was ist denn los?"

„Ich hatte dir doch letzte Woche gesagt, dass ich dir etwas erzählen muss, das wollte ich heute tun", erwiderte er. Ich nickte. „Keine Angst, es ist weniger schlimm als du jetzt denkst, aber dieses Thema vor den anderen beiden anzusprechen wäre einfach zu merkwürdig gewesen."

„Ich habe keinen Plan, worum es gehen könnte", gab ich zu.

„Na, worum wohl? Sex, natürlich", sagte Sam, aber ich nahm ihm seine Gelassenheit nicht ab. Ich war ratlos. Normalerweise thematisierte Sam sein Sexleben genauso unverstellt wie Em und ich. Ich wusste sowieso alles darüber, deswegen konnte ich mir keinen Reim darauf machen, was im Busch war.

Ich schloss meine Wohnungstür auf, holte Wein und setzte mich zu ihm auf die Couch. „Ich höre."

„Gut. Es ist wegen Tim. Er hat vor einiger Zeit... einen Wunsch geäußert. Das Ganze ist ein bisschen in Vergessenheit geraten wegen der Jugendamtssache, aber leider hat er wieder davon angefangen."

„Was ist es denn?", fragte ich ungeduldig.

„Tim wünscht sich Sex mit einer Frau", sagte Sam abrupt.

Ich blinzelte überrascht. „Was?"

„Ja genau, „was"? Danke. Es war irgendwann im Sommer, da sagte er eines nachts beim Vögeln, er hätte gern einen Dreier mit einer Frau." Ich schwieg schockiert, da fiel mir etwas ein.

„An dem Abend als Aiko Katharina kennengelernt hat, reagierte er komisch", begann ich und wusste nicht genau, wie ich es sagen sollte. „Ich hätte schwören können, dass er..."

„...deswegen eine Latte bekommen hat? Ja, der Abend war es. Da hat er es mir gesagt." Sam wirkte verletzt. „Er sagte, er hätte es eben noch nie ausprobiert, ihm war von vornherein klar, dass er auf Schwänze steht, aber als er die beiden gesehen hat, ging sein Kopfkino los und lässt ihm seitdem keine Ruhe. Deswegen bin ich hier."

„Du willst, dass ich mit euch schlafe?", fragte ich, unsicher, ob ich wirklich verstanden hatte, was er von mir wollte, doch Sam nickte finster.

„Du bist definitiv die einzige, mit der ich es machen würde. Noch mal." Er versuchte, unbekümmert zu wirken, doch es misslang sogar mit dieser grinsend geäußerten Anspielung.

Während unserer WG-Zeit mit Mitte zwanzig hatten Sam und ich es einmal nach reichlich Alkohol miteinander getrieben. Es war bei diesem einen Mal geblieben und uns war beiden bewusst gewesen, dass es nicht wieder vorkommen würde. Zumindest ich hatte damit fest gerechnet.

Ich schwieg, war mit der Sache völlig überfordert. Diese Bitte übertrat eine Grenze und brachte mich in eine Situation, in der ich mich unwohl fühlte. Nicht wegen der Vorstellung, mit Tim zu vögeln, er sah gut aus und das ganze wäre sicher ein Abenteuer, aber der Gedanke, in der Beziehung der beiden eine solche Rolle einzunehmen...

Was, wenn wir auf den Geschmack kamen? Machten wir es dann regelmäßig? Und was war mit Ben? Unser Arrangement sah vor, dass ich es ihm sagte.

„Sam, ich..."

„Ich erwarte jetzt keine Entscheidung von dir", unterbrach er mich. Er strich mir eine Haarsträhne hinters Ohr. „Ob du als Frau ein schwules Paar vögeln willst, solltest du dir gut überlegen, denn du wirst nie mehr dieselbe sein. Ich wollte dir nur sagen, dass du unsere erste Wahl bist. Denkst du darüber nach?"

„Das mache ich", versprach ich.

Mein bester Freund seit fast zwanzig Jahren lächelte mich an und prostete mir zu. „Danke."

22. Kapitel

Am Montag der folgenden Woche begleitete ich Em in die Klinik und wartete auf sie, während der Eingriff vorgenommen wurde. In der Nacht davor schlief ich schlecht, die ganze Sache beschäftigte mich pausenlos. Je länger ich darüber nachdachte, desto mehr schlugen meine Gedanken Kapriolen und ich fragte mich, wie ich an ihrer Stelle mit der Situation umgegangen wäre.

Hätte ich es Ben gesagt? Was hätte das mit uns gemacht?

Er war gerade einmal siebenundzwanzig und wir hatten während unserer Beziehung nie über dieses Thema gesprochen. Ich war davon ausgegangen, dass es für ihn zu früh war und für mich im Umkehrschluss zu spät. Deswegen begrub ich den Gedanken an ein Baby mit Ben schnell und hatte auch nicht mehr daran gedacht, bis seine Nichte geboren wurde und er mir seine Begeisterung darüber zeigte.

Aber ja, ich hätte mit ihm darüber gesprochen, auch wenn ich Ems Angst vor der Ablehnung gut verstand. Meine Intuition sagte mir, Ben hätte das Baby gewollt. Und sie sagte mir, dass Em Lukas Unrecht tat.

Endlich kam eine Krankenschwester zu mir und holte mich in Ems Zimmer. Sie war bleich und ihre Augen dunkel gerändert.

„Hey, wie geht es dir?", fragte ich und strich ihr sanft ein paar Fransen aus der Stirn.

„Beschissen", schluchzte sie. „Mein Unterleib brennt wie Feuer und ich hasse es." Stumm schloss ich sie in meine Arme und wiegte sie hin und her, bis sie ruhiger wurde und aufhörte zu weinen. Sie sank völlig erschöpft in ihr Kissen zurück und starrte an die Decke. Die Schwester kam zurück.

„Sie dürfen bald aufstehen, bitte fahren Sie direkt nach Hause. Sie sollten sich heute schonen und morgen sehen, wie es Ihnen geht. Wenn Sie keine Schmerzen mehr haben, dürfen Sie zur Arbeit gehen. Frau Rotdorn, ich gebe Ihnen eine Krankschreibung für diese Woche mit. Melden Sie sich bei Ihrem Gynäkologen, wenn Probleme auftreten. Sie sollten in den nächsten drei Wochen keinen Geschlechtsverkehr haben und Schwimmbäder vermeiden, dann sind Sie bald auf dem Damm."

Em nickte, ohne sie anzusehen.

„Danke", sagte ich und nahm den Umschlag mit den Papieren entgegen. Die Krankenschwester schloss die Tür hinter sich, ich blieb an Ems Bett sitzen und wartete. Meine Freundin atmete ein paar Mal tief durch, dann setzte sie sich auf.

„Bloß raus hier", knurrte sie. Ich beobachtete besorgt, wie sie sich mit schmerzverzerrtem Gesicht aufsetzte und die Beine über die Kante schwang. Dabei presste sie die Zähne zusammen.

„Mach langsam, wir haben Zeit", sagte ich, doch sie schüttelte vehement den Kopf.

„Ich muss hier raus und zwar schnell." Also half ich ihr, sich anzuziehen, hakte mich bei ihr ein und führte sie zum Auto. Ich fuhr sie nach Hause, wo ich sie ins Bett verfrachtete.

„Was wirst du Lukas sagen?", fragte ich, nachdem ich die Decke über sie gezogen hatte.

„Keine Ahnung", gestand sie. „Er fragt sich sowieso, warum ich mich so komisch benehme. Am besten sage ich ihm, dass ich ihn nicht mehr sehen will."

Zweifelnd sah ich sie an. „Meinst du das ernst?", fragte ich. „Du magst ihn doch und es läuft gut zwischen euch."

„Stimmt, aber wie soll ich denn mit ihm weitermachen? Irgendwann findet er es raus und macht eh Schluss."

Sie bemühte sich um einen bestimmten Tonfall, doch das misslang ihr gründlich. Ich spürte ihre ganze Verzweiflung und sah sie hilflos an. Was sollte ich ihr raten? Sie lächelte freudlos und rollte sich unter ihrer Decke zusammen, kurz darauf hörte ich sie leise schluchzen. Sie brauchte jetzt einen Moment für sich, den ich ihr geben wollte. Nachdenklich ging ich in die Küche, holte ein paar Lebensmittel und kochte für uns. Eine gute

Köchin war ich nie gewesen, deswegen mussten wir uns mit gestampften Kartoffeln mit Quark und fertigen Frikadellen aus ihrem Kühlschrank begnügen, aber es reichte, um uns satt zu bekommen. Danach legte ich mich neben sie, schaltete den Fernseher an und blieb bei ihr, während sie immer wieder erschöpft einschlief. Im Schlaf sah sie jünger und weniger gequält aus. Es tat mir leid, sie so zu sehen. Wie schwer ihr diese Entscheidung gefallen war, hatte ich gemerkt, obwohl wenn sie sich heldenhaft zusammenriss.

Nachmittags rief Sonja an. Ich ging leise aus dem Schlafzimmer. „Hi Sonni."

„Und Sam", kam seine Stimme durch den Lautsprecher. „Wie geht es Em?"

„Einigermaßen. Sie schläft, aber ihre Schmerzen halten sich in Grenzen, trotzdem ist sie fix und fertig. Das Ganze nimmt sie mehr mit, als sie sich eingestehen will."

„Das war eine schwere Entscheidung und sie ist schließlich kein Roboter", erwiderte Sonja, doch etwas lag in ihrer Stimme, das mich beunruhigte.

„Ist alles in Ordnung bei dir?", fragte ich und machte mich auf unangenehme Neuigkeiten gefasst.

Sonja holte tief Luft. „Aiko hat das Sorgerecht für ihre Töchter verloren." Mir wurde kalt.

„Was?", fragte Sam fassungslos. „Das darf doch nicht wahr sein! Warum?"

„Anscheinend konnte Marko glaubhaft darlegen, dass ihr Job und ihre „sexuelle Unbeständigkeit" keinen guten Einfluss auf die Mädchen haben. Dabei bezog er sich auf Minas Bericht von der „weinenden Frau". Er hat es sogar geschafft, ihre Trageproben, die sie zuhause hat, ins Spiel zu bringen und, nachdem er mitbekommen hat, dass Aiko mit ihrer Anwältin schläft, war die Sache gegessen. Sie hat nur noch ein Besuchsrecht und zweimal im Monat dürfen die Mädchen bei ihr übernachten, wenn sie mit ihnen allein ist." Die Sache war dermaßen beschissen, mir fehlten die Worte. Sam schwieg ebenfalls, als wurde ihm gerade bewusst, wie nah er selbst an einer solchen Hiobsbotschaft vorbeigeschrammt war.

„Unfassbar", murmelte ich. „Wie geht es ihr?"

„Ich konnte nicht mit ihr sprechen", sagte Sonja bekümmert. „Cat hat mich angerufen und es mir erzählt, sie war völlig von der Rolle. Ich glaube, sie gibt sich selbst die Schuld."

„Katharina kann doch nichts dafür, dass Marko ein Arschloch ist!" Ich hielt meine Stimme nur mühsam im Zaum, um Em nicht zu wecken. „Und das ist Aiko hoffentlich bewusst!"

„Natürlich", gab Sonja zurück. „Die Frage ist nur, wie die beiden damit umgehen. Aber eins weiß ich: wenn sie auch noch Cat verliert, geht sie völlig unter. Tut mir leid, ich muss zu einem Termin. Lasst uns heute Abend telefonieren, ja?"

„Ich bin heute Abend mit Ben verabredet, aber ich versuche, ranzugehen", versprach ich. „Wenn es was gibt, melde dich." Sonja versprach es und legte auf, Sam blieb in der Leitung.

„Liebster, ist alles in Ordnung?", fragte ich, als er schwieg.

„Ich glaube, ich werde sie anrufen." Er klang wie betäubt. „Ich verstehe am ehesten, wie es ihr geht."

„Das ist eine gute Idee", stimmte ich ihm zu. Als wir auflegten, spürte ich ein flaues Gefühl in der Magengegend. Langsam ging ich zurück ins Schlafzimmer, wo ich mich zu Em aufs Bett legte. Sie schlug die Augen auf und blinzelte orientierungslos.

„Was ist los?", nuschelte sie. Ich fasste die Ereignisse nach kurzem Zögern zusammen.

„Oh fuck, das darf doch nicht wahr sein." Em barg ihr Gesicht in ihren Händen. „Ich dachte, Katharina frisst ihn zum Frühstück und am Ende muss er die Alimente erhöhen." Das hatte ich gehofft. Stumm lagen wir nebeneinander und starrten auf das Nachmittagsprogramm im Fernsehen, bis es an der Haustür klingelte.

„Erwartest du jemanden?"

Sie schüttelte den Kopf und ging ich an die Tür und öffnete. Vor mir stand Lukas, der mich irritiert anblinzelte. „Hey Claire, schön, dich zu sehen. Störe ich?" Die Wahrscheinlichkeit, dass

Em ihn wegschickte, wenn ich sie fragte, war hoch. Aber es wäre gut, wenn sie Zeit miteinander verbrachten, das sagte mir mein Gefühl. Eventuell überlegte sie es sich anders.

„Em ist krank, ich sage ihr kurz Bescheid." Ich ließ ihn in den Flur und lief schnell zurück zu Em. Sie hatte uns gehört und sah panisch aus. „Ich kann ihn nicht sehen!", flüsterte sie erstickt. Ich setzte mich zu ihr auf die Bettkante und nahm ihre Hand.

„Aber es wäre gut, wenn er bei dir ist", sagte ich leise. „Gib ihm doch eine Chance."

„Er wird mich hassen, wenn er erfährt, was ich getan habe", sagte sie unglücklich und ich sah Tränen in ihre Augen steigen. „Wie soll ich ihm das sagen?"

„Eventuell erstmal gar nicht. Das wirst du im Gefühl haben. So wie ich im Gefühl habe, dass es dir guttut, wenn er bei dir ist." Ich küsste sie auf die Wange. „Gute Besserung, Süße. Melde dich morgen, wie es dir geht."

Ich ließ sie allein und winkte Lukas. Er streifte seine Schuhe ab und schloss die Tür hinter sich, als ich meinen Mantel nahm. Ich hatte sie überrumpelt, aber meine Intuition sagte mir, dass es gut war, wenn sie miteinander sprachen. Vielleicht ging es gut, vielleicht legten sie eine Bruchlandung hin, aber Em schuldete Lukas wenigstens das.

Bis zu meinem Treffen mit Ben war noch Zeit, sogar zum Sport schaffte ich es, wenn ich mich sofort umzog. Ich packte meine Sachen zusammen, fuhr zu meinem Kardiokurs und danach zu ihm. Meine Haut war erhitzt und weil ich von Zuhause kam, trug ich heute eine bequeme Hose und Sneaker zu einem Hoodie. Ich wollte die Sachen sowieso schnell loszuwerden.

„Wie war dein Tag?", fragte er mich nach dem Begrüßungskuss, bei dem er seine Hände unter das Bündchen meines Sweaters schob. Er wusste, dass ich Em zu einem Eingriff begleitet hatte, aber nicht, zu welchem. „Wie geht es Em?" „Soweit ganz in Ordnung, Lukas ist bei ihr. Es ist alles gut verlaufen, eventuell ist sie morgen sogar fit genug, um zur Arbeit zu kommen."

„Das freut mich. Vielleicht bringt er sie ja auf andere Gedanken." Das eher weniger, aber das war nicht unsere Sache. Ich küsste ihn und spürte seine Hände auf meinen Hüften, als er den Gummizug der Hose hinunterschob. Gleichzeitig zog er mir den Hoodie über den Kopf. Ich beeilte mich nun, die Knöpfe seines Hemdes zu öffnen, doch er hielt meine Hände auf.

„Langsam, *lille*", flüsterte er und öffnete meinen BH. „Du sollst mir heute zeigen, was dir besonders gut gefällt."

„Aber das weißt du doch", erwiderte ich, dabei ahnte ich, worauf er hinauswollte. Ben liebte es, mich dabei zu beobachten, wie ich es mir selbst machte, es war für ihn, als habe er an etwas Verbotenem teil und ich zeigte es ihm gern.

Ich wollte das Schlafzimmer ansteuern, doch er nahm meine Hand und zog mich ins Wohnzimmer. Die Jalousien hatte er heruntergelassen und verschaffte uns so die nötige Privatsphäre. Er setzte mich auf den Esstisch und nahm auf einem Stuhl zwischen meinen Schenkeln Platz. Ich trug noch meinen Slip, ein schmales Teil aus schwarzer Baumwolle, das ich nun beiseite zog. Seine blauen Augen glänzten, als ich meine Finger über meinen Bauch gleiten ließ, immer tiefer. Ich atmete aus und biss mir auf die Unterlippe, als die Kuppen über meinen Venushügel strichen, die Haut spreizten und ich mit dem Mittelfinger meine Klit massierte.

„Hast du es dir so vorgestellt?", gurrte ich und weidete mich an seinem gierigen Gesichtsausdruck. Er nickte ohne den Blick zu heben. Ich ließ zwei Finger in mich gleiten und verteilte die Feuchtigkeit, um die Intensität zu erhöhen. Ein Seufzen entschlüpfte mir, als ich meine Anstrengungen auf den Punkt konzentrierte, der mich kommen lassen würde – eher früher als später, denn Bens gebannter Blick erregte mich zusätzlich.

Langsam lehnte ich mich zurück, kam auf meinen Ellenbogen und stellte die Füße auf der Tischplatte ab. Bens Atem beschleunigte sich, als ich schneller machte, meine Bewegungen unkontrollierter wurden und ich schließlich mit einem unterdrückten Schrei kam.

Heftig atmend rollte ich mich auf den Rücken und starrte an die Decke, er rührte sich keinen Zentimeter. Als ich den Kopf hob, um ihn anzusehen, beugte er sich vor und griff nach dem Bündchen meines Slips. Er zog ihn herunter, drückte meine Beine auseinander und fuhr mit der Zunge über meine Pussy. Er stöhnte, als er die Feuchtigkeit aufnahm, die sich mit meinem Orgasmus gebildet hatte, griff meine Oberschenkel und versank noch tiefer in mir. Fasziniert beobachtete ich ihn dabei, wie er mich hingebungsvoll leckte.

Ich wand mich unter ihm, da lehnte er sich zurück, gleichzeitig zog er mich auf die Füße. Vor ihm ging ich in die Knie und zog den Reißverschluss seiner Hose auf. Ich zerrte das Bündchen seiner Pants beiseite und seine Erektion sprang mir ins Gesicht. Ohne zu zögern nahm ich sie tief in den Mund. Ben stöhnte auf und vergrub seine Finger in meinen Haaren, zog mich näher an sich heran, stieß seinen Schwanz tiefer in meinen Mund, sodass ich nur noch durch die Nase atmen konnte.

„Oh Claire, ja…", machte er und beobachtete mich mit fiebrigen Augen. Ich hielt den Blickkontakt, weil mich das genauso scharfmachte wie ihn, während ich an seinem Schaft auf und ab glitt und seine Eichel mit meiner Zunge stimulierte.

„Ich liebe es, wie du bläst…" Und ich liebte es, ihn zu blasen. Sein verzücktes Gesicht war Belohnung genug, doch ließ ich ihn kommen, müssten wir erst einmal eine Pause einlegen und so lange konnte ich nicht warten. Ich wollte ihn gleich tief in mir. Vorsichtig löste ich seine Hände und gab seinen Schwanz frei.

„Stell dich mit dem Gesicht zur Wand", sagte er und seine blauen Augen wirkten beinahe finster. Ich spreizte die Beine wie zu einer Leibesvisitation. Hinter mir zog Ben sich aus, ich hörte seine Kleidung zu Boden fallen, Hände legten auf meine Hüften. „Beug dich etwas vor."

Als ich dem nachkam, spreizte er mit seinen Fingern meine Pobacken und drang in mich ein. Mir entfuhr ein lauter Schrei, automatisch drückte ich den Rücken durch, um es ihm leichter zu machen. Er vögelte mich mit kraftvollen Stößen, während ich mich nur an der Wand festhalten und sie empfangen konnte. Es war unglaublich gut, da merkte ich, wie er den linken Arm um meine Taille schlang, gleichzeitig führte er mir mindestens einen Finger in den Anus ein und stimulierte mich zusätzlich.

Ich kam lautlos, der Orgasmus raubte mir die Stimme und ließ mich Sterne sehen. Hilflos stemmte ich mich gegen die Wand und genoss den Sex.

Unbeschreiblich.

Ben schaffte noch ein paar Stöße, dann war er soweit und stieß ein ersticktes Brüllen aus, das mir durch Mark und Bein ging. Seine Hand an meiner Taille verkrampfte sich, er zog die Finger aus mir und versetzte mir einen festen Schlag auf den Hintern.

Endlich schrie ich und befreite mich aus der Lähmung, die der Orgasmus geschaffen hatte. Ben lehnte mich an die Wand, zog sich schweratmend aus mir zurück, sein Atem strich über meinen Nacken und verursachte mir eine wohlige Gänsehaut. Sperma rann warm zwischen meinen Beinen hinab und hinterließ feuchte Rinnsale an den Innenseiten meiner Schenkel. Ich schloss die Augen und dehnte diesen Moment aus.

„Ich liebe dich", hauchte er in mein Ohr.

In meinem Brustkorb wurde es eiskalt. Ich fuhr herum und sah ihn aus weitaufgerissenen Augen an, meine Unterlippe zitterte, doch ich sagte kein Wort. Er zog mich an sich.

„Bitte sag nichts. Nimm es einfach hin."

Das hatte er auch vor einem Jahr zu mir gesagt, als er mir das erste Mal seine Liebe gestand. Tränen traten in meine Augen.

Was sollte ich dazu sagen?

Warum tat er das?

Das machte alles nur komplizierter und schlimmer.

„Es tut mir leid, ich muss es dir sagen. Ich weiß, wir haben es anders vereinbart, aber… ich liebe dich, Claire. Das musst du wissen. Ich will mit dir zusammen sein und zwar richtig. Dieses Mal bekommen wir es hin, weil wir die Fehler nicht wiederholen werden. Bitte denk darüber nach, bis ich nächste Woche aus Kopenhagen zurückkomme. Nimm dir alle Zeit, die du brauchst, bevor du vorschnell antwortest." Ich nickte wie betäubt. Alles, was ich in den letzten Wochen erfolgreich verdrängt hatte, kam an die Oberfläche und nahm mir die Luft zum Atmen. Panik stieg in mir auf.

Panik, wieder alles zu versauen.

Panik, Ben erneut zu verlieren.

Panik, erneut an mir selbst zu scheitern und mich von meiner schlechtesten Seite zu zeigen.

Stumm schüttelte ich den Kopf. Wie machte ich ihm begreiflich, dass ich es wollte, aber nicht wusste, wie?

Er missverstand mich.

„Ich wollte es dir schon vor ein paar Wochen sagen. Dieser Abend bei Nick hat mir alles klargemacht, aber dann kam die Sache mit der Beförderung und ich habe gesehen, wie enttäuscht und wütend du warst. Du hast zwar gesagt, es sei nicht meine Schuld, aber ich weiß, wie es ist und es tut mir leid, *lille*. Ich schwöre dir, ich werde mir etwas einfallen lassen, um es wiedergutzumachen. Aber bitte sag mir, dass du mir verzeihen kannst."

Ich sah ihm an, welche Vorwürfe er sich deswegen machte, wie sehr es ihn belastete, doch mir fehlte die Kraft, um erneut seine Unschuld zu beteuern. Er würde mir sowieso nicht glauben.

Schwer sank mein Kopf gegen seine Schulter, mein Gesicht war wie gelähmt, doch mein Fluchtinstinkt machte sich bemerkbar.

‚Renn!', schrie er. ‚Renn, bevor alles noch schlimmer wird!'

Ich blieb.

Irgendwie rang ich mir ein Lächeln ab, folgte ihm ins Badezimmer unter die Dusche und fand schließlich sogar meine Sprache wieder, um mit ihm über alles zu sprechen, nur nicht über das, was wichtig war.

Ich erwiderte seine Umarmung und seine Küsse, schloss die Augen, um seinen Geruch einzuatmen, als wäre es das letzte Mal, dass wir uns sahen. Am Mittwoch wollte er wieder nach Kopenhagen fahren, es stand einiges bei seiner Familie an.

Deswegen konnte er mich am Samstag nicht zu Sonjas vierzigstem Geburtstag begleiten.

Dass er erst Mitte nächster Woche zurückkam, gab mir Zeit zum Nachdenken. Ich musste dringend mit jemandem darüber sprechen, obwohl mir unklar war, was ich mir davon erhoffte.

Wir lagen nebeneinander auf der Couch und ich betrachtete sein Gesicht mit den rotbraunen Bartstoppeln, den Mund mit den schmalen, aber geschwungenen Lippen und seine leuchtend blauen Augen, die mich hoffnungsvoll ansahen.

Ich fühlte mich wie gelähmt und meine Angst wurde immer größer.

Denn ich würde es wieder versauen.

23. Kapitel

Em kam am nächsten Tag wieder zur Arbeit. Die Schatten unter ihren Augen waren noch da, doch der verzweifelte Zug um ihren Mund war verschwunden und sie nahm mich lächelnd in den Arm, als wir uns vor dem Haupteingang des Büros trafen.

„Danke, dass du Lukas gestern reingelassen hast", sagte sie und zupfte an ihrer Plüschjacke mit Leopardenmuster. „Es hat mir gutgetan, dass er da war."

„Hast du es ihm gesagt?", fragte ich vorsichtig. Ihr Lächeln wurde schmaler.

„Nein", gab sie zu. „Ich habe mich nicht getraut." Sam erreichte uns, er war blass.

„Ich war gestern bei Aiko", sagte er müde, nachdem er Em gefragt hatte, wie es ihr ging. „Zusammen mit Sonni. Sie ist völlig fertig und hat die ganze Zeit geweint. Die Mädchen sind sofort zu ihrem Ex und sie muss bis Freitag die Sachen packen."

„Was für eine monströse Scheiße", fluchte Em leise, während sie sich eine Zigarette ansteckte. Ich konnte ich darin nur beipflichten und brachte es nicht über mich, von Ben anzufangen. Meine Freunde hatten momentan andere Sorgen und ich drehte mich nur im Kreis.

Stattdessen kam mir eine andere Idee, die vielleicht besser war: Ich holte mein Handy aus der Manteltasche und fragte Nick nach einem Treffen. Er war sicher die falsche Anlaufstelle, um über dieses Thema zu sprechen, aber so kam ich auf andere Gedanken. Vielleicht veränderte sich dann unser Verhältnis und gab mir einen Anhaltspunkt, was ich tun sollte. Er hatte Zeit.

Ben war am Wochenende längst in Dänemark und ich hoffentlich einen Schritt weiter. Zumindest musste ich mir einreden, dass das möglich war.

Die Woche zog sich quälend dahin. Am Donnerstagabend schafften wir es, Aiko zu überreden, mit uns essen zu gehen. Sie sah elend aus, ihr Gesicht kreidebleich und ihre Augen stumpf. Katharina kam etwa eine Stunde später zu uns ins Restaurant, sie hatte noch ein Meeting, zu wichtig, um es verschieben zu können. Ihr war die Verzweiflung genauso deutlich anzusehen, wie sie sich die Schuld am Ausgang des Streitfalls gab.

Das erinnerte mich an meine Situation mit Ben und der entgangenen Beförderung. Egal wie oft Aiko ihr mit leiser Stimme ihre Unschuld beteuerte, ich sah Katharina ihre Traurigkeit und ihre Enttäuschung an. Sie war ebenso fest überzeugt wie Ben und niemand konnte sie davon abbringen.

Ich hoffte nur, dass sie die Sache schnell in den Griff bekamen, denn Katharina gab Aiko den Halt, den sie jetzt dringend benötigte. Schließlich rang sie sich ein schmales Lächeln ab.

„Die Sache ist nicht verloren", sagte sie und bemühte sich, lauter zu sprechen. „Der Richter bezweifelt, dass alles so extrem ist, wie Marko es dargelegt hat. Wir werden in Berufung gehen und ich hole mir meine Töchter zurück."

„Können wir helfen?", fragte Em.

Katharina nickte. „Ich werde versuchen, unseren Standpunkt durch Aussagen zu untermauern. Natürlich seid ihr Freunde, aber trotzdem wird es positiv sein, wenn ihr euch dazu äußert, möglichst neutral, wenn es geht. Was Aikos Job angeht, werden wir belegen, dass sie selten zuhause arbeitet und ein Designprogramm auf dem Rechner Sechsjährige kaum verstören könnte. Die Mädchen wissen, dass ihre Mutter Spielzeug für Erwachsene macht, dazu stellen sie manchmal Fragen, aber vor Gericht konnten wir bereits einen Großteil der Zweifel ausräumen. Was schwieriger wird, ist die Sache mit uns." Ihr Blick glitt hinüber zu Aiko, die unglücklich nickte.

„Warum?", fragte Sam mit gerunzelter Stirn.

„Weil alle denken, dass ich wahllos rumvögle und im gleichen Zuge meine Rechtsanwältin geleckt hätte", knurrte Aiko. „Marko und seine Anwältin stellen alles komplett falsch dar.

Eigentlich kann ich das nur widerlegen, wenn Cat und ich sofort heiraten."

„Das ist doch sicher übertrieben, oder?", fragte ich.

Katharina zuckte mit den Schultern. „Es würde helfen. Aber nein, wir lassen uns nicht in die Enge treiben." Sie strich Aiko das Haar aus der Stirn und lächelte. „Wir schaffen das, Liebes."

Die beiden rührten mich und ich wollte alles tun, um ihnen zu helfen. Tatsächlich sah Aiko im Laufe unseres Treffens zuversichtlicher und wieder mehr wie sie selbst aus.

Sam hatte ich bisher keine Antwort auf seine Frage geben können, es war einfach momentan zu viel los und er wartete geduldig, bis ich soweit war. Ich vermutete, dass Tim nicht akut darauf drängte, außerdem merkte, wie unangenehm ihm das Thema war, was einiges aussagte, denn Sam war eigentlich nichts peinlich.

Bens Liebeserklärung spukte mir dauernd im Kopf herum und ich versuchte erfolglos, den Gedanken daran zu verdrängen. Er war am Dienstagnachmittag nach Kopenhagen gefahren, seitdem hielten wir ausschließlich über die Messenger-App Kontakt. Bisher fehlte mir die Möglichkeit, mit meinen Freunden darüber zu sprechen, und ich wurde immer unruhiger.

Umso mehr fieberte ich dem Treffen mit Nick am morgigen Tag entgegen und hoffte, dass mir eine Erkenntnis kam. Konnte ich überhaupt mit ihm vögeln, wenn ich Ben liebte? Oder war ich einfach ein Miststück, das mit verschiedenen Männern ins Bett stieg, egal, an wem mein Herz hing?

Funktionierte eine Beziehung zu Ben nur, wenn ich parallel mit Nick schlief, und was passierte, wenn einer von beiden eine andere Frau kennenlernte, was jederzeit der Fall sein konnte?

„Claire?" Sam legte mir die Hand auf den Oberschenkel und ich zuckte zusammen, als er mich aus meinen Gedanken riss. „Alles in Ordnung, Liebste?", fragte er stirnrunzelnd. Ich rang mir ein halbherziges Lächeln ab und wusste nicht, wie ich anfangen sollte. Wie sollte ich dieses Thema nach einem Gespräch über Aikos Sorgerechtsstreit anbringen?

„Sag mal, Sonni, kommt dein neuer FB am Samstag zur Party?", vollführte Em gerade einen viel krasseren Themenwechsel. Sonja riss erschrocken die Augen auf, ihre Wangen färbten sich dunkelrot.

„N-nein", stammelte sie und fand die neugierigen Blicke von Katharina und Aiko auf sich gerichtet. Ihnen hatte sie also nichts davon erzählt.

„Du triffst jemanden?", fragte Aiko mit Begeisterung in den Augen. Wenn möglich, wurde Sonjas Gesicht noch dunkler.

„Naja, ich… nein… also… ich…"

„Süße, ist doch alles in Ordnung", sagte ihre Schwägerin beruhigend. „Es wird Zeit, dass du dir mal eine andere Konstante im Bett gönnst, als Langeweile und Leere." Sonja lächelte dünn, bekam aber ihre Gesichtsfarbe langsam in den Griff. Ich konnte nicht abschätzen, welchen Plan sie mit ihrer Theo-Geschichte verfolgte, eine lose Sex-Affäre wäre aber sehr untypisch für sie. Es sei denn, sie hatte sich mehr verändert, als ich ihr zutraute.

„Wie sieht es mit Ben und Lukas aus?", fragte Aiko, deren Neugier sie offenbar von ihrem Kummer ablenkte. Ich schüttelte den Kopf und erzählte von Bens Urlaub. Em kam, zu meiner Überraschung, ebenfalls allein zur Party. Eigentlich hatte Lukas fest zugesagt, was eine Sensation gewesen wäre, denn seit Curt war niemand auch nur in unsere Nähe gekommen.

„Er hat gestern den Auftrag bekommen, am Wochenende eine Baustelle in Leipzig zu beaufsichtigen", berichtete sie, ihre Unzufriedenheit war ihr deutlich anzumerken. „Der Kollege, der ursprünglich eingeplant war, ist krank geworden, deswegen muss er das übernehmen." Ich beobachtete sie und war froh, dass sie den Schritt auf ihn zugemacht hatte. Wie er auf die Wahrheit reagieren würde, wenn Em sich dazu durchrang, es ihm zu sagen, wusste ich nicht, aber ich war mir sicher, dass sie ihn brauchte. Wahrscheinlich mehr, als sie es sich selbst eingestand.

„Wie läuft es zwischen Ben und dir?", fragte Sam leise, während sich das Gespräch weiterdrehte und Aiko versuchte, mehr Informationen aus Sonja herauszupressen.

„Kompliziert wie immer", erwiderte ich ebenso gedämpft. „Er hat mir gesagt, dass er mit mir zusammen sein will. Und mich noch liebt." Sam hielt sichtlich den Atem an.

„Was hast du gesagt?", flüsterte er. Ich hob die Schultern.

„Er meinte, ich solle darüber nachdenken, dann bin ich innerlich in Panik verfallen und komme seitdem nicht mehr klar. Nächste Woche wird er zurückkommen und eine Antwort von mir erwarten. Was soll ich machen?" Ich starrte auf meine Hände, die den Stiel meines Weinglases umklammerten. „Ich werde morgen zu Nick gehen, möglicherweise hilft mir das dabei." Sam nickte bedächtig, doch seine Zweifel an meiner Vorgehensweise standen ihm deutlich ins Gesicht geschrieben.

„Überlegst du, stattdessen mit Nick eine Beziehung anzufangen?", fragte er vorsichtig. Ich biss mir auf die Unterlippe. Diese Frage hatte ich mir noch gar nicht gestellt.

„Die Umstände zwischen Nick und mir sind unverändert."

Sam wiegte den Kopf hin und her. „Abgesehen von deinen Übernachtungen in letzter Zeit, das habt ihr früher nie gemacht."

Er löste meine verkrampften Finger vom Weinglas. „Nimm dir Zeit, um eine Entscheidung zu treffen. Es ist das eingetreten, was du befürchtet hast und beide verdienen es, dass du ehrlich mit ihnen bist."

Mein Fluchtinstinkt meldete sich laut, doch ich schaffte es, ihn anzulächeln und zu nicken. Wahrscheinlich war dies die einzige Möglichkeit, um es in den Griff zu bekommen.

Am nächsten Mittag führte ich beinahe das gleiche Gespräch mit Em und Sonja, die beide besorgt um mich waren, mir aber keinen anderen Rat als Sam geben konnten.

Sonja war gegen mein Treffen mit Nick, weil sie meinte, es würde mich nur unnötig verwirren, Em hingegen hielt es für eine gute Idee. „Wie soll es Claire helfen, ihre Gefühle für Ben zu analysieren, wenn sie mit einem anderen Mann schläft?", wollte Sonja wissen. „Weil sowas den Kopf freimacht und dich klarer sehen lässt", hielt Em dagegen und ich zweifelte keine Sekunde lang daran, dass sie aus eigener Erfahrung sprach. „Aber Nick…", wandte Sonja ein.

„Weißt du was, ich bringe ihn morgen einfach mit zu deiner Feier", unterbrach ich sie. „Mach dir dein eigenes Bild von ihm und sag mir deine Meinung."

„In meiner Vorstellung sieht er aus wie ein Henker in einem Mittelalterfilm, nach dem, was du über eure Treffen erzählt hast", sagte Sonja betreten. „Wahrscheinlich kriege ich das Bild sonst nie aus meinem Kopf."

„Das schafft keiner mehr", prophezeite Em belustigt. „Ich stelle ihn mir ab sofort mit 'ner dunklen Kapuze vor, während er dich vögelt."

Ich lachte laut, Sonjas Idee war so absurd, dass sie Nick sicher amüsieren würde. Die Idee, ihn mit zu ihrer Feier zu bringen, war mir gerade erst gekommen. Lukas war nicht anwesend, um sich darüber zu wundern, und niemand sonst würde etwas sagen.

Vorausgesetzt, Nick hatte überhaupt Zeit. Trotzdem ging es mir nach dem Gespräch deutlich besser und mein Kopf fühlte sich leichter an, als ob ich einen Schritt weitergekommen wäre.

Natürlich musste ich die Entscheidung am Ende selbst fällen, wie Sam richtig gesagt hatte, aber der Rat meiner Freunde half mir, genauso, wie darüber zu sprechen.

Als ich am Abend vor Nicks Tür stand, war ich merkwürdig befangen. Entschied ich mich für Ben, war dies unser letztes Treffen, zumindest für Sex. Ben wollte mich exklusiv, so wie ich ihn allein für mich haben wollte.

Wenn es zu der Beziehung kam.

Mein Mund verzog sich zu einem resignierten Grinsen, als ich meine Gedanken analysierte. Schnell klingelte ich, bevor ich es mir anders überlegte.

Nick öffnete innerhalb weniger Sekunden. Heute trug er einen dunkelroten Strickpullover zu schwarzen Jeans, der ihn zum Anbeißen aussehen ließ. Lächelnd ließ ich mich von ihm küssen und an die Hand nehmen.

„Schön, dich zu sehen", raunte er mir ins Ohr. „Ich habe dich vermisst." Gänsehaut bildete sich auf meinen Oberarmen und meine Erregung stieg. Während ich ihm die Treppe hinunter folgte, schüttelte ich über mich selbst den Kopf. Egal welche Probleme ich hatte, die Aussicht auf Sex ließ mich nie kalt. Diesen Punkt konnte ich anscheinend außen vor lassen.

„Du wirkst angespannt", bemerkte er, während er die Kellertür öffnete und wir den Raum betraten. Es war angenehm warm hier unten, die richtige Temperatur, um sich auszuziehen und es wild zu treiben.

Mein Blick blieb an der Pritsche hängen. Wie einfach wäre es, wenn er mich fesseln und durchvögeln würde. Wenigstens für kurze Zeit könnte ich den ganzen Stress vergessen.

„Ein bisschen", gab ich zu. „Deswegen freue ich mich, dich zu sehen. Bevor ich es vergesse: hast du morgen Abend Zeit, mich auf eine Party zu begleiten? Meine Freundin Sonja hat Geburtstag und ich hätte dich gern dabei."

Seine Augenbraue hob sich. „Was ist mit Ben?" Dass er seinen eigenen Stellenwert besser zu kennen schien als ich, versetzte mir einen Stich.

„Ben wird morgen nicht dort sein." Ich verhinderte nur knapp, dass meine Stimme einen frostigen Unterton bekam. Nick lächelte und zog mich an sich.

„Ich begleite dich gern." Seine Zunge teilte meine Lippen, gleichzeitig öffnete er die Knöpfe meines Blazers, strich ihn über meine Schultern und machte sich an meinem marineblauen Strickkleid zu schaffen. Innerhalb kürzester Zeit war ich splitternackt und ließ mich von ihm zu der Pritsche führen, er hatte meinen Blick bemerkt. „Anscheinend brauchst du es heute ganz besonders."

Ich nickte.

Er wies mich an, mich auf den Rücken zu legen, und legte mir die Lederriemen an. Anschließend bewegte er die Beinteile bedenklich weit auseinander und kippte die Liege, sodass ich beinahe kopfüber in den Riemen hing.

Mein Herzschlag beschleunigte sich angesichts dieser Position und als Nick an den Schrank ging, in dem er seine Werkzeuge aufbewahrte, legte er weiter zu.

Was ließ er sich heute einfallen?

Er trat an die Liege heran und ich erkannte Ketten in seinen Händen, an deren Enden Klemmen baumelten. Beinahe nachlässig fuhr er mit seinen Fingerspitzen über meine Nippel, schnipste gegen sie und beugte sich vor, um sie zu lecken.

Ich stöhnte auf und wölbte mich ihm in meinem eingeschränkten Bewegungsradius entgegen, da brachte er die erste Klemme an und widmete sich der anderen Seite, wo er genauso verfuhr. Er trat lächelnd zwischen meine Schenkel und zog nachdenklich an der Kette, deren Ende er in der Hand hielt. Der Druck auf meine Brüste erhöhte sich und ich ächzte vor Lust. Er ließ den rauen Ballen seines Daumens über meine Klit streichen, langsam und genüsslich.

„Ich glaube, ich werde dich heute zum Schreien bringen", sagte er bedächtig. Ehe ich einen klaren Gedanken fassen konnte, befestigte er die Klemme und zog an der Kette. Spannung fuhr wie Blitze durch meine Brüste und meinen Schritt und ich keuchte auf.

„Lauter", befahl er, erhöhte den Druck und tatsächlich entfuhr mir ein unüberhörbares Wimmern. „Ja, das war besser." Er ließ die kühlen Ketten auf meinen Bauch sinken und holte etwas anderes hervor: eine Analkette mit mehreren Kugeln aus Edelstahl. Mit einem maliziösen Lächeln versenkte er sie in meiner Pussy, bewegte sie vor und zurück und beobachtete, wie ich erschauderte. Erneut zog er an der Klemmenkette und ergötzte sich an dem Schrei, den ich ausstieß. Ein Finger tauchte in meinen Anus, zu dem sich schnell ein zweiter gesellte und ihn dehnte, dann führte er die Kette Kugel für Kugel ein.

„Gefällt dir das?"

„Ja, oh Gott, ja", keuchte ich und stöhnte gleich darauf auf, als er einen Vibrator einführte. Die Wellen erschütterten meinen Unterleib und versetzten die Kugeln in Vibration. Jeder meiner

Atemzüge wurde von einem Schluchzen begleitet, weil ich so heftig atmete, dass die Kette mit den Klemmen sich spannte. Mein Blick suchte seinen und ich sah die tiefe Genugtuung darüber, was er mit mir machte. Er genoss es so sehr wie ich.

Konnte ich hierauf verzichten?

Konnte ich Nick für Ben aufgeben?

Er beugte sich vor und strich mit der Zungenspitze über meine Klit. Durch das gestaute Blut war dieser Kontakt so extrem, dass ich fast durchgedreht wäre. Der Vibrator, die Kette und die Klemmen verlangten mir alles ab, es war beinahe mehr, als ich aushielt. Ich würde nicht mehr lange durchhalten, bis ich loslassen und kommen musste. Abermals leckte er mich und ich schrie erneut auf. Er lachte.

„Gib mir mehr, meine Süße." Er griff das Ende des Vibrators und vögelte mich damit, erst langsam, dann schneller. Ich gab ihm, was er wollte. Seine Zunge konzentrierte sich abwechselnd auf meine Klit und meinen Anus und ich verlor jede Konzentrationsfähigkeit, als ich mich ihm einfach hingab.

So hart hatte er es mir noch nie besorgt und ich kam nah an meine Grenze.

Ein Dröhnen entstand in meinem Kopf und ich spreizte die Beine weiter, als er mir befahl, zu kommen. Der Druck entlud sich wie ein Blitzschlag und warf meinen Oberkörper zurück.

Ich stieß einen gellenden Schrei aus und sah, wie Nicks Gesicht von einer Flüssigkeit getroffen wurde. Seine Augen glänzten, als sie mit den Fingern aufnahm und auf seine Zunge strich.

Meine Sicht verschwamm und ich sah Sterne. Mein Körper war taub, mein Gehirn wie gelähmt, kein Gedanke wollte sich in meinem Kopf festsetzen. Ich existierte nur aus heißkalter Lust und verlor darüber beinahe die Besinnung.

Nach einer gefühlten Ewigkeit beruhigte sich meine Atmung und ich kam einigermaßen klar. Nick trat lächelnd zurück und küsste mich. „Danke für dieses Geschenk, meine Süße. Du hast vorher noch nie für mich ejakuliert." „Ich glaube, das war das erste Mal überhaupt", erwiderte ich matt lächelnd.

Er küsste mich erneut und befreite mich von Vibrator, Analkette und Klemmen. „Das war nah an der Grenze."

„Das habe ich gemerkt. Lass es uns langsamer angehen." Er verstaute die benutzten Teile hinter dem Tresen, wo er sie später säubern würde, und trat an die Pritsche heran. Währenddessen zog er sich aus und ich betrachtete ihn wohlgefällig.

„Darf ich einen Wunsch äußern?", fragte ich.

Er zog eine Augenbraue hoch. „Der da wäre?"

„Komm heute in meinem Mund", sagte ich und sah, wie seine Augen sich verdunkelten. Das war viel verlangt, denn er wollte die Kontrolle, die er dabei an mich abgeben müsste, behalten.

So gut konnte ich ihn mittlerweile einschätzen.

Ben hatte damit kein Problem. Er liebte es, wenn ich ihn über die Kante trieb, ebenso, mir dieses Geschenk zu machen, auf mir zu kommen und mir damit eine Art Stempel aufzudrücken.

Mein Mund verzog sich zu einem schiefen Lächeln wegen dieses Gedankens.

In diesem Moment trat Nick an mich heran, griff nach den Hebeln an der Liege und brachte sie in eine noch steilere Lage, jetzt hing ich beinahe kopfüber. Er stellte sich vor mich, sein Schwanz war in der richtigen Höhe. Ich öffnete den Mund und ließ ihn an mich herantreten, den langen Schaft zwischen meine Lippen gleiten. Ich seufzte genüsslich und strich mit der Zunge über seine Eichel.

Ja, das war meine Art von Sex – weniger Druck, mehr Sinnlichkeit. Da mein Kopf durch die Fesseln unbeweglich war, war ich trotzdem auf seine Bewegungen angewiesen, aber das liebte ich und es gab ihm ein Stück seiner Kontrolle zurück.

Er bewegte sein Becken und stieß seinen Schwanz tiefer in meinen Mund, rieb sich an meiner Zunge, dem Unterdruck, den ich mit meinen Lippen erzeugte. Ich schloss die Augen und ließ es geschehen, als er sich vorbeugte und mich leckte.

Oh Gott, ja.

Ich holte tief Luft durch die Nase und intensivierte meine Bemühungen. Seine Zunge war sanft, glitt zwischen meinen

Schamlippen entlang und stieß in mich, seine Hände lagen auf meinen Oberschenkeln und drückten sie auseinander. Ich stöhnte unterdrückt, zelebrierte jede Sekunde, und doch spürte ich ein wenig Bedauern, weil ich ahnte, dass dies unser letzter Sex war.

Hatte ich mich innerlich bereits entschieden?

Seine Bewegungen wurden immer intensiver und schneller, ein weiterer Orgasmus braute in mir zusammen und ich hoffte, wir würden gleichzeitig kommen.

Nicks Atem ging schwer und seine Stöße wurden unbeherrschter, während sich meine Muskulatur bereits zusammenzog.

Mit einem erstickten Schrei kam er und sein heißes Sperma füllte meinen Rachen. Instinktiv schluckte ich und kam im gleichen Moment. Mein Körper erbebte und zuckte unter seiner Zunge, gleichzeitig schob er zwei Finger in meinen Anus und stimulierte mich dort, sodass der Orgasmus noch heftiger wurde.

Er zog sich aus meinem Mund zurück, bearbeitete mich aber weiter mit seiner Zunge und seinen Händen und ließ mich ein weiteres Mal kommen. Mein Kopf dröhnte und ich stieß einen schrillen Schrei aus, fühlte mich, als würde mein Körper explodieren und rang nach Luft.

Schließlich ließ er von mir ab, trat zurück und betrachtete mich zufrieden, seine braunen Augen funkelten, doch er wirkte so gelassen, als hätten wir einen Spaziergang gemacht – wenn man von seinen glühenden Wangen absah.

Er genoss unsere Treffen mindestens genauso wie ich und seine Berührung auf meiner Haut fühlte sich so gut an. Ich hielt den Blickkontakt, während mein Herzschlag sich langsam beruhigte.

Ich wusste nicht, was ich sagen sollte, wie ich meine Gefühle für ihn beschreiben sollte. Konnte ich wirklich auf ihn verzichten? Was würde es mit mir machen, wenn ich die Sicherheit nicht mehr bekam, die er mir gab?

„So hatte ich es mir vorgestellt. Bleibst du wieder über Nacht?"
Ohne zu zögern sagte ich zu.

24. Kapitel

Am nächsten Morgen fuhr ich nach einem Kaffee und einem schnellen Frühstück nach Hause und bereitete mich auf den Abend vor. Em wollte gegen Mittag vorbeikommen und mit mir zusammen Sonjas Geschenk vorbereiten. Wir legten alle zusammen und besorgten eine goldene Halskette, an der das gleiche „+"-Symbol hing, das Em von uns zu ihrem Abschied am Jahresanfang bekommen hatte. Sonja hatte damals mehrfach gesagt, wie sehr ihr die Bedeutung dieses Schmuckstücks gefiel und jedes Mal wenn Em das Armband trug, hing ihr Blick daran. Deswegen entschieden wir uns dazu, es ihr auch zu schenken und scherzten darüber, dass dies unser Cliquen-Symbol zu sein schien. „+", weil jeder von uns ein Teil des anderen war.

Zusätzlich ließ Em sich ein paar Kleinigkeiten einfallen, damit das Präsent noch ausgefallener und individueller wurde. Ich hoffte nur, sie warnte Sonja vor, bevor diese vor allen Leuten Aikos neueste Vibratorkreation auspackte.

Mein Handy klingelte, als eine Nachricht von Ben ankam. *Hallo meine Süße, wie geht es dir? Ich vermisse dich.*

Mein schlechtes Gewissen machte sich mit einem Stich in der Brust bemerkbar. Starr blickte ich auf das Display. Plötzlich fühlte ich mich mies wegen der letzten Nacht, als hätte ich ihn betrogen, obwohl das gar nicht der Fall war.

Dieses Mal.

Bisher hatte ich noch gar nicht wieder darüber nachgedacht, aber seine Nachricht ließ mich meine Handlung infrage stellen. Verdammt, ich hatte gehofft, der Entscheidung näher gekommen zu sein, stattdessen machte ich es mir wieder einmal nur schwerer. Was sich gestern richtig angefühlt hatte, schien heute eine dumme Idee zu sein. Ich hasste dieses Gefühl.

Und was war, wenn ich mich für Ben entschied und dieses Gefühl dauerhaft blieb? Wie lange würde es dauern, bis ich mir den nächsten fatalen Fehltritt leistete, weil ich unsicher war? So sehr ich mir im Job und als Freundin traute, so wenig hielt ich von mir selbst als Partnerin.

Ben hingegen glaubte fest an mich, dabei hatte ich es schon einmal verdorben.

Als es an der Tür klingelte, zuckte ich zusammen, als sei ich bei etwas Verbotenem ertappt worden. Schnell öffnete ich Em, die tief in ihren Schal eingewickelt in den Flur kam. Draußen waren es kaum fünf Grad. Sie sah mich, zog die Brauen zusammen und nuschelte „was ist los?" durch die Maschen.

Ich fasste es in kurzen Sätzen zusammen, während sie sich aus Schal und Mantel schälte. „Ich brauche einen Drink", murmelte sie und ich holte uns pflichtschuldigst zwei Gläser Cava aus der Küche. „Claire, du musst dich endlich mal entscheiden. Du liebst Ben doch, oder?"

„Das ist das kleinste Problem an der Sache", erwiderte ich und trank mein Glas halbleer. „*Ich* bin das Problem, weil ich mich kenne. Weil ich meine eigenen Schwächen kenne und sie jetzt schon wieder sichtbar werden. Du weißt doch, wie es beim letzten Mal ausgegangen ist."

„Da hast du Scheiße gebaut", bestätigte sie. „Aber das wird dir kein zweites Mal passieren, du bist ja nicht debil. Allerdings solltest du endlich aufhören, dich deswegen zu zerfleischen, das Thema ist sowas von durch. Du machst dich selbst schlechter als du bist wegen einer falschen Entscheidung. Willst du wirklich auf den Mann verzichten, den du liebst, weil du so ein furchtbarer Schisser bist?"

Ich sah sie sprachlos an. Meine Lippen bewegten sich, doch kein Laut verließ meinen Mund. Em nahm das zum Anlass, weiterzumachen.

„Weißt du, dieser Hang zur Selbstgeißelung macht dir das Leben unnötig schwer. Niemand sonst lebt so in der Vergangenheit, genauso wenig wie du normalerweise. Ich glaube eher, du hast Angst, dir könnte das zwanglose Rumvögeln fehlen, wenn du dich endlich festlegst."

„Das ist doch totaler Blödsinn!", fuhr ich auf.

Sie grinste mich frech an. „Du kannst nicht alles haben, weißt du? Du erwartest, dass alle Gewehr bei Fuß stehen, wenn du flachgelegt werden willst, aber das geht so nicht. Entweder, du entscheidest dich und hängst dich rein, oder du lässt beide gehen und guckst mal, wie lange das mit dem Rumvögeln noch klappt."

Ich wurde wütend und stand auf. Brüsk drehte ich mich um, verließ das Wohnzimmer und fand mich vor dem Badspiegel wieder, der mir mein zorniges Gesicht zeigte. Schlagartig verpuffte meine ganze Wut und ich fühlte mich wie ein Ballon, aus dem die Luft entwichen war.

Scheiße noch mal, Em hatte recht!

Ich liebte Ben. Mehr musste ich eigentlich nicht wissen, um eine Entscheidung zu fällen.

Mit finsterer Miene ging ich zurück, sie erwartete mich mit einem aufreizenden Lächeln im Gesicht. Manchmal schien es, als kenne sie mich besser als ich selbst. Natürlich wusste sie, dass ich nicht sauer auf sie war, sondern schnell drauf kommen würde, was los war.

„Und?", fragte sie süffisant. Ich funkelte sie an.

„Das weißt du doch", knurrte ich.

„Mag sein, aber ich will es hören."

„Du hast recht."

„Danke. Gut, wie sehen die nächsten Schritte aus?"

„Ich werde das Arrangement beenden." Sie nickte.

„Und?"

„Nick sagen, dass wir uns nicht mehr sehen werden, weil ich mit Ben zusammen sein will."

„Ausgezeichnet. Aber sag ihm das vielleicht nach heute Abend, sonst zieht er sich am Ende doch die Henkerskapuze über den Kopf."

„Das ist kein bisschen witzig."

„Doch, ist es. Du kommst schon noch drauf. Ich hoffe, der Sex gestern war gut."

„Mach dir deswegen keine Sorgen."

„Sowieso nicht. Und hör auf, dir zu viele Gedanken zu machen, das gibt nur Falten und macht unglücklich. Beides möchte ich für dich vermeiden."

„Du bist so gut zu mir." Ich wollte sarkastisch klingen, schaffte es aber nicht ganz. Sie zwinkerte.

„Sieh mich an, den größten Beziehungskrüppel der Welt und sogar ich habe es geschafft, mit Curt anderthalb Jahre zusammen zu sein und ohne seine Heiratspläne wären wir es noch. Und mit Lukas… naja, abgesehen von der Schwangerschaftsgeschichte läuft es besser, als ich gedacht habe. Das sollte ein leichtes für dich sein." Ich lächelte und nahm sie in den Arm. Es war an der Zeit, die Selbstzweifel endlich zu begraben, bevor ich komplett durchdrehte.

Am Abend fuhren wir gemeinsam zu Sonjas Party, die in einem gemieteten Saal stattfand. Ihre Eltern bestanden darauf, die Feier zu bezahlen. Lange hatte Sonja gezögert, weil wir ursprünglich zusammen feiern wollten, doch nach der Aufregung der letzten Zeit war mir nicht mehr danach zumute, weswegen sie dieses Angebot schließlich annahm.

Nick war vorher zu mir gekommen und wir trafen uns mit Em draußen auf der Straße. Die beiden kannten sich und sie drängte ihm sofort ein Gespräch auf, dabei überspielte sie glücklicherweise, dass sie über fast jedes Detail meines Sexlebens Bescheid wusste. Ich bezweifelte, dass Sonja das fertigbrachte.

Wir erreichten die Location und begrüßten Sam und Tim, die ebenfalls gerade angekommen waren und sich freuten, Nick zu sehen, denn ihr letztes Treffen lag schon einige Zeit zurück.

Nachdenklich zupfte ich an einer Haarsträhne, während ich mir überlegte, wann ich es ihm sagen sollte. Nicht hier, Herrgott, es war eine totale Scheißidee gewesen, ihn heute mit herzunehmen, aber es war zu spät. Ich sendete die völlig falschen Signale und machte alles nur noch schlimmer. Manchmal konnte ich mich selbst nicht ausstehen.

Sonja sah umwerfend aus. Sie trug heute ein knielanges dunkelrotes Stretchkleid mit Spaghetti-Trägern und einem herzförmigen Ausschnitt, das ihr unglaublich gut stand. Fröhlich begrüßte sie uns und riss sich sogar zusammen, als ich ihr Nick vorstellte. Trotzdem weiteten sich ihre Augen und ein verlegenes Lächeln breitete sich auf ihrem Gesicht aus.

Wahrscheinlich stellte sie sich gerade vor, wie er mit Henkersmaske aussah.

Ich begrüßte Vincent, Sonjas Geschäftspartner, und ihre Eltern, die ebenfalls bereits da waren und mit Sektkelchen an einem Tisch standen. Neben Linda spielte JP mit seinen Kusinen, also war Aiko ebenfalls bereits eingetroffen. Ich reckte den Hals und entdeckte Katharina, die eben eine Schüssel zum Büffet trug und mich anlächelte.

„Sonjas Eltern haben komisch geguckt, als Ai mich ihnen vorgestellt hat", vertraute sie mir an und wirkte belustigt. „Anscheinend wussten sie nicht, was sie mit mir anfangen sollen. Ist das dein spezieller Freund? Er sieht wirklich gut aus", meinte sie mit Blick auf Nick, der sich zu meiner Überraschung angeregt mit Sonja unterhielt. Gerade trat Aiko zu ihnen und ich hoffte, dass sie keine indiskreten Fragen stellte. Katharina schien meine Gedanken zu erraten und tätschelte mir den Arm.

„Mach dir keine Sorgen, sie hält sich zurück. Schade, dass Ben keine Zeit hat. Ich kann ihn wirklich gut leiden." Ich schenkte ihr ein Lächeln. Sie war die perfekte Ergänzung für Aiko und ich war froh, dass die beiden es hinzubekommen schienen.

Weitere Gäste trafen ein, teilweise Leute, die ich von früheren Feiern kannte, sogar ein paar alte Kollegen von Kenichi, mit denen Sonja befreundet war. Dazu kamen ein paar Frauen, die sie während ihrer Schwangerschaft und danach in sämtlichen Kursen kennengelernt hatte, sowie ein paar Leute von vor Ewigkeiten, mit denen sie den Kontakt hielt. Insgesamt war es eine gute Mischung und ich unterhielt mich nett mit Vincent, bevor Sam mich zum Tanzen aufforderte. Die Musik war gut und das Parkett füllte sich stetig.

„Heißt Nicks Begleitung, dass du dich für ihn entschieden hast?", fragte er und drückte mich an sich. Seine Miene wurde bedauernd, als ich den Kopf schüttelte. „Wenigstens einen kleinen Moment konnte ich darauf hoffen."

„Es ist, wie ich gesagt habe: Wir haben zu unterschiedliche Bedürfnisse." Ich legte meine Lippen an sein Ohr. „Gestern hat er mich so hart gevögelt, ich wäre beinahe ohnmächtig geworden. Du weißt, ich mag es härter, aber er kann noch eine Schippe drauflegen. Und er genießt das." Sams Augen glänzten fiebrig, als ich mich zurücklehnte. „Neid hilft uns nicht, Liebster."

„Ach, ich weiß. Tim und ich haben wunderbaren Sex, aber manchmal vermisse ich es ein bisschen, an meine Grenzen zu gehen. Und da wäre ja noch diese andere Geschichte." Er warf mir einen scharfen Blick zu und lächelte sanft. „Schon gut, ich weiß, es ist unpassend. Du kannst keinen Dreier mit uns machen, wenn du versuchst, eine Beziehung aufzubauen. Das ist vollkommen in Ordnung, Liebste." Er küsste mich auf die Wange. „Wir werden eine andere Pussy finden."

„Da bin ich mir sicher", erwiderte ich und war froh, dass das Thema vom Tisch war. Daran hatte ich gekaut und egal, wie gern ich den beiden diesen Gefallen getan hätte, es würde alles nur noch komplizierter machen. Dass er es von sich aus sagte, erleichterte mich ungemein.

„Also wirst du es mit Ben versuchen?", fragte Sam und zog mich in Richtung Bar, wo weniger Gedränge herrschte. Ich nickte und er lächelte mich auf diese Art an, als sei er stolz auf mich. „Wenn du dich zusammenreißt, habt ihr eine Chance."

Darauf hoffte ich.

Mit unseren Gläsern kehrten wir zu den anderen zurück. Nick schien sich prächtig mit Aiko und Katharina zu amüsieren, fast schien es, als wäre er schon ewig Teil der Clique. Er lächelte und ich hatte ein dumpfes Gefühl in der Magengegend, weil ich nicht wusste, was er von mir erwartete. In meiner Tasche vibrierte mein Handy.

Ben rief an.

Mein Herzschlag beschleunigte sich und mein schlechtes Gewissen wuchs exponentiell. Schnell lief ich in Richtung Ausgang, wo es ruhiger war, und nahm das Gespräch an.

„Hallo Ben." Meine Stimme war warm und ich versuchte, das Zittern zu überwinden. Mit einem Mal fühlte ich mich befangen, mit ihm zu sprechen, dabei hatte ich nichts falsch gemacht.

Oder doch?

„Hallo *lille*, wie geht es dir? Wie ist die Feier?", fragte er.

„Beides wunderbar."

„Ich weiß, ich wollte dir Zeit lassen, um über alles nachzudenken und ich erwarte jetzt keine Antwort von dir, aber ich wollte dir sagen, dass ich dich vermisse." Er machte eine Pause.

„Ben, ich...", setzte ich an, da hörte ich hinter mir Schritte.

„Claire, ist alles in Ordnung?", fragte Nick und mir gefror vor Schreck das Blut in den Adern. Meine Wangen pochten und mir war, als würde ich fallen.

„Ist das Nick?", fragte Ben mit veränderter Stimme. Mein Herz schlug mir bis zum Hals. Ich wusste, wie das bei ihm ankam.

„Ja." Meine Stimme klang dünn wie Papier und ich sah Nick verzweifelt an. Dieser war vor mir stehengeblieben und nahm die Szene in sich auf.

„Okay, ich will nicht länger stören." Er legte auf. Fassungslos starrte ich auf mein Smartphone. Alles in mir schrie danach, ihn sofort zurückzurufen. Mein Atem ging hektisch, mir war eiskalt.

„Hey, was hast du denn?", fragte Nick besorgt und legte seine warmen Hände auf meine nackten Schultern.

„Das war Ben", murmelte ich betäubt. „Er will wieder er mit mir zusammen sein und wenn er aus Kopenhagen zurück ist, soll ich ihm meine Meinung dazu sagen. Aber ... er denkt jetzt sicher, ich hätte dich gebeten, mich zu begleiten, weil ich mich dagegen entschieden habe." Meine Augen füllten sich mit Tränen und ich bekam kaum Luft. Nick sah mir ruhig ins Gesicht, seine Daumen massierten meine Schultern. Seine Miene war unbeweglich, doch er erriet meine Entscheidung.

Es tat mir leid, ihn zu enttäuschen, denn er hatte sich sicher etwas anderes vorgestellt, aber ich musste ehrlich zu mir selbst sein. Seine Hände waren warm, mehr denn je fühlte er sich wie ein sicherer Hafen an. Nur knapp widerstand ich dem Drang, mich in seine Arme zu flüchten.

Nein, das wäre falsch.

Ich musste endlich zu meiner Entscheidung stehen.

„Ruf ihn zurück", riet er mir. „Erklär ihm, dass ich dich als Freund begleite, nicht als Geliebter. Bestimmt besänftigt ihn das." Er ließ mich los und lächelte. „Ihr seid ein tolles Paar, das lernen muss, es sich gegenseitig nicht so schwer zu machen. Bei unserem gemeinsamen Abend habe ich schon gemerkt, wie sehr er dich liebt, war mir aber unsicher, ob du es in der gleichen Intensität erwiderst. Wir haben gesagt, dass wir uns zurückziehen, sobald sich die Chance auf eine Beziehung ergibt, also werde ich das tun." In seinem Gesicht sah ich Bedauern, gleichzeitig wollte er mich wirklich unterstützen.

„Danke", flüsterte ich, meine Hand verkrampfte sich um mein Telefon. Nick ließ mich los und trat zurück. Dabei sah er mich an, als müsse er sich darüber Sorgen machen, dass ich anfing zu schreien. Ehrlich gesagt war mir danach auch zumute.

Seine Anwesenheit beruhigte mich und ich hielt den Blickkontakt mit ihm. Noch einmal tief durchatmen, dann rief ich Ben zurück. Es klingelte eine Ewigkeit, bis er das Gespräch endlich annahm. „Ja?" Er klang sauer.

„Nick begleitet mich als Freund", sagte ich dumpf. „Nicht als mein Geliebter. Und ich… ich werde ihn nicht mehr sehen. Das wollte ich dir sagen, damit du alle Fakten kennst."

Es war lange still am anderen Ende der Leitung, ich wagte kaum zu atmen. Tausend Gedanken wirbelten durch meinen Kopf, einer schlimmer als der andere.

„Danke, dass du noch mal angerufen hast", sagte er endlich und klang weniger angepisst. Ich atmete auf. „Genieß bitte die Feier und wir sehen uns am Donnerstag." Ich versprach es und wir beendeten das Gespräch. Mein Herz schlug mir bis zum Hals. War alles in Ordnung zwischen uns?

„Was hat er gesagt?", wollte Nick wissen. Er verschränkte die Arme vor der Brust, seine Muskeln zeichneten sich unter dem Hemd ab. Ich würde es vermissen, sie zu berühren.

„Er ist froh über meinen Rückruf", erwiderte ich, meine Brust fühlte sich seltsam an, eng und leicht zugleich.

Er lächelte und trat zu mir, legte die Arme um mich. „Das freut mich." Unsere Blicke trafen sich und Bedauern stieg in mir auf, doch es war richtig so.

Ich musste Nick für Ben aufgeben, egal, wie viel er mir bedeutete. Trotzdem gab ich dem Drang nach, ihn ein letztes Mal zu küssen.

Er hielt mich fester und erwiderte den Kuss, so sanft wie nie zuvor. Beinahe bedächtig wanderten seine Hände über meinen Rücken und drückten mich an seine Vorderseite. Mir wurde heiß. ‚Das letzte Mal', sagte ich mir nachdrücklich und rieb meine Hüfte an ihm. An meinen Lippen stöhnte er, machte ein paar Schritte beiseite, in Richtung Garderobe, wo man uns nicht sehen konnte, da war seine Hand zwischen meinen Schenkeln und schob meinen Slip beiseite. Seine Lippen wanderten über meinen Hals, während er seine Finger in mir versenkte, mich stimulierte und mein Denken ausschaltete.

‚Das letzte Mal', erinnerte ich mich und genoss es.

Mein Atem beschleunigte sich mit dem Tempo, in dem er mich fingerte, seine Lippen strichen über meine Kehle, sein heißer Atem verursachte mir eine Gänsehaut.

‚Es ist das letzte Mal', dachte ich, als ich meine Stirn gegen seine breite Schulter lehnte, mir auf die Unterlippe biss und kam. Einen besseren Abschluss konnte es für uns kaum geben. Ich sah ihm in die Augen, verlor mich in seinen braunen Tiefen.

„Danke", murmelte er und küsste mich erneut.

„Claire?" Wir fuhren auseinander, aber Sonja hatte uns bestimmt gesehen. Sie stand unschlüssig im Eingangsbereich vor der Garderobe und schien sich zu fragen, was sie davon halten sollte, was sie sah.

Meine Wangen wurden heiß. Von all meinen Freunden war Sonja die einzige, bei der es mir unangenehm war, beim Sex erwischt zu werden.

Nick lächelte gelassen und trat vor mich, sodass ich meine Wäsche einigermaßen unauffällig richten konnte.

„Wollen wir was trinken gehen? Ich würde gern mehr über meine reizende Gastgeberin erfahren."

„Ich... ja, natürlich", erwiderte Sonja, sich auf ihre Erziehung besinnend. „Claire..."

„Ich komme sofort nach", versprach ich. Sonja nickte und ging von Nick begleitet zurück in den Saal, während ich auf die Toilette huschte. Vor dem Spiegel blieb ich stehen und betrachtete meine glänzenden Augen und rosigen Wangen.

Trotz des Bedauerns über Nicks Verlust als Geliebten, überflutete mich Erleichterung und ein kleines Glücksgefühl breitete sich in mir aus.

Ich hatte endlich eine Entscheidung getroffen.

Und sie fühlte sich richtig an.

25. Kapitel

Obwohl das Bedürfnis, Ben anzurufen, von Tag zu Tag stärker und drängender wurde, wartete ich, bis er aus Kopenhagen zurückkam. Wir hatten vereinbart, uns gegenseitig den Raum zu lassen, um unbeeinflusst nachzudenken und unsere Entscheidung zu fällen, und das wollte ich tun.

Ich wusste ja, wie er zu unserer Beziehung stand, er sollte die Zeit mit seiner Familie genießen, ohne dass ich ihm hinterhertelefonierte.

Meine Freunde standen hinter mir, obgleich ich eine gewisse Skepsis bei Sonja bemerkte, die mich überraschte. Hatte sie falsche Schlüsse gezogen, weil sie mich mit Nick gesehen hatte, fragte ich mich, als wir am Mittwoch nach dem Mittagessen auseinandergingen. Ich hätte sie gern danach gefragt, wollte das Ganze aber ungern vor Em und Sam diskutieren.

Abends rief ich sie zuhause an, erreichte sie aber nicht, also ließ ich es gut sein. Wahrscheinlich interpretierte ich zu viel in ihre Blicke und Worte hinein. Wenn sie mir etwas zu sagen hatte, würde sie es bei Gelegenheit tun und wir konnten in Ruhe darüber sprechen.

Nun war der Donnerstag gekommen, um sieben waren Ben und ich bei mir verabredet. Obwohl es keinen Grund dafür gab, war ich nervös, dabei war der Ausgang des Gesprächs klar. Dennoch fieberte ich unserem Treffen entgegen und freute mich darauf, endlich klare Verhältnisse zwischen uns zu schaffen. Außerdem vermisste ich ihn und wollte ihn endlich küssen und in seinen Armen einschlafen.

Ich schüttelte über mich selbst den Kopf. Vor vier Monaten hätte ich nicht gedacht, dass ich je wieder ein Wort mit ihm wechseln würde und nun wollten wir uns eine zweite Chance geben. Dieses Glück durfte ich nicht noch mal wegwerfen.

Ich erledigte zwei letzte Sachen, eine für Bitter und eine für Harry, dabei fehlte sogar die vertraute Abscheu gegen ihn, als ich die Mail abschickte.

Nicht einmal dafür hatte ich heute einen Kopf.

Um sechs machte ich Feierabend, fuhr nach Hause und bereitete den Abend vor: Ich stellte Weingläser bereit und entkorkte eine Flasche Rioja, damit der Wein atmete und die richtige Temperatur bekam, bis Ben eintraf.

Ich wechselte meine Wäsche und zog einen aufregenden Body aus schwarzer Spitze mit großzügigen Cut-outs an, darüber trug ich ein wadenlanges schwarzes Wickelkleid, das sich durch Lösen des Gürtels mühelos öffnen ließ. Dazu meine spitzen Lackpumps und roter Lippenstift.

Ich öffnete mein Schmuckkästchen und suchte nach dem passenden Teil, da entdeckte ich den silbernen Schlüsselanhänger, den Ben mir vor fast genau einem Jahr geschenkt hatte. Seit unserer Trennung lag er in seinem Kästchen und ich hatte ihn nicht mehr getragen, doch heute war er genau das richtige. Ich konnte ihm damit zeigen, wie ernst es mir war.

Aufregung durchflutete mich, als ich die Kette umlegte und den Schlüssel zwischen meinen Brüsten platzierte. Es fühlte sich so gut an, das Schmuckstück wieder zu tragen, und ich wagte ein zaghaftes Lächeln im Spiegel.

Ich konnte es nicht abstreiten, ich war nervös. Meine Handflächen waren feucht und mein Herz klopfte deutlich spürbar in meiner Brust. Ich hatte Angst, er könne noch böse auf mich sein und davor, dass wir es wieder nicht schaffen könnten, doch ich wollte es unbedingt versuchen.

Dieses Mal würde ich ihm alles geben und den Schlüssel nutzen, um ihm mein Herz zu öffnen. Wir würden keine weitere Bruchlandung hinlegen und ganz sicher würde ich kein zweites Mal den Mann meines Lebens verlieren.

Es klingelte. Ich eilte zur Tür und wartete auf ihn. Ein Lächeln breitete sich auf meinem Gesicht aus, als er die Treppe hochkam. Ich nahm ihn in den Arm und küsste ihn auf die Lippen, zog ihn an der Hand ins Wohnzimmer und setzte mich neben ihn auf die Couch. Er sah mir ins Gesicht, forschend, als wäre er sich unsicher, was er von mir halten sollte.

„Schön, dass du zurück bist", sagte ich, entschlossen, es so kurz wie möglich zu machen. „Ich habe dich vermisst."

„Ging mir genauso", sagte er und erwiderte mein Lächeln, doch irgendetwas war falsch, denn es verschwand zwischen seinen Mundwinkeln und seinen Augen.

„Lass mich dir schnell etwas sagen", bat ich, als er Luft holte, und legte die Hand auf seinen Oberschenkel. Er nickte und wartete ab. „Ich weiß, ich habe es dir schwergemacht und du hast mich mit deiner Forderung nach einem zweiten Versuch über-rascht, aber ich habe beschlossen, nein, also…", ich verlor den Faden und musste mich kurz sammeln. „Folgendes: Ich will mit dir zusammen sein. Ich liebe dich und will endlich meine dumme Angst überwinden, es nicht hinzubekommen. Wir werden es zusammen hinkriegen, weil wir aus unseren Fehlern gelernt haben." Ich beugte mich vor. „Danke, dass du an uns glaubst."

Vorsichtig legte ich meine Lippen auf seine und schlang die Arme um seinen Nacken. Als ich ihn losließ und in sein Gesicht sah, wurde mir eiskalt. Ben sah mich hilflos an, als wäre ihm das ganze Treffen unangenehm und er würde am liebsten weglaufen.

Ich verstand die Welt nicht mehr.

„Was ist los?", fragte ich zögernd, Angst stieg in mir auf. Wa-rum verhielt er sich so seltsam? Ein eisiges Gefühl breitete sich in meinem Brustkorb aus, mein Gesicht war merkwürdig starr.

„Claire, ich…", setzte er an und verstummte, presste die Lippen zusammen. Es schien ihm schwerzufallen, die richtigen Worte zu finden. Ich sank zurück und sah ihn an, mein Magen fühlte sich an, als hätte ich einen Stein verschluckt.

„Sag es einfach." „Nach Samstag habe ich lange nachgedacht und Aksel alles erzählt. Er war entsetzt, um es einmal milde auszudrücken, wie das zwischen uns gelaufen ist und läuft. Und er hat recht. Das mit uns ist ein ständiges Auf und Ab. Am schlimmsten ist, dass dir meinetwegen die Beförderung entgangen ist. Du gibst mir vielleicht keine Schuld, aber ich gebe sie mir." Er holte tief Luft. „Und dass du Nick am Samstag mit zu Sonjas Party genommen hast, hat mich tief getroffen. Es war, als hättest du nur darauf gewartet, dass ich die Stadt verlasse, um ihn zu sehen."

„Das stimmt nicht", widersprach ich matt.

Sein Blick war stählern. „Du hast ihn letzte Woche also nicht gevögelt?" Mein Gesichtsausdruck sagte ihm alles und ich sah die tiefe Enttäuschung, die sich mit Resignation vermischte. „Das habe ich mir gedacht."

„Es war das letzte Mal. Ich habe ihm gesagt, dass ich mit dir zusammen sein will." Meine Worte hörten sich in meinen eigenen Ohren wie eine lahme Ausrede an.

„Wie kann man mit einem anderem ins Bett gehen, wenn man mit jemandem zusammen sein will? Und Claire, es ist doch sonnenklar, dass er in dich verliebt ist."

„Wir sind nur Freunde", hielt ich dagegen.

„*Fuck buddies*", korrigierte er mich scharf. Ich zuckte zurück. Aus seinem Mund klang es nicht halb so charmant wie aus Ems oder Sams. „Und ihr nutzt jede Gelegenheit, um es miteinander zu treiben. Wie soll ich dir glauben, dass ihr nicht bei der nächsten Gelegenheit wieder vögelt? Ich muss doch damit rechnen, dass du es wiederholst, sobald ich dir den Rücken zudrehe." Ich fühlte mich, als hätte er mich geohrfeigt. Meine Wangen pochten, doch ich konnte das nicht so stehen lassen.

„Nein, musst du nicht. Ich habe einen Fehler gemacht, aber es wird keine Treffen mehr geben. Er hat mich selbst darin bestärkt, mich für dich zu entscheiden."

„*Sagt* er", beharrte Ben.

Verzweiflung stieg in mir hoch. Wie konnte ich ihm begreiflich machen, dass es mit Nick vorbei war? Wie sollte ich ihm erklären, dass ich nur ihn wollte?

„Sieh mal, wir tun einander nicht gut." Bens Gesicht war blass. Ich sah, wie schwer es ihm fiel, das zu sagen. „Ich liebe dich, aber wie sollen wir es hinbekommen, wenn ich dir nicht vertrauen kann? Die ganze Zeit rede ich mir ein, dass es keine Heimlichkeiten zwischen uns gibt und wir ehrlich miteinander sind und dann machst du *das*. Ich war immer ehrlich zu dir."

„Ich doch auch", flüsterte ich.

„Nicht dieses Mal", hielt er dagegen.

„Das war eine spontane Idee", verteidigte ich mich, meine Stimme war höher als sonst und klang erstickt. Erschrocken stellte ich fest, dass mir Tränen in die Augen stiegen. „Eine Scheißidee, ja, aber…"

„Claire, sieh es doch ein, es hat keinen Sinn", unterbrach Ben mich unwirsch. „Wenn die Chemie zwischen euch so stark ist, dass du kaum darauf verzichten kannst, mit ihm zu vögeln, gib ihm doch eine Chance. Ich weiß, er würde sofort ja sagen."

„Ich aber nicht. Ich will mit dir zusammen sein."

„Wenn du darüber nachdenkst, änderst du deine Meinung wahrscheinlich." Seine Worte trafen mich wie Hiebe in die Magengrube. Dachte er wirklich, ich sei so wankelmütig?

Er sah mir ins Gesicht und ich erkannte den gleichen Schmerz in seinen Augen, den auch ich spürte. Ihm tat dieses Gespräch genauso weh wie mir und ich verstand nicht, was schiefgelaufen war.

Ja, es war eine dumme Idee gewesen, Nick mit zu der Party zu nehmen, aber das konnte kaum der Grund sein, oder?

„Hast du eine andere?", fragte ich. Das wäre wenigstens plausibel. Er sah mich an, als hätte ich den Verstand verloren.

„Glaubst du wirklich, ich würde mir irgendwelche Ausflüchte einfallen lassen, um zu vertuschen, dass ich eine andere kennen-gelernt habe?"

„Nein", murmelte ich und schlug die Augen nieder. Er stand auf, alarmiert riss ich den Kopf hoch und griff nach seinem Handgelenk. „Wohin willst du?"

„Ich gehe. Ich glaube, es ist alles gesagt und wir sollten es uns nicht noch schwerer machen."

„Aber du kannst mich doch nicht einfach hier sitzen lassen! Du kannst mich nicht einfach vor vollendete Tatsachen stellen und erwarten, dass ich deinen plötzlichen Sinneswandel einfach akzeptiere!" Ich wurde schrill.

„Wenn du dich von vornherein gegen mich entschieden hättest, wäre es genauso gewesen", versetzte er.

„Aber wie soll ich denn damit rechnen, dass du einfach deine Meinung änderst?" In meine Verzweiflung mischte sich Wut und ich griff in meinem Nacken nach der silbernen Kette.

Anklagend hielt ich sie hoch. „Du sagst mir, dass du mit mir zusammen sein willst, fährst weg und wenn du zurückkommst, willst du davon nichts mehr wissen? Wer von uns beiden ist hier unzuverlässig? Wer hat hier wem etwas vorgemacht, Ben?"

Ich schleuderte das Schmuckstück auf den Tisch, es schlitterte über die Platte bis zu ihm hinüber. Er stoppte es mit der Hand, bevor es herunterfallen konnte. „Wer kann hier wem nicht vertrauen?" Ich war kurz davor, hysterisch zu werden, mein Herz raste und ich war kurzatmig. Er sah mich lange an.

„Du hast recht, das war unfair von mir", räumte er ein. „Und es tut mir wirklich leid, wie es gelaufen ist. Aber manchmal ändern sich die Dinge einfach… einer von uns muss der Realist sein und dieses Mal bin ich es. Ich… es tut mir leid", wiederholte er. Er hielt die Hand mit der Kette in meine Richtung, doch ich schüttelte den Kopf.

„Spar dir das", murmelte ich, mein ganzer Körper war taub. Er nickte mir knapp zu und verließ den Raum, die Kette in der Hand. Ich hörte, wie er sich im Flur Schuhe und Jacke anzog, dann fiel die Wohnungstür ins Schloss.

Jetzt erst war ich in der Lage, mich zu rühren. Ich schüttelte meine Pumps ab und hechtete zur Tür, riss sie auf und rannte bis zum Treppenabsatz, als ich jäh stehenblieb und die Ereignisse und seine Worte mich trafen wie ein verspäteter Keulenschlag.

Mir blieb die Luft weg und ich musste mich am Treppengeländer festhalten. Jede meiner Zellen schrie danach, ihm hinterherzurennen, eine Aufklärung zu fordern und ihn anzuschreien. Ihn anzubetteln, es sich anders zu überlegen.

Verzweiflung schnürte mir die Kehle zu, als die Erkenntnis langsam in mein Bewusstsein drang.

‚Lass es‘, sagte ich mir. ‚Er will dich nicht. Er hat eingesehen, dass es keinen Sinn hat und es sich anders überlegt. Akzeptier das endlich. Er ist nicht der Mann deines Lebens.

Und wahrscheinlich hat er recht, es nicht noch einmal mit dir zu versuchen, nachdem du ihm so wehgetan hast.‘

Aber mir tat auch alles weh. Mein Herz fühlte sich an, als wäre es in einem Schraubstock eingeklemmt und mir war eiskalt und heiß zugleich. Meine Hände krampften sich an den Lauf des Geländers.

Er will mich nicht.

Mit weichen Knien und zitternden Händen wankte ich zurück in meine Wohnung, auf meine Couch, wo ich mich zusammenrollte und versuchte, tief einzuatmen.

Atmen. Einfach atmen.

Doch ich bekam keine Luft mehr. Meine Brust schien von einem eisernen Band umschlungen zu sein, das sich immer fester zog und mir die Luft abschnürte. Panik stieg in mir hoch, ich fühlte mich, als würde ich ersticken.

Schließlich schluchzte ich laut und ein Teil des Drucks verschwand. Jetzt erst begriff ich, dass ich die Luft angehalten hatte. Tränen flossen über meine Wangen, als ich mich zu einem kleinen Bündel zusammenrollte und hemmungslos in die Polster weinte.

Wie hatte das passieren können?

Wie hatte es erneut schiefgehen können?

26. Kapitel

Der nächste Morgen war das Grauen. Irgendwie schleppte ich mich ins Bett und schlief wie eine Tote. Es war, als hätte sich mein Bewusstsein aus Selbstschutz ausgeschaltet und nur meinen Körper zurückgelassen, mit dem nichts mehr anzufangen war.

Mein Wecker riss mich aus einem Alptraum, in dem es kalt und dunkel gewesen war. Ich fröstelte trotz meiner Daunendecke und mühte mich ab, die Augen zu öffnen. Sie waren verkrustet, klebrig, und mein Kopf fühlte sich an, als wäre er hundert Kilo schwer. Es dauerte ein paar Minuten, bis ich mich daran erinnerte, was am gestrigen Abend geschehen war, und erneut schossen mir die Tränen in die Augen.

Ich presste meine Decke gegen meinen Mund, um das Schluchzen zu unterdrücken, doch sie dämpfte es kaum.

Wut, Trauer und Enttäuschung überfluteten mich, lähmten meine Gedanken. Ich sah Bens Gesicht vor mir, verzerrt vor Ärger über mich und resigniert, weil ich seiner Meinung nach wieder alles verdorben hatte.

Ich.

Wieder ich.

Schluchzer ließen meinen Körper beben, schüttelten mich, als ich mich auf die Seite rollte und meine Knie an die Brust zog. Ich hatte alles richtig machen wollen. Ich war mir dessen so sicher gewesen.

Falsch gedacht.

Schon wieder.

Ja, am Freitag mit Nick zu schlafen war unnötig gewesen. Ihn mit zu Sonjas Feier zu nehmen auch, ebenso wie unser Quickie in der Garderobe, von dem Ben dankenswerterweise nichts wusste, sonst wäre er gestern gar nicht bei mir aufgetaucht. Aber das war alles gewesen, bevor die Frist abgelaufen war, um mich zu entscheiden.

Ich ballte meine Hand zur Faust, öffnete sie aber gleich wieder und fühlte mich kraftlos. Egal, welche Erklärungen und Entschuldigungen ich mir einfallen ließ, sie änderten nichts an Bens Entscheidung. Mein Handeln hatte ihn an mir zweifeln lassen und jetzt wollte er mich nicht mehr. Punkt. Es gab nichts, was ich tun konnte.

Mit tauben Fingern schrieb ich den anderen, dass ich zuhause blieb, und verfasste eine Mail an die Personalabteilung mit dem gleichen Inhalt. Es war unmöglich, zur Arbeit zu gehen, ohne einen Zusammenbruch zu bekommen, und das wollte ich auf keinen Fall. Stattdessen schloss ich die Augen und sank zurück in mein Kissen.

Schlafen.

Ich musste einfach schlafen.

Das Läuten der Wohnungstür ließ mich aufwachen. Ich zuckte zusammen und fuhr hoch, als die Klingel ein zweites Mal betätigt wurde. Mein Telefon summte parallel. Sam rief mich an. Müde nahm ich das Gespräch an. „Hey."

„Bist du zuhause?" Er klang alarmiert.

„Ja."

„Mach die Tür auf, wir sind's." Er legte auf, bevor ich etwas erwidern konnte. Ich kam auf die Beine, noch immer trug ich den Spitzenbody und warf meinen Kimono über. Als ich mein Gesicht im Spiegel sah, zuckte ich zurück. Ich sah furchtbar aus.

Jemand hämmerte gegen meine Tür und ich beeilte mich, in den Flur zu treten, bevor ein Nachbar die Polizei rief. Draußen standen Em, Sam und Sonja und sahen mich erschrocken an. Sam hielt eine Flasche Champagner in der Hand, die er nun sinken ließ. „Liebste, was…" „Los, rein da", knurrte Em und schob die beiden über die Schwelle. Sie machte die Tür zu und zerrte mich ins Wohnzimmer, wo sie mich auf meinen Sessel setzte.

Die anderen folgen ihr mit starren Mienen. Sam stellte den Champagner auf den Esstisch und bemerkte die Flasche Rotwein, die ich am letzten Abend dort hingestellt hatte. Wortlos holte er zwei Gläser aus dem Schrank und goss ein.

„Das wird wohl nötig sein."

„Hast du es dir doch anders überlegt?", fragte Sonja vorsichtig und legte ihre Hand auf meinen Oberschenkel. Ich ahnte, woher dieser Gedanke kam.

„Nein, er." Mich trafen drei fassungslose Blicke. Ich nahm einen Schluck Rioja und erzählte ihnen von unserem Gespräch. Als ich fertig war, herrschte Stille.

Draußen fuhr ein Auto vorbei. Meine Wanduhr tickte. War das Ticken schon immer so laut gewesen?

„Das darf doch nicht wahr sein", murmelte Em kopfschüttelnd. „Ehrlich, ich komme bei euch nicht mehr mit. Immer, wenn es ernst wird, macht einer einen Rückzieher."

„Aber was soll ich denn machen?", fragte ich verzweifelt.

„Abwarten", sagte Sonja.

„Dranbleiben", rief Sam.

„Gar nichts", brummte Em. Sie sahen einander mit hochgezogenen Augenbrauen an. „Einigkeit in der Uneinigkeit."

„Was willst du, Claire?", fragte Sonja mit ernster Miene. „Davon wird abhängen, was du tust."

Ich sah sie an und versuchte, meine Gedanken zu sortieren. Mein Stolz war verletzt und ich war wütend und enttäuscht über Bens Sinneswandel. Er hatte mich voll auflaufen lassen, mich erst mein Herz ausschütten lassen, um mir zu sagen, dass er mich nicht mehr wollte.

Der verletzte Stolz wollte ihn zum Teufel jagen und ihn sein Leben lang bereuen lassen, wie dumm er gewesen war.

Das gleiche Recht hätte ihm nach unserer Trennung zugestanden. Mein Herz verkrampfte sich, als ich einsah, dass er der großmütigere von uns beiden war.

Außerdem wollte ich nicht, dass wir uns nie wiedersahen. Ich wollte mit ihm sprechen und ihn davon überzeugen, dass er sich irrte. Dass wir nicht schlecht füreinander waren, sondern das einzig richtige. Ich wollte mich bei ihm entschuldigen, weil ich ihn verletzt hatte.

„Ich will Ben", sagte ich schließlich.

„Willst du wirklich Ben?", fragte Sonja mit unbewegter Miene. „Oder willst du ihn nur, weil du Angst hast, eine Beziehung zu Nick einzugehen? Sein Zweifel ist berechtigt, weißt du?"

Ich schluckte. Warum schwang Sonja sich zum Advocatus Diaboli auf?

„Das mit Nick ist endgültig vorbei. Ich habe ihm auf der Feier gesagt, dass ich mit Ben zusammen sein will."

„War das vor oder nach eurem Sex in der Garderobe?" Sonjas Tonfall war ungewöhnlich scharf und ich zuckte zusammen. Em und Sam sahen mit offenem Mund von einer zur anderen.

„Was?", fragte Sam dünn.

Mein Mund war staubtrocken. „Davor."

Em schüttelte den Kopf und Sam stöhnte.

„Oh Mann, Liebste, du machst es allen so schwer. Bist du wenigstens selbst sicher, was du willst? Denn immer, wenn ich denke, du bist es, bringst du so ein Ding, als wolltest du dich selbst sabotieren oder dir beweisen, dass du Optionen hast."

„Wie meinst du das?", fragte ich, meine Stimme klang rissig.

„Du musst endlich mal aufhören, alles zu vögeln, was dir zwischen die Schenkel kommt und dich auf das Wesentliche konzentrieren", mischte sich Em ein. Ich zuckte zurück. „Wie kannst du dich für Ben entscheiden, Nick sagen, dass es zwischen euch aus ist und ihn zwei Minuten später in der Garderobe ranlassen? Erklär mir bitte, wie das zu verstehen ist."

Ich holte Luft, um ihr die passende Antwort entgegenzuschleudern, doch die Worte blieben mir im Halse stecken. Es gab keine plausible Erklärung, keine Entschuldigung.

Doch, eine: Ich war eine Idiotin.

Eine Idiotin, die das bekam, was sie verdiente, nämlich nichts.

Ben hatte ganz recht, man konnte mir nicht vertrauen, ich war komplett verkorkst. Jedes Mal wenn ich mich festlegen wollte, erfand ich einen Grund, es doch nicht tun zu müssen. Ich entschied mich für Ben, ging aber trotzdem mit Nick ins Bett.

Ich war schlecht für ihn.

Und das schlimmste: ich war schlecht für mich selbst.

Eine Erinnerung kam zurück, fast zehn Jahre alt. Wie ich mich fühlte, als Robert mit mir Schluss machte. Es war im April gewesen, drei Tage vor unserem siebten Jahrestag, als er mir eröffnete, dass er mich nicht mehr liebte und ausziehen würde. Es war, als hätte er mir den Boden unter den Füßen weggezogen und ich fiele in unendliche Tiefen. Es hörte gar nicht mehr auf und ich brachte keinen Ton heraus, als er davon schwafelte, wir hätten gute Jahre gehabt, aber uns verändert und ich sei nun mal nicht die Frau, mit der er ein Haus und Kinder haben wolle.

Es tut mir leid, Claire, aber so ist es nun mal.

Niemals hatte ich mich so ohnmächtig gefühlt. Die Lage war aussichtslos. Um zusammenzukommen braucht es zwei Menschen, zum Schlussmachen nur einen. Der andere hat das zu nehmen, wie es war.

Kein Verhandlungsspielraum. Keine Alternativen.

Ich hatte mich nie wieder so fühlen wollen.

Und darüber den Mann verloren, den ich liebte.

Eine Hand legte sich auf meine und als ich aufsah, blickte ich in Sams Gesicht. Es war ernst und doch voller Liebe. Ich sah zu Em und Sonja, deren Gesichter dasselbe zeigten.

„Wenn du nichts riskierst, wirst du es niemals hinkriegen. Ben hat das gespürt. Ich glaube aber, wenn du dich wirklich bemühst und endlich einmal auf deinen klugen Kopf statt auf dein dummes, verängstigtes Herz hörst, hast du eine Chance, ihn zurückzugewinnen. Wir alle wissen, dass du ihn liebst. Glaub doch endlich selbst mal daran. Vergiss deine Angst und konzentrier dich auf das, was du wirklich willst: Ben. Denn du willst ihn doch, oder?"

„Ja."

Er stand auf und zog mich hoch, war schon halb im Hausflur.

„Gut, wir fahren dich hin."

„Moment mal eben, *so* wird sie nirgendwo hinfahren", widersprach Em heftig den Kopf schüttelnd. „Erst macht sie sich fertig, sonst bekommt er den Schock seines Lebens."

„Na, herzlichen Dank", machte ich matt. Sie sah mich mit hochgezogenen Augenbrauen an.

„Guck in den Spiegel und bedank dich nochmal. Das ist kein Anblick für die Öffentlichkeit. Du hast Glück, dass wir es sind."

Sie scheuchte mich ins Bad. Als ich mich sah, wich ich erschrocken zurück: meine Haare waren fettig und strähnig, mein Make-up von gestern Abend über mein ganzes Gesicht verschmiert. Em hatte recht: Niemand sollte so aussehen.

Ich riss mir den Kimono herunter, zog endlich den Spitzenbody aus, sprang mit der Zahnbürste unter die Dusche und schrubbte mich ab. Es brauchte einiges an Reinigungsschaum, um das Make-up zu entfernen, und meine Augen und Wangen waren hinterher gerötet. Ich frottierte meine Haare, wickelte mich in ein Handtuch und ging hinüber ins Schlafzimmer, wo die drei auf mich warteten. Sie hatten mir eine Jeans und einen Kapuzenpullover herausgelegt, wie ich verwirrt feststellte.

„Ich dachte eher an etwas schickeres…", begann ich, doch die drei schüttelten die Köpfe.

„Heute ist es mal angebracht, den Vamp zuhause zu lassen", erwiderte Em und warf mir einen schlichten schwarzen Slip zu. „Mit deiner Pussy wirst du heute keinen Blumentopf gewinnen."

Sie hatte recht, erkannte ich und zog Wäsche und Kleidungsstücke an. Wenn Ben von einer Sache genug hatte, dann von meiner Libido.

Ich musste ihm begreiflich machen, dass ich ihn aufrichtig liebte, statt ihn zu verführen oder zu manipulieren, dennoch fühlte ich mich ohne Make-up nackt und schutzlos. Mir ging es furchtbar, als die drei sich anschickten, zur Tür zu gehen und sich auf den Weg zu machen. Am liebsten wollte ich mich wieder ins Bett legen, mir die Decke über den Kopf ziehen und hoffen, dass sich alles nur als böser Traum entpuppte.

Was, wenn seine Entscheidung unumstößlich war?

Wenn er mir keine Chance mehr gab, ihm alles zu sagen?

Was, wenn er mich nicht mehr wollte?

„Hab keine Angst", sagte Sonja sanft und nahm meine Hand. „Du schaffst das." Sie anzusehen half mir. Ihre Tapferkeit im ganzen letzten Jahr hatte mich zutiefst beeindruckt und ich sollte mir ein Beispiel an ihr nehmen. Sie hätte sicherlich ebenfalls Schiss, aber sie würde niemals kneifen. Genauso wenig wie ich.

Ich sah auf meine Uhr. Halb sieben.

Ben müsste zuhause sein. Ich könnte ihn anrufen, aber ich hatte Angst, er könnte den Anruf abweisen.

Wie durch Nebel ging ich mit meinen drei Rettern zum Fahrstuhl und fuhr hinunter. Jedenfalls mussten wir das getan haben, denn mit einem Mal saß ich in Ems Auto auf der Rückbank und sie steuerte in Richtung HafenCity zu Bens Wohnung. Sam sagte ihr den Weg.

Wir hielten vor dem Haus und mich verließ der Mut.

Scheiße.

Ich hatte mich nie für feige gehalten, aber gerade war ich es. Und sicher nicht zum ersten Mal.

„Los jetzt!", forderte Em mich auf, ihr Blick war unbarmherzig. Sie würde sich auch weigern, mich wieder mitzunehmen, und alles tun, um zu verhindern, dass ich einen Rückzieher machte. Und ich war ihr dafür dankbar.

Mit einem Eisklumpen im Bauch stieg ich aus und ging zur Tür. Ein Nachbar kam heraus und hielt sie mir freundlich auf. Ich lächelte und trat ein, erst als die Tür hinter mir zufiel, begriff ich, was ich getan hatte.

Ich straffte mich und stieg die Treppe hoch, schon stand ich vor Bens Tür.

Mein Herz schlug mir bis zum Hals, als ich klingelte.

27. Kapitel

Es dauerte ein paar Sekunden, bis sich die Tür öffnete und Ben vor mir stand und noch einmal so lange, bis er mich in meinem ungeschminkten Zustand und den legeren Sachen erkannte. „Claire, was…"

„Darf ich reinkommen?", unterbrach ich ihn. „Ich muss mit dir reden." Er zögerte und ich bekam Angst, er könne mich wegschicken. „Bitte", fügte ich hinzu.

Endlich nickte er und trat beiseite. Ich stand in dem Flur, in dem er bei meinem ersten Besuch über mich hergefallen war, das Kleid hochgeschoben und mich wild geleckt hatte.

Das alles kam mir vor wie aus einer anderen Zeit.

Er ließ mir den Vortritt und ich setzte mich im Wohnzimmer auf die Couch. Auf der wir es oft getrieben hatten. Es fiel mir schwer, diese Erinnerungen zu verdrängen.

Ben betrachtete mich nachdenklich. „Ich glaube, ich habe dich noch nie so gesehen", meinte er. Er selbst trug ein hellblaues Hemd und eine schwarze Anzughose, sein Büro-Outfit. Schweigend saßen wir nebeneinander und ich suchte verzweifelt nach dem richtigen Start für das, was ich ihm unbedingt sagen musste. Er sah mich mit unbewegter Miene an und überließ mir das Feld. Den ersten Schritt.

„Ich habe über alles nachgedacht, was du mir gestern gesagt hast", sagte ich endlich. „Und… du hast recht. Also zumindest, was mich angeht. Ich bin nicht gut für dich und ich habe dir wehgetan. Es tut mir leid. Du verdienst eine Frau, die sich dir mit ganzem Herzen öffnet und hingibt. Aber… ich könnte das nicht ertragen. Ich liebe dich. Und ich will mit dir zusammen sein. Ich habe verstanden, dass alles meine Schuld war. Aus Angst habe ich Fehler gemacht, große Fehler, an denen du keine Schuld trägst. Aber ich weiß, was ich falsch gemacht habe. Ich kann nicht versprechen, dass ich nie wieder etwas falsch mache oder Angst bekomme, aber die größte Angst habe ich davor, dich zu verlieren. Es ist nicht nur Sex zwischen uns, noch nie gewesen. Ich bin nur so dumm, dass ich sehr lange gebraucht habe, um zu verstehen, was ich will. Dich."

Ich brach ab und wagte es, ihm ins Gesicht zu sehen. Es war starr und unbeweglich, keine Gefühlsregung zeigte sich. Das war meine Schuld. Mit meinem Verhalten hatte ich ihn hart gemacht, viel härter, als er sein sollte.

Mit meiner Intoleranz und meiner herrischen Art hatte ich ihn dazu gebracht, sich einen Schutzpanzer zuzulegen.

Er hatte mir nie wehgetan.

„Es tut mir leid, was ich mit dir gemacht habe", flüsterte ich. „Das hast du nicht verdient."

„Das stimmt", erwiderte er und ich zuckte zusammen, aber endlich sagte er etwas. Seine Brauen zogen sich zusammen und sein Mund war schmal.

„Und mehr als einmal kam ich mir vor wie der letzte Idiot. Ich habe mich gefragt, was ich falsch gemacht habe, dass du mich schlecht behandelst. Warum du es außerstande bist, mir und vor allem in uns zu vertrauen. Ich gebe zu, ich habe es dir nicht leichtgemacht, als wir zusammengewohnt haben und du hast mich dafür bestraft. Trotzdem habe ich mich auf das Arrangement eingelassen, weil der Idiot in mir sich daran geklammert hat, dass wir zusammengehören. Wie manisch ich mich daran festhalte, wurde mir erst bewusst, als Aksel am Samstagabend unsere Telefonate mitbekommen hat. Er hat mich gefragt, wie blind ich bin. Und ob ich kein Selbstwertgefühl habe, weil ich mich von dir immer wieder erniedrigen lasse."

Ich kämpfte mit dem Tränenkloß in meinem Hals, der größer und größer zu werden schien. Jetzt sagte er mir alles, was er gestern aus Freundlichkeit nicht hatte sagen wollen. Endlich bekam ich zu hören, was für ein Miststück ich war.

Er hatte jedes Recht dazu.

„Ich habe versucht, es ihm zu erklären, doch je mehr Ausreden ich für dich erfunden habe, desto mehr musste ich einsehen, dass er recht hat. Du tust mir weh, weil du mich auf Abstand hältst und jedes Mal, wenn ich denke, wir kriegen es hin, irgendeine Scheiße baust."

Das gleiche hatte Em gesagt.

Ich nickte unglücklich. „Das weiß ich. Und nicht du bist der Idiot, sondern ich. Als Robert sich damals von mir trennte, hat er mir keine Wahl gelassen. Das war furchtbar. Von einem Tag auf den anderen hat er mein ganzes Leben, alle meine Träume zerstört. Er hat mir das Gefühl gegeben, dass er sieben Jahre seines Lebens an mich verschwendet hat. Das sollte mir nie wieder passieren. Ich wollte kein weiteres Mal verlassen werden."

„Also hast du mich verlassen." Ich nickte.

„Du hast jedes Recht mich zu hassen."

„Ich hasse dich nicht. Ganz im Gegenteil." Seine blauen Augen bohrten sich in meine. „Ich versuche, dich zu beschützen. Wenn du sofort nein gesagt hättest, hätte ich das Arrangement weiterlaufen lassen, irgendeinen Grund musstest du haben, aber ich wusste, dass du mich liebst. Und vor irgendwas Angst hast. Ich hoffte, du würdest dir einen Ruck geben, ganz in Ruhe darüber nachdenken, aber stattdessen hast du Nick gevögelt."

„Es war, als müsste ich mir selbst beweisen, eine Wahl zu haben", sagte ich leise. „Und das war einfach nur dumm und tut mir so leid. Nick ist keine Option für mich als Partner. Zwischen uns stimmt die Chemie nur im Bett, aber nicht als Paar. Es ist völlig egal, denn ich will nur mit dir zusammen sein."

„Und wenn ich nein sage? Läufst du zu Nick und steigst mit ihm in die Kiste?" Sein Blick war kalt wie Eis, genau wie mein Herz sich anfühlte.

Ich starrte ihn wortlos an. Was sollte ich antworten?

Was sollte ich machen, wenn er hart bliebe?

Zu Nick zurückgehen und mich an seiner Schulter ausweinen?

Ein verlockender Gedanke, doch was brachte das?

Ich sah in Bens Gesicht, während sich meine Eingeweide zu einem Klumpen verkrampften, der schwer wie Blei in meinem Bauch lag.

Ihn wollte ich.

Niemanden sonst.

Wie konnte ich es ihm jetzt noch beweisen? Ich hatte doch alles verdorben. Ich biss mir auf die Unterlippe und ließ den Kopf hängen. Meine Stimme war rau, als ich endlich die Worte fand, doch es war unmöglich, ihm in die Augen zu sehen.

„Nein, denn das wäre unfair ihm gegenüber. Ich habe die Sache zwischen uns beendet. Endgültig." Mein Blick zuckte nach oben. Ben sah mich zweifelnd an, sein Mundwinkel war beinahe mitleidig verzogen.

Trotz stieg in mir hoch und ich räusperte mich.

Letzte Chance, Claire.

Gib ihm alles.

„Außerdem ich muss endlich einmal mit mir selbst klarkommen, wenn ich mich auf jemanden einlassen will. Ich möchte ehrlich sein und ich möchte in der Beziehung loslassen können. Ich will meinem Partner – dir – zeigen, wie wichtig du für mich bist." Meine Hand krampfte sich zur Faust zusammen. „Ich denke nicht nur daran, befriedigt zu werden, weil mein Leben keinen anderen Sinn hat. Ich möchte dir die gleiche Sicherheit und Geborgenheit geben, die du mir gegeben hast und ich dir verwehrt habe. Es hat zu lange gedauert, aber wenigstens weiß ich, was wichtig ist. Und Sex ist nicht die Lösung für alles und wird mir nicht dabei helfen, dich zurückzugewinnen."

„Und das aus deinem Mund."

Seine Worte schmerzten.

„Ja. Es besteht noch Hoffnung für mich." Als er schwieg, stand ich langsam auf.

Er wollte nicht.

Jetzt hatte ich ihm alles gesagt, alles offengelegt, und wartete mit schmerzendem Herzen darauf, dass er endlich etwas sagte, doch offenbar er hatte keine Worte mehr für mich übrig.

Es wurde Zeit, es endlich einzusehen: Ich hatte es auf ganzer Linie verkackt und das ließ er mich spüren. So hatte er sich sicher gefühlt, als ich ihn damals vor vollendete Tatsachen stellte, ihm einfach sagte, dass unsere Beziehung vorbei war und ich ihn nicht mehr sehen wollte.

Einfach so, ohne Vorwarnung. Ich hatte ihm nicht einmal die Chance gegeben, mit mir vernünftig darüber zu sprechen, sondern es einfach beendet.

Was für ein Biest war ich gewesen!

Wie mies konnte man sein?

Er hatte sich mir wenigstens erklärt, mir den Raum gegeben, den ich einforderte, meine Gefühle vor ihm darzulegen, etwas, das ich damals nicht zugelassen hatte.

Tränen stiegen in meine Augen und ich hatte einen dicken Kloß im Hals, als ich es endlich verstand: Ich verdiente das und konnte nur versuchen, einen halbwegs würdevollen Abgang hinzulegen und ihn dann nie wiederzusehen.

Er wusste, dass er mich gerade vernichtet hatte, wahrscheinlich tat es ihm sogar leid, aber ich konnte ihm unmöglich in die Augen sehen. Darin Mitleid zu erkennen würde mich umbringen. Ich hatte schon den Tiefpunkt erreicht, mehr konnte ich von mir nicht aufgeben, denn sonst blieb gar nichts mehr von mir übrig.

Ich musste gehen und dieses Mal war der Abschied endgültig. Einen weiteren Versuch würde es nicht geben und auch keinen weiteren Kontakt. Hamburg war groß und ich würde einfach alles meiden, wo er sein könnte.

Wir würden einander nie wieder wehtun.

Und ich musste endlich akzeptieren, dass ich einen Mann wie ihn nicht verdiente. So wie ich drauf war, war es für alle besser, wenn ich allein blieb und mich auf das beschränkte, was ich konnte: anonymen Sex ohne emotionale Verwicklungen.

„Darauf muss ich hoffen."

Mein Kopf, den ich eben gesenkt hatte, ruckte bei seinen Worten hoch und ich traute mich, ihm ins Gesicht zu sehen. „Was?"

Seine Miene war weicher. „Das noch nicht alles bei dir verloren ist. Darauf muss ich hoffen. Ist es dir damit wirklich ernst, Claire?"

Ich nickte langsam, mein Herzschlag beschleunigte sich.

Hieß das etwa...

„Und du wirst alles geben, damit unsere Beziehung funktioniert?" Mein Mund wurde trocken und ich rang mir ein schwaches, ungläubiges Lächeln ab.

Was wollte er jetzt von mir hören? Ich atmete tief ein und beschloss, noch einmal alles in die Waagschale zu werfen. Einen letzten Versuch zu wagen.

„Ja. Aber ich werde dabei deine Hilfe brauchen. Ich bin ein ziemlicher Beziehungskrüppel."

Er lächelte mich an. „Ich bin kein Meister darin, aber ich glaube, wenn wir es beide aus ganzem Herzen wollen, kriegen wir es hin. Ich bin froh, dass du hergekommen bist." Er legte seine Finger unter mein Kinn und hob es an. Um seinen Mund spielte ein schiefes Lächeln.

Wie damals, als er mich auf der Party angesprochen hatte.

Dabei hatte ich gedacht, dass der freche Glanz für immer verschwunden war, aber er war noch da. Aus dem jungen Kellner ohne Ziel im Leben war der Mann geworden, mit dem ich meines verbringen wollte.

Am besten für immer.

„Dann... gibst du mir eine Chance?" Ich traute mich kaum, ihn danach zu fragen. „Trotz allem, was ich dir angetan habe und trotz der Einwände, die dein Bruder hat?"

Er schüttelte den Kopf.

„Aksel rät mir nur, was ihm richtig erscheint. Er will mich beschützen, so wie ich es für ihn tun würde", berichtigte er mich. „Und was du mir angetan hast, habe ich selbst mitverschuldet, denn ich habe es dich ja machen lassen. Damit ist übrigens Schluss. Als Paar werden wir gleichberechtigt sein. Keine Regeln mehr. Rollenspiele, bestimmt. Sessions, sicherlich. Ich werde dir den Hintern versohlen und es dir hart besorgen, so wie du es magst, das gleiche kannst du für mich tun, aber du wirst mich nie wieder in der Hand haben. Das muss dir klar sein."

„Das wäre mir deutlich lieber. Ich brauche manchmal eine harte Hand." Ich lächelte schwach. Hoffnung keimte in mir auf, der ich nicht trauen mochte.

Er fasste meine Handgelenke und zog mich an sich. Erst als unsere Lippen sich berührten, konnte ich wirklich fassen, was es bedeutete.

Seine Finger fuhren durch mein zerzaustes Haar und verursachten eine Gänsehaut am ganzen Körper. Etwas Kühles legte sich um meinen Hals und als ich hinuntersah, erblickte ich die Kette mit dem Schlüsselanhänger, der sich zwischen meine Brüste schmiegte, als habe er schon immer nah an mein Herz gehört.

Genau wie Ben.

„Dieses Mal kriegen wir es hin", flüsterte er in mein Ohr und zog mich noch näher an sich heran.

„Hör auf mich, Claire."

Schlusswort

Nach meinem relativ einfachen Start mit „Deeper", das ich im Winter 2018 zu schreiben begann und in wenigen Monaten fertig hatte, fiel es mir bei diesem Roman schwerer, bei der Sache zu bleiben – ich nahm mir zu viele Projekte parallel vor und legte dieses, nachdem ich über 150 Seiten geschrieben hatte, erst einmal beiseite.

Der Wiedereinstieg nach ein paar Monaten Pause war überraschend schwierig, obwohl ich den Plot und den zeitlichen Ablauf bereits im Kopf hatte.

Während des Schreibens ging mir auf, dass mein Plan nicht funktionierte, ich hatte ursprünglich einen dritten Band aus Bens Sicht geplant, aber das bedeutete, sie hätten sich am Ende von „Darker" erneut trennen müssen... plötzlich war ich unzufrieden und es hat ein bisschen gedauert, bis ich verstand, warum: Dieser Weg fühlte sich einfach nicht rund an, deswegen ich habe auf mein Bauchgefühl gehört und umdisponiert. Und dann noch einmal.

Mit der schlussendlichen Lösung bin ich sehr zufrieden, weil ich meinen Charakteren damit recht getan habe.

Nachdem ich die Idee für einen dritten Band verworfen hatte, kam mir eine neue Idee, die mir besser erscheint.

Es geht also weiter und ich hoffe, du wirst dabei sein. Danke, dass du mein Buch gekauft und gelesen hast, ich hoffe, es hat dir gefallen.

Ich möchte mich bei meinen drei Freundinnen M, J und M bedanken, die mir tolles Feedback gegeben und ihre Meinung mitgeteilt haben – ihr seid in Gold nicht aufzuwiegen und ich wüsste gar nicht, was ich ohne unsere ganzen wirren Gespräche machen würde!

Ich würde mich freuen, dich, lieber Leser/liebe Leserin im dritten Band „Devoted" wiederzusehen. Sei gespannt und besuch mich gern bei Instagram oder Lovelybooks!

Herzlichst,

Deine K.I.M. Sommer